DIVIDED IN DEATH
by J. D. Robb
translation by Jun Kouno

イヴ&ローク 19

報いのときは、はかなく

J・D・ロブ

香野 純[訳]

ヴィレッジブックス

ため息ついてもしょうがない。
男はみんな嘘つきだから。
——ウィリアム・シェイクスピア

結婚は命がけのものである。
——ジョン・セルデン

Eve&Roarke
イヴ&ローク
19

報いのときは、はかなく

おもな登場人物

イヴ・ダラス	ニューヨーク市警の警部補
ローク	イヴの夫。実業家
ディリア・ピーボディ	イヴのパートナーの捜査官
カーロ	ロークの業務管理役
サマーセット	ロークの執事
ライアン・フィーニー	ニューヨーク市警 電子探査課(EDD)の警部
イアン・マクナブ	フィーニーの部下
ジャック・ホイットニー	イヴの上司
シャーロット・マイラ	精神分析医
ナディーン・ファースト	〈チャンネル75〉のレポーター
メイヴィス・フリーストーン	イヴの友人。歌手
モリス	検死局長
ティブル	ニューヨーク市警本部長
ルヴァ・ユーイング	ロークの会社の従業員。カーロの娘
ブレア・ビッセル	ルヴァの夫
フェリシティ・ケイド	ルヴァのかつての友人
トキモト	ルヴァの同僚
クロエ・マッコイ	ブレア・ビッセルのギャラリーの運営係
クイン・スパロー	HSOデータ管理部の副部長

プロローグ

殺すだけでは、あの男には手ぬるすぎる。死は終末。解放でさえある。彼は地獄へ堕ちる。その点について、彼女の心のなかには一抹の疑いもなかった。彼はそこで永遠の責め苦を受けるだろう。そうなってほしい——最終的には。でも当面は、自分の目に見えるところで苦しませてやりたかった。

嘘つきの裏切り者のくそったれめ！　彼女は彼を泣きじゃくらせ、哀願させ、懇願させ、その本性どおりドブネズミらしく這いずり回らせたかった。耳から血を流させ、女みたいに悲鳴をあげさせたかった。決して与えられることのない情けを乞うて彼が泣き叫ぶのをよそに、あの不純なペニスをねじあげ、幾重にも結わえてやりたかった。

あの嘘つきの美しい顔に拳を何度もたたきこみ、それを血と骨の膿疱《のうほう》だらけのぐちゃぐちゃの塊にしてやりたかった。

それから、ようやく、あのタマなし、顔なし野郎は死ぬことができる。ゆっくりと、徐々にしおれ、苦しみながら、死を迎えるのだ。

どんな人間も、絶対に、ルヴァ・ユーイングを裏切ることは許されない。

彼女はクイーンズボロ・ブリッジの待避車線に車を止めた。気を鎮めなくては、もうこれ以上、運転をつづけられない。なぜなら、誰かが実際にルヴァ・ユーイングを裏切ったからだ。彼女が愛した男、結婚した男、完全に信じきっていた男は、いましも他の女と愛を交わしている。

他の女に触れ、その肉体を味わい、あのペテン師の達者な口、狡猾な両手で、他の女を夢中にさせている。

それもただの〝他の女〟ではない。友人を。彼女が愛し、信じ、大切に思い、たよりにしてきたもうひとりの人間をだ。

このことはただ、腹立たしいだけではない。夫が友人と寝ていた、何も知らない自分の目と鼻の先で寝ていたという事実は、ただつらいだけではないのだ。自分がそこまで月並みだったと気づかされるのは、屈辱でもあった。裏切られた妻。浮気をする夫が、仕事で遅くなるとか、クライアントと食事会があるとか、注文をとりつけるため、または、作品を届けるために数日、町を離れるとか言うたびに、それを信じ、受け入れていた、何も見えていないまぬけ。

それだけではない——車がビュンビュン通り過ぎていくかたわらで、ルヴァは思う——人もあろうにこのわたしがあっさりだまされてしまうなんて。セキュリティのプロだというのに。シークレット・サービスに五年も勤め、民間に移る前には大統領を警護したこともあるというのに。いったいわたしの直感は、目は、耳は、どこに行っていたんだろう？ブレアが夜な夜な他の女のもとに通っているのに、それに気づかないなんてことが、なぜ起こりえたのだろう？

なぜなら彼を愛していたからだ。それは認めるしかない。ブレアのような男性――あれほど洗練された、すばらしいルックスの男性が自分を愛し、求めていると思いこみ、幸せいっぱいで、天にも昇る心地だったからだ。

彼はそれはハンサムで、有能で、頭がいい。絹のような黒髪とエメラルド・グリーンの瞳をそなえた、優美なボヘミアン。彼があの目をこちらに向けたとたん、あのキラー・スマイルを送ってきたその瞬間に、彼女は撃沈されてしまった。そして六カ月後、ふたりは結婚し、クイーンズの、町なかから離れた大きな家で暮らすようになったのだ。

もう二年だ、と彼女は思う。二年にわたり、わたしは持てるすべてを彼に捧げてきた。自分のあらゆる部分を彼と分かち合い、この体の全細胞で彼を愛してきた。なのにそのあいだ、彼はずっとわたしを馬鹿にしていたわけだ。

では、その報いを受けてもらおう。ルヴァは左右の頬から涙を払い、胸の奥の怒りをもう一度、呼び覚まそうとした。ブレア・ビッセルに、妻がどういう人間かわからせてやるのだ。

彼女はふたたび車の流れに乗り入れ、マンハッタンのアッパー・イーストサイドをめざして高速で飛ばしていった。

あの泥棒猫――ルヴァはいまでは自分の元友人を胸の内でそう呼んでいる――フェリシティ・ケイドは、セントラルパークの北の角にほど近い、美しい褐色砂岩の改造住宅に住んでいる。パーティー、気楽な宵の集い、フェリシティの名高い日曜のブランチ。そこで過ごした数多《あまた》の時間。ルヴァはそれらを思い返そうとはせず、全神経をセキュリティに集中させた。

それはなかなかだった。フェリシティは美術品を蒐集《しゅうしゅう》しており、肉のたっぷりついた骨をガードする犬さながらに、コレクションをガードしている。事実、ルヴァがフェリシティと出会ったのは、三年前、この家のセキュリティ・システムの設計と設置に力を貸したときなのだ。

侵入にはプロの技量が必要だ。そして侵入がかなってもなお、その先にはバックアップとフェイルセーフ機構があり、超一流の泥棒でないかぎり裏をかかれてしまう。

だが、ある女がセキュリティの穴をさがすことで生計を立て、なおかつ、たっぷり稼いでいるのなら、その女は必ずそういう穴を見つけることができる。彼女は、妨害器二挺と、改良したてのひらサイズのPC《パーム》と、不法所持の警察のマスターコードと、麻酔銃《スタナー》とで、武装していた。銃は、ブレアの不貞なタマにまっすぐ撃ちこむつもりだった。

彼女は道具の入ったバッグを取り、尻ポケットにスタナーを押しこむと、穏やかな九月の宵に足を踏み出し、正面入口へつかつかと向かった。

　歩きながら、第一の妨害器にキーを打ちこむ。外壁のパネルにいったんロックしてしまえば、猶予は三十秒しかない。妨害器の握りに数字がつぎつぎと閃く。時間をカウントするうちに、彼女の鼓動は速まりだした。

　警報が始動する三秒前に、第一のコードが妨害器に送信された。彼女はほっと息をつき、暗い窓をちらりと見あげた。

「そのままやっていてよね、ヘドロのカップル」そうつぶやきつつ、第二の妨害器をセットする。「あと数秒でここはかたがつくから。そしたら、大いに楽しみましょ」

　背後の道に、すーっと車が入ってきた。ブレーキの音がし、彼女は小さく悪態をついた。すばやく振り返ると、歩道際にタクシーが停まっていた。夜会服姿のふたり連れが笑いながら、降りてくる。ルヴァはドアににじり寄り、暗がりのさらに奥へ入った。掌紋照合装置《パーム・プレート》の側面のパネルを小型ドリルで取りはずす。見ると、フェリシティの家の邸内人工生命《ハウス・ドロイド》はねじ釘までぴかぴかに磨き立てていた。

　パームPCを極細のワイヤーで接続し、バイパス・コードを打ちこみ、汗をにじませながら、それがクリアされるまで数秒間、待つ。その後、パネルをきちんともどしたうえで、第二の妨害器をボイス・ボックスに使った。

　今度はもっと長い時間——丸二分——がかかったが、直近の音声入力が再生されると、興奮の震えが怒りを貫いて駆け抜けるのがわかった。

オーガスト・レンブラント。

偽りの友の声がパスワードをささやく。ルヴァの唇は冷笑にゆがんだ。あとは、コピーしたセキュリティ番号を打ちこみ、道具を使って最後の手動のロックをはずすだけだった。

彼女はするりとなかに入り、ドアを閉め、いつもの癖でセキュリティをリセットした。ハウス・ドロイドが用件を訊きにくるのに備え、スタナーをかまえた。ドロイドはもちろん、彼女が誰かに気づくだろう。その隙をついて彼の回路を破壊すれば、障害は排除できる。

ところが家のなかはしんとしたままだった。ドロイドはホワイエに現れない。するとあのふたりは、ひと晩、ドロイドをシャットダウンしたわけね。彼女は苦々しく考えた。そうすれば、よりいっそう親密なときを楽しめるから。

ホワイエには、フェリシティがいつもテーブルに飾っている薔薇の香りが漂っていた。毎週交換されるピンクの薔薇。花瓶のそばには、ほのかに明かりが灯っているが、ルヴァには明かりなど必要なかった。勝手はわかっている。彼女はまっすぐ階段まで進み、二階へとのぼっていった。寝室をめざして。

踊り場に着いたとき、彼女はあるものを目にして、ふたたび怒りを燃え立たせた。無造作に手すりにひっかけられたブレアの軽い革のジャケット。彼女が昨春の誕生日に贈ったものだ。つい今朝方、いとしい妻に行ってきますのキスをしたとき、彼はこのジャケットを一方の肩にさりげなくかけていた。そして、きっときみが恋しくなる、と言い、ルヴァの首すじに頬をすり寄せ、この短い旅に出るのがどれほどつらいかを語ったのだ。ルヴァはジャケットを持ちあげ、顔に近づけた。彼のにおいがする。それを嗅ぐと、悲しみがいまにも怒りを凌駕しそうになった。

そうはさせじと、バッグから道具のひとつを取り出し、静かに革を切り裂いてずたずたにしてやった。それを床に放り捨て、靴の踵でぐいぐい踏みつけたうえで、彼女はその場をあとにした。

顔は怒りで火照っていた。彼女はバッグを下ろし、尻ポケットからスタナーを取り出した。寝室に近づいていくと、ちらちらと明かりが見えた。キャンドルだ。いまやそのにおいまでする。芳しくて、女らしい香り。それに、音楽の調べも低く聞こえる。薔薇の花と同じく、キャンドルのにおいと同じく、クラシックな何かだ。

いかにもフェリシティらしい。彼女は憤然と思った。実に女らしくて、はかなげで、完璧だ。本当は、この戦いには、もっとモダンで、今風で、威勢のいい曲がほしかったのだが。

ああ、メイヴィス・フリーストーンのガツンとくるやつを聞かせてよ。

とはいえ、頭のなかの怒りのざわめきと怨念のこだまとで、音楽をシャットアウトするのは簡単だった。彼女はつま先でドアを突いて、その隙間を広げ、そろそろとなかへ足を踏み入れた。

シルクとレースの上掛けの下で、ふたつの体がもつれあっている。眠ってしまったのね。彼女は苦々しく考えた。ぬくぬくと気持ちよく、セックスの疲れでぐったりとなって。

ふたりの衣類は、でたらめに椅子に放り出されていた。一刻も早く始めずにはいられなかったと言わんばかりに。それらを、そのからみあう衣類を見て、彼女の心は粉々に打ち砕かれた。

それでもくじけまいとして、スタナーを握りしめ、つかつかとベッドに近づいた。「お目覚めの時間よ、この溲瓶《しびん》ども」

そして、シルクとレースの上掛けをさっとめくった。

血。ああ、なんてこと。血だ。それがふたりの体一面、シーツ一面に広がっているさまは、めまいをもたらした。花やキャンドルの香りと混じり合い、突然、襲ってきたそのにおい、死のにおいに、喉をつまらせ、彼女はよろよろと後退した。

「ブレア? ブレア?」

一度、悲鳴をあげると、その衝撃がルヴァを始動させた。息を吸いこみ、再度、悲鳴をあげ、彼女はベッドに駆け寄った。

何かが、誰かが、暗がりからするりと出てきた。ルヴァはその動きをとらえた。そして、新たなにおいも——きつい、薬物のにおいだ。それは彼女の喉を、肺を満たした。

逃げるためだろうか、それとも、身を護るためだろうか。自分でもわからなかったが、彼女は向きを変え、水と化した空気のなかを泳いでいこうとあがいた。しかし四肢の力は抜けていた。さらに、手足の麻痺の数秒後には、眼球もひっくり返った。

そして彼女は、自分を裏切った死者たちのかたわらにくずおれた。

1

ニューヨークの腕利き捜査官、イヴ・ダラス警部補は、全裸で四肢を投げ出していた。耳の奥では血が脈動し、心臓はエアジャッキよろしくばくばくいっている。彼女はなんとか一度、息を吸いこみ、それから呼吸をあきらめた。

至上のセックスの余韻で全身が高ぶっているときは、空気なんか必要ない。イヴの下には、彼女の夫が温かく、力強く、静かに身を横たえている。動いているのは、彼女の胸をたたくその心臓だけだ。やがて彼はあの驚異の手を持ちあげ、うなじから臀部までイヴの背筋をすーっとなでた。

「その気にさせたいのね」彼女はつぶやくように言った。「おあいにくさま」

「いや、僕はラッキーだよ」

暗闇のなかでイヴはほほえんだ。彼の声を聞くのが大好きなのだ。そこにちらちらとゆらめくアイルランドの響きが。「かなりの歓迎だったでしょ。特に、家を空けていたのが四十八時間足らずであることを思えば」

「確かにフィレンツェへの旅のいい締めくくりになったよ」

「まだ訊いてなかったけど、アイルランドにも寄ったの？　会いにいった――？」イヴはほんの一拍、ためらった。ロークに家族がいると思うと、まだひどく奇妙な感じがする。「ご家族に？」

「うん、行ったよ。何時間か楽しく過ごしてきた」ロークがあの手で背中をなでつづける。上へ下へ、上へ下へ、イヴの鼓動が遅くなり、目がとろんとなるように。「すごく変な感じだろう？」

「きっとこの先しばらくはそうなのよ」

「ところで、新しい捜査官はどうしてる？」

自分の元助手のこと、最近の昇進に対するその適応ぶりを考えながら、イヴは体を丸くした。「ピーボディは優秀よ。まだリズムに乗りきれてはいないけれどね。このあいだは、家族のいざこざを扱った。兄弟ふたりが遺産をめぐって大喧嘩してね。お互いさんざん殴り合ったあげく、一方の阿呆が階段から真っ逆さまに転落し、首の骨を折ったの。で、もう一方は、物取りらしく偽装工作しようとした。奪い合っていた品物を全部毛布に放りこみ、外の車に運んで、トランクに突っこんだのよ。警察がそこを調べないわけないのに」

小馬鹿にしたようなその口調に、ロークはくすくす笑った。イヴは寝返りを打って、伸びをした。

「とにかく、点滅する大きな赤い点をつなぐだけという感じだった。だから、ピーボディを主任捜査官にしたの。彼女、すっかり舞い上がってた。でも呼吸が回復してからは、うまくやったわ。採取班はすでに証拠の収集にかかっていたけど、彼女はそいつをキッチンへ連れていって、いかにも同情的な態度で一緒にすわった。自分の熟知している家庭の味ってやつを大いに活用したわけね。約十分後には、その男はべらべら自白していたわ。彼女はそいつを第二級故殺で挙げた」

「やったじゃないか」

「だいぶ自信がついたでしょうね」イヴはもう一度、伸びをした。「とにかく大変な夏だったもの。そういう牧場《まきば》のお散歩的な仕事がもう何件かあってもいいわね」

「何日か休みをとったら？　ふたりで本物の牧場をお散歩できるよ」

「二、三週間、ピーボディと過ごさせて。独り立ちさせる前に、彼女が一人前にやれるかどうか確認したいの」

「じゃあ、それで決まり。そうだ、きみの、その……熱烈な歓迎には大いに感謝しているけど、おかげですっかり忘れていたよ」ロークはベッドを出て、照明一〇パーセントと指示した。

ほのかな光のなかで、彼はベッドの広い台座を下り、部屋に入るとき持ってきた小さなバッグのほうへと向かった。優雅に、ほっそりしたエレガントな猫のように動くその姿を見て、イヴは大きな歓びを覚えた。

あの種の優雅さは、先天的なものなのだろうか。それとも、子供時代にダブリンの街で警官たちをかわしつつ、すりを働くうちに、身に着いたものなのだろうか。どんな形で獲得したにせよ、それは彼を支えてきた。あの利口な少年を助け、度胸と狡猾さと手練手管とで帝国を築きあげたこの男性を助けてきたのだ。

ロークが振り返り、その顔が明かりにぼんやり照らされたとき、イヴの心をあるものが吹き抜けていった。くらくらするほどの愛、息をのむほどの驚きが。この男性がわたしのものだなんて——こんなにも美しいものが。

ロークはまるでひとつの美術品だ。才気あふれる魔術師によって彫刻された逸品。顔のくっきりした骨格、官能的な魔法である豊かな唇。あの瞳、荒々しいケルト族のあのブルー。イヴを見つめるとき、それはいまだに彼女の喉を疼かせる。そして、あの奇跡のキャンバスは、肩のあたりまで流れる黒絹に囲われ、そこに触れたいという思いに絶えず指をうずうずさせる。

結婚してもう一年以上になるが、ときどき、まったく思いがけない瞬間に、ただロークを見ただけで、イヴの心臓は止まってしまうことがある。

彼がもどってきてかたわらにすわり、彼女の顎をとらえ、その中央の小さなくぼみを親指で軽くなでた。「暗闇でじっと動かずにいる、ダーリン・イヴ」彼は彼女の額に唇を触れた。

「プレゼントを買ってきたんだよ」

イヴは目を瞬《しばたた》き、びくりと身をひいた。贈り物に対するこのいつもの反応に、ロークはほほえんだ。彼の手の細長い箱に向けられた不安げなまなざしもまた、その笑みを誘った。

「嚙みつきはしないよ」ロークは請け合った。

「二日も留守しなかったのに。贈り物を持ち帰るのは、それ相応の時間が空いた場合でしょう」

「二分後には、もうきみが恋しくなっていたんだ」

「懐柔しようというわけね」

「それでも、いまの言葉が真実であることに変わりはないよ。箱を開けて、イヴ。そして、『ありがとう、ローク』と言うんだ」

天を仰いでみせながらも、イヴは箱を開けた。

それはブレスレットだった。メタルバンドで、その金の一面に小さな菱形が彫りこまれ、きらめきを放っている。中央には石がはめこまれていた。血のように赤いところを見ると、ルビーなのだろう。大きさはイヴの親指ほどもあり、感触はなめらかだ。

見たところ、古くて価値のあるものらしい。いかにも貴重な骨董品という風情。この感じはいつも、イヴの胃袋をざわつかせる。

「ローク――」

「ありがとう、を忘れているよ」

「ローク」イヴはもう一度言った。「わかってるわよ。きっと、このブレスレットのかつての持ち主は、イタリアの伯爵夫人か、でなければ――」

「王女だよ」ロークがそう締めくくり、ブレスレットを取りあげて、彼女の手首にするりとはめた。「十六世紀にはね。そしていま、それは女王のものとなった」

「ああ、勘弁してよ」

「わかった、いまのは言いすぎだな。でもよく似合っているよ」

「切り株にならよく似合うでしょうよ」ロークはことあるごとに贈り物攻めにしてくるが、イヴ自身は光り物にはまるで興味がない。でもこれには……何かがある。彼女は腕を差しあげ、手首を回して、石と彫刻から光を放散させた。「もし、なくしたり壊したりしたら？」

「とても残念だろうな。でもそれまでは、きみがつけているのを見て楽しむさ。それで気が楽になるなら教えるが、おばのシニードも僕がネックレスを贈ったときは、同じくらいうろたえていたよ」

「分別のある女性のようね」

ロークはイヴの髪を引っ張った。「僕の大事な女性たちは、僕の気ままを許すだけの分別がある。彼女たちに贈り物をすることが、僕にとっては無上の歓びなわけだからね」

「如才ない言いかたね。でもほんとにきれい」それに、少なくとも胸の内では、認めざるをえない。彼女は肌の上をするするすべるその感触が好きだった。「仕事にはつけていけないけど」

「そうだろうね。でも、いまきみがつけているその感じもいいし。他には何も身に着けていないっていうのが」

「変なことを考えないでね、大物さん。こっちは、えーと――」イヴは時刻を確認し、計算した。「あと六時間で任務に入るんだから」

ロークの瞳のきらめきを認め、イヴは目を細めた。ところが、彼女の用意していた形ばかりの抗議は、ベッド脇のリンクの音にさえぎられた。

「あなたへよ」リンクのほうへうなずいてみせ、イヴはベッドを下りた。「夜なかの二時にあなたに通信が入った場合は、少なくとも誰も死んではいないわけだけど」

ロークが映像をブロックし、リンクに応答するのを聞きながら、彼女はバスルームへ入っていった。

なかでたっぷり時間をかけ、そのあと、ふと気づいて、ロークが映像を復活させている場合に備え、ドアのフックからローブを取った。

ベルトを締めながら部屋にもどると、ロークはもう起きていて、クロゼットの前にいた。

「誰からだったの？」

「カーロだ」

「すぐ行かなきゃならないの？　夜なかの二時に？」ロークの声、業務管理役の名を告げたその口調だけで、イヴの首の肌は粟立った。「何があったのよ？」

「イヴ」ロークは、大急ぎではいたズボンに合うシャツを取り出した。「たのみがあるんだ。とても大事なたのみが」

妻へのではない、とイヴは思った。彼のお巡りさんへのたのみね。「なんなの？」

「うちの従業員のひとりだが」ロークはシャツに腕を通したが、目はイヴを見つめたままだった。「彼女が面倒なことになった。かなり面倒なことに。なんと言っても、人が死んだわけだから」

「あなたの会社の従業員が人を殺したって言うの？」

「いや」イヴがその場に立ったまま動かないので、ロークはみずから彼女のクロゼットに歩み寄り、衣類を取り出した。「彼女は混乱し、取り乱している。それに、カーロの話だと、言うことも少しおかしいようだ。これは、いつものルヴァらしくない。彼女はセキュリティ部門で働いているんだよ。設計と設置が主な仕事でね。岩みたいにしっかりしている。シークレット・サービスに何年も勤めていたし、めったなことでは動じない女性なんだ」

「何があったかまだ話してくれていないわ」

「彼女が夫と友達を、その友達の家で発見した。死んでいるのを。すでに死んでいたんだよ、イヴ」

「で、遺体を二体発見したあと、警察ではなくあなたの業務管理役に連絡したわけね」

「そうじゃない」ロークは選んだ服をイヴの手に押しつけた。「自分の母親に連絡したんだ」

イヴは彼を凝視し、小声で悪態をつき、それから、服を着はじめた。「報告を入れなきゃ」

「お願いだよ、待ってくれ。きみがその目で見るまで。直接ルヴァと話すまで」ロークは両手をイヴの両手に重ね、彼女がふたたび自分に目を向けるまでそうしていた。「イヴ、お願いだ、せめてそれまで待ってくれ。自分の目で見ていないなら、報告する必要もないだろう。僕はその女性をよく知っている。彼女の母親のことは、十二年以上前から知っていて、他の誰より信用しているくらいなんだよ。ふたりにはきみの助けが必要だ。それに僕にも」

イヴはホルスターを取りあげ、装着した。「じゃあ現場に行きましょう。大至急」

よく晴れた夜だった。二〇五九年の夏につきまとっていた暑苦しさは徐々に和らぎ、秋のさわやかさへと変わりつつある。道はすいており、車での短い移動のあいだ、ロークの側にテクニックや集中力はほとんど求められなかった。彼は、その沈黙から、妻は内にこもっているのだと判断した。質問をしてこないのは、これ以上情報がほしくないから、自分が見聞きし、感じとるものへの印象を何ものにも曇らされたくないからだ。

彼女の細い鋭角的な顔は、硬くなっていた。切れ長な金茶色の目は警官一流の無表情。ロークにすら何も読みとれない。ほんの少し前、彼の唇に熱くやわらかく触れていた大きな口は、ぎゅっと引き結ばれている。

ロークは路上の駐車禁止区域にイヴの車を駐め、彼女が自分でするより先に、〈公務中〉のライトをつけた。

イヴは無言で歩道に降り立った。ひょろりと細長く、愛の営みで乱れた髪のまま。

ロークはそちらへ回って、その髪をそっと手で梳き、できるだけきれいに整えた。「ありがとう。こうしてくれて」

「感謝するのはまだ早いわ。豪勢な住まいね」イヴは、褐色砂岩の邸宅のほうへ頭をかしげてみせた。彼女が入口への階段をのぼるより早く、そのドアが開いた。

そこにはカーロがいた。輝く白髪が銀の後光さながらに頭を囲んでいる。それなしでは、青い綿のパジャマの上にスマートな赤い上着を着たこの青白い女性が、ロークの威厳ある有能な業務管理役だとは、イヴにはわからなかったかもしれない。

「よかった。ああ、よかった。こんなに早く来てくださってありがとうございます」カーロはぶるぶる震える手を伸ばし、ロークの手をつかんだ。「どうしていいか、よくわからなくて」

「あれでよかったんだよ」ロークは彼女を抱き寄せた。

イヴは、カーロが嗚咽《おえつ》を押し殺し、ため息とともに吐き出すのを耳にした。「ルヴァは――あの子は具合がよくないんです。ひどい状態なんですよ。リビングに残してきましたが。わたくしは二階には上がっておりません」

カーロはロークからそっと体を離し、姿勢を正した。「上がってはいけないと思ったので。どこにも触っておりませんから、警部補。キッチンのグラス以外は。ルヴァに水を一杯持っていったんです。でも触ったのは、そのグラスと、それからボトルだけです。ああ、それと冷蔵庫の取っ手。わたくしは――」

「大丈夫よ。娘さんのところへもどって一緒にすわっていたら？　ローク、ふたりに付き添っていて」

「しばらくのあいだ、ルヴァとふたりでも大丈夫だろう？」ロークはカーロに訊ねた。「僕も警部補と一緒に行くよ」イヴの顔をよぎったいらだちの色は無視し、彼はカーロの肩をいたわりをこめてさすった。「長くはかからないからね」

「あの子は——ルヴァは、ひどい惨状だと言っていました。そしていまは、ただあそこにすわったきり、まったくしゃべらないんです」

「そのまま黙らせておくことよ」イヴは助言した。「下の階に留めておくこと」彼女は階段をのぼりはじめた。そして、ずたずたに引き裂かれ、床に放り出された革ジャケットにちらりと目をやった。「どの部屋か聞いている？」

「いや。ただ、ベッドで見つけたとしか」

イヴはまず右手の部屋、ついで、左手の部屋に目をやった。それから血のにおいに気づき、そのまま廊下を進んで、ドアの前で足を止めた。

ふたつの遺体は、向き合って横たわっていた。まるで秘密を打ち明け合うように。シーツも、枕も、床の上でくしゃくしゃになっているレースの上掛けも、血に染まっている。

マットレスにぐさりと突き刺さったナイフの柄や刃も。

ドア近くの黒いバッグ、ベッドの左に転がっている最高級のスタナー、椅子にでたらめに積みあげられた衣類に、イヴは目を留めた。それにキャンドル。まだ燃えていて、芳香を漂わせている。音楽もまだ静かにセクシーに流れている。

「これは牧場のお散歩とはいかないわね」イヴはつぶやいた。「殺人。被害者二名。報告を入れなきゃ」

「きみが主任捜査官になってくれる？」

「そのつもりよ。でもあなたのお友達が犯人なら、そのことは厚意にはならない」

「彼女はやってないよ」

イヴがコミュニケーターを取り出したので、ロークはうしろへ退いた。

「カーロを別の部屋に連れていって」通信を終えると、イヴは彼に言った。「キッチンはだめよ」再度ナイフに目をやり、彼女は付け加えた。「下にはきっと書斎とか図書室とかその類《たぐい》のものがあるはずよ。どこにも触らないようにしてね。事情聴取をしないと――彼女、なんて言ったっけ？　ルヴァ？」

「そう、ルヴァ・ユーイングだ」

「彼女に事情聴取しないと。そのあいだは、あなたにも彼女の母親にもそばにいてほしくないの。あなたは彼女を助けたいのよね」ロークに口をはさむ隙を与えず、彼女はつづけた。「ここからは、できるかぎり規則にのっとってやりましょう。彼女はセキュリティ関係の人だって言っていたわね」

「ああ」

「あなたの会社の一員なんだから、優秀かどうかは訊くまでもないわね」

「彼女は優秀だよ。非常に」

「で、その男は彼女の旦那？」

ロークはベッドを振り返った。「そうだよ。ブレア・ビッセル、アーティスト、才能のほどは不明。金属を素材に制作している——いや、していた、だね。あれも彼の作品じゃないかな」彼は部屋の隅に据えられた、金属の管や塊がごちゃごちゃからみあったものを指し示した。

「それで誰かがあれにお金を払うわけ？」イヴは首を振った。「物好きがいるものね。彼女についてはあとでもっと聞かせてもらう。でもまずは本人に会って、それから、この現場をもっとよく調べたいわ。ふたりの結婚生活だけど、支障をきたしてどれくらいなの？」ふたたび廊下を歩きだしながら、イヴは訊ねた。

「こっちは支障があることにも気づかなかったよ」

「まあ、それも終わったわけだけど。カーロを別室へやってよ」そう言うと、彼女は、ルヴア・ユーイングとの初顔合わせのためリビングに入っていった。

カーロは、三十代初めの女性の肩を抱いてすわっていた。女性は黒髪で、それをイヴと同じくらい無造作に短くカットしている。体つきは小柄で引き締まっていた。アスリートの体型。いま身に着けている黒のTシャツとジーンズがそれを引き立たせている。

肌は氷のように白く、目は煤《すす》けた灰色だが、いまはショックのせいでほとんど黒く見える。唇は血の気がなく、やや薄めだった。イヴが近づいていくと、彼女はさっと目を上げ、こちらを見据えた。その目は縁が赤くなり、腫れあがっていた。イヴが予期していた鋭い知性など、そこにはみじんも見られなかった。

「ミズ・ユーイング、ダラス警部補です」

ルヴァは凝視をつづけたが、会釈とも震えともつかないかすかな頭の動きはあった。

「いくつか質問をしなくてはならないんです。わたしたちがお話ししているあいだ、お母様はロークと一緒にいますから」

「ああ、わたしもここにいさせていただけませんか?」ルヴァの肩を抱くカーロの腕に力が入った。「お邪魔はしません。お約束します――」

「カーロ」ロークが彼女のかたわらに歩み寄り、その手を取った。「こうしたほうがいいんだよ」そう言って、優しくカーロを立ちあがらせる。「ルヴァのためだ。イヴなら信頼できる」

「ええ、それはそうですけど……」ロークに部屋から連れ出されながら、カーロは振り返った。「すぐそこにいるからね、ルヴァ、すぐそこに」

「ミズ・ユーイング」イヴはルヴァと向き合ってすわり、ふたりのあいだのテーブルにレコーダーを置いた。そして、ルヴァの視線がそこに吸いつくのを目にした。「この会話は記録します。これからあなたの権利を読み、その後、いくつか質問しますからね。わかりますか?」

「ブレアは死んだの。わたし見たのよ。ふたりとも死んでいた。ブレアとフェリシティ」

「ミズ・ユーイング、あなたには黙秘する権利があります」イヴが改訂版のミランダ準則を唱え終えると、ルヴァは目を閉じた。

「ああ、どうしよう。これは現実なんだ。恐ろしい夢なんかじゃない。現実なのよ」

「今夜ここで何があったか教えてください」

「わからない」涙がひとしずく、頬を伝っていく。「何があったかわからないの」

「夫君とフェリシティとのあいだには性的な関係があったんですね？」

「それが理解できないの。理解できないのよ。愛されていると思っていたのに」ルヴァの目がイヴの目をとらえる。「最初は信じなかった。信じられっこないでしょう？　ブレアとフェリシティ。夫と友達。でもそれから気づいたの。見過ごしていた徴候がすべて見えてきた。ヒントもミスも全部。ふたりの犯した小さなミスが」

「彼らの関係を知ったのはいつですか？」

「今夜。今夜知ったばかり」震える息が吸いこまれ、吐き出される。彼女は拳で両の頬の涙をぬぐった。「彼は明日までよその町にいるはずだった。クライアント、新しい注文。なのに、ここにいたの。彼女と一緒に。わたしはやって来た。そしてこの目で……」

「あなたは今夜、彼らと対決するためにここに来たんですね？」

「すごく腹が立っていたのよ。ふたりしてわたしを馬鹿にしていたわけだから。それですごく腹が立っていた。あの人たちは、わたしの心を打ち砕いた。とっても悲しかったわ。そしたら、ふたりとも死んでいた。ああ、あの血。あのすごい血」

「あなたが彼らを殺したの、ルヴァ？」

「いいえ！」彼女の全身がびくりとひきつった。「ちがうちがう！　ふたりを懲らしめたかった。報いを受けさせたかった。だけど、あんな……あんなことできっこない。わたしは何があったか知らないの」

「では、知っていることを話してください」

「車でここへ来たの。わたしたち、クイーンズに家があるのよ。ブレアが家をほしがったから。でも彼は、わたしたちの働いているマンハッタンには、住みたがらなかった。どこか引っこんだ静かなところ、そう言っていたわ。ふたりだけの場所って」

声が乱れ、ルヴァは両手で顔をおおった。「ごめんなさい。何もかもありえないことのように思えて。いまにも目が覚めて、全部夢だったということになりそうな気がするの」

ルヴァのシャツには少し血がついていた。両手、両腕、顔には、血痕なし。イヴは他の所見とともにその点も頭にメモし、ルヴァが気を鎮めて、先をつづけるのを待った。

「わたしは怒り狂っていた。自分のしたいことはわかっていたわ。ここのセキュリティを設計したのはわたしよ。だから侵入のしかたも心得ていたの。それで押し入った」

ルヴァは頬の涙を払った。「ふたりの不意を突きたかったの。だから押し入って、それから二階へ上がった。彼女の寝室へ」

「武器は持っていましたか?」

「いいえ……その、スタナーは持っていたわ。シークレット・サービスの制式銃で、仕様を変更したやつ。最小のパワーしかないから、民間人のライセンスで携帯できるの。わたし……」彼女は苦しげに息を吐いた。「一発お見舞いしてやろうと思ったの。彼のタマに」

「で、実際にそうした?」

「いいえ」ルヴァは両手で顔をおおった。「はっきり覚えていないのよ。脳に霞《かすみ》がかかっているみたいで」

「あなたは革ジャケットを引き裂きましたね？」

「ええ」今度はほっと息をつく。「手すりにかかっているのに気づいて。あれは、わたしがあげたジャケットなのよ。見ただけで、カッとなったわ。それで、小型ドリルを取り出して、ずたずたにしてやった。くだらないわよね。それはわかっていたのよ。でもものすごく腹が立っていたから」

「わたしはくだらないとは思いませんが」イヴは、穏やかでやや同情的な口調を保った。「自分の夫が自分の友達と寝ていたわけですから。そりゃあ仕返ししたくもなるでしょう」

「そう、仕返しがしたかったのよ。ふたりがベッドに一緒にいるのを、わたしは見た。それから、気づいたの——死んでいるって。それにあの血。あんなに大量の血を見たのは初めてよ。彼女は悲鳴をあげた——いいえ、ちがう、わたしが悲鳴をあげたの。絶対にそのはずよ」

ルヴァは一方の手で喉をさすった。その叫びが喉を裂いていくのがいまも感じられると言うように。「それから、気を失ったの——たぶん。何かにおいがしたのよ。血のにおいとは別に。他の何かのにおい。そのあと気を失ったの。どれくらい倒れていたかは、わからない」

彼女はグラスを手に取り、ごくごくと水を飲んだ。「意識がもどったときは、ふらふらしていて、吐き気がして、変な気分だったわ。それから、あの人たちが目に入った。ベッドのあの人たちがまた目に入って、それで這って部屋を出たの。立ちあがれそうになかったから、バスルームまで這っていって、そこで吐いた。それから母に連絡した。どうしてなのかは、わからない。本当は警察に通報すべきだったのに、ママに連絡したのよ。頭がまともに働いていなかったのね」

「あなたは今夜、夫と友人を殺すつもりでここへ来たのですか？」

「いいえ。わたしは修羅場を演じるつもりでここへ来たのよ。ねえ、また吐きそうだわ、警部補。ちょっと――」

ルヴァは腹を押さえ、それから、いきなり立ちあがって部屋の外へと走った。イヴもすぐあとにつづいた。ルヴァはさっとドアを開け、化粧室に飛びこむと、膝をついてゲーゲーと嘔吐した。

「喉が」彼女はどうにか言った。そして、イヴの差し出した濡れタオルを、ありがたそうに受け取った。「喉が焼けそう」

「今夜、違法ドラッグを使用している、ルヴァ？」

「違法ドラッグはやらないの」ルヴァはタオルで顔をふいた。「信じてちょうだい。カーロに育てられたうえ、最初はシークレット・サービスに、つぎはロークにスクリーニングされたのよ。そんなものやってるわけがない」すっかり消耗しつくして、彼女は壁に寄りかかった。「警部補、わたしは人を殺したことはないわ。大統領の警護に当たっていたころは武器を携帯していた。一度は、彼女の身代わりに弾を受けたこともある。癇癪《かんしゃく》持ちだし、頭に来れば馬鹿をやることもあるかもしれない。でも、誰にせよ、ブレアに、フェリシティにあんなことをした連中は、馬鹿をやったわけじゃない。犯人どもは狂っていたの。すっかりイカレていたんだわ。わたしにはあんなことはできない。絶対に無理」

イヴは相手と視線を合わせられるようしゃがみこんだ。「あなたが、わたしだけじゃなく、自分自身に言いきかせるように話しているのはなぜかしらね、ルヴァ？」

ルヴァの唇が震え、目は新たな涙でいっぱいになった。「なぜなら覚えていないからよ。とにかく思い出せないの」彼女は両手で顔をおおい、泣きだした。

イヴはその場を離れ、カーロを呼びにいった。

「彼女に付き添っていて」イヴはそう指示した。「すぐに監視をつけさせてもらう。それが規則なの」

「あの子を逮捕なさるんですか？」

「まだその判断は下していない。彼女は協力しているし、このことは有利に働くわ。あなたが彼女をこの部屋に連れてきて、わたしがもどるまで外に出さなければ、それがいちばんよ」

「わかりました。どうもありがとう」

「捜査キットを車から取ってこなきゃ」

「僕が取ってこよう」ロークはイヴと一緒に外に出た。「どう思う？」

「現場を封鎖して調べるまでは、何も考えない」

「警部補さん、きみはいつだって何か考えているだろう」

「わたしに仕事をさせて。手伝いたい？　なら、わたしのパートナーと鑑識が到着したら、上の階に彼らをよこして。それまでは、引っこんでいてよ。さもないと、何もかもめちゃめちゃになる」

「ひとつだけ教えてくれ。ルヴァに、弁護士に連絡するよう言ったほうがいいのかな？」

「あなたはわたしを苦しい立場に追いこんでいる」イヴはロークから捜査キットをひったくった。「わたしは警官なの。警官の仕事をさせてちょうだい。あとのことはそっちで考えて。まったくいまいましいったらありゃしない」

彼女はどかどかと二階に向かった。キットを乱暴に開けると、〈シール・イット〉の缶を取り出し、両手とブーツをコーティングする。それから、レコーダーを襟に留め、犯行現場にふたたび入り、仕事を始めた。

床板のきしむ音を耳にしたとき、イヴは遺体そのものの検分にかかっていた。侵入者をどなりつけるつもりで、さっと振り返った彼女は、ピーボディの姿を見て罵声を噛み殺した。

そろそろ、元助手が足音を立てないことにも慣れなくてはいけない。この新米捜査官がはいているのは、もう底の硬い警官の靴ではなく、やわらかくてほとんど音のしない——イヴの考えでは、ちょっと不気味な——エア・スニーカーなのだ。

どうやらピーボディは、虹の各色すべてのエア・スニーカーを持っているらしい。いまはいているのは、ジャケットの色に合わせた芥子色《からし》のやつだ。その靴と、黒のストレート・パンツとスクープネックのトップにもかかわらず、彼女はどうにかぴしっと、格好よく、警官らしく見えた。

その顔はまじめで気遣わしげだった。そして、いつもどおりのスタイル——黒っぽい髪色に似合うらしいボウル形にカットされた、癖のない髪に縁取られていた。

「裸で殺《や》られるなんて、踏んだり蹴ったりですね」ピーボディは言った。

「それに、人の旦那や、奥さん以外の女といっしょに裸で殺《や》られるなんて、みっともない話だしね」

「わかっているのはそれだけですか？　通信司令部は詳細を伝えてこなかったんですが」

「わたしが詳細を教えなかったの。死んだ男は、ロークの業務管理役の娘婿。いま現在、その娘が第一容疑者よ」

ピーボディはベッドに目を向けた。「修羅場がさらなる修羅場と化したようですね」

「まず現場を調べて。登場人物たちについては、そのあとで教える」イヴは封印した武器を持ちあげた。「スタナーよ。容疑者の主張によれば——」

「うわぁ！」

「何？　どうしたの？」イヴは空いているほうの手を、さっと武器へやった。

「それ」ピーボディは手を伸ばし、イヴの手首にはまったブレスレットの上で指をひらひらさせた。「すごい。めちゃめちゃすてきじゃないですか、ダラス」

イヴは苦りきって、ジャケットの袖のなかにブレスレットを押しこんだ。それをはめているのを、すっかり忘れていたのだ。「いまは、わたしの装身具より、犯行現場に集中したほうがいいんじゃない」

「ですよね。だけど、それは究極の装身具ですよ。その大きな赤い石はルビーですか？」

「ピーボディ」

「はいはい」そう言いながらも、ピーボディは、ダラスの隙を見てもっとよく拝ませてもらうつもりだった。「で、どこまでうかがいましたっけ？」

「わたしが犯行現場で楽しく証拠をいじくってたっていうところ」

ピーボディはぐるりと目玉を回した。「おお、わたしをお仕置きしてください」

「機会がありしだいね」イヴは同意した。「つづけるわよ。容疑者の主張によれば、彼女はスタナーを持参した。民間人のライセンスの基準に合うよう仕様変更したやつを。でもこれは、仕様変更したスタナーじゃなく、最大出力の軍の支給品よ」

「ふむ」

「いつもながら簡潔ね」

「警官の隠語ですよ」

「指紋を調べたところ、前述の武器には容疑者の指紋がついていた。いたるところに、容疑者の指紋だけが。殺人の凶器も同様」イヴは、やはり封印された別の袋を指し示した。そこには血のついたナイフが収められていた。「あそこのバッグには、妨害器と不法侵入の道具が入っており、これにもルヴァ・ユーイングの指紋がついていた」

「彼女、セキュリティに精通しているんですか？」

「ロークの会社で、その仕事をしているのよ。そのうえ、元シークレット・サービスなの」

「状況から見て、容疑者は侵入し、やっている夫を発見し、めった切りにしたということのようですね」

そう言いながら、ベッドへ、遺体のほうへとピーボディは近づいた。「どちらの被害者にも防御創はなく、抵抗した形跡もない。誰かがめった切りに着手したら、多少なりとも異を唱えるのがふつうなのに」

「その前にスタナーで撃たれていたら、それもむずかしいでしょ」

イヴは、ブレアの肩胛骨のあいだに散った小さな赤い点を指し示した。フェリシティの胸のあいだにも、それと同じものがあった。

「男は背中で、女は前か」ピーボディが言った。

「そう。きっとやっている最中だったんでしょうね。殺人者は背後から歩み寄り、まず男をビビッと一撃。彼を脇に押しのけて、女が顔をのぞかせるや、またビビッと一撃した。ふたりは意識を失った。仮に意識があったとしても、めった切りが始まったときは、身動きができなかったのよ」

「すさまじい殺しかたですね」ピーボディが言う。「それぞれに十箇所以上、傷があるんじゃないですか」

「男は十八箇所、女は十四箇所よ」

「うわっ」

「ほんとにね。心臓に傷はない。この点は注目に値する。心臓を刺さなければ、出血はより多くなるでしょう」

イヴはシーツの血の広がり具合と、ベッド脇のランプシェードに軽く散った血しぶきを観察した。凶悪なやり口だ。きわめて凶悪、かつ、荒っぽい。

「それに、遺体の傷が、スタナーによる火傷の痕とまったく重なっていないという点も、注目に値するわ。容疑者の衣類には血がついている。たくさんとは言えない。でも多少。両手と両腕はきれいだった」

「このありさまですからね。手や顔を洗わずにはいられなかったのでは？」

「そう思うでしょう？　それに、彼女がやったなら、シャツも始末したはずだとも。でもふたりの人間をめった切りにしたあとは、茫然自失の状態がかなり長くつづくものよ」

「でも母親が来たわけですから」ピーボディは指摘した。

「そうね。たぶん母親が彼女を洗ってやったのかも。でもカーロなら、もっと入念にやると思う。死亡推定時刻は午前一時十二分。電子探査課《EDD》にセキュリティをチェックさせましょう。それで、彼女がコードを迂回して侵入した時刻を特定できるかもしれない。あなたはキッチンを調べて。凶器がこの家のものなのか、持ちこまれたものなのか」

ここでイヴは一拍置いた。「向こうに落ちていた革のボマージャケットの残骸を見たでしよ？」

「ええ。よさそうな革でした」

「あれにもタグをつけてほしいの。ユーイングは、自分の小型ドリルで切り裂いたと言っている。照合してみましょう」

「ふん。ナイフがあったなら、なぜドリルなんか使ったんでしょうね。ナイフで切り裂いたほうが、気分がすっきりするし、効率もいいのに」

「そう、そこが問題よ。それから、被害者のふたりも調べましょう。裏切られた妻以外に、彼らの死を願っていた人物がいないかどうか」

歯のあいだからすーっと息を吐き出しながら、ピーボディは遺体に視線をもどした。「見た感じのとおりなら、彼女は楽に、責任能力なしと認めてもらえますね」

「見た感じがどうかじゃなく、事実がどうかをつかまないとね」

2

「いいえ。そんな。あの子の手や顔を洗ったりはしていません」

カーロは、静かな目、落ち着いた顔をしてすわっていた。しかしその手は膝の上でぎゅっと握り合わされている。まるで、そうやって椅子に体をつなぎとめているかのように。

「できるかぎり何にも触らないようにしました。とにかくおふたりがいらっしゃるまで、あの子を落ち着かせておくようにしていただけなんです」

「カーロ」イヴは彼女の顔だけに視線を集中し、ロークが――カーロの要望で――部屋に残っているという事実と、腹のなかの癪の塊を無視しようと努めた。「二階には、主寝室に隣接してマスター・バスルームがあってね、シンクはふいてあったけれど、誰かがそこで血を洗い落とした形跡があるのよ」

「わたくしは二階へは上がっておりません。誓いますわ」

その誓いゆえに、また、彼女を信じているがゆえに、イヴにはわかった。自分の言葉が何を意味しているか、カーロは理解していないのだ。しかしロークは理解している。その姿勢の変化、注意を促す微妙な動きが、それを物語っていた。

　彼が沈黙を守ったので、癪の塊は少し縮んだ。

「ええ。知っています。わたくしも見ました……」イヴは言った。

「ルヴァの着衣には、血がついていたわ」そして、彼女の目にゆっくりと理解の色が浮かび、それはたちまち、抑制しきれないパニックへと変わった。「警部補、仮にルヴァが――仮にあの子が洗面所を使ったとしても、それはショック状態でしたことです。何かを隠蔽《いんぺい》しようとしたわけじゃありません。どうか信じてください。あの子はショック状態だったんです」

　吐いたのは確かね、とイヴは思った。便器やその縁には、ルヴァの指紋がついていた。彼女が激しく嘔吐しながら、そこにしがみついた場合、つくはずの箇所に。ただし、それはマスター・バスルームではない。彼女の嘔吐の痕跡は、寝室から離れた廊下の先のバスルームに残っていたのだ。

　一方、血痕はマスター・バスルームのほうにあった。

「この建物へはどうやって入ったの、カーロ?」

「どうやってって……ああ」無意識に蜘蛛の巣を払いのけるようなしぐさで、カーロは片手で顔を払った。「ドアが、正面のドアがロックされていなかったんです。少し開いていたんですよ」

「開いていた？」

「ええ。そうだわ、ロックのライトがグリーンになっていて、それから、ドアが完全に閉まっていないのに気づいて。それで、ただドアを開けて、なかへ入ったんです」

「で、入ったときの状況は？」

「ルヴァがホワイエで、床にすわりこんでいました。そこにすわって、丸くなって、震えていたんです。言うこともほとんど支離滅裂でした」

「でも、あなたに連絡してきたときは、さほど支離滅裂じゃなかったわけよね。あなたには、ブレアとフェリシティが死んだことや、彼女が——自分の娘が——困った立場にあることが理解できたわけだから」

「ええ。自分が必要とされていること、ブレアが——ブレアとフェリシティが死んだことは理解できました。あの子はこう言ったんです。『ママ、ママ、ふたりが死んでる。誰かに殺されたのよ』泣いていたし、声が虚ろで妙でしたわ。どうしていいかわからない、とあの子は言いました。それで、いまどこなの、と訊くと、ここを教えてくれたんです。具体的にあの子がなんと言ったのかは覚えていません。自分がなんと言ったのかも。でも自宅のリンクに記録されていますから。ご自分でお聞きになればいいわ」カーロの声は少し固くなっていた。

「ええ、そうする」

「本来ならルヴァは、それにわたくしも、すぐ警察に連絡すべきだったんですよね」

カーロはパジャマのズボンの膝を手で均《なら》した。それから、いまになって自分の服装に気づいた様子で、ぽかんと一同を見つめた。その頬が少し赤らんだ。そして彼女はため息をついた。「いま言えるのは、わたくしたちのどちらも……ちゃんと頭が働いていなかったということだけです。ただ、自分たちがいちばん信頼している人に連絡しようとしか思わなかったんです」

「娘婿の不貞にあなたは気づいていた？」

「いいえ。とんでもない」その言葉は、怒りをこめて、ぴしゃりと言い放たれた。「それから、訊かれる前に言っておきますが、わたくしはフェリシティをよく知っていました。いえ、よく知っていると思っていたんです」カーロはそう訂正した。「ルヴァの親友で、姉妹も同然でしたよ。わたくしのうちにもよく来ていましたし、こちらも彼女のうちをよく訪ねていました」

「彼女は――フェリシティは、他の男性とも関係していたの？」

「彼女はとても華やかな社交生活を送っていました。それに、アーティスト好きでしたし」義理の息子のことが頭に浮かんだと見え、カーロの口もとが険しくなった。「よく冗談を言っていましたよ。まだ、ひとつの型や時代に落ち着く気にはなれない、男性に関しても、美術品蒐集に関してもって。きっと頭のいい女性なんだと思いましたわ。とてもスマートで、ユーモアがあって。ルヴァのほうはきまじめで、仕事ひとすじになってしまう嫌いがあるんです。だから……きっとフェリシティはいい友達になるだろうと思っていたんですよ。あの子のもっと軽い面を引き出してくれるだろうと」

「フェリシティはいまは誰とつきあっていたの？」

「さあ。何週間か前には、誰かお相手がいましたが。彼女の日曜のブランチでみんなここに集まったんですよ。その男性は確か画家だったと思います」カーロは集中するように目を閉じた。「そう、画家です。名前はフレド。彼女がフレドと紹介していました。とてもドラマチックで、とても異国風で、強烈な感じの人でしたよ。でも、その数週間前には、別のお相手がいました。痩せて青白い、沈鬱なタイプの人です。そして、その前は……」

カーロは肩をすくめた。「彼女はいろんな男性を楽しんでいたんです。見たところ、どの相手との関係も上っ面だけのものでしたよ」

「この住居のアクセス・コードを知っていそうな人物に心当たりは？」

「まったくありません。フェリシティは、セキュリティに関しては徹底していましたから。家事労働にはドロイドだけを使い、決して人を雇おうとはしなかったんです。人間は信用ならない人間を信用する、だから信用できない、とよく言っていましたよ。そう言えば一度、彼女に、それじゃ悲しすぎるわ、と言ったことがあります。そうしたら、彼女は笑って、これが真実でなかったら、あなたの娘の仕事もなかったでしょう、と言っていました」

ピーボディが部屋の入口に現れたのを見て、イヴは立ちあがった。「どうもありがとう。あとでまた話を聞かせてもらうと思う。それと、検査のためにお宅のリンクを持っていきたいんだけど。それには、あなたの正式な許可が必要なのよ」

「ええ、どうぞ。事件の解決に必要なものはなんでも持っていってください。あなたに直接、担当してもらえて、わたくしがどれほど感謝しているか、わかっていただけたらと思いますわ。あなたなら、必ず真相を突き止めてくださいますものね。もうルヴァのところへ行ってもいいですか？」

「もうしばらく、ここで待っていてくれない？」イヴはロークにちらっと目をやり、あなたもそうして、と伝えた。

廊下に出ると、彼女はうなずいて、ピーボディを促した。

「採取班が二階バスルームの排水管から血液を、便器からユーイングの指紋を採取しました。便器はかなり丹念にふいてありましたが。殺人の凶器は、ここにあるキッチン用品とは一致しません。ずいぶんしゃれたセットが一式あるんですが、なくなっているものはないようです」

ピーボディは手帳に目をやった。「ハウス・ドロイドを再起動しました。シャットダウンされたのは、二十一時三十分。その時刻以前に、フェリシティが連れとともに帰宅したという記録が残っています。彼女は、人の名前や特徴を明かさないようドロイドをプログラムしていました。プログラムを無効にするためには、署に持っていく必要があるでしょう」

「なら、そうして。二階の二番目のバスルームから血痕は出た？」

「いいえ、まったく。便器のユーイングの指紋だけです」

「オーケー。ユーイングに二度目の尋問をしましょう」

ふたりはそろってリビングへ移動した。そこでは制服警官が、ルヴァのお守りをしていた。イヴが部屋に足を踏み入れたとたん、ルヴァはさっと立ちあがった。

「警部補、あなたとお話がしたいの。内密に」

イヴは制服警官に退出するよう合図し、ピーボディには目を向けずに言った。「こちらは、わたしのパートナーのピーボディ捜査官です。わたしたちと話したいというのは、どんなことですか、ミズ・ユーイング？」

ルヴァはためらったが、イヴが腰を下ろすと、あきらめの吐息を漏らした。「ただ頭がはっきりしてきたというだけのことなんだけど。自分がどんな厄介な立場にあるか、ようやくわかってきたの。それに、母をどんな厄介な立場に追いこんだかも。母はただ、わたしが取り乱していたから、来てくれただけなのよ。面倒に巻きこみたくないわ」

「お母さんのことはどうぞご心配なく。あの人には誰も何もしませんから」

「オーケー」ルヴァは短くうなずいた。「ならいいの」

「あなたのお話だと、上掛けをめくったとき、ふたりの遺体と血を見たということですが」

「ええ。ふたりが死んでいるのを見た。死んでいるとわかったの。絶対確かだった」

「ナイフはどこにありました？」

「ナイフ？」

「殺害の凶器です。どこにありました？」

「知らないわ。ナイフなんか見ていない。見たのは、ブレアとフェリシティだけよ」

「ピーボディ、証拠として押収した凶器を、ミズ・ユーイングに見せてあげて」

ピーボディは封印されたナイフを取り出すと、それを見せるためルヴァに歩み寄った。

「このナイフに見覚えはありませんか、ミズ・ユーイング？」

ルヴァは、血のついた刃、血のついた柄を凝視した。それから、混乱し、茫然として視線を上げた。「これはブレアのよ。去年、買ったセットのひとつ。彼、ふたりで料理学校に行くべきだと言いだしたの。わたしは、どうぞご自由に、と言って、〈オートシェフ〉とテイクアウトにたよっていた。でも、彼は実際に学校へ行き、ときおり料理をしていたわ。これは、彼の包丁のひとつだと思うわ」

「それを今夜、家から持ってきたんじゃない、ルヴァ？　ひどく腹を立てていたから、バッグに入れて？　たぶんふたりを脅すため、怖がらせるために？」

「いいえ」ルヴァはナイフから少し身を退いた。「いいえ、わたしが持ってきたんじゃない」

今度はイヴが、証拠袋のひとつを差し出した。「これはあなたのスタナー？」

「ちがう」ルヴァは拳を握りしめた。「それは、最近の軍用のモデルよ。わたしのは六年以上前の銃。シークレット・サービス製のを仕様変更したものなの。それはわたしのじゃない。見たこともないわ」

「これもそのナイフも、犯行に使われている。これにもそのナイフにも、あなたの指紋がついているのよ」

「そんな馬鹿な」

「ああいう激しい刺しかただと、相当量の血が飛び散ったはずなの。衣類だけでなく、あなたの手、腕、顔にも」

ルヴァは自分の両手をぼんやりと見おろし、そっとこすり合わせた。「確かにシャツには血がついていた。でもどうしてなのか……たぶん、あの部屋で何かに触ったのかも。覚えていないのよ。だけど、あのふたりを殺したのは、わたしじゃない。ナイフには絶対触っていないわ。スタナーにも。手には血がついていなかったし」

「バスルームの排水管には血液が残っていたわ。それに、シンクにはあなたの指紋がついていた」

「わたしが手を洗ったというの？　わたしが血を洗い落とし、隠蔽工作をし、それから母に連絡したと？」

ルヴァの頭が明晰になっていくのが、手に取るようにわかった。そして、頭の冴えとともに、怒りもよみがえりつつあった。あの黒い瞳は燃えており、頬が紅潮するのにつれて、歯もぎゅっと食いしばられた。「いったいぜんたいわたしをなんだと思っているの？　コケにされたからって、このわたしが夫と友達を八つ裂きにした、ずたずたにしたというわけ？　そのうえ、凶器の始末もしなかったと？　冗談じゃないわよ。ふたりは死んでいたの。わたしがここに来たときには、もう息がなかったのよ」

吐き出すように言いながら、彼女は勢いよく立ちあがった。そして、顔にありありと怒りを表し、行ったり来たり歩き回りだした。「いったいどうなっているの？　まったくなんなのよ、これは？」

「今夜ここに来たのはなぜなの、ルヴァ？」

「ふたりと対決するためよ。どなったりわめいたりして、ブレアのタマに膝蹴りを食らわせてやるため。嘘つき女フェリシティの華麗なる顔をひっぱたいてやるため。何か物をぶっ壊して、最悪の修羅場を演じるため」

「なぜ今夜？」

「知ったのが今夜だからよ、くそっ」

「どんな形で？　どうやって知ったの？」

ルヴァは足を止め、まじまじとイヴを見つめた。まるで、うろ覚えの風変わりな言語を理解しようとしているように。「小包よ。ああ、あのむかつく写真、それに、レシート。家に小包が届いたの。わたしはもうベッドに入っていた。まだ早かったのよ。十一時を過ぎたばかりだったけど、退屈だったから、寝ることにしたの。そしたら、門の呼び鈴が鳴るのが聞こえて。癪に障ったわ。夜の十一時に訪ねてくる人なんて、まるで心当たりがなかった。でもいちおう下りていったら、門の前に小包が置いてあったの。それで外に取りにいったわけ」

「誰か見かけた？」

「いいえ。小包があっただけ。疑り深いたちだから、スキャナーで調べてみた。爆弾だと思ったわけじゃないけどね」ルヴァは皮肉っぽくほほえんだ。「でも、習慣になってるの。で、異状なし、と出たから、うちに運びこんだ。ブレアからだと思ったのよ。早く会いたいというメッセージかと。彼って、その手のことをするのよ。馬鹿みたいな、ロマンチックな……」

声が途切れた。涙で目をうるませながら、彼女は懸命につづけた。「彼からだと思いこんで、包みを開けたの。なかには写真が入っていた。隠し撮りしたらしいブレアとフェリシティの写真が何枚も。親密そうな、どういうことか見まちがえようのない、ふたりの写真と、ホテルやレストランのレシートのコピーが。ああ」

彼女は指でぎゅっと口を押さえた。「彼が買ったアクセサリーやランジェリーのレシート——でも、わたしのために買ったんじゃない。全部、わたしの知らない彼の口座から引き落とされていた。それにディスクが二枚——一方は、ふたりのリンクによる通信の記録、もう一方は、Eメールのやりとり。愛の通信、ラブレター——とても親密で、生々しかった」

「送り主を示すものは何もないわけね？」

「ええ。そのときは気にしていなかったし、誰からかなんて考えもしなかった。とにかくショックで、腹が立って、傷ついていたの。ディスクにあった最後の通信で、ふたりは、二日間ここで一緒に過ごすことについて話していた。彼女のこの家で、夫はよその町だとこっちが思っているときに。ふたりともわたしを笑っていたわ」ルヴァはつぶやいた。「もう大笑いだった。だってこっちは、目と鼻の先で起きていることにまるで気づいていないんだから。自分の夫も監視できない、セキュリティのプロってわけ」

ルヴァはふたたび、ドサリと腰を下ろした。「こんなのすじが通らない。正気の沙汰じゃないわ。いったい誰があのふたりを殺すって言うの？　誰がわたしを陥れるって言うのよ？」

「その小包はどこ？」イヴは訊ねた。

「車のなか。そんなことはまずないと思ったけれど、ここに来る途中で気持ちが和らいだりしないように、一緒に持ってきたの。目に見えるように、助手席に置いてあるわ」

「ピーボディ」

ピーボディが包みを取りにいってしまうと、ルヴァは口を開いた。「これじゃわたしがよけい怪しく見えるばかりね。なにしろ、夫が親友とやっている証拠をつかみ、今夜、ふたりが会っていると知り、武装してその気で乗りこんできたわけだもの。わたしはみずから罠に飛びこんだわけよ。誰にどうしてはめられたのかはわからない。いくらはめられたと言ったって、信じてもらえるとも思えないし。でもこれは本当なのよ」

「わたしはあなたを連行しなければならない。訴追請求をしなければならないわ。罪状は、二件の第一級殺人よ」ルヴァの顔から血の気がひくのを、イヴは見守った。「わたしはあなたという人を知らない」彼女はつづけた。「でもあなたのお母さんのことは知っているし、ロークのことも知っている。どちらもお人好しじゃない。でもふたりとも、あなたを信じている。だからアドバイスしておくわ。オフレコでね。弁護士を雇いなさい。鉄壁の弁護士軍団を。それと、わたしに嘘をつかないこと。わたしの訊ねるどんなことについても、嘘をついてはだめ。弁護団が優秀なら、あなたは朝一番に保釈される。身を慎み、正直に振る舞い、いつでも連絡がつくようにしていなさい。あなたが何か隠せば、こっちはそれをさぐりだす。そして、隠されたことで腹を立てるわ」

「何も隠すことなんかないわよ」

「そのうち思いつくかもしれない。そんなときは、よく考えるのよ。できれば、供述真偽確認テスト、レベル・スリーを進んで受けてほしいわ。不快きわまりないし、プライバシーを踏みにじられるし、苦痛な場合もあるけれど、何も隠すことがなくて、わたしに対して正直でいれば、きっと合格する。レベル・スリーなら、あなたの側にかなり有利になるはずよ」

ルヴァは目を閉じて、深く息を吸いこんだ。「わたしはレベル・スリーでも大丈夫」

イヴはうっすら笑みを浮かべた。「喧嘩腰で受けにいかないようにね。わたしは体験者なの。きっとぺしゃんこにされるわよ。こちらは、あなたの自宅、オフィス、車を捜索する令状をとることもできる。でも、もしあなたが正式に捜索を許可するなら、そのこともあなたに有利に働くわ」

「わたしはすごく多くをあなたに託そうとしているのよ、ダラス」

「どのみち、もうそうなっているけどね」

イヴはルヴァを連行し、記録をとった。時刻が時刻なので、手続きを中断せず、そのまま朝まで事情聴取をつづけてもよかった。だが彼女にはまだ仕事があった。それにロークのこともある。

彼女は殺人課の大部屋を通り抜けていった。そのあちこちで、深夜シフトの捜査官たちがあくびをしながら最後の二時間をやり過ごそうとしている。案の定、ロークは彼女のオフィスで待っていた。

「話があるんだ」彼はそう切り出した。

「でしょうね。何も言わないで。まずコーヒーよ」イヴはまっすぐ〈オートシェフ〉のところへ行き、二倍量の濃いブラックコーヒーをプログラムした。

ロークはその場を動かず、ただ向きを変え、ちっぽけな窓から夜明け前のまばらな往来をじっと眺めた。イヴはコーヒーを口にした。彼の皮膚からいらだちと憤りが稲妻さながらに放出されているのが、目に見えるようだった。

「カーロが十五分間、ルヴァに面会できるように手配したわ。それがわたしにできる精一杯。そのあとは、カーロをここから連れ出し、家まで送って、落ち着かせてちょうだい。あなたならうまくできるでしょう」

「彼女は心配でどうかなりそうなんだよ」

「もちろんそうでしょう」

「もちろんそうでしょう？」ロークはゆっくりとこちらを向いた。その怒りをつなぎ留めている鎖がこのうえなく短く、このうえなく細いことがわかるほど、ゆっくりと。「きみはっいいましがた、彼女のたったひとりの子供を二件の第一級殺人容疑で逮捕したんだよ。彼女の娘を檻に入れたんだよ」

「じゃあ、わたしが彼女を夜の闇に解き放ってあげるとでも思っていたの？　あなたがあのふたりを好きだから、わたしがあなたを好きだから、そうすると？　凶器一面に彼女の指紋が残っているっていうのに？　彼女が殺人の現場にいて、被害者がなんと彼女の夫と友達で、どっちも裸でベッドにいたっていうのに？　夫が仲よしのフェリシティとやっているのを知って、家に押し入ったと、彼女自身が認めているっていうのに？」

イヴはぐーっとコーヒーを飲み、そのカップでロークを指し示した。「そう、たぶんわたしは、神を信じる刑事の役を演じるべきだったんでしょうね。彼女をドアのほうへ押しやって、さあ、行きな、もう二度と罪は犯すなよって言うべきだったのかも」

「彼女は誰も殺しちゃいない。ルヴァがはめられたことは明らかだ。それに、あのふたりを殺した犯人が、そのためにルヴァをマークし、計略を練り、苦しむ彼女を放り出していったことも」

「わたしもあなたと同意見よ」

「彼女を留置すれば、真犯人に逃げおおせる時間と機会を与えるだけ――え？　なんだって？」

「わたしもあなたと同意見だと言ったの。彼女ははめられたのよ。でも、いまあなたが言おうとしていたことには、賛成できない」イヴはまたコーヒーを飲んだ。今度はゆっくりと。全身に心地よく行きわたらせながら。「真犯人が誰であれ、わたしはそいつに逃げおおせる時間と機会を与えているわけじゃない。逃げおおせるだろうと考える時間と機会を与えているだけよ。それに、これで当面はルヴァの安全も確保できる。ついでに、法律の小うるさい文言《もんごん》にも従えるし。わたしは自分の仕事をしているの。だから邪魔はしないで」

急に疲れを覚え、ロークはすわりこんだ。あの母娘を案ずるあまり気分まで悪くなっていた。彼はふたりのことは自分の責任だと考えているのだ。「きみは彼女を信じているんだね」

「そう、信じている。それに、自分の目も信じているし」

「ごめん。今朝はちょっと頭が鈍っているみたいだ。で、きみの目は、きみになんと告げているのかな？」

「よくできすぎている。あの現場。まるでビデオのセットみたい。惨殺された裸のカップル。マットレスに突き刺さったナイフ――それも、第一容疑者のキッチンにあったもの。バスルームの排水管の血液。シンクに残された容疑者の指紋――たまたま彼女が見逃してふきとらなかった小さな痕がひとつだけ。凶器一面に残された容疑者の指紋。これは、担当捜査官がぼんくらでどうしようもない場合に備えたのね」

「きみは絶対そうじゃないけどね。疑ったことをあやまるべきかな？」

「今回はただで許す。まだ朝の五時だし、わたしたちはふたりとも長い夜を過ごしたわけだから」寛大な気分になってイヴは彼にコーヒーを譲り、自分用にもう一杯プログラムした。「ともあれ、だいたいにおいてよくできた罠よ。これをやった人物は、あなたの秘蔵っ子のことをよく知っていたにちがいないわ。彼女が何で生計を立てていたか、どういう反応をするか。彼女が血眼になって友達の家にすっ飛んでいくことがわかっていたのよ。セキュリティをかいくぐることも。きっと、ノックに応答がないからと言ってそのまますごすご帰りはしないと踏んでいたんでしょう。でも犯人はいくつかミスを犯している」

「というと？」

「もしも恐ろしい大きなナイフを持っていたなら、ジャケットを切り裂くのに小道具のバッグから小型ドリルを取り出したりはしないんじゃない？　それに、もしも手や顔を洗ったなら、なぜ嘔吐のときだけ別のバスルームを使ったの？　なぜそこには彼女の指紋があったわけ？　彼女の髪に血がついていなかったのは、どうしてなの？　血は、照明具の傘や壁にも飛び散っていたのよ。ああいうことは、ふたりの上にまたがらなきゃできない。ところが、彼女の髪に血はかかっていなかった。それも洗ったということ？　だとしたら、なぜ、バスルームの排水管から彼女の髪が一本も出なかったの？」

「きみは何ひとつ見逃さないんだな」

「だから高いお給料をいただけるわけ。これをやった人物は、彼女をよく知っているのよ、ローク。それに被害者たちのことも。ふたりのいずれか、または両方の死を望んでいたの。あるいは、ただルヴァ・ユーイングを一生檻に入れておきたいのか。その点は謎ね」

イヴはデスクの角に軽く尻を載せ、コーヒーをすすった。「これからルヴァの生活を表から裏まで洗いつくすわ。それに、被害者のふたりについても同じことをする。彼らの少なくともひとりは、鍵になるはずよ。これをやった人物は、被害者たちを監視し、写真やディスクを入手している。それも上質のやつを。それに、ルヴァと同じく難なくあの家に侵入したわけだから、セキュリティだって目じゃない。さらにそいつは、軍用のスタナーを持っていた。まだ分析の必要はあるけど、あれは闇で手に入る安物じゃないわ。きっと犯人の考えでは、担当捜査官は現場に赴き、インチキを全部鵜呑みにし、その後、ドーナツをむさぼりにいくはずなのね」

「僕のお巡りさんはちがうね」

「この署のどの警官もよ。そうでなけりゃ、尻を蹴飛ばされて当然」イヴは熱っぽく言った。「なんであれ表向き完璧に見えたら、裏は絶対そうじゃない。この偽装工作をした人物は、ほんの少し凝りすぎたのよ。たぶんそいつは、彼女が逃げると思っていたのね。意識がもどったら、パニックを起こして、逃げだすって。でもそうはならなかった。医者たちに彼女をチェックさせるわ。殴られて意識を失ったのか、あるいは、意識を失うような何かを投与されたのか。彼女は失神するタイプには見えないし」

「僕もそう思う」

なおもコーヒーをすすりながら、イヴはマグカップの縁ごしにロークを見つめた。「この件でもまた出しゃばるつもりなんでしょうね？」

「ああ、そうだよ」ロークは彼女の腕に触れ、その肌をすーっとなでてから手を離した。「カーロとルヴァは僕にとって大事な人だからね。手伝わせてほしいときみにたのむつもりだ。ことわられても、そばをうろうろするだろう。すまないとは思うが、やっぱりそうするよ。僕にとってカーロはただの従業員じゃないんだ、イヴ。その彼女がいま僕に助けを求めている。これまでたのみごとなんてしたことがないのに。一緒に働いてきたこの長い年月のあいだ、ただの一度もだよ。僕には知らん顔はできない。たとえきみのためであってもね」

イヴはじっと考えながらもうひと口、コーヒーを飲んだ。「もしもあなたが知らん顔をしたら、たとえそれがわたしのためであっても、あなたはそもそもわたしが惚れこんだ男性じゃなくなってしまう。そうでしょ？」

ロークはコーヒーを下に置くと、歩み寄ってきて、彼女の顔を両手ではさんだ。「今度、僕に腹が立ったら、この瞬間を思い出してくれないか。僕はきっとまた同じことをする」彼は身をかがめ、イヴの額に唇を押しつけた。

「カーロとルヴァのファイルをきみに送るよ。そこに相当量の個人情報が入っているんだ。それにあとから、もっといろいろ送ってあげよう」

「いいスタートね」

「カーロがそうしてくれと言ったんだよ」ロークはゆっくり体を離した。「どちらにしてもそうしただろうが、本人にたのまれたとなると、よけいやりやすい。接しているうちに、きっときみにもわかってくるよ。彼女は良心的な人なんだ」

「あなたの下で働いていて、どうしてそうなれるの？」

ロークは笑みを浮かべた。「矛盾してるだろう？　フィーニーに応援をたのむつもり？」

「腕利きの電子探査《EDD》マンが必要だから、そう、やっぱりフィーニーでしょうね——それに、マクナブも引っ張りこんでもらう」

「電子機器関係なら僕も力になれるよ」

「フィーニーの希望があれば、手を貸りるわ。部長に許可をもらうようにする。でも、このあたりは微妙よね、あなたと容疑者との関係を思うと。罠だと納得しなければ、ホイットニー部長はたとえ非公式であっても同意しないでしょう」

「僕はきみに賭けるね」

「一歩一歩進めていきましょうよ。カーロを家に送ってあげて」

「そうしよう。この件がかたづくまで、できるかぎり予定を空けるようにするよ」

「弁護士の費用はあなたがもつの？」

「彼女はそうさせてくれないんだ」いらだちの影が、ロークの顔をよぎった。「ふたりともこの点に関しては、頑として譲らなくてね」

「もうひとつ。あなたはルヴァとタンゴを踊ったことがある？」

「彼女とつきあったことがあるか、だね？　いや」

「よかった。それなら、いくらかましよ。では行って」イヴは命じた。「わたしはパートナーを拾って、クイーンズへ行かなきゃ」

「その前にひとつ訊いていいかな？」

「手短にね」

「仮に今夜たまたまあの現場に遭遇したとして、なんのしがらみもなかったとしても、やはりきみは同じ見かたをしただろうか？」

「現場に入ったときは、事実、なんのしがらみもなかったわ」イヴは言った。「状況をありのままに見るためには、そうでなくてはならなかったの。あなたを一緒に連れこむことはできなかった。現実にも、心理的にも。あなたもわたしの立場なら、きっと同じことをしたでしょう」

「そう思いたいね」

「きっとそうしたわ。あなたは必要に応じて非情になることができるから。いい意味で言っているのよ」

「そうだと信じているよ」ロークは半ば笑いながら言った。

「わたし、現場を出るなり、あなたを入れてあげたのよ」

「本当に？」

「ええ、こう考えたの。仮にロークがやったなら、この偽装工作は誰にも見破れなかったろう。犯人が誰にせよ、その人物はちゃんと学習しておくべきだった」

今回はロークは本当に笑った。その目の屈託の色がいくらか薄れるのを見て、イヴは満足を覚えた。「それはそれは。大変なお褒めの言葉だね」

「思ったままを言っているだけよ。それと、あなたを使うことに同意したもうひとつの理由だけど。よくできた罠がなぜ、どのように作られたかをさぐりたいなら、誰かその手のことに詳しそうな人を利用すべきなんじゃない？　あとは、ルヴァがあなたの下でどんな仕事をしているか――または、過去にどんな仕事をし、将来どんな仕事をする予定か、そのあたりも考えてみて」

「もう考えているよ」

「ほら、これも理由のひとつ。万一に備え、カーロにはボディガードをつけたほうがいいわ。彼女は警官より民間のプロのほうが好きなんじゃない？」

「もう手配した」

「理由がどんどん増えていくわね。さあ、消えて」

「そこまで丁重にたのまれてはなあ」ロークはまずイヴにキスした。唇をそっと唇に触れ合わせて。「何かきちんとしたものを食べるんだよ」去り際に、彼はそう声をかけた。

イヴの視線が、いま現在、彼女のキャンディが隠してある天井板へと移った。でもそれは、ロークのイメージしているものとはどうもちがうような気がした。

3

イヴが予想していたのは、〈中〉レベルの郊外の家だ。ところが、ユーイング-ビッセル邸は、〈中〉より数ランク上だった。リサイクル石の暴動被害防止柵の奥に立つ、きわめて現代的かつ簡素な、箱形の白い館。ワンウェイ・ガラスが多用され、鋭い角度が特徴となっている。

玄関前のエリアは、同じリサイクル石を真っ赤に塗ったもので造られていた。そこには大きな鉢からあふれんばかりに観賞用の木々が生い茂っており、また、ブレア・ビッセル作とおぼしき奇抜な金属の立体作品もいくつかあった。

それでも、その家は冷ややかな感じがした。金ピカで安っぽいというのではなく、もったいぶった印象だ。

「ユーイングはセキュリティのなんたるかを心得ていますね」何層ものセキュリティを突破して、ようやく暴動被害防止柵を通り抜けたあと、ピーボディがそうコメントした。「それに、すてきな住まいですしね。この手の家が好みなら」

「あなたはちがう？」

「いやあ」赤い石の芝生の上を歩いていきながら、ピーボディは顔をしかめた。「この手のデザインを見ると、刑務所を連想しちゃうもので。こういうのって、人を閉じこめているんだか締め出しているんだか、よくわからないんですよね。それに、アートのほうもねえ」

彼女は足を止め、うずくまる金属の物体を観察した。そいつは、ひょろりとした八本の脚と、きらめく歯がずらりと並ぶ長く伸びた三角形の頭を持っていた。

「うちの家系にもアーティストは大勢います」ピーボディはつづけた。「主に金属を素材としているのがふたり。作品のなかには奇抜なのもありますよ。でもそれは……味のある奇抜さで、たいてい楽しいか、辛辣かなんです」

「辛辣な金属ねえ」

「ええ、そうなんです。でもこれは、たぶん番犬と蜘蛛のあいのこなんでしょうけど、気味が悪いし、なんだか悪趣味ですよ。それに、なんですか、あれは？」

ピーボディは別の作品を指さした。こちらは――ぶらぶらと近づいていってわかったのだが――しっかりからみ合った二体の人物像だった。男と女。極端に長い赤紫に塗られたペニスを見れば、その点はまちがえようがない。ペニスは、先端がナイフの切っ先のように研ぎあげられ、あと一インチで女の像を貫くところまで来ている。

女の像は、情欲もしくは恐怖から、身をのけぞらせ、長くつややかな巻き毛をたなびかせていた。

二体に顔はない。ただ形と感情があるのみ。ややあって、イヴは判定を下した。この感情はロマンチックなものではないし、セクシャルですらない。暴力的なものだ。

「まあ、彼は才能があるんでしょうね。でも才能だって病的になりうるわけよ」

見ていると不快になるので、イヴは像に背を向けて、戸口に近づいた。ルヴァから提供されたコードと許可にもかかわらず、なかに入るのには少し手間がかかった。

ドアは、一種の中央広間《アトリウム》に向かって開かれた。三階上には色つきの天窓があり、床にはなめらかな海色のタイルが敷かれている。

広間の中央には噴水があった。それは、周囲を囲む半人半魚の像たちが池に激しく嘔吐するのとともに、ゴボゴボ音を立てていた。

四方の壁は鏡張りで、彼らの姿を投げかけあい、何十倍にも増やしている。各部屋はこの中央部から、ドアのない大きな四角い穴の向こうに、扇状に広がっていた。

「こんなの彼女に似合わない」イヴは言った。「きっと家も装飾も彼のほうが選び、彼女はそれに従ったのよ」

ピーボディは視線を上げて、宙高く吊られた夢魔のごとき怪鳥たちを眺めた。それらは餌食の上空を旋回しているように見えた。「警部補ならそうします？」

「わたしだって、いま住んでいるところに合ってない」

「そんなことはありませんよ」

イヴは肩をすくめ、用心深く噴水のまわりを回った。「あの家に移った当初はそうだった。まあ、確かにこんなのとはちがうけどね。あそこは美しいし、住み心地も悪くない。それに、そうね、ぬくもりがあるわ。でもあれはロークの家よ。いまだって、わたしのというより彼の家なの。それでも別にかまわないけど」

「彼女は心から彼を愛していたんですね」ピーボディはこの家にぞっとしており、そのことを隠そうともしなかった。「彼がそうしたがるという理由で、ここに住めるくらいですから。よほど愛していたんでしょう」

「わたしもそう思う」イヴも賛同した。

「キッチンをさがして、殺害の凶器がこの家のものであることを裏付けてきます」

イヴはうなずき、自分はルヴァが描いてくれた図面を見ながら二階へと向かった。

彼女は眠っていた――イヴは考えた。門の呼び鈴を聞いて、起きあがり、セキュリティ・スクリーンを確認した。すると小包が見えた。

石と金属の庭を見晴らす窓の前で、イヴは足を止めた。生命は一切ないのね。彼女は考えた。リアルなものは何ひとつ。

起きあがって――イヴはさらに考えを追った。階下へ下り、小包を回収しに外へ。スキャナーを取り、爆弾ではないか中身をチェック。慎重な、用心深い女性だ。

小包を持ってふたたびなかへ。

イヴは主寝室に入り、そこで初めて生活の証《あかし》を目にした。そこにはまた鏡があった。壁の一面に銀色のパネルが。さらに両開きのドアとなっているものも。ベッドは大峡谷さながらに広く、乱れたままだった。寝巻きが片隅にくしゃっと放り出されている。クロゼットのドアのひとつは開いていた。ルヴァのクロゼットだろう。イヴは一瞥してそう思った。

ルヴァは小包を開けた。膝の力が抜け、ベッドにへたりこむ。何度も何度も、写真を見直す。脳が懸命にその意味をつかもうとしている。彼女はレシートも調べた。そして、部屋の奥のデータ・センターへ行き、ディスクをコンピューターに挿入した。

きっとぐるぐる歩き回っただろう。イヴには確信があった。自分ならそうする。ぐるぐる歩き回り、悪態をつき、ほんの少し憤激の涙を流す。そして、何か壊れやすいものを放り投げる。

ここでイヴは、部屋の向こう端に散らばったガラスの破片に気づいた。やっぱりね。

オーケー、そろそろ行動の時よ。服を着て、道具をかき集めて。憤り、さらに悪態をつきながら、頭のなかでプランを練る。

そこまでにどれくらいかかるだろう？　一時間、長くて一時間だ。それが、小包を空けてから、出発するまで。

イヴは寝室のリンクに向かい、最後の二十四時間の通信を再生した。

一四〇〇時に、フェリシティから一件入っていた。

〝ハイ、ルヴァ。まだ職場よね。邪魔したくないから、いないときにかけたの。ただ、今夜こっちは熱いデートだって知らせておきたかっただけ。金曜か土曜に会おう。きわどいところを全部、こと細かに話してあげる。ブレアがいないあいだも、いい子にしてなさい。悪い子だった場合は、その話、すっかり聞かせてよね。チャオ！〟

イヴは画像を停めて、フェリシティ・ケイドをじっと見つめた。裕福でスタイリッシュなセクシー系。金髪に薔薇色の肌。氷のように鋭い頬骨。豊かで官能的な唇。目の青はとても深く、ほとんど紫に近い。左の目尻に黒い小さなほくろがある。

賭けてもいい。この顔には相当金がかかっているにちがいない。

彼女はこの通信をアリバイにしようとしている。〝今夜は連絡してこないでね、熱いデートがあるんだから。お相手はたまたまあなたの旦那さん。でも知らぬが仏で、こっちは安全〟

少なくとも、べらべらとメッセージを吹きこんだとき、彼女はそう思いこんでいた。

それに、あの目には何かがあった。びりびりくるような興奮の色が。つまり、ブレア・ビッセルはすでに彼女と一緒で、リンクの画像のすぐはずれにいたのだろう。

そして、一七二〇時に、自宅に連絡を入れたとき、ブレアは自分の顔以外のものがスクリーンに映らないよう、ことさらに気を配っていた。猫を思わせる彼の緑の目は重たげだった。声と同様、その微笑、美しい口の曲線にも、疲れがにじんでいた。

これで、なぜルヴァが陥落したかがわかった。IDの写真を見たとき以上にはっきりと。あの顔に、ものうげな動きを加え、ゆったりしたセクシーな声を加えれば、それは強烈なパンチとなる。

〝やあ、ベイビー。もう帰っているかと思って。ポケット・リンクにかければよかったね。こっちは長旅と時差のせいで、かなりぼうっとしている。もうシャットダウンするから、リンクには出ないよ。とにかく爆睡しなきゃ。目が覚めたら、またかけてみる。僕を思っていてね、ベイビー。もちろん僕もきみを思っているよ〟

これもアリバイ作りだ。それに、こうしておけば晴れてひと晩、ベッドの友と楽しくやれる。

でも、まだ用心が足りない。大胆すぎる。ルヴァが彼を信じきっていたから、いいようなものの。もしも彼女が、イヴがこれからするように、リンクの発信源をたどっていたら？もしも彼女が急に思い立って、彼がいると申告した場所に足を運ぶ気になっていたら？もしも……秘密の情事を暴露し、不実な夫や妻を窮地に陥れる事態はいくらでも考えられる。

ただし、ブレアの場合は死ぬはめになった。他の誰かがその行動を追っていたため、他の誰かが彼を監視し、時と場所に恵まれるのを待っていたために。

でもその目的は？

「一致する調理道具のセットがありました」部屋に入ってきながら、ピーボディが報告した。「パン切り包丁がなくなっています」

「証拠袋に入っているのは、パン切り包丁なの？」

「ええ、警部補、そうでしょう。〈オートシェフ〉の記録もチェックしました。ルヴァ・ユーイングは、昨夜一九三〇時に、チキン・ピカタ一人前とガーデン・サラダをひと皿、食べたようです。その前ですと、昨日の朝〇七三〇時に、ウィートワッフル二人前とコーヒー、ポット一杯というのがありました」

「つまりふたりは、彼が偽の出張に、彼女が仕事に出かける前に、一緒に朝食をとったわけね」

「セキュリティの記録も、ルヴァ・ユーイングが一八一二時にひとりで帰宅したことを示しています。それに、門の呼び鈴は、彼女の供述どおり、二三〇〇時を回ってすぐに鳴っています。彼女が小包を取りにいき、スキャンの後、それを持ってもどったことも、確認しました」

「よく働いたのね」

ピーボディは笑みを浮かべた。「ベストを尽くすのが、われわれ捜査官ですから」

「いつまでもそう浮かれてはいられないわよ」

「せめてあと一カ月は、せめて一日三回、自分が捜査官であることに触れないとね。そのあとは、なんとか大人になりますよ」

「覚えておく。セキュリティ・ディスクやリンクは電子探査課《EDD》に引き渡しましょう。もしもルヴァがはめられたなら、裏にいるやつは、彼女と同レベルにセキュリティに詳しいはずよ」

「いま、〝もしも〟っておっしゃいましたね。疑問を抱いているわけですか?」

「疑問の余地は常にある」

「なるほど。実は考えていたんですよ――なんとなくちがう気はするんですが、疑問の余地があるというなら……もしも彼女が、はめられたように偽装工作したとしたら？　非情なやりかただし、リスクが大きいですよね。でも利口なやりかたとも言えます」

「まあ、そうよね」イヴはデスクの引き出しを丹念に調べはじめた。

「その可能性も、もう考えてみたんですね？」

「ピーボディ、われわれ警部補は常に頭を働かせているの」

「でも、そうは思えない？」

「こう考えてみて。もし彼女がやったなら、それですべて解決。棚からぼたもち。報告書を提出し、裁判になるのを待つ以外、何もすることはない。でももしも彼女が真実を述べているのなら、ここには本物の生《なま》のミステリーがあるわけよ。わたしはミステリーに目がないの」

イヴは、本署《セントラル》で検分させるため、すべてのディスクを証拠袋へ入れた。さらにメモキューブと、PPCと、破れたアドレス帳とおぼしきものも、そこに加えた。

「さあ、ドレッサー漁《あさ》りよ」イヴは言った。

ふたりは寝室の捜索にかかり、まずドレッサーを、つぎにクロゼットを調べた。結局、ピーボディがモンキー・セックス向けと銘打った下着以外、興味を引くようなものは何も出てこなかった。

ふたりは二手に分かれ、夫婦それぞれのホーム・オフィスを調べにかかった。イヴはブレアの部屋を選んだ。

彼はいいほうの部屋をもらっていた。広さはルヴァの部屋の二倍で、石の庭——イヴの見たところ、彼がほしがった庭——を望むことができる。また、鏡張りの壁の前には、薄いコーヒー色をした革製の長いカウチが置かれ、さらには、最新の玩具が取りそろえられた娯楽センターまで備わっていた。

これじゃ仕事場というより、大きな坊やの遊び部屋ね、とイヴは思った。そのうえ、起動しようとしてみると、ブレアのデータ・ユニットはまったく動こうとしなかった。

てのひらの底部でばしんとユニットをたたいてみる。これが反抗的な機械を扱うときの彼女のいつものやりかたなのだ。「聞こえたでしょ。コンピューター起動」そう繰り返し、標準パスコードに優先される、自分の名前、階級、バッジの番号を再度唱えた。

スクリーンは空白のまま。ユニットは沈黙している。

おもしろいわね。イヴは、眠っている生き物の様子をうかがうように、機械のまわりをぐるりと回った。ここに入っている、奥さんに内緒のものって、いったいなんなの？

なおもユニットを見つめながら、彼女はコミュニケーターを抜いて、ＥＤＤのフィーニーを呼び出した。

猟犬じみた彼の顔は、最近のビミニ島での休暇のおかげで褐色に日焼けしていた。帰ってきたのは、ほんの二日前なのだ。イヴは、早くその肌の色が褪せてくれないものかと願っている。日焼けしたフィーニーなんて、なんだか……変な感じだ。

それに、髪のほうももとの長さにもどってほしかった。フィーニーは休暇中、ショウガ色と白が入り交じるくしゃくしゃの剛毛をものすごく短く刈りこんでしまったのだ。おかげで彼は、ぴったりした毛羽立ったヘルメットをかぶっているように見える。

そのしょぼしょぼした茶色の目に休暇明けの輝きが加わると、それはまるで矛盾するシグナルで、イヴは頭が痛くなった。

「やあ、おちびさん」

「どうも。わたしの要望はかなえてくれた？」

「真っ先にな。もう時間と人員は確保したよ」

「他にもたのみがあるの。死んだ男のホーム・ユニットだけどね、彼はすごく厳重にガードしていたみたい。起動できないのよ」

「きみの場合、〈オートシェフ〉を起動できないこともよくあるからな、ダラス」

「よくもそんなでたらめを」イヴはデータ・ユニットを指さした。「これを回収して。それに、この家のリンクとデータ・センターも全部。あとは、検分と分析が必要なセキュリティ・ディスクを船一隻分ね」

「チームをひとつ送ろう」

イヴはしばらくつづきを待った。「それだけ？　お決まりのぼやきはなし？」

「ぼやく気にもならないくらい上機嫌なんでね。女房が今朝、パンケーキを作ってくれたんだ。いくらサービスしても、し足りないのさ。僕はわが家のヒーローだからね。これもきみがビミニ旅行へ追いやってくれたおかげだよ。どうやらあと六カ月は、ご褒美にあずかれそうだ。恩に着るよ」

「ねえ、フィーニー、あなたにそんなふうににこにこされると、なんだか怖いんだけど。やめてくれない？」

彼の笑みはただ広がっただけだった。「どうしようもないよ。幸せなんだからね」

「この件では、EDDの仕事が山ほどあるのよ。あなたと一チームが丸ごと、何日も埋もれちゃうくらい」

「いいねえ」フィーニーは歌うように答えた。「そろそろ難事件に挑戦したい気分なんだ。日がな一日、ビーチにすわって、ココナツ・ジュースをすすっていると、頭が鈍っちまうからな」

なんとかしなくちゃ。いますぐに。イヴの頭にはそれしかなかった。「この事件は最悪よ」そう言って、歯をむきだしてみせる。「容疑者はすでに、二件の第一級殺人容疑で記録してある。わたしは、この事件を表から裏まで徹底的に調べつくすべく、市警の時間と予算とを使っているわけ」

「楽しそうじゃないか」フィーニーは歌うように言った。「声をかけてくれて、うれしいよ」

「こんな調子じゃあなたを嫌いになるかもしれないわよ、フィーニー」イヴは、ここの住所を一気にまくしたて、彼がハミングしはじめると通信を切った。

「友達に親切になんかするもんじゃないわね」彼女はつぶやいた。「必ず痛い目に遭うんだから」それから、大声で叫んだ。「ピーボディ！　すべての電子機器にタグを付けて。EDDが回収に来るから。それと、ドロイド二体にこの家屋敷を警備させ、EDDが帰ったら、ここが封鎖されるよう手配して。大急ぎよ。ビッセルのギャラリーとスタジオを調べにいかなきゃいけないんだから」

「いまじゃパートナー同士なのに、なんだってわたしひとりが、タグ付けをしなきゃならないんです？」ピーボディが叫び返してきた。「それに、いつになったらお腹にものが入れられるんですか？　もう六時間ぶっつづけで任務についているんですよ。血糖値が下がってきました。はっきり感じるんです」

「さっさと尻をあげて」イヴはぴしゃりとやり返し、笑みを浮かべた。少なくとも、まだここにぼやきかたを心得ている同僚がいる。

その点をありがたく思い、また、自分自身、昨夜以来食べていないことを思い出して、イヴは24／7の真正面に二重駐車し、食べ物を買いにピーボディを走らせた。

ふたりともそろそろ任務を離れて、二、三時間、睡眠をとる必要があった。だがイヴとしては、まずブレアの仕事場をひと目見て、電子機器とセキュリティ・ディスクを証拠物件として押さえておきたかった。

なぜなら彼女には、動機はセキュリティがらみとしか思えないからだ。そして、その場合、真の標的はルヴァとなる。あの殺しは、ルヴァを破滅させた。そこには計画性がある。彼女を狙った理由が私怨でないなら——イヴはその線もさぐるつもりだが——これはプロの仕業にちがいない。

ルヴァを陥れるプロの動機となると、ロークにも関係がありそうで気がかりだ。だから彼女はすばやく立ち回り、できるだけセントラルを巻きこんでから、つぎに進むつもりだった。

ピーボディがテイクアウトの袋をかかえ、急ぎ足で店から出てきた。

「サブマリン・サンドです」うめき声とともに、彼女は座席にドスンとすわった。

「は？　捜査班の全員用？」

「それと、その他もろもろの食料」

「これからサファリに行くから？」

ピーボディはやや重々しく、きちんとラップされたサブマリン・サンドをひとつ取り出し、イヴに手渡した。「飲み物と、ソイ・チップスと、干し杏《あんず》ひと袋と——」

「干し杏は、世界の終末が来るって噂が本当になったときのためね」

「それに、クッキーも少し」ピーボディの顔は渋面と化し、徐々にふくれっ面になりかけていた。「わたしはお腹がすいているんです。それに、警部補がそんなふうに熱中しだしたら、骨と皮になるまで食べ物にありつけないかもしれませんし。いやなら、あなたは食べなくていいんですよ」彼女は自分のサンドウィッチのラップをはがすのに大わらわだった。「何も頭にブラスターを突きつけられてるわけじゃなし」

イヴは自分のサンドウィッチの具をのぞきこみ、豚肉を装った何かを見つけた。これなら充分いける。

「世界の終末に備え、そのクッキーにはなんらかの形のチョコが入っているんでしょうね」

「たぶん」イヴが片手で運転しながら、サンドウィッチにかぶりつくと、ピーボディもいくぶん軟化し、ペプシの缶を開けてドリンクのスロットに差しこんだ。

フラットアイアン・ビルに着くころには、ピーボディはサブマリン・サンドとかなりの量のチップスを平らげており、結果として、彼女の気分とエネルギー・レベルは、ふたたび上昇していた。

「これは、ニューヨークのビルのなかでも特にわたしが気に入っているやつなんですよ」彼女は言った。「この町に移ってきたとき、丸一日時間をとって、よく読んでいたいろんな名所の写真を撮って歩いたんです。このビルは、わたしのリストの上位に入っていました。ほら、すごく過去のものって感じでしょう。それでもこれは、まだここにちゃんと立っている。この町に残っているいちばん古い摩天楼として」

これは初耳だった。だが、そもそもイヴはこの種の雑学に興味がなかった。このユニークな三角形のフォルムを見て、ぼんやり感心したことはときどきある気がするけれど。

でも彼女にとって、建物は単にそこにあるだけだ。人々がそこに住み、そこで働く。スペースを占め、町に形を与えるのは、彼らなのだ。

イヴはブロードウェイに駐車するのを断念した。この区画はいつもごった返しているからだ。その代わり彼女は、二十三丁目に入って、荷積みゾーンに車をねじこんだ。

つぎの荷下ろし、もしくは、積みこみ作業はひどくやりにくくなるだろうが、彼女は〈公務中〉のサインをぽんと出して、車を降りた。

「ビッセルは最上階に部屋を借りているのよ」

「わあ、最高級の部屋なんでしょうね」

エントランスに向かいながら、イヴはうなずいた。「ビッセルの財政状況にざっと目を通したけど、彼にはそれだけの財力がある。彼が組み立ててるあの金属の粗大ゴミは、すごく金になるってことね。それに、彼は自分のギャラリーも持っている。そこで作品を売り買いしているの」

「それがフェリシティ・ケイドとのつながりですか？」

「見たところはね。ルヴァによると、彼女は発注者だったのよ。つまり、ブレアとルヴァの両方から買い物をしていたわけ。そもそもあれこれ言って、ルヴァをブレアと出会った展示会に行かせたのは、フェリシティだし」

「仲よしこよしか」

ロビーを横切っていきながら、イヴは賞賛をこめてピーボディに目をやった。「そのとおり。わたしの好みとしては、仲よしすぎる。で、なぜフェリシティは自分の男と友達を引き合わせたんだと思う？」

「まだそういう関係じゃなかったのかもしれません。あるいは、ふたりがそこまでいくとは思わなかったのかも」

「たぶんね」イヴはセキュリティ・デスクを迂回し、ルヴァから教わったコードで最上階行きのエレベーターにアクセスしようとした。ところがドアは開かず、代わりにコンピューターが警告のブザーを鳴らした。

あなたは当機の利用を許可されていません。セキュリティ・デスクかインフォメーション・デスクにもどり、ビッセル・ギャラリーの一般用エントランスへのアクセス法をお訊ねください。当機は、プライベート専用です。

「教わったコードがまちがっているのかもしれませんね」ピーボディが言った。

「そうじゃないと思う」

イヴはメインのセキュリティ・ステーションに歩み寄った。「あのエレベーターを最後に使ったのは誰？」

黒い服を着た、そのとりすました若い女性は、唇をめくりあげた。「はい？」

「面倒かけないで」イヴはそう命じて、デスクにぴしゃりとバッジを置いた。「さっさと質問に答えなさい」

「身分証を確認させていただかないと」相変わらず鼻を上に向けたまま、女性はイヴのバッジをスキャンし、ついで、掌紋照合装置《パーム・プレート》をこちらへすべらせた。イヴの身分が確認されると、女性はパーム・プレートをしまいこんだ。「これは、ミスター・ビッセルの身に起きたことと何か関係あるのでしょうか？」

イヴはただ笑みを浮かべた。「はい？」

女性はふんと鼻を鳴らし、自分の記録簿《ログ・ブック》に向き直った。「最後にあのエレベーターをお使いになったのは、ミスター・ビッセルご自身です。あれは、あのかたのスタジオ直通なのです。従業員やお客様は、右手の機をご利用されます。あちらはギャラリーへ行きますので」

「スタジオ直通エレベーターのコードは知っている？」

「もちろんですわ。すべてのテナント様がこちらにセキュリティ・システムとパスコードを届け出ることになっておりますので」

「そのコードは？」

「そうした情報を提供することは許されておりません。適切な認可がありませんと」

イヴは思案した。この女の高慢ちきな鼻にバッジを突っこんでやれば、それも適切な認可として認められるのだろうか？　だが彼女はそうはせず、自分のメモ・ブックをデスクの向こうへ押しやり、その画面を軽くたたいた。「これでどう？」

女性はふたたびデータ・ユニットに向かい、ややこしい番号を何組か打ちこんだ。彼女はちらっと自分の画面を見やってから、イヴの画面に目を向けた。「そのコードをお持ちなら、なぜわたくしのところへいらしたのです？」

「うまく機能しなかったからよ」

「機能しないわけはありません。やりかたがちがっていただけですわ」

「じゃあ、正しいやりかたってのを見せてくれない？」

大きくため息をつき、女性は同僚に合図した。「ここをお願い」そう言い放つと、針のように細いヒールで足早にエレベーターまで進んだ。

彼女はコードを打ちこんだ。イヴのときと同じ結果が出ると、もう一度、打ちこんだ。

「わけがわかりませんわ。これは正しいコードですよ。登録されていますもの。ビルの警備部門は、週に二度、すべてのパスコードをチェックしていますし」

「最後のチェックはいつだったの？」

「二日前です」

「メンテナンスがセキュリティを迂回するのにはどれくらい時間がかかる？」

「見当もつきません」

「ギャラリーからはスタジオに入れるの？」

いらだちもあらわに、女性はきびきびとステーションに引き返し、最上階の図面を呼び出した。「入れます。あいだにセキュリティ・ドアがありますが。そのパスコードもわたしは知っています」

「それって、あなたの知っているエレベーターのコードと同じくらい上等のやつなんでしょうね。とにかくそれを教えて」

　ギャラリー行きのエレベーターへと向かいながら、イヴはポケット・リンクを抜いた。

「すぐにフラットアイアン・ビルに来てくれない？」ロークが応答するなり、彼女は言った。「最上階のビッセル・ギャラリーよ。セキュリティ・コードが変えられていて、スタジオへの直通エレベーターが使えないの。ギャラリーとスタジオのあいだのドアを破るつもりだけど、きっと同じブロックがかかっていると思うのよ」

「ドアはそのままにしておくんだ。誰かが細工したとすると、もとのコードを使えば、またひとつブロックができてしまうかもしれない。僕がすぐ行くからね」

「ビッセルのスタジオにある、奥さんに見られたくないものってなんなんでしょうね」ピーボディが不思議がった。

「どうもおかしいわね」イヴは首を振った。「ファイルを見るかぎり、彼がそこまでセキュリティに精通しているとは思えない。ビルのセキュリティ部門に嗅ぎつけられずにコードを変えるとなると、相当の知識が必要なはずなのに。それに、危険を冒して、妻の鼻先で、その友達と情事を楽しむ男でしょう？　そんなことをするのは、なぜだと思う？　もちろんセックスのためだけど、それだけじゃない。スリルのためでもあるはずよ。ほら、俺はこんなことをやってのけたぜってね。スリルを求める男が、自分のホーム・オフィス・ユニットやアート・スタジオをそこまで徹底的にガードするのはどうしてよ？　このふたつはどう関係しているの？」

　イヴはエレベーターを降り、立体作品や絵画――静的なもの、動的なもの――でいっぱいのスペースに足を踏み入れた。照明のほのかな部屋のまんなかでは、ひとりの女性が床にすわりこみ、激しくすすり泣いていた。

「ああ」イヴは声をひそめて言った。「こういうのってすごく苦手よ。彼女はあなたに任せるわ」

具体的な任務を得て張りきり、ピーボディは女性に歩み寄って、その前にしゃがみこんだ。「お嬢さん」

「きょうは閉館よ」女性は両手に顔を埋め、泣き声で言った。「ひ、ひ、人が死んだから」

「わたしはピーボディ捜査官です」状況が状況だけに、彼女はそう名乗れる喜びをあまりあらわにしないよう努めた。「こちらはパートナーのダラス警部補です。われわれはブレア・ビッセルとフェリシティ・ケイドの死を調べています」

「ブレア！」女性は叫ぶように言い、床に突っ伏した。「嘘よ、嘘、嘘。あの人が死んだはずはない。そんなの耐えられないわ」

「お気の毒に、とてもおつらいでしょうね」

「もうこれ以上、生きていけるとは思えないわ！　すべての光、すべての空気が、世界から失われてしまったんだもの！」

「やれやれ」もうたくさんだった。イヴはずかずか歩いていくと、女性の腕をつかみ、強引に起きあがらせた。「あなたの名前と、ブレア・ビッセルとの関係と、ここにいる理由を教えてちょうだい」

「ク、ク、ク――」

「まず吸って」イヴはぴしゃりと言った。「それから吐き出すのよ」

「クロエ・マッコイ。ギャラリーの運営係です。ここにいるのは、ここにいるのは……」彼女は、心臓を抱きしめるように胸の上で左右の腕を交叉させた。「わたしたちがお互いに愛し合っていたからです」

まっとうなバーでは飲み物も買えない若さだろう、とイヴは見積もった。その顔はくしゃくしゃで、腫れぼったく、しみだらけだ。大きな茶色の目は相変わらず、せっせと涙を噴出している。髪は真っ黒で、肩へと流れ落ち、さらにぴったりした黒いシャツの誇示する若くて生きのよい胸にまでかかっている。

「つまり、ビッセルと親密な関係にあったわけね」

「わたしたち、愛し合っていたのよ！」クロエは両腕をさっと広げ、それからその腕で自分の体をぎゅっと抱きしめた。「わたしたちは心の友だった。初めて呼吸をしたときから、お互いのために用意されていたの。わたしたちは――」

「彼とやっていたの、クロエ？」

その露骨な言いかたは、イヴの望みどおりの結果をもたらし、涙は魔法のように乾いてしまった。「どうしてそんな言いかたができるの？　なぜ、あんなにも美しいものを卑しめられるのよ？」クロエはつんと顎を上げた。そして、震えてはいたものの、その顎はほぼ真上を指した状態に保たれた。「ええ、わたしたちは恋人同士だった。そして彼が死んだいま、わたしの魂も死んでいる。どうして彼女はあんなまねができたの？　あの恐ろしい、恐ろしい女は？　どうしてあんなにも善良で、誠実で、完璧な人の光を消してしまえたの？

「善良で誠実な人だから、奥さんの友達や自分の従業員と寝ていたわけ？」イヴは感じよく訊ねた。

「彼の結婚生活はもう終わっていたのよ」クロエは顔をそむけ、じっと壁を見つめた。「法的に終止符が打たれるのは時間の問題だった。そうなれば、わたしたちは闇のなかではなく、太陽の下で堂々とつきあえたでしょう」

「あなたはいくつなの？」

「二十一よ。でも年齢にはなんの意味もないわ」クロエは、喉のあたりに下がったハート形のペンダントを握りしめた。「いまでは、時と同じくらい、悲しみと同じくらい、年老いているんだから」

「ブレアを最後に見たのはいつ？」

「きのうの朝。ここで会ったの」彼女は小さな金のハートをなでながら、空いているほうの手で額をさっと払った。「彼が出張に出かける前に、甘くさよならを言うために」

「その出張というのは、アップタウンへの小旅行でしょう？　そこで彼は、二日にわたり、フェリシティ・ケイドとべったり過ごしていたわけよね」

「それはちがうわ」腫れぼったい目に、反抗的な表情が宿った。「何があったかは知らない、あの恐ろしい女がどんな偽装をこらしたかは知らないけど、ブレアとミズ・ケイドは絶対にそんな関係じゃなかった。あの人は単なるクライアント。それ以上の何者でもないわ」

「ふうん」これがイヴの思いつくかぎり、いちばん親切な返事だった。「あなたはここに勤めだしてどれくらいなの？」

「八カ月よ。わたしの人生でもっとも活気に満ちた八カ月だった。彼に出会って初めて、わたしは本当の意味で生き――」

「奥さんもよくここへ来た？」

「めったに来なかったわ」クロエは唇を引き結んだ。「表向きは、彼の仕事に興味があるふりをしていたのよ。でも実は、批判的だった。そして、彼のエネルギーを奪い取っていたの。もちろん、彼が魂の汗で稼いだお金を使うことについては、なんの痛痒《つうよう》も感じなかったわけだけどね」

「そうなの？　彼があなたにそう話したの？」

「彼はなんでもわたしに話していたのよ」クロエは、ペンダントを握った手で胸をたたいた。ハートを打つハート。「わたしたちのあいだに秘密はひとつもなかった」

「じゃあ、スタジオに入るためのパスコードも知っているのね」

クロエはいったん口を開け、ふたたびぎゅっと結んでから、話しだした。「いいえ。ブレアのようなアーティストにはプライバシーが必要なの。わたしは邪魔する気なんてなかった。何かを分かち合いたいときは、当然、彼がドアを開けてくれていたわ」

「なるほど。つまり、スタジオ内にお客がいるかどうかは、あなたにはわからなかったわけね」

「彼はひとりで働いていた。創造のためにそうする必要があったのよ」

いいカモね、とイヴは思った。愚かで、お人好しで、おそらくビッセルにとってはお手軽な玩具以上の何者でもなかったのだろう。エレベーターのドアがまた開いたので、彼女は振り返りかけた。するとクロエが、両腕でがばと脚に抱きついてきた。

「どうか、どうかお願いよ！　彼に会わせてちょうだい。わが心の友にさよならを言わせて。彼のもとへ行かせて。最後にもう一度、あの顔に触れさせて！　お願いだから。せめてそれくらい許してちょうだい」

ロークが恐れ入ったふうを装い、一方の眉をひょいと上げるのが、目に入った。イヴは身をかがめ、クロエの腕を脚から引きはがした。

「ピーボディ、なんとかして」

「了解。さあ、こっちへ、クロエ」ピーボディはふたたび渦中に足を踏み入れ、泣いている若い女を立ちあがらせた。「ちょっと顔を洗ってきましょう。ブレアはきっと、あなたに強くなってほしいと思っていますよ。いくつかお訊きしたいことがあるんです。彼だってあなたが協力することを望んでいます。ちゃんと正義が行われるようにね」

「わたしやるわ！　ブレアのために強くなる。たとえどんなにつらくても」

「ええ、あなたならやれますとも」ピーボディはそう答え、クロエを連れてアーチの向こうへ消えた。

「第二の、前のよりはるかに若いおやつよ」ロークに訊かれる前に、イヴは言った。

「ああ」

「そう。ああ、よね。あの子は何も知らないと思う。知っていることがあれば、ピーボディが聞き出してくれるでしょう」

「考えてしまうな、あの男がどんなひどいやつか知ったほうが、ルヴァにとっては楽なんだろうか？　弁護士が彼女を保釈させたよ。ブレスレットを付けていないといけないんだが、外には出られた。かたがつくまで、カーロのところにいる予定だ」

ロークは、壁の大部分を占める大きな両開きの扉を観察した。それから、ぶらぶら近づいていくと、その扉を軽くたたいた。「鋼鉄製、しかも、まちがいなく強化されている。こういう部屋のために、ここまでするのは奇妙だな」

「わたしもそう思う」

「ふうむ」彼はセキュリティ・パネルのほうへ移動した。「きみと話す少し前に、フィーニーから連絡があったよ。実は、この興味深い任務を与えられたとき、僕はセントラルに向かおうとしていたんだ」

ロークは道具ケースをポケットから取り出して、細長い道具の一本を選びとり、パネルをはずした。「彼はビミニ島で家族とともにとても楽しい時を過ごしたようだね」

「日焼けしていたわ。ずっと笑顔だし。どうも確信が持てないのよね。ひょっとしたら、ドロイドとすり替えられたんじゃないかしら」

ロークは、完全に同情的とは言えない音を口から発すると、別のポケットから小さな電子機器を取り出した。

「それは何？」

「ああ、このところ僕がいじっていた、ちょっとした道具だよ。まあ、実地に使ってみるいいチャンスってところだな」ロークはそれをパッドに接続し、一連の信号音が鳴りやむまで待った。肩ごしにのぞきこもうとしたイヴを、彼は優しく払いのけた。

「くっつかないでくれよ、警部補さん」

「そいつは何をしているの？」

「きみには理解できそうにない、さまざまなことをだよ。説明しようとしたって、きみはいらいらするだけだろう。ごく簡単に言うと、こいつは——機械なりのやりかたで——交尾しているんだ。そして、色仕掛けでビッセルのユニットにありとあらゆる秘密を明かさせているんだよ。おもしろいだろう？」

「なんですって？　まったくもう。なかへ入れるの、入れないの？」

「僕はどうして、こういう侮辱に耐えているんだろうね」ロークは肩ごしに振り返って、イヴのいらだたしげな目にまっすぐ視線を合わせた。「たぶん、あのセックスのためだな。なんたる堕落だろう。でも僕も誘惑に弱い意志薄弱なただの男だからね」

「わたしを怒らせようっていうの？」

「それはわけもないことだよ、ダーリン。さて、いま僕がこのすてきな新しい玩具によって何を知ったかだけれどね――それは、ここのパスコードがいつ変えられたか、その正確なところなんだ。きっときみも僕同様に興味を引かれると思うが、変更がなされたのは、何者かがブレア・ビッセルのあばらに包丁を突き刺したのとほぼ同じ時刻だよ」

イヴの目が揺れ、細められた。「まちがいない？」

「ああ。ビッセルには自分でコードを変えることはまずできなかった」

「そう、まず無理ね」

「それに、彼と同じく死んでいたその愛人にも、彼の妻にもやれたはずはない。それを言うなら、彼を殺した犯人にもだ」

「でも、ここを閉ざしたのが誰であれ、そいつはビッセルがもう死んでいる、もしくは、死にかけているのを知っていたにちがいない。彼の妻が罠にはまったこともよ。これは、このひどいごたごたの新たな局面なんだわ。わたしをなかに入れて」

4

さして時間はかからなかった。たいていの場合、そうなのだ。ロークは泥棒の手を持っている——すばしこくて、俊敏で、ひそやかに動く手を。でも彼はその手を常に惜しみなく、イヴのために、または、イヴに対して使うのだから、批判するのはむずかしい。

そして彼が仕事を終えると、重たい扉はほとんど音もなく壁の戸袋にするすると入っていき、その向こうにブレア・ビッセルのスタジオが現れた。

ビッセルはここでもやはり大きなスペースを確保していた。また、確かに彼にはそれだけのスペースが必要なようだった。室内のいたるところに金属がある。長いビーム、短いブロック、積み上げられた立方体や球体。床と壁は耐火性と反射性というふたつの特性をそなえた素材でおおわれていて、そこに器材や制作途中の作品の姿がぼんやり映し出されている。

長い金属製の台の上には、中世の拷問具を思わせる道具類が載っていた。おそらく、切断したり、切り取ったり、折り曲げたりする用具なのだろう。さらに大型タンクが三つ、回転するスタンドに据えられ、室内の各位置に配備されている。付属の部品とホースから判断すると、どうやらそれらは可燃性ガスで満たされており、溶接するなり溶かすなり、金属で奇怪な物を作る連中が火で何かするときに必要な熱を供給しているらしい。

もうひとつの壁はスケッチでいっぱいだった。手描きのものもあれば、コンピューターで描かれたものもある。なかの一枚は、奇妙なねじれや突起が部屋の中央の作品と一致しているところを見ると、ビッセルのアートの構想か青図なのだろう。

オフの時間は相手かまわず女という女をたぶらかして過ごしていたのかもしれないが、そんな彼もどうやら仕事に対しては真剣だったようだ。

イヴは中央の彫像のまわりをぐるりと回り、そのとき初めて、金属のねじれから突き出ている大きく開かれた手に気づいた。それは必死で差し伸べられているように見えた。

彼女はスケッチに視線をもどし、下のほうの注釈を読んだ。

地獄からの脱出

「こんな代物、いったい誰が買うっていうのよ？」彼女はいぶかった。

「コレクターたちだよ」ロークが答えた。彼は、完全な人間ではない何かを産んでいるらしい、女性と思われる背の高い造形物を眺めていた。「芸術のパトロンを気取りたがる会社や商店だね」

「自分もこの手のものを持ってるなんて、言わないでよね」

「いや、持っていないよ。彼の作品はどうも……僕には訴えかけてこないんだ」

「せめてもの幸いね」イヴは立体像に背を向け、スタジオの奥に設置されたデータ・ステーションへと向かった。

彼女はビームの山を見やった。「こういうものの搬入や搬出はどうやっていたんだろう。このなかのいくつかは絶対、エレベーターに入らないわよ」

「屋上まで行く別のエレベーターがあるんだ。ほら、あそこに」ロークは東側の壁を手振りで示した。「ビッセルが自費で設置した。大きさはふつうの貨物エレベーターの三倍だ。屋上にはヘリの発着場があってね、彼は作品や器材を空輸させていたんだ」

イヴはただ彼を見つめた。「まさかこの建物を所有しているんじゃないでしょうね」

「一部だけだよ」ロークは上の空で話しながら、金属の造形物を見て回っていた。「これもコングロマリットの習いでね」

「ある段階を越えると、そのことがきまり悪くなるのよね」

ロークはまったく無邪気に眉を上げた。「本当に？　どうしてなのかさっぱりわからないよ」

「でしょうね。それで思い出した」イヴはジャケットの袖を押しあげ、腕を差し出して、例のブレスレットをきらめかせた。

「たとえばこれ。うっかりして、現場へ向かうとき、これをはめたままだったの。ピーボディはぜんぜんここから目を離せなくて、同時に見ていないふりをしていたわ。どうしていいかわからなかった。ポケットにしまったりしたら、きっと失くしてしまうだろうし」

「いいかい」イヴがブレスレットをはずしにかかると、ロークは口を開いた。「人が宝飾品を身に着けるのは、周囲に気づいてもらうためなんだよ。感心させるため、いや、それどころか、うらやましがらせるため、と言ってもいい」

「それだから、体じゅうに光り物をぶらさげた連中は強盗にやられるのよ」

「確かにそれはマイナス面だね」ロークは同意し、ブレスレットをポケットに入れた。「でもこの世はリスクでいっぱいなんだよ。では、これをきみの代わりに持っているのは、気の毒な愚かな辻強盗がきみのブーツで喉を踏みつけられないようにする、僕のささやかな配慮と思うことにしよう」

「類は友を呼ぶ、ね」イヴはつぶやき、彼をにやりとさせた。

彼女はコンピューターを調べにかかった。結果は、ビッセルのホーム・ユニットのときと同じだった。「どうしてただのアーティストが、自分のデータに関してここまで用心深くて偏執的なわけ？」

「僕にやらせてみて。理由を見つけだそう」

イヴは引きさがって、ビッセルという人間の感触をつかみ、なおかつ、ロークの魔法の手に作業時間を与えるために、スタジオ内をひとめぐりした。

メインフロアのはずれには、ジェットバス、乾燥室《チューブ》、ローク好みの高級タオルを完備した赤と白のバスルームがあった。寝室も作られていた。小さいながら、気の利いた備品がいろいろとそろっている。ビッセルはそういうものが好きだったようだ。

ジェル・マットレスは厚くふかふかで、上掛けは黒く、なめらかでセクシーだった。壁の一面は、鏡張りになっていた。イヴは、ビッセルの自宅のエントランスや主寝室やバスルームを思い出した。

彼は自分を見るのが好きだったのだ。女性たちと交わる自分を見るのも。エゴイスト、ナルシスト。増長した自信家。ベッドのそばには、小さなデータ&コミュニケーション・センターがあったが、それも他の機器同様ブロックされていた。

考えこみながら、イヴは引き出しが三つある細いチェストのほうへ移動し、なかをあさりはじめた。下着の予備、仕事着の予備。

そして、ああ、鍵のかかったいちばん下の引き出し。こういうものに対処できるのは、なにもロークだけじゃない。そう思いながら、彼女はポケットナイフを取り出した。楽しげにぐりぐりと旧式の鍵を攻め立て、差し金が引っこむと満足げに小さく唸って、ぐいと引き出しを開けた。すると、シニカルな〝何を見たってもう驚かない〟彼女の目がハッと見開かれた。

「うわっ、すごい」

サテンの拘束具、ベルベットの鞭、革のストラップオン、目利きによる張形のコレクション――イヴはその奥を掘り返した。出るわ出るわ。ラビットという通り名の違法薬物の瓶が複数、ゼウスとおぼしきものがひと袋、エロティカもひと袋。そして、ジェル・ボール、アナル・プラグ、目隠し布、数々の電池式玩具や器具、ありとあらゆる種類のペニス・リングやニップル・リング。

それに他にもいろいろ。イヴには正体不明のものが、まだまだたくさん。

どうやらビッセルは仕事と同様、遊びに対しても真剣だったようだ。

「あのユニットはブロックされていないよ、警部補さん。あれは……」部屋に入ってきて、イヴの調べているものを目にすると、ロークの声は途絶えた。「これはこれは。いったい何が出てきたんだ？」

「類を見ないお宝の引き出し。この張形は脈打ったり震動したり大きくなったりするうえ、ハンドフリー機能もついている。でもそれだけじゃないの。五曲のポピュラーソングのうち、どれでも好きなやつを歌ってくれるのよ」

ロークは彼女のそばにしゃがみこんだ。「まさかこんな短時間で全部試したわけじゃないだろうね」

「この変態。スイッチを入れてみたのよ。彼は違法ドラッグも少しストックしていたわ」

「そのようだね。おっ、すごいぞ。男女ペア用のバーチャル・リアリティだ。ふたりで試してみようか――」ロークはおそろいのゴーグルを取ろうとして、ぱちんと手をたたかれた。

「だめよ」

「厳しいんだね」彼はイヴの膝の上で指を歩かせた。「あとでまた厳しくしてもらおうかな」

眉をぴくつかせながら、一対の拘束具を持ちあげる。「こいつもあることだし」

ざっと調べてみると、その拘束具は本当に彼女自身のものだった。腰に着けていたのに、知らぬ間にすられていたのだ。イヴはそれをひったくった。「いい加減にして。それに、そのなかのものには一切手を触れないでちょうだい。まじめに言っているのよ。このゴミくずを記録しないと。いくら超ド級のお宝があったって、そのためにコンピューターをパスコードでガードしたり、セキュリティ完備の区域内にある引き出しに鍵をかけたりするとは思えない。彼は――」

「さっきも言ったけれど、あのユニットはブロックされてはいないよ」イヴの膝を軽くたたくと、ロークは立ちあがった。面白半分、玩具を二、三個こっそり盗みたいという誘惑は――苦労のすえ――抑えつけた。「破壊されていたんだ」

「いったいどういう意味？〝破壊されていた〟って？」

「破壊されていた、ぶっ壊されていた、やられていた、死んでいたんだ」

「意味ならわかっているわよ。どういう意味って言ったのは――ああもう」イヴは勢いよく立ちあがり、足で蹴って引き出しを閉めた。「いつ？いつかわかる？いつ、どんな手でやったのか？」

「たぶんね。適切な道具と多少の時間があれば。でも、ざっと見ただけでも、これだけは言える。あれはプロの手で巧妙に破壊されたんだ」

「つまり、どういうこと？」

「簡単に言うと、メイン基盤が破壊され、すべてのデータが損なわれているんだよ。まず頭に浮かぶのは、この目的のために限定的に働くきわめて狡猾なワームだな。ディスクに仕込まれ、ドライヴに挿入され、感染をもたらし、タスクが完了すると取りのぞかれたんだろう」

「先にデータが盗まれていたかどうかわかる？」

「むずかしいね。でもやってみる価値はあるよ」

「何かを回収することは？　なかをさぐって、そこにあったデータをもとのままの形で取り出すことはできる？」

「さらにむずかしいな」

「データは残っているはずよ。何があろうと必ず残っている。フィーニーがそう言っていた」

「それが、そうとも言いきれなくてね。実は、テクノ・テロリストのある集団が存在するんだ。連中はみずからを〈世界終末《ドゥームズディ》〉団と呼んでいる」

「どういうやつらか知っているわ。システムに侵入し、アップロードできるものはなんでもアップロードし、データをめちゃめちゃにするのが趣味の、凄腕のハッカーたちでしょ。優秀な歪んだ脳みそを持ち、金銭的支援もたっぷり受けている」

「凄腕と言うだけでは少し足りない」ロークは言った。「連中は航空管制のデータを改竄《かいざん》して民営のシャトルを何機も墜落させている。ルーブル美術館のセキュリティをシャットダウンさせて、作品数点を盗み出し、その他いくつかの作品を故意に傷つけたこともある。また、プラハでは、ある研究所のシステムを破壊し、空気の供給を止めたうえ、すべてのドアを封鎖して、職員二十六名を殺している」

「さっきも言ったとおり、連中は歪んでいる。危険なやつらなのよ。それが、死んだ男のアート・スタジオの破壊されたユニットとどう関係してくるの？」

「ここ数年、連中はまさにこういう特性を持つワームを研究しているんだ。威力のある、移植可能なやつをね。そのワームの目的は、単にデータを損なったり盗んだりすることだけじゃない。データを消去する、それも大規模に消去すること、広がり、増殖することなんだよ」

「どれくらいの規模で？」

「理論的には、ディスクを一枚、ネットワークにつながっているユニットのドライヴに挿入すれば――たとえそれが、フェイルセーフ機能やブロック機能、ウイルス探知機能やバグ駆除機能を持つネットワークでも――そこからデータバンクを丸ごとダウンロードし、その後、全ユニットを破壊することができる。ひとつのオフィス、ひとつのビル、ひとつの会社を。一国を」

「不可能よ。〈中〉レベルのセキュリティでも、侵入してくるウイルスやバグを探知して、感染する前にシステムをシャットダウンするんだから。〈コンピューター警備《コンピュガード》〉に探知されずにダウンロードなんて、できるわけがない。こういうホーム・ユニットなら、まあわかる。セキュリティに出くわす前にやりおおせるかもしれない。小規模のネットワークなら、ありうるでしょう。たとえ、コンピュガード・シールドが働いていてもね。でも、それ以上のことは絶対無理よ」

「理論的には、だよ」ロークは繰り返した。「それに、この組織には、当プロジェクトにたずさわるきわめて優秀な人材がいるという。情報部は、ワームは完成間近であり、機能しうると述べている」

「あなたはどうやってそのことを知ったの？」

「コネがあるからね」ロークは軽く肩をすくめた。「それに、たまたま〈ローク・インダストリーズ〉が政府と契約しているということもある。駆除プログラムを開発、作成し、この潜在的脅威を防御するという、コード・レッドの契約だよ」

イヴはベッドの端にすわった。「あなたは政府の仕事をしているわけ？　わたしたちの政府の？」

「そうだよ。いまのが〝合衆国の〟という意味なら。これもやはりコングロマリットの習いでね。政府、ヨーロッパ共同体、ロシア、その他、事態を憂慮するいくつかの地域。〈ローク・インダストリーズ〉の〈コンピューター警備《セキュアコンプ》〉部門が委託を受け、研究開発部がその仕事をしている」

「そしてルヴァ・ユーイングは、〈セキュアコンプ〉の研究開発部で働いているわけね」

「確かにそうだけれどね。さっきコード・レッドと言ったろう、イヴ。つまり最高機密ということだよ。この件についてわたしとおしゃべりしなかったから？」

「あなたがこの件についてわたしとおしゃべりしなかったから？」

一瞬、いらだちが閃き、すぐに抑えつけられた。「いや、彼女がプロだからだよ、イヴ。その点に疑いの余地があれば、彼女はいまの地位には就いていない。情報を漏らしたりはしないさ」

「たぶんね」イヴにとって、偶然とは、点と点を結ぶひとつの線でしかない。「でも、あなたほど彼女を信じていない人間がどこかにいた可能性はある。そう考えると、おもしろくなってくるわ」

イヴは勢いよく立ちあがり、部屋の向こうへと回った。「これを調べてくれない？」ミニ・データ・センターを手で指し示し、上の空で言う。「テクノ・テロリストか。妻の仕事を別にすると、女たらしの金属彫刻家とテクノ・テロリストとの接点はなんだろう？　彼の利用法を思いついたのだとして、連中はなぜ彼とその愛人を殺し、妻を罠にかけたのか？　むろん、その妻が二件の第一級殺人で収監されれば、そのことは駆除プログラムとシールドの研究開発の障害になるわね」

イヴは確認するようにロークのほうを見た。

「多少はね。でも克服しがたい障害ではないな。彼女はこれをはじめ、極秘プロジェクトを数件、統括しているけれど、非常に優秀なチームも一緒に働いているから。プロジェクトに関するデータはすべて、社内で厳重に管理されているわけだし。どれひとつとして、外へは持ち出せないんだよ」

「それは確かなの？ 絶対に確実？」

「そのはずだった。こっちもやられている。同じやりかただ」ロークもまた、偶然についてはイヴと同じ皮肉な見かたをしている。懸念の底から怒りが湧きあがってきた。「きみは、ビッセルが、あのプログラムに関連するデータを手に入れ、そのために殺されたと見ているのか？」

「いい出発点でしょ。彼かフェリシティが、仕事中のルヴァを訪ねたことはある？」

「僕の知るかぎりではないね。でも確認するよ。彼らがラボへの立ち入りを認められたはずはない。あのラボにかぎっては。でも訪問者用のエリアはあるから、そっちをチェックしよう。それから、自分で直接、プロジェクトのセキュリティを調べてみる。担当の職員たちのほうも」

その冷ややかな抑制された声のトーンを、イヴはよく知っていた。「漏洩《ろうえい》があったとわかるまでは、怒ることもないでしょう」

「一歩先を行っているだけさ。きみはもう一度、ルヴァと話す気なんだろう？ 旦那がこのプロジェクトのことを知っていた可能性を追及するために？」

「さっきも言ったとおり、そこが出発点だから」

「相手が僕のほうが、彼女は話しやすいかもしれない」

「相手がボスのほうが？　自分を雇い、給料を払い、コード・レッドを任せてくれた人のほうが？　なぜそうなるわけ？」

「なぜなら僕は、まだ学生のころから彼女を知っているからだよ」ロークはややいらだって言った。「それにもし彼女が嘘をつけば、僕にはそれがわかる」

「あなたにはEDDの職務があるのよ」イヴは指摘した。「あなたは活躍の場を求め、それを手に入れたの。あっち方面で役に立ってもらえるでしょう。とりあえずわたしは、チームをここに呼んで、電子機器を全部回収させなきゃならない。それに、ギャラリーとスタジオをひととおり調べたいし。となると、しばらく時間を食うわね。彼女と話すのに十分あげる。そのあとは、わたしに替わって」

「感謝するよ」

「いいえ、感謝なんかしてない。まだ怒っている」

「少なくとも僕は礼儀を守っているだろう」

「仮に彼女が情報を漏らしたとすると――」イヴは片手を上げ、反射的に否定にかかったロークを制した。「仮に彼女が情報を漏らしたとすると、そのことであなたがこうむる損害はどの程度なの？」

ロークはタバコがほしかった。しかし彼はみずからの主義に従い、ここでそうした嗜好品にたよることはしなかった。「彼女はうちの社員だ。だから責任は僕にある。わが社は、打撃をこうむるだろう。ひどい打撃をね。他に請け負っている仕事はごまんとある。今度の件が吹っ飛んだら、その七割が——楽観的に見積もっても——キャンセルされるだろうな」

請け負っている仕事の七割というのが、実際どれほどの額になるのか、イヴにはわからなかった。何百万？　何十億？　でも、彼のプライド、彼の評判への打撃がそれ以上であることは確かだ。そこで彼女は、真顔のまま言った。「つまり、わたしたちはもう、住みこみの使用人を雇う余裕もなくなるということ？」

ロークは小首をかしげてイヴを眺め、それから、彼女のお腹をすばやく指で突いた。「なんとかなるだろうよ。万一に備え、多少の蓄えはあるからね」

「でしょうね、きっと大陸がふたつか三つ。それにきっと、打撃を受けても、あなたの評判は落ちないだろうし。絶対落ちないわよ」ロークが何も言わずにいると、イヴはそう繰り返した。「もうひとつ。賭けてもいいけど、あなたなら、なんだかんだと言い抜けて、その請け負い契約を全部キープするにちがいないわ」

最初の怒りの熱が冷めた。「僕に大きな信頼を置いているわけだね、警部補さん」

「あなたの持つアイルランド人の狡猾《こうかつ》さによ、大物さん」

イヴはコミュニケーターを抜いて、ＥＤＤの回収班を要請した。その後、寝室の区画からスタジオへもどると、ピーボディがギャラリー側から入ってきた。

「供述をとりました。実に長い、とりとめのない、芝居がかったマッコイの供述。おかげでひどい頭痛に見舞われて、たったいま市警公認の頭痛薬をのんだところです」

「彼女はどこ？」

「解放しました。いまから自宅アパートメントのベッドに突っ伏し、悲しみの上げ潮にさらわれることをみずからに許すのだそうです。これ、正確な引用ですから。本人がべらべらしゃべっているあいだに、彼女について標準調査をやりましたよ」ロークが入ってくると、ピーボディはだいぶ元気づいた。「自己申告のとおり、年齢は二十一歳。なんと、いまも美術と演劇の学位をとるために勉強中。ここに雇われたのは八カ月前。前科はなし。トピーカ生まれ」彼女はあくびを嚙み殺そうとし、失敗した。「失礼。高校三年のとき、農場の女王《ファーム・クイーン》に。これもまた衝撃ですね。十八でここに来て、コロンビア大学に入学。奨学金を一部受給。結局、彼女は、カンザスの小麦畑並みにクリーンかつグリーンでした」

「いちおうレベル・ツーの調査もしてみて」

「彼女について、ですか?」

「事情は道々説明する。あなたは自分の車で来たのよね?」イヴはロークに訊ねた。

「そうだよ。きみたちの車について行こう」

「結構。あなたはEDDの顧問のわけだから、フィーニーに連絡して、ここまでの経過を話してちょうだい」

「了解、警部補」三人そろってエレベーターに乗りこむとき、ロークはピーボディにウインクした。「お疲れのようだね、捜査官」

「もうへとへとですよ。いまは、えーと……十四時か。もう十二時間も働きづめで、ほとんど眠っていないんです。警部補がどうして平気なのか、不思議ですよ」

「とにかく集中しなさい」イヴが命じた。「このあとセントラルの仮眠室で一時間、休ませてあげるから」

「一時間ね」ピーボディは観念して、ふたたびあくびをした。「やれやれ、それだけあれば、生き返るはずですよね」

カーロのアパートメントの正面に二重駐車するころには、ピーボディの眠たげな目もふたたび鋭くなっていた。

「テクノ・テロリスト、コード・レッド、政府との提携。ワオ、ダラス、すごいじゃないですか。まるでスパイものみたい」

「モルグに遺体が二体あるところを見ると、殺人ものみたいだけどね」

イヴが車から降りようとしていると、早くも、黄緑色の金モールつき制服でびしっと決めたドアマンがつかつかと近づいてきた。「お客様、申し訳ございませんが、こちらにはお車はお駐めいただけないことになっております。二ブロック西に公共の駐車場がございますので……」

言葉が途切れた。ロークがぶらぶらとやって来て一同に加わると、ドアマンは最高位の将軍を前にした新兵よろしくさっと気をつけをした。「ローク様！ おいでになるご予定とはうかがっておりませんでした。ただいま、こちらの女性にこれでは駐車違反になると話していたところです」

「彼女は僕の妻なんだよ、ジェリー」

「おおっ、どうかお許しを、ミセス――」

「警部補よ」イヴは歯ぎしりしながら言った。「ダラス警部補。だからこの車は警察車両ってことになる。つまり、わたしが駐めた場所から動かす必要はないということよ」

「当然ですとも、警部補様。誰も手出ししないよう、わたくしが見ております」

ドアマンはエントランスへと急ぎ、やや大仰なしぐさでドアを開けた。「何かご用がございましたら、すぐ下にご連絡ください。わたくしは四時までおりますので」

「いや、大丈夫。また会えてよかったよ、ジェリー」

「いつでもお越しください」

自動のセキュリティ・パネルは、つややかな黄金色の秋の花を飾るふたつの背の高い壺にはさまれていた。ロークはまっすぐそこへ向かった。「僕がやろう。時間の節約だ」指示も待たず、彼はてのひらをプレートに置き、ただちに承認された。

〝こんにちは、ローク様！〟ドアマンのジェリーと同じく喜び勇んで、コンピューターが言った。〝お帰りなさい。ご用件を承ります〟

「ミズ・ユーイングに、僕が来たと伝えてくれ。ダラス警部補とピーボディ捜査官も一緒だ。それから、エレベーターを使いたい」

かしこまりました。ご訪問をお楽しみください。

「ほら、機械といがみあうよりこのほうがいいだろう？」先に立って、三対《つい》ある銀色のエレベーター・ドアのほうに向かいながら、ロークが言った。

「いいえ、わたしは機械といがみあうのが好きなの。血行がよくなるから」

ロークはイヴの肩を軽くたたいて、自分の前のエレベーターへと押しやった。「そうか、じゃあ次回はそれでいこう。十八階」

「この建物もあなたの所有なんですね」

ロークはピーボディにほほえみかけた。「うん、そうなんだ」

「すてき。わたしにお金ができたら、投資先を助言していただけます？」

「喜んで」

「警官に投資する資金なんてあるわけないのに」イヴは首を振った。

「まずは給料日ごとに少しずつ貯めていくんですよ」ピーボディが説明する。「それから、投資するいいところを見つけるんです。そうすれば壺のお金を増やせます。そうでしょう？」

「そのとおりだよ」ロークは同意した。「機が熟したら知らせてほしい。下に壺を埋める虹を見つけてあげるからね」

十八階でドアが開くと、彼は手振りでふたりを促した。「さあ、ご婦人がた」

「わたしたちは任務中よ。だから警官であって、ご婦人じゃない」そう言いつつも、イヴは先に外に出て、東の角部屋へずんずんと進んでいった。

彼女がブザーを鳴らすより早く、そのドアは開いた。

「何かわかりました？　進展はありましたか？」カーロはハッとして自分を抑えた。「ごめんなさい。どうぞお入りください。リビングにすわりましょう」

彼女は一歩さがって、川の眺めが望める広々した部屋に三人を迎え入れた。対になった濃い青のソファが談話用のエリアを作り、宝石に飾られた美しいランプシェードやつややかなテーブルがそこに彩りを添えている。

イヴはこの習性を女性特有のものと見ているが、カーロはふくらんだカラフルなクッションをソファに並べていた。

室内には、新鮮な花が活けられた花瓶、可愛らしい小さな塵払いがあった。また棚には、本が――ページをめくる類のが並べられていた。

カーロは、本人の考えでは家庭用の楽な格好であるらしい服装に着替えていた。シャツとズボンはどちらもブロンズ色、どちらもぴったりのサイズに仕立てられている。

「何をお飲みになります？」

「コーヒーをもらえるかな」イヴがことわるより早く、ロークが言った。「もし面倒でなければ」

「面倒だなんてとんでもない。少しお待ちいただけますか。どうぞおかけになって。くつろいでくださいね」

カーロが出ていくのを待ち、イヴは言った。「これは社交上の訪問じゃないのよ、ローク」

「彼女には何かすることが——日常的な仕事が必要なんだよ。落ち着くための時間が少しいるんだ」

「このお宅、ほんとにきれいですねえ」沈黙に向かって、ピーボディが言った。「簡素で、高級感があって、優雅で。ほら、ほどよい感じ。彼女とおんなじですね」

「カーロは、穏やかでとてもいい趣味の持ち主だからね。彼女はみずからのスタイルと願望を反映させて、人生を構築したんだよ。しかもそれを独力で成し遂げたわけだ。きみが敬意を抱きそうなことじゃないか」ロークはイヴに言った。

「実際、彼女には敬意を抱いている。好感を持っているわよ」畏《おそ》れも抱いているし、とイヴは思った。「でもご承知のとおり、仕事に私情をさしはさむわけにはいかない」

「そうだね。だが、方程式に組み入れてくれないかな」

「あなたが過剰に護りを固めれば、捜査はうまくいかないのよ」

「僕はただ、彼女に優しくしてほしいとたのんでいるだけだよ」

「ところがこっちは、びしびしやるつもりなの」

「イヴ——」

「どうか、わたくしのことで喧嘩をなさらないで」カーロがお盆を手に入ってきた。「容易ならざる状況ですものね。特別待遇は必要ないし、期待もしていません」

「僕が持とう」ロークがお盆を受け取った。「きみはすわって、カーロ。ひどく疲れた顔を

している ね」

「あまり喜べませんけど、でも確かにそうなんです。少し疲れが出ていますわ」腰を下ろしながら、彼女は無理にほほえんだ。「でも厳しい取り調べにもちゃんと耐えられますから、警部補さん。わたくしはひ弱な人間ではありませんので」

「わかっている。あなたをひ弱だなんて思ったことは一度もない。あなたは手ごわい人よ」

「手ごわいねえ」カーロの微笑が温かくなった。「それも喜ぶべきなのかどうか。警部補さんはロークと同じで、ブラック・コーヒーでしたね。あなたはどうなさいます、捜査官？」

「ミルク入りでお願いします。どうも」

「娘さんと話す必要があるんだけど」イヴは切り出した。

「ルヴァはいま休んでいます。二時間ほど前に、ひと眠りするようわたくしが一喝したので」コーヒーを注ぎながら、カーロはぎゅっと口を結んだ。「あの子は、ブレアを思って嘆き悲しんでいるんですよ。心の一部でわたくしは、こんな状況なのにあの男のために嘆き悲しむルヴァに腹を立てています。あの子も決してひ弱なタイプではありません。わたくしはひ弱な子供を育ててはいませんから。でも今度のこと――そのすべてによって、あの子は打ちのめされてしまいました。それに怯えていますし。わたくしたちはふたりとも、怯えているんです」

カーロはまずコーヒーを、ついで薄い金色のクッキーの載った皿をみなに回した。

「警部補にはきっと、わたくしにお訊きになりたいこともおありでしょう。先にわたくしの聴取をして、あの子にはもう少し休む時間をやってもらえないでしょうか」

「では、ブレア・ビッセルをどう思っていたか教えて」

「今朝まで彼をどう思っていたか、ですか？」カーロはカップを手に取った。美しい花柄のカップだ。「好意は持っていましたよ。娘が愛した男性だから。それに、彼のほうもあの子を愛しているように見えましたし。ただ、娘の選んだ人に抱きたいと思っていたほどの愛情は抱けませんでした。この状況下で、こう言うと……なんだか都合よく聞こえてしまいますけれど。でも本当のことなんです」

「なぜ？　なぜ望んでいたほどは好きになれなかったの？」

「いい質問ですね。具体的にお答えするのはむずかしいんですが。娘が結婚したとき、わたくしは、娘の夫なら実の息子を愛するように愛せるだろうと思っていました。ところがそうはならなかったんです。感じがよくて楽しい人、思慮のある知的な人だとは思いましたよ。でも……冷たい。根っこのほうにどこか冷淡なところがある気がしたんです」

カーロは口をつけないまま、ふたたびカップを下に置いた。「わたくしは、ふたりの準備ができたら、孫がほしいと思っていました。実は秘かに期待していたんです――ルヴァにも打ち明けなかったけれど、孫が生まれたら自分もブレアを愛せるようになるのではないかと」

「彼の仕事についてはどう？」

「いまは正直になるべきときなんですよね？」ほんの一瞬、カーロの目がきらめいた。「これまで正直に言ったことはありませんが。奇抜、ときとして不快、多くの場合は悪趣味。アートにはしばしば驚きが必要なんでしょう。ときには醜悪ささえも。でもわたくしの好みは保守的ですから。とはいえ、彼はとても有能でした」

「ルヴァは都会人という感じがするけど。いったいどうしてクイーンズなんかに家をかまえたの？」

「あれはブレアのほうがほしがったんです。彼の好みどおりにしつらえた大きな家。そう、たったあれだけでもルヴァと住まいが離れたのは、ちょっと悲しかったですね。あの子とは昔からとても仲がよかったもので。ルヴァの父親のほうは、あの子が十二のときから、わたくしたちとなんの交渉もありませんけれどね」

「なぜ？」

「彼には他の女たちのほうが大事だったんです」カーロは、苦々しさの片鱗も見せずに言った。どんな感情の片鱗も見せずに。「どうやら娘は、同じタイプの男性に惹かれてしまったようです」

「前にも一度、彼女がシークレット・サービスにいたころ、離れて住んでいたわけでしょう？」

「ええ。ルヴァには翼を広げる必要があったんです。わたくしはあの子のことをとても誇りに思っていました。そして、あの子が退職してうちにもどり、研究開発部に入ったときは、大いに安堵いたしました。もう大丈夫、と思って」カーロの唇が震えた。「このほうがうちの子にとってはるかに安全だって」

「ルヴァは自分の仕事についてあなたに話したりする？」

「え？　ああ、それはときどき。それぞれちがった形ですが、同じプロジェクトにかかわることはよくあるので」

「いま現在かかわっているプロジェクトについて、あなたと話したことは？」

カーロはふたたびカップを手に取った。しかしイヴは、彼女の瞳孔が急に大きくなったのを見逃さなかった。「いまあの子がかかわっているプロジェクトは、山ほどあるんじゃないでしょうか」

「どのプロジェクトの話かわかっているはずよ、カーロ」

今度は、彼女の眉間にうっすらと困惑の皺《しわ》が刻まれ、その目がちらりとロークに向けられた。「〈ローク・インダストリーズ〉で進行中のプロジェクトについては、わたしが勝手にお話しするわけにはいかないんです。たとえ相手があなたであってもです、警部補」

「いいんだよ、カーロ。警部補は、コード・レッドのことはご承知なんだ」

「わかりました」でもイヴの目には、彼女が納得していないのは明らかだった。「わたくしは、この機密レベルのどのプロジェクトについても、ある程度、内容を把握しています。ロークの業務管理役として、会議で補佐を務めたり、契約内容を検討したり、人員を評価したりしますので。それもわたくしの仕事の一部なんです。ですから、そう、わたくしはルヴァの統括しているプロジェクトのことを知っています」

「で、ふたりでそれについて話したこともあるわけね」

「ルヴァとわたくしが？　いいえ。一切、話しませんでしたよ。それに関するどんな事柄についても。コード・レッドなら、口頭による伝達事項、電子データ、ホログラムを含むすべての情報、すべてのファイル、すべてのメモ、すべての知識が、トップ・シークレットとなるのです。それについて、わたくしは誰とも話したことがありません。ロークご自身とオフィス内で話した例をのぞけば、これまで一度も。あのプロジェクトは、地球全体のセキュリティにかかわっているんですよ、警部補」彼女の口調は手厳しかった。「コーヒーを飲みながらおしゃべりするような事柄ではないんです」

「こっちもクッキーの味をよくするためにこの話題を持ち出したわけじゃないの」

「これ、ほんとにおいしいクッキーですよね」ピーボディが唐突に声をあげ、イヴに渋い顔をされた。「パン屋で買ってきたんでしょう？」

カーロはちょっとほほえんだ。「ええ、そうです」

「子供のころ、うちにはいつだって焼きたてのクッキーがありましたよ。もうみんな大人になっていますけど、いまでも母は家にクッキーを置いています。習慣ですね」ピーボディはそう言って、もうひとかじりした。「ルヴァが子供のころは、あなたもクッキーを切らさなかったんじゃありませんか」

「ええ、そうでした」

「たぶん、ひとりで子育てをしていると、どうしても子供べったりになるでしょうね。母親は特に過保護になるでしょう？」

「かもしれません」カーロの声、カーロのしぐさから硬さがとれた。「でもわたくしはいつも、あの子に自由を与えようと努めていました。独立を許そうと」

「それでも心配だった。さっきおっしゃったように。ルヴァがシークレット・サービスにいたときのように。きっと、彼女がブレアに真剣になりだしたときも、また心配になったでしょうね？　母親はみんなそうです」

「ええ、少し。でもあの子ももう一人前の女性ですから」

「うちの母がいつも言っていましたよ。いくらでも好きなだけ年をとっていいけれど、それでもママはあなたたちのママなのよって。あなたはビッセルを調査したんじゃありませんか、ミズ・ユーイング？」

カーロは口を開きかけた。それから頬を赤らめて、じっと窓を見つめた。「わたくし……あの子は、わたくしのたったひとりの子供なので。ええ。お恥ずかしい話ですが、おっしゃるとおりです。あなたには、はっきり調査しないでほしいとお願いしましたのにね」彼女はロークに言った。「明確にそう言ったし、そのことであなたと言い合いまでしたのに」

「いずれにせよ、レベル・ツーまでの調査はやらせてもらったよ」

「ええ、もちろん。当然のことですわ」カーロの手がひらひらと顔に上がっていき、そのままストンと膝に落ちた。「なんと言っても、あの子は従業員のひとりですから」と今度はため息をつく。「そうなさるのはわかっていました。あなたもご自身とご自身の会社を護らなくてはなりませんものね」

「僕が考えていたのは、自分のことだけではないよ、カーロ。自分の会社のことだけでもないしね」

カーロは手を伸ばし、ロークの手に触れた。「ええ。わかっています。でも同時に、わたくしがお願い——いえ、要求したからには、あなたがそれ以上深く調べないこともわかっていたんです。それに、誓って申し上げますけれど、わたくしだってそんなことをする気はありませんでした。そんなふうにこそこそした手で、娘の人生に干渉する気など絶対になかった。なのに、やってしまったんです。もう一段階、上の調査まで。しかもあなたの情報源を利用して。本当に申し訳ありません」

「カーロ」ロークは彼女の手を取り、そっと指にキスした。「僕はきみのやったことをすっかり知っていたんだ。まったくなんの問題もないよ」

「まあ」カーロは震え声で笑った。「なんて馬鹿なんでしょうね、わたくしは。われながらあきれてしまいます」

「よくもそんなことができたわね、ママ」ルヴァが部屋に入ってきた。その目はすさみ、髪は寝乱れていた。「よくもそんなふうにこそこそスパイができたもんだわ」

5

　ロークが立ちあがり、実にスムーズにさりげなく母娘のあいだに移動した。その動きを見て、イヴは思った。彼がみずからをカーロの盾としたことに気づいた者はいるだろうか。

「それを言うなら、ルヴァ、僕も同じことをしたわけだ。こそこそスパイをしたんだよ」

「あなたはわたしの母親じゃありませんから」吐き出すように言いながら、ルヴァは前に進み出た。一方ロークは、周囲にはその動きを少しも気取らせずに、立ち位置を変えた。

「それは結局、僕にはさほど権利がないということだろう」彼は気楽な口調で言い、ポケットからシガレットケースを取り出した。そのしぐさがルヴァの気をそらしたことに、イヴは気づいた。ほんの一瞬かもしれないが。「いいかな、カーロ？」ごく感じよくロークは訊ねた。

「ええ」カーロはあわててあたりを見回し、立ちあがった。「灰皿を取ってきますね」

「ありがとう。もちろん僕は、きみの雇用主としてブレアに関する基礎的調査を行ったのだとも言える。それにまあ、これは本当のことだよ」ロークはタバコに火をつけた。「確かにそうなんだ。しかし完全な真実とは言えない。きみは、きみのお母さん同様、僕の友人だ。だからもうひとつ別のファクターがあるわけだよ」

激しい怒りが発火点に達し、ルヴァの頬に血の気がのぼってきた。彼女がうす紅色のローブに身をくるみ、分厚い灰色のソックスをはいていても、その危険性にはなんの変わりもなかった。「わたしを信用できないと言うなら――」

「きみのことは信用している。ずっと信用してきたよ、ルヴァ。だが彼は知らない人間だ。なら、どうして信用しなきゃならない？　それでも僕は、きみのお母さんへの敬意から、調査はレベル・ツーまでに留めたんだ」

「でも、わたしのためじゃない。わたしへの敬意からじゃない。あなたたちはふたりとも――」小さなクリスタルの皿を手にもどってきた母親に、ルヴァは憤りの眼を向けた。「彼をスパイし、調べあげた。そしてそのあいだずっと、結婚式のプランを練り、わたしの幸せを喜んでいるふりをしていたのよ」

「でもね、ルヴァ、本当に喜んでいたのよ」カーロが言いかけた。

「お母さんは彼を好きじゃなかった、好きだったことは一度もないんだわ」ルヴァは吐き捨てるように言った。

「失礼。親子喧嘩をする気なら、ちょっと待ってもらわないと」ルヴァがさっと振り向くと、イヴはこれ見よがしにレコーダーを取り出した。「殺人事件の捜査が先決よ。もう権利は読んでもらったわね？」

「僕に十分くれると言ったろう」ロークが指摘した。「いま、その十分をもらうよ」

イヴは肩をすくめた。「約束は約束よね」

「カーロ、しばらくルヴァとふたりだけで話せるところはないかな？」

「ええ。わたくしのオフィスをお使いください。いまご案内――」

「場所はわたしが知っている」カーロに背を向けると、ルヴァは大股で歩み去った。それにつづく静寂は、荒っぽくドアを閉める音に断たれた。

「本当にすみません」カーロはふたたび腰を下ろし、膝の上で両手を組み合わせた。「当然ですが、あの子はひどく動揺しているんです」

「そのようね」イヴは腕時計《リスト・ユニット》に目をやった。ロークの持ち時間は、きっかり十分だけだ。

アンティークの紫檀のデスクに最新式のデータ＆コミュニケーション・センターが搭載されたカーロのオフィスでは、ルヴァが処刑を待つ目隠しされた囚人さながらにしゃちこばって立っていた。「腹が立ってしょうがない。母に。あなたに。ありとあらゆることに」

「実は、ニュースがあるんだよ。とにかくすわったら、ルヴァ？」

「すわりたくありません。すわる気はありませんから。何かを殴りつけたい。何かを蹴りつけたい。何かをぶっ壊したいわ」

「したいようにすればいいさ」退屈しきった口調。言葉で肩をすくめているに等しい。屈辱感からルヴァの頬に色がのぼり、怒りの紅潮に加わった。「それはきみとカーロの問題だ。

ここにあるのは全部彼女の持ちものだからね。癇癪が収まったら、すわるといい。理性ある大人らしく話し合おう」

「前々からあなたのそういうところが嫌いでした」

「そういうところと言うと？」ロークはゆっくりとタバコを吸った。

「その自制心です。熱い血の代わりにあなたが使うその氷」

「ああ、これか。警部補なら、僕の驚異的自制心と奇跡的に安定した気分にもくずれるときがあることを教えてあげられるんだがな。自分の愛する人ほど冷静さをかき乱す者はこの世にいないからね」

「奇跡的にせよ、なんにせよ、あなたの気分が安定しているなんて、わたしは言っておりませんが」ルヴァはそっけなく言った。「こんな怖い人、いやな人、親切な人は他にいない」喉がひくつき、彼女は大きく息を吸いこんだ。あるいは、しゃくりあげたのだろうか。「わたしを解雇するしかないということはわかっています。その際に、あなたがなるべく優しくしてくださるだろうということも。それについては、なんとも思っていません。あなたを責めることはできませんから。そのほうが簡単だ、面倒がないということなら、わたしはみずから辞職します」

ロークはもう一度タバコを吸うと、持ってきた小さなクリスタルの皿のなかで吸いさしをもみ消した。「なぜ僕がきみを解雇しなきゃならないんだ？」

「だってわたしは、殺人罪で逮捕されたんですよ。いまは保釈中の身で、その保釈金を払うには、家もその他の財産もほとんどすべて売り払わなければならないんです。いまだってこれを付けていますし」

ルヴァは拳をぎゅっと握りしめ、一方の手を突き出した。その手首には鈍い銀色の追跡用ブレスレットがはまっていた。

「こういうものをなんとか見栄えよく作れというのは、高望みなんだろうね」

このコメントに、ルヴァはただまじまじとロークを見つめるしかなかった。「仮にわたしが近所のデリカテッセンに出かければ、警察にはすぐそのことがわかるんです。わたしがいまこの瞬間動揺していることも、連中にはわかるんですよ。わたしの脈拍数が読めるわけですから。これじゃまるで檻のない刑務所だわ」

「わかるよ、ルヴァ。気の毒に思っている。でも檻があったらもっとひどかった――はるかに悲惨だったろう。家を売る必要はないよ。他のどんなものもね。金は僕が融通する。何も言うな」ルヴァが口を開くなり、ロークはそう命じた。「黙って受け取ってくれ。僕がそうしろと言っているんだからね。僕にしてみれば、これは投資なんだ。事件が解決し、きみの容疑が晴れたら、ちゃんと回収するつもりだよ。そのときは、僕が正当な利子と見なすだけのものを働いて返してもらうからね」

ルヴァはついに腰を下ろした。小さなラブシートの、彼の隣に、ドスンと。「あなたはわたしを解雇すべきなのよ」

「僕に会社をどう経営すべきか、指図するつもりかい？」ロークの声は冷ややかだった。本人の意図どおりに。「どんなに貴重な人材であろうと、きみの指図を受ける気はないね」ルヴァは背をかがめ、膝に肘をついて、両手で顔をおおった。「友情から、ということなら――」

「もちろんそれもあるよ。きみとカーロに僕が抱いている友情と愛情。でもきみが〈セキュアコンプ〉のきわめて重要な人材であることも、大事な点なんだ。そのうえ、僕はきみの潔白を信じているし、妻がそれを証明するものと確信している」

「彼女、あなたにひけをとらないくらい怖い人ですね」

「もっと怖くもなれるんだよ、ある特定の分野では」

「どうしてわたしはあんなに馬鹿になれたんでしょう！」ルヴァの声はふたたび震え、涙まじりになっていた。「どうしてあんなに愚かになれたのかしら！」

「馬鹿ってことはないさ。きみは彼を愛した。愛は人を愚かにするものだ。そうでなければ、愛になんの意味があるんだい？　さあ、しっかりして。あまり時間がないんだよ。僕のお巡りさんが十分と言ったら、本当に十分なんだからね。駆除プログラムとシールドの件なんだが、ルヴァ、例のコード・レッドだよ」

「ええ」ルヴァははなをすすって、両手で顔をぬぐった。「あともう少し。完成間際です。データはすべて、わたしのオフィスのセキュリティつきユニットに入っています。二重のパスコードで護られ、ブロックされて。バックアップは暗号化されて、金庫室にあります。最新データは、昨日、あなたのオフィスに人の手で届けられています。これも暗号化ずみです。あとはトキモトに引き継がせればいいでしょう。彼がもっとも適任ですよ。彼の知らない部分については、わたしから概要を説明すればいいし。あるいは、あなたからでも。おそらく、ラサールをサブ・リーダーに昇格させるのがいちばんでしょうね。彼女はトキモトに劣らず切れますから。ただ、創造力では若干負けますけれど」

「あのプロジェクトについて旦那に話したことは？」

ルヴァは目をこすり、瞬きした。「話すわけがないでしょう？」

「ようく考えるんだよ、ルヴァ。何かしら口にしていないかな、ちらっとでも？」

「いいえ。いますごい仕事をしている、余分に時間を注ぎこんでいるのはそのせいだとか、そんなことなら言ったかもしれません。でも具体的な内容は何も。コード・レッドですから」

「向こうも何も訊ねなかった？」

「自分の知らないことについては、何も訊ねられないでしょう」ルヴァはいらだち、硬い口調で答えた。「彼はアーティストですからね、ローク。わたしがふたりの家や彼の作品のためにどんなセキュリティを考案し、施工するかということ以外、わたしの仕事にはなんの興味も持っていなかったんです」

「僕の妻は警官で、僕の事業にはなんの興味も持っていない。それでもときおり、形だけにせよ、何かと質問してくるよ。きょうはどうだった、とか、いまどんな仕事をしているの、とかね」

「ええ、確かに、それは。いったいどういうことなの」

「あのプロジェクトについて、彼に、あるいは他の誰かに、何か訊かれたことはないかな、ルヴァ？」

ルヴァはソファに背をあずけた。その顔はふたたび青ざめており、声は疲れ、弱々しくなっていた。「たぶんブレアには何か訊かれたかもしれません。その仕事のどこがそんなにすごいのかとか、そんなふうなことを。だとしたらこちらは、その件については話せないと言ったでしょうね。それで彼がわたしをからかったりしたかもしれない。ときどきからかうんですよ、あの人は。シーッ、最高機密だ、〝わが妻、秘密工作員〟なんてね」

唇が震えた。ルヴァはそれを嚙みしめ、感情を抑えつけた。「ブレアはスパイものに目がないんです。その類のビデオやゲームが大好きなんですよ。でも、彼が何を言ったにせよ、それはただのジョークです。よくあることですよね。ときには友人たちも、あれこれ訊いてきたかもしれない。でもみんな、本当に興味があるわけじゃないんですよ」

「たとえば、フェリシティも？」

「ええ」涙にうるんだ目がカッと見開かれ、熱く燃えあがった。「彼女はアートとファッションとおつきあいのことしか頭にありませんから。あの陰険な泥棒猫。よく言っていましたよ――どうして研究所なんかに一日じゅう閉じこもって、コードやら機械やらをいじくっていられるの？　そういうことのどこがそんなにおもしろいわけ？　でもわたしは決して詳しいことは話しませんでした。小さなプロジェクトについてもです。話せば守秘義務を破ることになりますから」

「なるほど、わかった」

「ブレアが死に、わたしがこんな苦境に陥っているのは、例のコード・レッドのせいだとお考えなんですか？　それは絶対ありえません。ブレアは何ひとつ知りませんし、わたしがあの件に携わっていることは、最高機密へのアクセスを認められた者以外、誰も知りませんから」

「それが大いにありそうなのよ、ルヴァ」

ルヴァはぎくりと頭をめぐらせた。彼女が口を開くより早く、鋭いノックの音がし、外からさらに声がかかった。「時間切れよ」

イヴがドアを開けたとき、ルヴァはゆっくり立ちあがろうとしていた。その表情を読みとって、イヴはロークにうなずいた。「基礎工事は終わったようね」

「ブレアは彼女がトップ・シークレットのプロジェクトに携わっていることを知っていた。しかしその詳細は語られてはいない」

「あのプロジェクトは、ブレアの身に起きたこととはなんの関係もないはずです」ルヴァは言い張った。「もしもテロリストの攻撃なら、なぜ連中はわたしを、あるいはあなたを狙わなかったんです？」

「そのわけをなんとかさぐり出しましょうよ」イヴは言った。「こっちへもどって。そうすれば、一度、全員にすべてを披露できる」

「ブレアを殺したところでなんになるって言うの？」ルヴァは足早にイヴを追ってきた。「そんなことをしてもプロジェクトはなんの影響も受けないのよ」

「でもあなたはふたりの人を殺した容疑で逮捕された、そうでしょう？　さあ、すわって。あなたたちのどちらかが、最後にビッセルのスタジオに入ったのはいつ？」

「わたくしは何カ月も前ですわ」カーロが答えた。「この前の春に訪問したんです。四月だったかしら。そう、あれは確かに四月でした。ブレアが、ルヴァの誕生日に向けて制作中の噴水を見せたがったので」

「わたしは先月よ」ルヴァが言った。「八月の初め。仕事のあと、彼を迎えにいったの。ふたりでフェリシティの家のディナー・パーティーに行くことになっていたから。ブレアがわたしを承認してなかに通し、わたしは上に上がって、彼の着替えがすむまで何分かそこで待っていたわ」

「あなたを承認した？」イヴは説明を促した。

「ええ。スタジオのセキュリティに関しては、彼は偏執的だったから。この世の誰にも、金輪際、パスコードは教えないの」

「あなたはわたしにそのパスコードを教えてくれたじゃない」

ルヴァは頰を赤らめ、咳払いした。「自分でさぐり出したの——スタジオを訪ねたその日に。そうせずにはいられなかったのよ。開発中だった新しいセキュリティ・スキャナーを実地で試す絶好のチャンスのように思えたし。わたしはコードをさぐり出し、それを試し、承認された。それからセキュリティをリセットして、上のブレアを呼び出したの。彼には何も言わなかったわ。言えばきっと腹を立てたでしょうからね」

「彼がいないときに、スタジオに上がったことはある？」

「なんのために？」

「のぞきまわるため。彼が何をしているか、さぐるためよ」

「わたしは彼をスパイしたことはないわ」ルヴァはカーロをじっと見つめた。「彼をスパイしたことは一度もない。たぶんすべきだったのかもね。スパイしていれば、とっくの昔にフェリシティとのことがわかっていたかも。でもわたしは、彼の自由とプライバシーを尊重していた。彼にもそうしてほしいと思っていたし」

「彼とクロエ・マッコイのことは知っていた？」

「誰ですって？」

「クロエ・マッコイよ。彼のギャラリーで働いている可愛い女の子」

「あのヒロイン気取りのおちびさん？」ルヴァは一笑に付した。「ああ、勘弁してよ。ブレアがあんな子を相手にするわけ……」声が途絶えた。冷静にまっすぐ見つめてくる目に、彼女の胃の腑がざわつきだす。「まさかそんな。彼女はまだほんの子供じゃないの。だってまだ大学生なのよ」ルヴァは丸くなって体を揺らした。「ああ、なんてこと。なんてことなの」

「ああ、ルヴァ」カーロがすぐさま娘の隣に移動し、その体に両腕を回した。「泣かないで。彼のために泣いたりしちゃだめ」

「彼のためなのか、自分のためなのか、わからない。最初はフェリシティ、そして今度はあの――あの頭の空っぽなつまらない大学生。いったい他に何人いたの？」

「必要なのはひとりだけよ」

ルヴァは母親の首に顔を埋めた。「母親みたいに。娘みたいにね」彼女はつぶやいた。「もしもあなたの話が本当なら、警部補、あのふたりを殺したのは、嫉妬に狂ったボーイフレンドか何かかもしれないわね。ふたりの浮気を知った誰かよ」

「それでは、ぴったりのタイミングであなたがおびき寄せられた理由が説明できないわ。ブレア・ビッセルとフェリシティ・ケイドが殺害されたのとほぼ同時刻に、スタジオ直通エレベーターのパスコードが変えられていた理由も。それに、あなたたちの自宅、ビッセルのギャラリーとスタジオ、および、フェリシティ・ケイドの自宅のコンピューターが――これはフィーニーがたったいま確認したことだけど――」イヴはロークに説明した。「――ことごとく正体不明のワームに侵され、その結果、全データが損なわれたことも」

「ワーム？」ルヴァはカーロから身を引き離した。「いま言ったすべての場所の、すべてのコンピューターが？　侵された？　確かなの？」

「なかの二台は僕も調べた」ロークが彼女に告げた。「〈ドゥームズデイ〉のワームに感染したことを示すあらゆる徴候が見られたよ。確認のためテストをするが、何が原因かはもうわかっている」

「遠隔操作でやれるわけはない。その場でやるしかないはずよ」ルヴァはさっと立ちあがり、ぐるぐる歩き回りだした。「それがあのシステムの弱点ですから。ネットワークを侵すためには、直接、そのネットワークのユニットのどれかにアップロードするしかないんです。操作する人間が必要なんですよ」

「そのとおり」

「ユニットが〈ドゥームズデイ〉に侵されたなら、何者かがセキュリティを突破したことになります。わたしの家と、ギャラリーと、スタジオと、フェリシティの家のセキュリティを。それぞれのシステムをわたしがチェックしましょうか。設計したのも設置したのも、全部わたしですから。本当にやられたのかどうか、やられたとしたらいつなのか、スキャンをかけてみましょう」

「あなたがスキャンをかければ、その結果は証拠能力を失うわ」イヴは言った。「僕がやるよ」ロークはそう言い、ルヴァが足を止めて自分のほうを見るのを待った。「僕なら信用できるだろう」

「それはもちろん。警部補」ルヴァはもどってきて、ソファの端にすわった。「もしこれが――今度のことが、プロジェクトと関係あるなら、ブレアもはめられたことになるわ。これはすべて仕組まれたこと。わたしがあそこへ飛んでいくように、わたしの目にも誰の目にも、ブレアとフェリシティがそういう仲に見えるように、すべてが組み立てられたのよ。彼は、わたしとの関係のせいで死んだの。ふたりとも、わたしのせいで死んだのよ」

「そう思いたければ、そう思えばいいわ。わたしは真実を直視する」

「でも、彼が浮気をしていたという証拠はひとつもないのよ。全部、作り物かもしれないでしょう。写真も、レシートも、ディスクも。彼は拉致されてフェリシティの家に連れていかれたのかもしれない。そして……」

ルヴァの勢いが衰えた。数々の事実、出来事の流れ、彼女自身の幻想の重みがのしかかってくる。「それじゃすじが通らないわね。わかっているわ。でも、他の解釈だってどれもすじが通らないでしょう」

「問題がフェリシティ・ケイドやクロエ・マッコイとの浮気だけじゃないなら、すじは通るわ。彼がテロリストたちに、情報を握っていると思われていたならね。連中にそう信じるだけの根拠があったなら、なおさらよ」

「わたしが彼にしゃべったと、連中が思っているから？　でも――」

「いいえ。彼が連中にしゃべったからよ」

殴打されたかのように、ルヴァはぎくりとのけぞった。「そんなことありえない」その声はかすれていた。「ブレアが過激なテロ集団のことを知っていて、連中に接触したと言うの？　そして、情報を提供したと言うの？　そんなの馬鹿げているわ」

「わたしが言いたいのは、それもひとつの可能性であり、これからその点をさぐるつもりだということと――ひとり、もしくは、複数の正体不明の人物がビッセルとケイドを殺害し、あなたに濡れ衣を着せるのに相当な手間隙《てまひま》をかけたということよ。そして、もしこの事件がうわべどおり、古典的な痴情のもつれによる犯罪と見なされていたなら、これらのユニットは通り一遍のチェックしか受けなかっただろうということ」

イヴは一拍だけ間を置いて、その可能性がルヴァの胸をグサリと突くのを見守った。「ふつうなら、ユニットはあなたが悪意をもって破壊したものと見なされていたわね。あなたはコンピューターに精通しているし、癇癪持ちだから。ビッセルのスタジオのパスコードが変わっていたことなんて、問題視されなかったでしょうよ」

「わたし――わたしには信じられない。彼がそんな人だったなんて」

「何を信じるも信じないもあなたの自由よ。でもよくよく目を凝らせば、すべての糸をたぐりよせれば、きっとわかってくる。二件の殺人と容疑者一名が輝く銀の大皿に載せられ、警察に差し出された。でもここにはそれ以上の何かがある」

ルヴァは立ちあがり、川を見おろす大きな窓に歩み寄った。「わたしにはとても……あなたは信じさせようとしている、受け入れさせようとしているけれど、でももしそれを受け入れてしまったら、何もかも嘘だったことになるのよ。そもそもの最初から、嘘だったことに。彼はわたしを愛したことなどなかった。あるいは、愛がとても薄かったから、連中の差し出したものに負けてしまった。お金か、権力に。または、ただのバーチャル・リアリティじゃない、本物のテクノ・スパイごっこのスリルに。いずれにしろ、彼はわたしを利用した。わたしが目指してきたすべて、専門分野で勝ち取ってきた信用と敬意を食い物にした。あなたはそれを信じろと言うのね」

「ちゃんと見つめればわかるけど、問題は彼にあったの。あなたじゃない」

ルヴァはただ窓の外を眺めるばかりだった。「わたしは彼を愛していたのよ、警部補。たぶん、あなたの目で見れば、それは弱くて愚かなことなんでしょう。でもわたしは彼を愛していた。これまで他の誰もあんなふうに愛したことはないわ。いまの話をそっくり受け入れてしまったら、わたしはその愛を、それが意味するすべてを、放棄するしかないの。そのこと以上に刑務所が悲惨なのかどうか、わたしにはわからない」

「何も信じたり受け入れたりする必要はないわ。それはあなたの自由。でも刑務所がどの程度悲惨か確かめたくないなら、協力することね。供述真偽確認テストのレベル・スリーを、明日、〇八〇〇時に受けて。それから、市警の分析医による包括的な精神鑑定を受けることに同意し、弁護師団に指示して、あなたの記録をすべて開示させなさい。そのすべてと、旦那の記録もよ。封印された記録がもしあるなら——あなたのでも彼のでも——封印を破ることを承認して」

「封印された記録はないわ」ルヴァは静かに答えた。

「あなたはシークレット・サービスにいたんでしょう。封印された記録はあるはずよ」

ルヴァは振り返った。その目は夢のなかに住む人のように霞んでいた。「そうだわ。ごめんなさい。承認します」

「それにあなたの記録も」イヴはカーロに言った。

「なぜ母の分まで？」さきほどまでの怒りは忘れ去られ、ルヴァは母を護るべくただちに立ちあがった。「母は無関係よ」

「いいえ、関係者だわ。あなたとも、被害者とも、プロジェクトともかかわっている」

「母の身に危険があると思うなら、護衛をつけてちょうだい」

「それはこっちで手配したよ、ルヴァ」ロークが言うと、カーロは彼にさっと驚きの目を向けた。

「言ってくださればよかったのに」彼女はそうつぶやき、ため息をついた。「でも文句は言いません。それに、承認のほうもただちに出しておきます」

「結構。では、ふたりとも考えておいて。被害者たちと、または、その他の誰かと、仕事について話したことがないかどうか。その内容を思い返してみるのよ。特にコード・レッドがらみの話をね。また連絡する」

イヴはドアに向かったが、ロークはなおもしばらくぐずぐずしていた。「ふたりとも少し休むんだよ。必要なら明日は一日ゆっくりするといい。でも明後日は、ふたりとも仕事にもどってほしいんだ」彼はイヴに目をやった。「その点に何か問題はあるかな、警部補さん？」

「わたしのほうはかまわない。あなたの判断しだいよ」

「お世話様でした、警部補。ピーボディ捜査官も」カーロがドアを開けた。「おふたりも少しお休みくださいね」

「そのつもりよ」

イヴはエレベーターに乗りこみ、それが下に降りだすのを待って、ピーボディに話しかけた。「冴えてるじゃない。カーロがビッセルを調べていたってどうしてわかったの？」

「彼女は行き届いた人ですし、行き届いた母親という感じがしますから。それに、あまりビッセルを好きじゃなかったようですしね」

「そこまではわかった」

「つまり、ビッセルのことはあまり好きじゃないけれど、娘のことは愛していて、望むものを手に入れさせてやりたいと願っている。となると、彼が本人の申告どおりの人物なのかどうか確かめたいでしょう。だったら、調べたにちがいないんです」

「そして、彼女が充分調べたわけだから、彼はまともな男だったと見ていいわけね」イヴはうなずいた。「上出来よ。たとえクッキーからそこにたどりついたとしてもね」

「ちょっと。あのクッキーはすごくおいしかったんですよ」

「よくやったから、きょうの残りは休みにしてあげる。うちに帰って、少し眠りなさい」

「本気ですか？」

「そして、わたしの自宅のオフィスに七時に出頭すること。時間厳守よ」

「飛んでいきます」

イヴはピーボディの派手なエア・スニーカーに視線を落とした。「そうでしょうね」

「このままつづけたいなら、もう二、三時間はがんばれますけど」

「立ったまま眠ってるようじゃ、ふたりともまともな捜査なんてできないわよ。朝、あらためて取りかかりましょう」

「僕の車を使って」ロークの申し出に、ピーボディの目玉はいまにも飛び出して、靴の上に転がり落ちそうになった。

「いいんですか？　なんなんです、これ？〈ピーボディに優しくする日〉とか？」

「もしちがうなら、そうすべきだな。きみのおかげで、車を回収する手間が省ける。僕は警部補と相乗りしたいんだ」

「微力ながら、わたしにできることならなんでもいたしますよ」

ロークはピーボディにコードを与え、去ってゆくその姿を愉快な気分で見送った。最初、彼女はぶらぶらと歩いていき、それから、カッコいい赤いスポーツカーのまわりで軽くブギを踊った。

「わかってるでしょうけど、彼女は家に帰らないわよ。まっすぐにはね」ピーボディの歓喜の踊りを見守りながら、イヴは腰に拳を当てた。「きっとフリーウェイかターンパイクに乗り入れて、あのしょうのないエンジンを全開にして、ニュージャージーのどこかで交通ドロイドに、自分は警官で任務中だとかなんとか言い訳するはめになる。それから、ピョーンとシティにもどってきて、また車を停められて、もう一度同じ言い訳をするのよ」

「ピョーン？」

「あなたの玩具の出す音。ピョーン。それから、勤務を終えたら、マクナブが彼女を説き伏せて、今度は彼が車を走らせるのよ。かくしてふたりはまた停められ、バッジを出すしかなくなるの。交通ドロイドのどれかがデータにアクセスしたら、あなたはつかまり、どうして自分名義の車が町のアホ警官二名に使われていたのか説明しなきゃならなくなるわ」

「みんなにとって楽しそうな話だね。さあ乗って、警部補さん。僕が運転するよ」

イヴは異議を唱えなかった。睡眠不足で反射神経が鈍っているし、往来は激しくなりだしている。

「きみはルヴァに手厳しかったね」そう言いながら、ロークは警察車両をじりじりと歩道際から発進させた。

「わたしのやりかたに文句があるなら、苦情を提出して」

「文句はないよ。彼女には厳しくしてもらう必要があったんだ。本人も立ち直ったら、きみのやりかたに敬意を抱くだろう。それに、反撃に出るだろうし」

イヴはできるだけ手足を伸ばして、目を閉じた。「こっちは平気よ」

「そうだろうね。ルヴァが反撃に出たら、きみももっと彼女を好きになると思うよ」

「彼女を好きじゃないとは言ってないでしょ」

「うん。でもきみは彼女を弱い人間だと思っているだろう。ところがそうじゃないんだ」ロークはイヴの髪を優しくなでた。「それに、彼女を馬鹿だと思っているが、それもちがう。彼女はね、ものすごく動揺しているんだよ。それに、ひとりの男の死を悼んでいる。心の底では、そこまでの価値はないやつだとわかっていながらね。だから彼女は幻影の消滅を悼んでいるわけだ。僕が思うに、そのほうがなおさらつらいんじゃないかな」

「わたしなら、あなたが他の女と裸で死んだりしたら、死体の上でルンバを踊ってやるわ」

「きみはルンバなんて踊れないだろうに」

「まずレッスンを受ける」

ロークは笑って、彼女の膝をさすった。「きっとそうするだろうね。まあ、その機会はまずないだろうが。でもきみもやっぱり僕の死を悼むだろう」

「悼んでなんかやるもんですか」イヴは半ば眠りながらつぶやいた。「この裏切り者のくそったれ」

「きっと暗闇で涙を流し、僕の名を呼ぶだろうな」

「そりゃ呼ぶわよ。地獄のほうはどんな具合、このタマなし野郎？って。そうして、笑いまくってやる。呼ぶっていうのは、そういうこと」

「ああ、イヴ、大好きだよ」

「そうよ、そう」イヴは眠りながらうっすら笑みを浮かべた。「それから、あなたの大事な靴は全部、再生処理機《リサイクラー》に突っこみ、高級スーツはひとまとめにお祝いのかがり火で燃やし、サマーセットはあの骨張ったケツを蹴飛ばしてわたしの家から追い出してやる。それから、パーティーを開く。みんなで、あなたの高いワインとウイスキーをすっかり飲み尽くすの。それから、ふたり、いいえ、三人、業界トップの公認コンパニオンをうちに呼んで、サービスしてもらう」

イヴは車が止まったのに気づいた。パチパチと目を開くと、ロークがじっとこちらを見つめていた。「何よ？」

「なんだか前々から考えていたみたいだなと思ってね」

「いいえ、そういうわけじゃない」イヴは肩をぐるぐる回し、あくびをした。「いま一気に浮かんできただけよ。どこまで言ったかしらね？」

「三人の公認コンパニオンにサービスさせるところまでだ。まあ、この二年のあいだに慣れた形でサービスしてもらいたいなら、確かに三人必要だろうね」

「ああ、そう思う？　まあいいわ、その乱交パーティーのあと、わたしはあなたの玩具へと手を伸ばす。まず……」イヴはふと口をつぐみ、目を細めて車外の景色に視線を凝らした。「変ね。ここはセントラルじゃないみたい」

「家でも仕事はできるよ。僕の葬儀のプランもここで練れるし。僕たちの両方が少し眠ってからだけどね」

イヴが動かないので、ロークは車を降り、ぐるりと回ってきて、彼女の側のドアを開けた。「まだ報告書を更新していないし、部長に連絡も入れていないのよ」

「それも、ここでやればいい」ロークは車内に腕を伸ばし、あっさり彼女を抱き寄せて肩にかつぎあげた。

「こういうのがマッチョでセクシーだと思ってるんでしょ？」

「手っ取り早いと思っているだけさ」

彼が家に入ると、イヴは寝たふりをすることにした。それで少なくとも、サマーセットと言葉を交わす必要はなくなる。しかし、いらだたしいあの声が耳を打ったとき、彼女は思った。目と同じに、耳のほうも簡単にぎゅっと閉じられればいいのに。

「奥様はお怪我をなさったのですか？」

「いや」ロークは重心を変え、階段をのぼりだした。「ただ疲れているだけだよ」

「あなた様もお疲れのご様子ですね」

「そうなんだ。これから数時間は、緊急でないかぎり、通信はすべて保留にしてくれないか。最初の一時間は、最優先のもの以外、取り次がないでくれ」

「承知いたしました」

「そのあとでちょっと話がある。それまでは、セキュリティを最高レベルにして、家から出ないようにしてくれ」

「そういたします」

片目を開けていたため、ロークが階段のてっぺんで向きを変える前のいっとき、イヴにはサマーセットの憂わしげなしかめ面が見えた。

「彼もコード・レッドのことを知っているの？」

「彼は多くについて多くを知っているんだ。僕に目をつけるやつは、彼にも目をつけるだろう」ロークは足でドアを閉めると、ベッドに歩み寄り、そこにイヴを下ろした。

「疲れた顔をしてるわね」イヴは小首を傾げて、彼の顔を見つめた。「そんなことはめったにないのに」

「長い一日だったからね、とにかく。さあ、靴を脱いで」

「靴ぐらい自分で脱げるわよ」イヴは彼の手を払いのけた。「自分の靴の心配をしなさい」

「ああ、そうそう、まもなくリサイクラー行きとなる、僕の大事な靴のね」こればかりは認めざるをえない。にんまり笑ったときの彼は実にすてきだ。「そう、気をつけないとね、相棒」

イヴはブーツとジャケットを脱ぎ、ホルスターをはずすと、ベッドにもぐりこんだ。「服を脱いだほうがよく眠れるよ」

「裸になると、変な気を起こすでしょ」

「ダーリン・イヴ、僕が変な気を起こすのは、きみが暴動鎮圧用の防御服を着ているときだよ。誓ってもいい、僕が求めているのは、いくばくかの睡眠だけだ」

イヴは身をよじってジーンズとシャツを脱ぎ、ロークが隣にもぐりこむと、わざとらしく顔をしかめ、それから彼に身をすり寄せた。「エンジンをかけようなんて考えないでね」

「静かに」ロークは頭のてっぺんにキスして彼女を抱き寄せた。「眠って」

ぬくぬくと心地よかったから、それに、彼の肩が完璧な枕となっていたから、イヴは眠りに落ちた。彼女がうとうとしだすのを感じた一瞬後、ロークもあとにつづいた。

なぜこんなことになったのだろう？　何がいけなかったのだろう？　すべて完璧だったのに。綿密に計画し、きっちり実行したのに。その点は確かだ――暗闇で縮こまったまま、彼は自分に言いきかせた。

手抜かりはなかった。絶対に何ひとつ。なのに彼はいま、施錠したドアと覆いのかかった窓の内側に隠れている。命の危険に怯えて。

彼の命の。

ミスがあったのだ。そうにちがいない。どこかで何かが狂ったのだ。しかじわけがわからない。

彼はゆっくりとウイスキーをすすり、心を鎮めた。

彼自身はミスなどしていない。時間きっかりに、あの褐色砂岩の屋敷に侵入した。皮膚はシール処理してあったし、着衣は薄い透明なラボ用防護服で保護していた。髪もゼロ汚染の頭蓋用帽子でおおってあった。痕跡はいっさい残さなかったはずだ。

ハウス・ドロイドも、ちゃんと夜じゅうシャットダウンされているかどうかチェックした。それから、上の階に上がった。ああ、あのときの心臓の高鳴り。彼は怖かった――いや、怖かったというほどじゃない。ただ、その激しい鼓動が、音楽のなか、セックスのうめきのなかでさえ、ふたりに聞こえるのではないかと不安だった。

手にはスタナーが、ベルトの鞘にはナイフがあった。鞘が太腿に当たるあの感じは、なかなかよかった。湧きあがる期待感。

彼はすばやく行動した。計画どおり。稽古したとおりに。肩胛骨の中間に一発。これで標的の半分がかたづいた。たぶん――あくまでも、たぶん、だが――彼はそのあとほんの一瞬ためらったと思う。たぶん――あくまでも、たぶん、だが――あの美しい胸のあいだをスタナーで撃つ直前、彼はフェリシティの目を見つめ、そこにショックの色を認めたと思う。

だがそのあとは、ためらわなかった。ほんのわずかも。

今度はナイフだ。セクシーなシュッという音とともに、革から鋼鉄を引き抜く。

そして殺した。彼の初めての殺し。

認めざるをえない。彼は快感を覚えた。思っていたよりもはるかに。ナイフが肉に入っていく感触、ほとばしる血のぬくもり。

実に原始的。実に根源的だ。

そしてそう、実に簡単だった。ウイスキーで神経をなだめつつ、彼は思う。いったん始めてしまえば、造作もない。

つぎは偽装工作だった。念には念を入れて。非常に入念に、非常に几帳面にやっていたため、ルヴァが到着したとき——アラームの小さな信号音が、彼女がセキュリティの解除にかかったことを告げたとき、まだ仕事は終わっていなかった。

しかし彼は平静を保った。冷静なままだった。やや誇らしい気分で、彼は思う。彼女が部屋に入ってくるのを待つあいだ、影のように静かだった。

怒気を噴出しつつ、彼女がベッドに向かってきたとき、自分は笑いを浮かべたろうか？たぶん浮かべたろう。それでも彼は、やるべきことはちゃんとやった。

麻酔薬をすばやくひと吹き。これで彼女は倒れた。

彼は現場に少し手を加えた。実に天才的。彼女をバスルームへ引きずっていき、シンクに指紋をつけ、彼女のシャツに少し血をつけた。それに、マットレスに突き刺さったあのナイフは、雄弁だったろう。

あれは、いかにもルヴァらしい。

立ち去るときは、計画どおり、玄関のドアを少し開けておいた。彼女は、定時のチェックで警備会社に発見されるまで、気を失っているはずだった。まあいい、たぶんちょっとした計算ミスだ。麻酔のスプレーが足りなかったか、現場の細工に少し時間をかけ過ぎたかだろう。

でもそれも大した問題じゃない。彼女は告発された。ブレア・ビッセルとフェリシティ・ケイドは死に、彼女は唯一の容疑者となっている。

本来なら、彼はいまごろ遠くにいるはず、口座は金でぱんぱんのはずなのだ。なのに、現実の彼はマークされている。

逃げなくては。身を護らなくては。

ここにいては、安全でさえない。まったく安全とは言えないのだ。しかし修正はきく。修正はきくはずだ。そう思うと、恐怖と自己憐憫《れんびん》の雲が消えはじめ、彼はしゃんと背筋を伸ばした。経済的窮状のほうも、それと一緒になんとかしよう。

その後、残りの問題を処理する。

もう少し時間をかけて考えよう。そして、すべてを処理するのだ。

いくらか落ち着いて、彼は立ちあがった。さらにウイスキーをつぐために。そして、つぎのステップを検討するために。

6

目覚めたとき、イヴはひとりだった。すばやく確認すると、自分が予定より半時間も長く眠っていたことがわかった。

悪態もつけないほど朦朧《もうろう》とした状態で、ベッドから這い出すと、よろよろ〈オートシェフ〉へと向かい、コーヒーを手に入れた。それを持ったまま、シャワーへ行き、湯温三十八度、最強と命じ、お湯に打たれながら、ごくごくとカフェインを飲み下した。

まだ下着を着けているのに気づいたのは、特大のマグカップの半分まで飲んだときだった。

今度は、本当に悪態をついた。コーヒーの残りを飲み干すと、タンクトップとパンティーを脱ぎ、シャワー室の隅に放ってびしょぬれの山にした。

浮気な夫とその愛人の死か。イヴは考えた。ふたりとも美術界に縁がある。テクノ・テロリストとつながっている可能性も。コンピューターのスーパー・ワーム。数箇所で破られたセキュリティ。セキュリティのプロに仕掛けられた周到な罠。その女性は、駆除プログラムとシールドの開発に当たっている。

罠の狙いは？　仕事は他の誰かが引き継ぐだろう。必要不可欠な人間などいない。

あれこれ考え、こねくりまわしたが、これぞというパターンは見えてこなかった。一見、整然としたきれいなものが、なぜ、表面のつやを落としただけで、こうもぐずぐずになるのか？

事件が単なる痴情のもつれとして扱われたとして——ルヴァ・ユーイングが起訴され、裁かれ、有罪となり、残りの生涯を檻のなかで過ごすとして、それで何が達成されるというのだろう？

ロークが入ってきたとき、彼女は二杯目のコーヒーを飲みながら、頭のなかで再度、事件を見直していた。

「誰か、人をふたり殺し、お宅の社員を罠にかけてまで、あなたに打撃を与えようという人物はいる？」

「世の中、いろんな人間がいるからな」

「そう、そこが世の中の困ったところね。人間がいるんだから。でも、あなたをやっつけるなら、人をふたり殺すよりもっと簡単な方法があるわね。やっぱりあなたじゃないみたい」

「胸が破れたよ、ダーリン。僕は、自分こそきみにぴったりの男だと思っていたのに」

「でもある意味では、あなたなのかもしれない。狙いは〈ローク・インダストリーズ〉、もっと厳密に言うなら〈セキュアコンプ〉なのかも。その線を少し考えてみないとね。でもまずは、被害者のふたりについてもっとよく知りたいわ」

「調査をスタートさせておいたよ。先に起きてしまったものでね」イヴが渋面を向けると、彼は言った。「でも、もうふたりとも起きたわけだから、そろそろ何か食べてもいいな」

「わたしのオフィスで食べることになるけど」

「もちろん」

「ずいぶん素直じゃない」

「いや、ただ腹がすいているだけさ」

本当に空腹だったので、ロークは彼女の仕事部屋でステーキを注文した。「食べながら、ブレア・ビッセルの経歴を見るといいよ。コンピューター、スクリーン・ワンにデータを」

「封印記録は？」

「なしだ。少なくとも表向きは皆無」

「表向きはってどういう意味？」

「とにかく、何もかもきれいすぎるくらいきれいってことだよ。自分で見てごらん」

画面のデータを見ながら、イヴはステーキにナイフを入れた。

ビッセル、ブレア。白色人種。身長六フィート一インチ。体重百九十六ポンド。髪、茶色。目、緑色。生年月日、二〇二三年三月三日。オハイオ州、クリーヴランド。両親、マーカス・ビッセルとリタ・ハス、二〇三〇年離婚。兄弟、ひとり、カーター。生年月日、二〇二五年十二月十二日。職業、造形作家。住所、ニューヨーク市クイーンズ、うららか通り二一九八一。

「うららか通りねえ」イヴは咀嚼《そしゃく》しながら首を振った。「どこの馬鹿がそんな名前を思いついたわけ？」

「きみは、ぶっとび通りとかのほうがいいんだろう」

「誰だってそうでしょ」

ロークが奥の奥まで調べていたおかげで、イヴはビッセルの学歴を、三歳当時の公的プレイグループからパリの美術学校への二年間の留学にいたるまで、すべて見ることができた。つづいて、彼の医療記録に目を通した。十二歳時の脛《けい》骨骨折、十五、二十、二十五歳時の標準的視力検査と矯正……。顔と体の整形も何度かしていた——尻、顎、鼻。

彼は共和党員として登録されていた。総資産は百八十万ドルあまり。

犯罪歴はない。少年時代の微罪さえも。

税金はきちんきちんと納め、裕福な暮らしをしていた。それも収入の範囲内でだ。

結婚はルヴァとの一回だけだった。

両親は存命。父親はいまもクリーヴランドで二番目の妻と、母親はボカ・ラトンで三番目の夫と暮らしている。弟——記録上未婚、子供なし——の職業は、企業家。要は、無職ということだ。過去の仕事は、職を転々としてきたため、多岐にわたっている。現在は、ジャマイカ在住、ティキバーの共同所有者となっていた。

この弟は、犯罪歴もまた多岐にわたっていた。小金稼ぎの類ね、とイヴは思った。せこいインチキ、ちょっとしたペテン、ケチな窃盗。オハイオ州刑務所で十八カ月服役したこともある。架空リゾートの共同所有権を年寄りに売る詐欺に加担したのだ。

総資産は、一万二千ドルちょっと。それもティキバーの持ち分を含めてだ。

「兄貴が富と栄光を手にしているという事実に、この弟は何か文句があるんじゃないかしら。暴力的犯罪の記録はないけど、家族となると話はちがってくるし。家族が相手だと、人はカッカするものよ。そこに金がからんだら、もうぐちゃぐちゃ」

「つまり、弟がジャマイカから出てきて、兄貴を殺し、義理の姉をはめたって言うのかい?」

「あてずっぽうよ」イヴはそう認め、ぎゅっと唇を引き結んだ。「でも、カーター・ビッセルがプロジェクトのことを知ったとすれば、これもそう的はずれとは言えない。たぶん何者かが彼に接近し、何か情報をつかんだら金を払うと言ったんでしょう。情報をつかめたのかどうかはわからない。でも彼には、兄貴が浮気しているのに気づくだけの頭があった。そして、軽いゆすり、身内の諍《いさか》い。脅迫」イヴは肩をすくめた。

「なるほど、見えてきたよ」ロークは食べながら、じっくりと考えてみた。「彼はパイプ役だったんだろう。連絡係だね。兄弟間の確執はやがて脅威となった。そして彼とその謎の雇い主は、厄介者を消すことにした」

「ここまではほぼすじが通っているわね。そのカーターっていう弟とおしゃべりしたいわ」

「それはいいね。僕たちはティキバーでゆっくり過ごしたことがないし」

そこにそれがあったから、イヴはカベルネのグラスを取り、夫の顔をしげしげと眺めつつワインを口にした。「何か他のことを考えているんでしょう」

「いや、ただ考えているだけだよ。フェリシティ・ケイドの情報を見てごらん。ケイドのデータを、スクリーン・ツーに」

裕福な家庭のひとりっ子――たちまちそんな人物像がつかめた。よい教育、あちこちへの旅行。家はニューヨーク・シティ、ハンプトンズ、トスカーナの三箇所。アート・ブローカーとして小遣いを稼ぐ社交界のレディー。と言っても、本当に小遣いが必要なわけじゃない。なにしろ、純資産――その大半が相続財産と信託資金からの上がりだが――五百万ドルなのだから。

結婚歴はなし。ただし、二十代のとき一度、短期間、同居生活を送った記録がある。三十歳の現在は、ひとりで、裕福に暮らしている――いや、暮らしていた。

体にはかなり手を入れていたが、顔に関しては明らかに満足していたらしい。医療記録に、特に異常なデータや予想外のデータはない。犯罪歴もなし。封印記録もなし。

「金遣いが荒いのね」イヴは指摘した。「服、サロン、装身具、アート、旅行。旅行はかなり頻繁。それに、おもしろいじゃない、この十八カ月のあいだに四回、ジャマイカへ行っている」

「うん、実におもしろい」

「浮気男を裏切って、浮気男のケチな弟と浮気していたのかしら」

「一家族内に留めておこうってわけか」

「あるいは、人材募集していたか。必要に備え、カモをさがしていたのかも」

ロークはアーティチョークを刺した。「破滅しかけているのはルヴァなんだよ」

「そうね。ちょっと考えさせて」イヴはふたたびワインを手に取ると、それを飲みながら立ちあがり、歩き回りだした。「最初の旅は一年半前。たぶんさぐりを入れたのね。彼とタッグが組めるかどうか。標的は、ルヴァかブレア、またはその両方。彼女はお金が好きよ。それにリスクも。リスクが好きでなかったら、あるいは、良心があったら、友達の旦那と寝たりはしない。地球規模のテクノ・テロリストたちと遊ぶという考えは、ああいう人間には魅力的かも。彼女は旅行が好きだし、社会的立場からも、大勢の人に会うわけだから……そう、確かに接触された可能性はあるわ」

「では、どういうわけで死ぬことになったんだろう？」

「いまそこを考えているの。たぶん弟が嫉妬に駆られたのかも。愛人をずたずたに引き裂く際の、古典的な動機ね」

「あるいは、ルンバを習う際の」

「ハハハ。彼はもっと分け前がほしくなったのかもね。それとも彼女に裏切られたか。あるいは、こんなのは全部、見当ちがいかもしれない。でも調べてみる価値はある」

イヴは壁面スクリーンをグラスで指し示した。「もうひとつ、わたしが何を考えているか教えてあげる。このふたり、いくらなんでもクリーンすぎるわよ」

「ああ。きみもそう思ってくれたか」ロークはワインを手に、椅子の背にもたれた。「とにかくどこにも疵《きず》がないんだよ、われらがミスター・ビッセルとミズ・ケイドは。とにかくすべて見た目のとおり。教育があり、法を遵守《じゅんしゅ》し、経済的には安泰。汚れはみじんもない。あまりにもそれらしくて――」

「逆にまるでそれらしくない。連中は嘘つきの裏切り者よ。そして嘘つきの裏切り者にはふつう、ひとつやふたつ疵がある」

ロークはワインを口にし、クリスタルのグラスのなかの深い赤ごしにイヴにほほえみかけた。「充分なスキルと、充分な金があれば、疵はすべて消せるものだよ」

「あなたが言うなら、まちがいないわね。ふたりのことは、あとでもっと深くさぐりましょう。こんなのぜんぜん信じられない。とりあえず、ルヴァのデータを見せてくれない？」

「スクリーン・スリー」

データがパッと現れた。と同時に、隣接するロークの仕事部屋でリンクが鳴った。

「あれを取らないと」

イヴは上の空でうなずいた。ロークは自分の部屋へと消え、彼女はデータを読みだした。

ユーイング、ルヴァ。白色人種。髪、茶色。目、灰色。身長五フィート四インチ。体重百十八ポンド。生年月日、二〇二七年三月十五日。両親、ブライス・グルーバーとキャロライン・ユーイング、二〇四〇年離婚。現住所、ニューヨーク市クイーンズ、うらか通り二一九八一。職業、電子セキュリティの専門家。勤め先、〈ローク・インダストリーズ〉、〈セキュアコンプ〉。婚姻、二〇五七年十月十二日、配偶者、ブレア・ビッセル。子供の記録なし。学歴、ニューヨーク市ケネディ小学校、ニューヨーク市リンカーン・ハイスクール（速習コース）、イースト・ワシントン、ジョージタウン大学。コンピューター科学、電子犯罪学、法学の学位取得。二〇五一年一月、シークレット・サービスに入局。二〇五三～五五年、アン・B・フォスター大統領の護衛を担当、添付ファイルに、任務の全記録有り。ユーイング、ルヴァの承認により開示された封印記録を含む。

すると約束を果たしたわけね、とイヴは思った。任務記録はあとで読むことにした。

二〇五六年一月、シークレット・サービス辞職。ニューヨーク市に転居。二〇五六年一月から現在まで、〈ローク・インダストリーズ〉、〈セキュアコンプ〉に勤務。犯罪記録なし。無断欠席および未成年者飲酒禁止法違反の軽罪は双方とも、裁判所命令により非行記録より抹消。地域奉仕完了。

医療記録には、八歳時の示指《じし》骨折、十二歳時の左距骨毛髪様骨折、十三歳時の鎖骨骨折が記載されていた。医師とソーシャルワーカーの報告書は、それらの骨折、およびその後の多数の外傷は、アイス・ホッケー、ソフトボール、武術の稽古、パラセーリング、バスケットボール、スキー等、さまざまなスポーツや余暇活動の結果であることを裏付けている。

しかしもっともひどい外傷は、成人後、勤務中にもたらされたものだ。ルヴァはシークレット・サービス局員としての誓いを守った。つまり、身を挺して大統領をかばったのである。

フルパワーでの一撃。それは三カ月間、身体の自由を奪い、治療には世界屈指のクリニックが必要とされた。彼女は六週間、下半身不随の状態だった。

この夏、マクナブが同様の攻撃を食らったときも、ひどかった。もしも神経組織が自然に再生しなかったら、彼にはほとんどチャンスがなかったのだ。それを覚えているイヴには、回復までにルヴァが味わった苦痛と恐怖と労苦がよくわかった。

イヴはまた、その暗殺未遂のことも覚えていた。大統領を襲撃し、民間人三名と局員二名を倒した後、ようやく制止された破滅型の狂信者。そう言えば、彼女はニュースでルヴァの映像を見ている。しかしそのときのルヴァは、いまとまったくちがって見えた。

髪はもっと長かった。それに、ダークブロンドで、顔ももっとふっくらしていた。

ロークがもどってくると、イヴは肩ごしに振り返った。「彼女のこと、思い出した。撃たれたときにニュースで聞いたの。すごい騒ぎだった。彼女はそいつをやっつけたのよね。フォスターの盾になりながら、犯人を仕留めたんでしょう?」

「医者たちは、彼女はまず助からないものと見た。そしてつぎには、もう二度と歩けないものと見たんだ。しかしルヴァは、連中のまちがいをみごと立証したんだよ」

「最初の数日以降は、彼女に関する報道はあまりなかったわね」

「本人がそう望んだんだ」ロークは画面上のルヴァのスチールに目をやった。「ルヴァは注目されるのをいやがった。ところが、いままた注目を浴びようとしている。マスコミはすぐ、彼女の過去に気づくだろう。そしてまた騒ぎが始まるんだ。殺人の罪に問われた英雄的女性とかなんとか」

「彼女なら対処できる」

「そうだね、彼女なら。僕の知っている別の誰かみたいに、仕事に没頭するだろう」

「プロジェクトはどれくらい停滞しそう?」

「一日半だな。いまの通信は、トキモトからだったんだ。ルヴァはすでに引き継ぎをすませていたよ。もっとも彼女も、供述真偽確認テストがすみしだい、復帰する気なんだが。人間ふたりを殺害したのが、プロジェクトを頓挫させるためだったなら、そのやりかたはまるで見当ちがいだったわけだよ」

「あれをやるだけの頭のある人物なら、そのことがわかるだけの頭もあるんじゃない? 破れかぶれだったとか?」イヴは思案した。「それとも、下っ端どもの抗争? カーター。ビッセル。ぜひカーター・ビッセルと話したいわね」

「ジャマイカに行こうか？」

「まだビーチタオルをつかんだりしないでよ。まず向こうの警察とおしゃべりしてみる。とにかく報告書を書いて、ホイットニーに送らないと。それに、捜査の通常の手続きを踏まないとね。検死官と鑑識と採取班とEDDから話を聞くわ。午前中にはマスコミが飛び回りだすだろうし。ルヴァの雇い主として、あなたも公式声明を考えておいたほうがいいんじゃない？」

「それはもう取りかかっているよ」

「ルヴァは表に出したくないの。本人の声明はなしでいく。だから彼女を仕事にもどすなら、しっかりくるみこんでおいて」

「大丈夫、彼女はマスコミのかわしかたを心得ている」

「とにかく目を光らせていて。他に何もなければ、ビッセルとケイドの情報を掘り起こしにかかってくれない？」

「もういつでも始められるよ」ロークはふたたびワイングラスを手にした。「シャベルを取ってこよう」

「ねえ、あなた、なかなかよ」イヴは彼に歩み寄り、その下唇を軽く嚙んだ。「口の減らない手癖の悪い民間人にしては」

「そっちもなかなかだよ。癇癪持ちのがむしゃらな警官にしては」

「わたしたち、名コンビよね? めぼしいものが見つかったら、声をかけて」

イヴはデスクに着き、個人的なメモ、供述調書、予備的所見を整理した。それから、自分と部長のファイル用に、報告書をまとめにかかった。

途中、犯行現場のスチール写真を引っ張りだして、もう一度じっくり眺めた。被害者たちはナイフが最初にふるわれたとき、意識があったのだろうか?

時間枠を考えると、そうは思えない。ふたりを殺した人物は、彼らを死なせたかっただけであり、苦痛を与えることには関心がなかったのだ。だとすれば、怒りという線は除外できる。怒りによるものにしては、この犯行は非情すぎるし、計画性がありすぎる。

これは、怒りの偽装だ。

玄関のドアは開いていた。再度メモをチェックしながら、イヴは眉を寄せた。カーロの供述でも、彼女が着いたとき玄関のドアは開いていたとなっている。ところがルヴァのほうは、ロックとセキュリティをリセットしたと述べている。イヴは、事実そうなのだろうという気がした。それは習慣、決まった手順、身についた行動、怒りのさなかであっても自動的にしてしまう類のことのはずだ。

ふたりを殺した人物は、ルヴァを無力化し、玄関に引き返し、施錠せずに立ち去った。当然だ。そのどこが問題なのだろう?

事実……

イヴは立ちあがって、ドアに歩み寄った。「ケイドのセキュリティのような、とびきり上等のシステムの場合――」彼女は言った。「――仮にそれがシャットダウンして、出口が開け っ放しになっていたら、規則にのっとって、警備会社がその家屋敷をチェックするまでに、どれくらい間があるもの?」

「それはクライアントしだいだな。個別対応なんだよ」ロークは作業の手を止め、顔を上げた。「僕に確認してほしいの?」

「そのほうが早く答えがわかるでしょ。あなたは世界を所有しているんだから」

「世界のある部分を所有しているだけなんだがな。〈セキュアコンプ〉を開け」ロークはコンピューターに命じた。「ローク承認」

作業中……ロークの承認により、〈セキュアコンプ〉を開きます。

「ニューヨーク・シティ、住居設備顧客、ケイド、フェリシティのクライアント・ファイルにアクセスせよ」

作業中……ケイド、フェリシティにアクセスしました。画像、音声のどちらでデータを表示しますか。

「画像だ。住居のセキュリティに関するクライアントの概要を」

概要表示。

「どれどれ……一階のドアと窓については、六十分。あらゆる動きをモニターし、六十分後に疑問な点をすべてハウス・ドロイドに伝達すること、となっている」

「それが標準なの?」

「いや、かなり長めだ。彼女はシステムを信じていて、些細な問題でわずらわされたくなかったんだろう」

「六十分か。なるほど。なるほどね。ありがとう」イヴは考えをめぐらせながら、ゆっくりとデスクに引き返した。

犯人どもは、ルヴァが少なくとも一時間は意識を失っている、もしくは、見当識を失っていると考えたのだろうか。それから、警備会社がハウス・ドロイドを起動し、ハウス・ドロイドがセキュリティが破られたことを報告し、警備会社が自動的に警察にその旨を報告して、チームを送りこませる、と。

でもルヴァはタフなやつだ。彼女は予想より早く意識を取りもどした。そして、吐き気に襲われ、怯え、混乱しながらも、リンクをかけた。だから、計画のその部分は――仮にそういう計画だったとしてだが――うまくいかなかった。なぜならカーロが、パジャマの上にコートをひっかけ、数ブロック先から飛んできて、六十分経つ前にドアを閉めてしまったから。

イヴはこの点も報告書に書き加えた。

現場に残されていたものは？　ビッセル‐ユーイング宅にあった包丁。それはいつからなくなっていたのだろう？　特定はできそうにない。

軍支給のスタナー。これを使うのは、軍の人員と、特殊部隊と、ある種の都市危機対応チームと、あとは誰だろう？

「コンピューター、合衆国シークレット・サービス局員、特に大統領の護衛に当たる人員には、どんな兵器が支給されるの？」

作業中……すべての局員にM3型スタナーとニューロン・ブラスター、いずれもハンドヘルド・モデルが支給されます。ブラスターについては、各人の好みに合わせ、四〇〇型、五二〇〇型のいずれかを選ぶことができます。

「M3か」イヴはつぶやいた。「シークレット・サービスはA1を携帯しているのかと思っていたけど」

二〇五五年十二月以前は、A1型スタナーがシークレット・サービスの標準装備でした。より強力なM3型への移行は、同月に実施されました。二〇五五年八月八日に起きた、時の大統領アン・B・フォスター暗殺未遂、および、この際の局員二名の死亡と民間人の犠牲を受け、兵器がアップグレードされたのです。

「そうなの?」

これは正確なデータです。

「なるほど」イヴは椅子の背にもたれた。それが誰であれ、あのM3を使用し、仕込んでいった人物は、ルヴァがM3を持っているものと思っていたわけだ。彼女は一月に入るまで、シークレット・サービスを辞めなかった。しかし事件以降、現場復帰はしていない。その型の武器が彼女に支給されていたかどうかは、調べればすぐにわかることだ。

報告書に加えることがまたひとつ。ほしいだけのものが集まると、彼女はそれをすべてファイルに放りこみ、保存した。

「コンピューター、事件ファイル、HE-四五二〇九-二の全データを分析せよ。既存データを用い、ユーイング、ルヴァを犯人として、確率精査を」

作業中……

「どうぞごゆっくり」そうつぶやくと、彼女は立ちあがり、コーヒーのお代わりを取りにいった。

そして、ぶらぶらとデスクに引き返した。腰を下ろし、コーヒーをすすり、ロークにもらった猫のぬいぐるみをなんとなくもてあそぶ。ギャラハッドは、サマーセットと夜を過ごしていると見え、ここにはいない。

つまりこれは、あの猫には人を見る目がないということだ。

確率精査完了。ユーイング、ルヴァがビッセル、ブレアおよびケイド、フェリシティを殺害した犯人である確率は、七七・六パーセント。

「おもしろい。実におもしろいわね。一見、単純に見える事件でこの数字とは。彼女は明日、レベル・スリーにパスする。それでまた、軽く二〇ポイントは落ちるでしょう。そしたら彼女の弁護団が、わたしのケツを蹴飛ばすわね」

「どうやらそのことはあまり心配してないようだね」

イヴはロークのほうへ頭をめぐらせた。彼はふたりの仕事部屋をつなぐ出入口の側柱にもたれかかっていた。「たたかれたって、わたしは平気」

「恩に着るよ。ああ、わかってる」ロークは彼女の表情を読みとって付け加えた。「自分の仕事をしてるだけだとかなんとか言うんだろう。でもきみは、僕の友人を救うためにたたかれようとしている。だから恩に着るよ。マスコミは、きみみたいな頂点に立つ人間をやっつけるのが大好きだしね」

「それに、ああ――」イヴは、猫のぬいぐるみを持ちあげ、それに話しかけるように言った。「マスコミもなよなよ弁護士軍団と同じくらいうるさいのよ」

「申し訳ないけど、僕の弁護士たちはなよなよなんかしてないぞ」

イヴは猫のぬいぐるみを脇へやり、ロークに厳しいまなざしを向けた。「彼女は、あなたのおかかえの弁護士たちで護りを固めたのよね。連中にあなたの払っているお金の半分の値打ちでもあれば、これから二十四時間以内に告発は取り下げられるはずよ。そうならないほうがいいけれど」

「それはまた、どうして?」

「誰であれ、このショーをやっている人物が、ルヴァが窮地にあると思っているかぎり、彼女は安全だし、そいつのほうも逃げはしないだろうから。まだ行方をくらませていないとしてだけど、ルヴァの濡れ衣が晴れれば、そいつは――そいつらはきっと逃げだす」

「そいつら?」

「これはチームでしていることにちがいないわ。ひとりが殺し、ひとりが罠を仕掛け、ひとりがギャラリーとスタジオのセキュリティやデータ・ユニットを襲撃する。そして何者かが、絶対に、裏ですべてを操っているのよ」

「意見が一致してよかったよ。実は、この件を非登録のマシンに移す必要があるんだ」

「なぜ？」

「こっちへおいで。見せてあげよう」

「仕事があるのに」

「でもぜひ見ないと、警部補さん」

「その価値があればいいけどね」

〈コンピューター警備《コンピュガード》〉に登録されておらず、従って探知されることもない機器類は、厳重にガードされた一室にある。壁面に連なる大きな窓は、シールドでのぞき見を防ぎながらも、夜空に向かってそそり立つ無数の摩天楼を含め、ニューヨークの景観をすっかりとりこんでいる。

黒いU字型の操作卓は、つややかで、何十もの制御装置に飾られている。それを見るたびに、イヴは未来の宇宙船を連想してしまう。そのイメージはどうしてもぬぐえない。仮にそれが丸ごと床から浮上し、ブーンと飛び去り、時間のひずみにとらわれてふっと消滅したとしても、きっと彼女は瞬きひとつしないだろう。

ロークは、仕切り壁のうしろの充実したバーからブランデーを取り出した。あと少ししたらイヴは眠らせるつもりだったので、彼女にはもう一杯ワインを注いだ。

「いまコーヒーを飲んでいるのに」

「なら、カフェインをいくらか薄めるのも悪くないだろう。それにほら、これを見て」ロークはキャンディ・バーを掲げた。

隠す間もなくイヴの目に食い気が閃いた。「ここにキャンディがあったの？　これまでこの部屋でキャンディなんて見たことないけど」

「僕は驚きの宝庫なんだよ」彼女を見つめたまま、ロークは包装されたキャンディ・バーを左右に振ってみせた。「膝に載ってくれたら、このキャンディをあげよう」

「なんだか変態ジジイが馬鹿な若い娘《こ》に言いそうなせりふね」

「僕はジジイじゃないし、きみは馬鹿じゃない」ロークは腰を下ろして、自分の膝を軽くたたいた。「ほら、ベルギー・チョコだよ」

「あなたの膝に載って、あなたのキャンディを食べているからって、お触りしていいことにはならないんですからね」そう言いながら、イヴは彼の膝にすわった。

「きみの気が変わるよう、希望を抱きつづけるしかないな。僕が見つけてあげたものを目にすれば、たぶん気は変わるだろうし」

「やることをやるか、黙るかよ」

「きみこそ黙ったほうがいい」ロークは彼女の耳を軽くつねり、キャンディ・バーを手渡すと、ディスクを挿入した。それから身を乗り出して、操作卓に手を載せた。「ローク。作動開始」

起動するマシンというより目覚めようとする強大な獣のように、それは唸りだした。ライトがパッと点灯した。

「データをアップロードせよ」

「ディスクにもうデータが入ってるなら――」イヴはキャンディをひと口分、飲みこんだ。「――なぜ、非登録機を使わなきゃならないの？　あなたはすでに記録に残っているのよ」

「問題は、何を持っているかではなく、それで何をするかなんだよ。実はあちこち掘り返しているうちに、いくつかブロックにぶつかってね。最初は特に変わった点はなかった。プライバシー保護の標準的ブロック。どれもごくふつうの、法にのっとったものだったよ。ところが、ちょっとつついてみたところ、これが出てきたんだ。コンピューター、ディスクから最後のタスクをスクリーン・ワンに表示せよ」

　スクリーン・ワン、オン。表示します。

　イヴは顔をしかめて、真っ白な画面とぼやけた黒い文字を見つめた。

部外秘データ
アクセス却下

「これだけ？　ただのアクセス却下？　あなたが壁にぶつかったというだけで、わたしはここに来て、膝に載らなきゃならないわけ？」

「ちがうよ。きみが僕の膝に載っているのは、キャンディがほしかったからだ」
この事実は認めずに、イヴはまたひと口チョコレートをかじりとった。「なぜ画面がぼやけているの？」
「なぜなら、幸いなことに、あちこち掘り返す前に、僕がフィルターをかけたからだよ。そうしていなければ、警報が作動し、僕のちょっとした発掘作業はありとあらゆるフラグを立ててしまったろう。というわけで、僕らはこっちへ移ったわけだ。コンピューター、最後のタスクを再度実行せよ」

了解。

画面がふっと暗くなり、その後、ふたたび点灯し、空白になった。

タスク完了。

「それで？」
「きみときたら、まるで信じてないんだな。そういう気なら向こうにすわっていてくれ」
イヴは肩をすくめて、ロークの膝を下り、椅子に移った。そうして、キャンディ・バーを平らげると、ゆっくりワインをすすった。

ロークの働く姿を眺めているのは苦痛とは言えない。肘まで袖をまくりあげ、髪をうしろで結わえた——危険な肉体労働に取りかかろうとする男のような——その姿が、彼女は好きだった。

ロークは手打ちと音声の両方のコマンドを使う。だからイヴは彼の機敏な指がキーの上を駆けめぐるのを眺め、その声が——彼の集中とともに、よりアイルランド訛を強めつつ——流れ出るのを聞くことができた。

「アクセス却下だと？　こいつめ、いまに見てろよ」

軽くほほえみ、イヴは目を閉じた。自分にこう言いきかせながら——ただひと休みするだけよ。ここまでにわかったことを頭のなかでおさらいするの。

つぎに気づいたとき、彼女はロークにそっと肩を揺すられていた。「イヴ」

「何！」目がぱっちりと開く。「眠ってたわけじゃないのよ。考えごとをしていたの」

「うん、考えているのが聞こえたよ」

「それ、わたしがいびきをかいていたっていう嫌味なら、ほっといてよね《バイト・ミー》」

「あとで喜んでかじらせてもらう《バイト・ユー》よ。でもとりあえず、これを見ないとね」

イヴは目をこすって、彼の顔を注視した。「〝僕って最高〟とでも言いたげににやついているところを見ると、どうやらおめあてのところに入りこめたみたいね」

「まあ見てごらん」ロークは画面を指し示した。

それを見ながら、イヴはゆっくりりと立ちあがった。

国土安全保障機構
アクセスはレッドスター限定！

「なんてことなの、ローク、国土安全保障機構《HSO》に侵入したわけ？」

「そのとおり」ロークはブランデーでみずからに乾杯した。「なんと、ほんとにやったんだ。かなり手間がかかったけどね。きみは一時間以上、その……考えごとをしていたんだよ」

イヴは目をむいていた。自分でもそれがわかっていながら、どうすることもできなかった。「でもＨＳＯに侵入することはできないのよ」

「お言葉だが、見てのとおり――」

「できないって、そういう意味じゃない。しちゃいけないって言ってるの」

「まあ落ち着いて、警部補さん。僕たちはシールドに護られているんだから」ロークは身を乗り出して、彼女の鼻の頭にキスした。「きっちりしっかりとね」

「ローク――」

「シーッ、この先を見ないと。コンピューター、パスコードを入力せよ。ほら、僕が掘り返したファイルは、ある明らかな理由から、暗号化されているんだよ。ＨＳＯみたいな集団は、もっと複雑な暗号を用いると思うだろう？　でも連中は、ここまで入りこむやつはいないと高をくっていたんだな。実際、悪戦苦闘したよ」

「きっとあなたは頭がおかしくなったのね。心神喪失を申し立てれば、なんとか許してもらえるかも。それでも、拷問されて、洗脳されて、この先一生、檻に閉じこめられるわね。でも、頭がおかしいとわかれば、死ぬまで殴られることはないかもしれない。相手はHSOなのよ。テロリストどもをさがしだし殲滅《せんめつ》することを目的に設立されながら、その標的と同じくらい汚い手を使う対テロ機構なのよ。ローク――」

「うんうん」ロークは彼女の心配をあっさり退けた。「ほら出たぞ。見てごらん」

イヴはハーッとため息をついた。そして、画面に視線をもどし、目を見張った。そこには、第二級工作員、ビッセル、ブレアの証明写真と人事ファイルがあった。

「なんてこと!」いまや彼女は、ロークと同じくらい大きな笑みをたたえていた。「あいつ、スパイ《スプーク》だったのね!」

7

「死んだ幽霊《スプーク》だね」ロークが言った。「これは言葉の重複になるのかな」

「だとすると、つじつまが合う。ねえ、そうでしょ？」イヴはロークの肩を小突いた。「スパイよりうまくセキュリティをかいくぐれる人間なんている？」

「あえて謙虚さを捨てて言わせてもらえば、僕ならば――」

「あなたは、〝あえて捨てる謙虚さ〟なんて持ち合わせていないでしょ。ビッセルはＨＳＯだった。スタジオの警備があれだけ厳重だったこともそれで説明がつく。セキュリティのプロとくっついたことも。殺されたことも」

「国内か国外の、別のスパイに暗殺されたわけか」

「まさにそれよ。連中はビッセルとケイドの仲を知っていた。そして、頃合いを見て、ルヴアにそのことを知らせた。彼女が破滅するよう仕組んだのよ」

「なんのために？　無実の女性をはめることにどんな意味があるんだ？」

眉を寄せ、イヴは画面をじっと見つめた。ビッセルはごくふつうの男に見える。優男風が好みなら、見てくれは上々。でも平凡。きっとそこも大事なところなのだろう。スパイは、周囲に溶けこむ必要がある。

「本当に意味があったのかどうか……。でも何かあるとしたら、誰かにビッセルを調べられてはまずいというような、単純なことかもしれない。うわべどおり信じろということね。嫉妬に狂った妻に殺された浮気夫。殺人課がやって来て、惨状をちらっと眺め、ルヴァを引っ張り、それでおしまい」

「それもまあ単純だけど、ただの押し込みが最悪の事態になったということにして、ルヴァは除外しておいたほうが、もっと単純だったんじゃないか」

「ええ」イヴはロークを振り返った。「つまりこれは、ルヴァが初めから関係していたということよ」

「コード・レッドか」

「そう、コード・レッド。それに、彼女が過去二年間に取り組んできたもろもろの仕事」ポケットに両手を突っこみ、イヴはぐるぐると歩き回りだした。「あなたの会社が委託された、政府関係や極秘のプロジェクトは、現行のものだけじゃないでしょう」

「もちろん」ロークはビッセルの証明写真をじっと見つめた。「こいつがルヴァと結婚したのは、あの仕事のためだったんだな。彼女が誰かではなく、何をしているかが問題だったんだ」

「あるいは、あなたが何者かが。連中はきっと、あなたに関するファイルも持っているわよ」

「ああ、まちがいない」そして彼は、それを見てから作業を終えるつもりだった。

「第二級ってどういう意味？　第二級工作員って？」

「さあ、わからない」

「彼のファイルを見てみましょうよ。採用されたのはいつなのか」親指をポケットに引っかけ、彼女は画面をのぞきこんだ。「九年前か。新人ではない。二年間、ローマに駐在。パリとボンにも。あちこちに行っている。アーティストという仕事が、いい隠れ蓑になっていたのね。四カ国語を話せる。これは強みになる。女性にもてるのもわかっているし。これも害にはならない」

「彼の起用者を見てごらん、イヴ」

「どこ？」

ロークはキーを打ち、ある名前にハイライトをかけた。

「フェリシティ・ケイド？　あの女！　彼女がビッセルを引き入れたのか」イヴは片手を上げてロークを黙らせ、歩き回りながら頭を整理した。「きっとケイドは、ビッセルにとって教官みたいなものだったのよ。多くの場合、訓練する者とされる者のあいだには親密な関係が生まれる。彼らはともに働いており、なおかつ恋人同士だった。おそらくずっと、ついたり離れたりで、つづいていたのよ。ふたりは同じタイプだから」

「と言うと、どんなタイプ？」ロークが訊ねた。

「スマートで、上流階級で、社交好き。虚栄心が強く――」

「虚栄心が強いというのは、どうして？」

「たくさんの鏡、たくさんのしゃれた服。それに、体や顔の整形に大金を費やしている。サロンにも」

ロークはおもしろがって、自分の爪を見つめた。「そういったものは、快適なライフスタイルのごくあたりまえの要素にすぎないと主張する人もいるだろうな」

「ええ、あなたの場合はね。あなたもやっぱり、大きなトランク一杯分の虚栄心をそなえている。でもあのふたりと同じではないわ。あなたは、いちいち自分を見られるように、家じゅうの壁に鏡を張りめぐらせたりはしない。ビッセルとはちがう」

イヴは思案顔でちらりとロークを見やり、結論を下した。仮に彼に劣らず見栄えがよくても、たぶん自分は一日の半分を鏡を眺めて過ごしたりはしないだろう。

不思議だ。

「あの鏡、姿の映る壁」ロークが黙ってほほえみかけると、イヴはつづけた。「あれは虚栄心の表れというより、自信の欠如の表れなのかも」

「僕はそう解釈しているよ。でもこの問題はマイラに託すべきじゃないかな」

「そうね」そうしよう。ただちにだ。「いずれにせよ、ふたりは同じタイプよ。アートを気取った場が好きで、自分自身を誇示したがる。隠れ蓑だとしても、ふたりともその世界に興味があったにちがいない。それに、ある程度の期間、秘密の仕事をつづけるには、特定のタイプでないと。嘘で固めた生活を送り、アイデンティティを——一部は本当で、一部は作りものの人格を組み立てるわけだから。そうでもしなければ、うまくやれっこないでしょう」

「確かに、ビッセルとケイドのほうが、ビッセルとルヴァよりお似合いのようだ。少なくとも表面上は」

「オーケー。でも彼らにはルヴァが必要だった。ふたりは、〈セキュアコンプ〉に潜入したかったか、する必要があったか、その使命を帯びていたかね。フェリシティはまずルヴァに接近した。たぶんさぐりを入れたのよ。ところが、理由はわからないけれど、ルヴァはHSOにとってよい候補ではなかった」

「彼女は政府に仕えていたからね」ロークが指摘した。「そして危うく殉職しかけたんだ。忠実な人だよ。それに僕の記憶では、彼女が仕えていた政権は、HSOをあまりよく思っていなかった」

「政治か」イヴはふうっと息を吐いた。「頭がくらくらする。そう、彼女は確かに、よいスパイ候補ではなかったのかもしれない。だからと言って、よい情報源でなかったとは言えない。そこでHSOはビッセルを引き入れた。ロマンスに、セックス。でも結婚までとなると、彼女のことは長期にわたって利用できると見ていたわけね」

「そして、使い捨てにできると」

イヴはロークに向き直った。「友達がこんなふうにつつきまわされるのを見るのはつらいでしょう。ごめんなさい」

「事実をすべて知ったほうが、彼女にとっては楽なのかな。それとも、よけいつらいんだろうか」

「いずれにせよ、向き合うしかないわ。彼女にはあまり選択肢がないのよ」イヴは壁面スクリーンにほうにうなずいてみせた。「このふたりはルヴァを情報源として利用していた。となると、あの家や、彼女のデータ・ユニットや車、たぶん彼女自身にも、諜報装置が仕込まれていたかもしれない。彼女は連中の手先、自覚のないスパイだった。おそらく連中は彼女から多くを引き出していたんでしょう。得るものがないなら、結婚や友情を偽装する意味がないもの」

「僕もそう思う」そして、得るものがあったとすると――ロークは思った――自分にとってかなり厄介なことになりそうだ。「でも、工作員二名を消すことにはどんな意味があるんだろう？　組織内での暗殺だとしたら、無益なことに思える。外部なら、やりすぎという気がするし。どちらにしても、乱暴なやり口だ」

「乱暴だけど、重要人物を三人消せる見込みはあった」イヴはトントンと腰をたたいた。「それだけじゃない。もっと何かあったはずよ。ビッセルとケイドがヘマをしたか。漁夫の利を狙ったか。あるいは、正体を見破られたのかもしれない。彼らのことをよく洗ってみないとね。ふたりに関して得られるデータは全部ちょうだい。相手はスパイなんだから、ルールは無視よ」

「いまのせりふ、もう一度言ってくれないかな。〝ルールは無視〟ってところを。実にいい響きだ」

「この件を楽しむ気なのね？」

「そうなると思う」しかしロークは楽しげには見えず、むしろ危険を感じさせた。「ルヴァがこんな目に遭ったんだ。誰かが報いを受けるべきだよ。その報復にひと役買うのは楽しいだろうよ」

「こういう怖い友人がいることにも、利点はあるわけね」

「僕の膝にすわって、もう一度、言ってくれないか」

「データをよろしくね、相棒。こっちは、ルヴァの家の警官たちに連絡しておかないと。朝、諜報装置の捜索をする前に、誰かに侵入されるとまずいから」

「諜報装置があったとすれば、ＨＳＯの回収班がもう持ち去っているんじゃないか」

「連中はすばやく動かなければならなかったわけよね。ルヴァが小包を受け取る、そしてあの襲撃、その後、ルヴァが到着する」イヴは時間枠を見直しながら、髪をかきあげた。「ただちに侵入したなら、たぶん家のなかをさらったかもしれない。でも、フラットアイアン・ビルにも誰かがいた。こういう作戦の場合、ふたりの人間を殺すなら、少人数の緊密なチームが求められそうなものだけど。事情に通じている人間は多くないほうがいいはずよ」

「相手はＨＳＯだ」ロークが指摘した。「別に理由を通達しなくても、個人宅をさらう命令くらい出せるさ」

「なんでも命令のままってわけね」イヴはつぶやき、血にまみれたフェリシティ・ケイドのベッドを目に浮かべた。ああした残虐行為を命じるのは、どういう人間なのだろう？　あれは暗殺じゃない。凶悪な血みどろの殺人をきれいに取り繕う方法はない。

「ええ、確かにそうね。でも捜索したとしても、連中は何か見逃したかもしれない」


ふたりはそれから二時間、働き、その後、ロークがひと晩でやれるのはここまでだとイヴを納得させた。彼はイヴを説き伏せて一緒にベッドに入り、彼女が眠ったのを確かめると、起きあがってもとの部屋にもどった。そして、さらに作業をした。

すでに中枢部に入っているので、彼自身のファイルにアクセスするのはむずかしくなかった。連中は、予想していたほど確かなデータを持っていなかった。これでは一般に知られていることとさして変わりない。いや、彼が一般向けに整備した情報と言うべきか。

彼のやや波乱含みの経歴に関しては、全般を通じて、〝疑いがある〟〝申し立てによれば〟〝おそらくは〟といった文言が数多く見られた。その内容はおおかた真実だったが、事実に反して彼に帰されている罪状も何件かあった。

それはさしたる問題ではない。

自分がロマンチックな関係を持った女性のうちふたりが、情報めあてに接近してきた工作員であったことを知り、彼はいらだちよりもおかしさを覚えた。

タバコに火をつけ、椅子の背にもたれて、彼はそのふたりの女性をなつかしく思い出した。文句を言う筋合いはない。彼女らとのつきあいは楽しかったのだ。また、本来の任務を果たせなかったとはいえ、向こうもまた、自分とのつきあいを楽しんだはずだという自信も充分にあった。

ＨＳＯは彼の母親については何も知らず、彼はこのことに大きな安堵を覚えた。公的には彼の母親はメグ・ロークということになっており、彼としてはそれでよかった。ＨＳＯにしてみれば、彼の生みの親が誰であろうがかまわないのだろう。パトリック・ロークのような男を愛し、信じるほど愚かだった若い娘のことなど、どうでもよいのだ。

特に、その娘がとうの昔に死んでいるのなら。

そこまでさかのぼらなかったのか、そこまで掘り起こさなかったのか、ＨＳＯはショーハン・ブロディのことも、彼がアイルランド西部で見つけたおばやその他の身内のことも、いっさい知らなかった。彼が新たに得た親族は、ＨＳＯに監視されることも、接近されることも、プライバシーを踏みにじられることもないだろう。

しかし彼の父親については、大容量のファイルが存在した。インターポールや世界情報会議や、ＨＳＯが情報を共有しているその他もろもろの秘密組織と同様、ＨＳＯもまた、パトリック・ロークには強い関心を寄せていた。ロークは、連中が一度、父親の採用を検討し、彼は危なすぎると判断したことを知った。

危なすぎるか。ロークは陰鬱に笑い、思いをめぐらせた。まあ、反論はしがたいな。

ＨＳＯは、パトリック・ロークとマックス・リッカーの関係を証明しようとしていたが、これは驚くには当たらない。リッカーは利口な男で、そのネットワークは全地球および地球外にも広がっており、そこでは他の投機商品とともに流される武器や違法麻薬が豊かな資金源となっていた。しかしリッカーはその傲慢さゆえに、みずからの足跡をすべて隠そうとはしていなかった。

パトリック・ロークは、リッカーがときおり使う手先のひとりと考えられていた。ただし、特に有能というわけではない。酒や薬物をやりすぎる。また、もっと上に上がれるほど口が堅くもない。リッカーの正規の手下には、およびもつかないのだった。

しかし、両者の関係を文字ではっきり示されると、リッカーを檻に入れたのがイヴだったという事実が、なおのこと痛快に感じられた。

ふたたびファイルを閉じようとしたときだ。ダラス行きに関する記述が、ロークの目をとらえた。その時期、その場所が、彼の血を凍りつかせた。

パトリック・ロークは、ローク・オハラの偽名のもと、巡回ルートで、ダブリンからテキサス州ダラスへと飛んだ。ダラス到着は、二〇三六・五・一二、一七三〇時。リチャード・トロイ、別名リッチー・ウィリアムズ、別名ウィ・バウンティ、別名リック・マーコとして知られる人物に、空港にて迎えられた。両者は、トロイがリック・マーコの名で宿泊するカーサ・ディアブロ・ホテルに車で移動。ロークはオハラの名で一室を借りた。

二〇一五時、両者はホテルを出、徒歩でブラックサドル・バーに向かい、〇二〇〇時まで当該バーに留まった。会話の記録を添付する。

それだけではない。三日間にわたるふたりの男の動き、バーや安食堂での同類たちとの会合を網羅した標準レベルの監視報告。

痛飲。大ぼら。アトランタの基地からの資金の流れに関する雑多な会話。

マックス・リッカー。自分の父親とイヴの父親がその周辺にいたこと、少なくともリッカーのネットワークの周辺にいたことは、こんな記録を見るまでもなくわかっていた。ふたりがダラスで会っていたことは、彼もイヴも知っている。

何日か前。ぶちのめされ、骨を折られたイヴが、路地で発見されたほんの何日か前だ。

見張りの連中はすべてを知っていたのだ。そしてHSOも。

対象者ロークは、翌朝、一〇三五時にホテルをチェックアウトし、トロイにより車で空港へ送り届けられ、アトランタ行きのシャトルに乗った。トロイは、女児とともに滞在しているホテルの部屋にもどった。ロークの監視は、クラーク工作員により引き継がれた。

「女児か」ロークは言った。「ちくしょうども。このくそったれのちくしょうども。おまえらは知っていたんだろう」

そして、憤りに胸をむかつかせながら、彼はリチャード・トロイに関するHSOファイルを呼び出した。

イヴが身じろぎしたとき、まだ夜明けは訪れていなかった。ロークの腕が回されるのを、彼女は感じた。彼が優しく自分を包みこむのを。夢うつつのうちに寝返りを打ち、身を寄せると、そこには彼の体のぬくもりがあった。つづいて彼の唇のぬくもりが、唇に降りてきた。

そのキスがとても優しくはかなかったので、彼女はまだとろとろとまどろみつつも、そこに入っていくことができた。

暗闇のなかでも、必ずロークは見つかる。彼はきっとそこにいる。彼女をなぐさめるため、目覚めさせるために。あるいは、求めるために。

イヴは彼の髪を指で梳き、その頭を抱きかかえ、キスが深まるよう彼を駆り立てた。もっと深く、唇と舌の交わりとなるよう。それでも、すでに忘れかけている夢のようにほのかであるよう。

いまはロークしか存在しない。彼女の肌に触れる彼の肌のなめらかさ、体の曲線、香りと味だけしか。その名をつぶやきながら、彼女はすでに彼に満たされていた。

彼の口が祝福さながらに、肌の上を移動していく。頬、喉、肩、そして、脈動する胸のスロープにそっとあてがわれ、そこに留まる。

「愛している」胸の上で、彼の唇がその言葉を形作った。「自分を見失うほどに」

見失ってなんかいない――イヴは鼓動を速めつつ闇のなかでほほえんだ。見つけたの。わたしたちはお互いを見つけたのよ。

ロークはしばらく、そこに頭をもたせかけ――心臓に頰を寄せ――目を閉じていた。激情がすっかり収まるまで。彼女に優しく触れられるようになるまで。

どうしても優しくしたかったから。

イヴがため息をついた。静かに、眠たげに。こうして起こされ、彼女が満足しているのがわかった。過去にどんな目に遭ったにせよ、彼女の心は彼に開かれている。そしてそのことは、いまだかつて想像したこともないほど、彼を高揚させた。

だから彼女に触れるとき、彼は優しかった。そして、彼女を欲望の頂点へと導くとき、その過程は甘く快かった。

彼が彼女のなかへ入ったとき、ふたりは暗闇で動くひとつの影となった。

そのあとイヴは、そこでぴったりと彼を抱きしめていた。大きなベッドのなか、天窓のもとで。その窓の光が、夜明けとともに真珠色へと変わっていく。あと一時間、と彼女は思った。世界に、仕事に、流血に向き合うときが来るまで、あと一時間は、じっと横たわり、結ばれ、幸せでいられる。

「イヴ」ロークは彼女の肩に唇を押しあてた。「話があるんだ」

「うーん。話したくない。まだ眠っているの」

「大事なことなんだよ」彼女の抗議のうめきを無視して、ロークは体を離した。「ごめんよ。照明オン、二〇パーセント」

「ああ、もう」イヴは一方の手でぴしゃりと目をおおった。「いま何時？　五時？　どんなことだって、朝の五時に話す必要はないはずよ」

「もうそろそろ五時半だよ。それに七時にはきみのチームがここに来る。だから時間をとらないと」

イヴは指を広げ、細めた目をその隙間からのぞかせた。「なんの時間を？」

「昨夜、僕はあっちへもどって、もういくつかファイルを見たんだ」

広げた指の隙間からでも、彼女のいらだちは見てとれた。「あなた、やれるのはここまでだと言ってなかった？」

「きみのためにやれるのはね。でも、これは自分のためにしたことなんだ。自分自身のファイルを見ておきたかったんだよ。つまりその……念のために」

イヴはさっと身を起こした。「何かまずいことがあるの？　ああ、まさか、ＨＳＯともめているんじゃないでしょうね」

「いや」ロークは両手を彼女の肩にかけ、その腕をさすった。そして思い悩んだ。彼女が思い悩むのがわかっているから。「そうじゃない。実は作業中に、父のファイルをのぞいたんだよ」

「お母さんのこと？」イヴは彼の手をつかみ、握りしめた。

「いや。母はレーダーにひっかかりもしなかったらしい。当時はまだ連中もそれほど父に注目していなかったし、母はそれこそ取るに足りない存在だった。HSOにとっては、なんのうまみもない人物だったわけだ。ありがたいことにね。でもパトリック・ロークはその後、より興味深い存在となり、連中はときどきその動向を追っていた。たいていは、リッカーに不利な何かが得られそうだと思ってのことらしいが」

「でも何も得られなかったのね。リッカーが昨年まで現役だったところを見ると」

「充分なものは得られなかったんだ。長いややこしい記録、無数の参照事項、膨大な仕事量。それが、結局、使い物にならなかったわけだよ」

「でも彼はいまじゃ塀のなかよ。リッカーはね。それが今度のこととどう関係しているの？」

「連中は僕の父を監視していた。彼がリッカーの手先として働いていると思ってね。それで、父をダラスまで尾行したんだ。五月に。きみが八歳だった年だ」

イヴはうなずいた。ゆっくりと。それでもごくりと喉が鳴った。「そのころ彼がダラスにいて、アトランタの取引の準備に参加していたことは、前からわかっていたじゃない。スキナーの作戦が悲惨な結果になったあのときでしょう。そんなのどうでもいいことよ。さて、もう起きてしまったことだし、シャワーを浴びてくるわね」

「イヴ」ロークはイヴの両手をぎゅっと握り、彼女が逃れようとしてぐいと手を引くのを感じた。「父は空港で、リチャード・トロイという男の出迎えを受けていたんだ」

イヴの目が大きく見開かれた。悪夢から目覚めたときと同じあの恐怖の色をたたえて。

「そんなこと、今度の事件と関係ないでしょ。いま大事なのはあの事件よ。わたし――」

「僕はきみの過去を調べたことはない。きみがそれを望まないことを知っているから」手のなかでイヴの手が冷たくなった。しかしロークはそれを握ったままでいた。この手を温めてあげられたら、と思いながら。「今回だって調べるつもりはなかった。ただ自分の身内が監視されていないのを確かめようとしただけだ。でも僕たちの父親は……」ロークは凍りついた彼女の両手を唇へ持っていった。「ダーリン・イヴ、きみの父親と僕の父親のあいだには、つながりがあるんだ。そうじゃないふりはできない。きみを傷つけたくはないよ。きみが傷つくのには耐えられない」

「放してちょうだい」

「いや、だめだ。ごめんよ。僕は自分を止めようとした。きみには何も言わないように。『彼女は知る必要がない。知らないほうがいいんだ』ってね。でもきみに隠し立てはできない。隠せば、きみはよけい傷つくんじゃないか。そのうえ、これに耐えられない人間として扱えば、きみを侮辱することになるだろう」

「ややこしい理屈」イヴの声はかすれ、目は熱くなっていた。「恐ろしくものすごくややこしい」

「かもしれない。でも真実だということに変わりはないよ。僕は自分の知ったことをきみに話すしかない。それをどこまで聞きたいかは、きみが決めればいい」

「でも考えなきゃ！」イヴは彼につかまれていた両手を引き抜いた。「考える必要があるの。とにかくひとりにして、考えさせて」彼女はベッドから飛び出し、バスルームへと駆けこんだ。そしてバタンとドアを閉めた。

ロークはイヴのあとを追おうとした。しかし、そうするのは彼女のためなのか、それとも、自分自身のためなのだろうか――みずからの胸に問いかけてみると、まるで確信が持てなかった。そこで彼は、ただ彼女を待つことにした。

イヴは火傷しそうに熱いシャワーを浴びた。そうしているうちに、心拍数はほぼ正常にもどった。乾燥室《チューブ》に長居しすぎて、そのあとは少し頭がくらくらした。とにかくコーヒーがほしい。ただそれだけだった。コーヒーを何杯か――それで、このくだらない問題を頭から追い出せる。

自分にはやるべき仕事がある。こんなことはどうだっていい。パトリック・ロークのことも、父親のことも、ダラスのことも、どうだっていい。こんなのは不適切だ。やるべき仕事があるときに、こういうつまらないことで頭をいっぱいにしている余裕はない。

彼女は洗面台の上の鏡に映る自分の顔を見つめた。青白い怯えた顔。その顔を拳で打ち砕きたかった。そして本当にそうしかけた。

しかし彼女は向きを変え、ローブをひっかけ、寝室へと引き返した。

ロークはすでに起きており、やはりローブをまとっていた。彼は何も言わずに近づいてきて、コーヒーのカップを渡した。

「このことは知りたくない。わかる？　知りたくないの」

「いいとも」ロークは彼女の頬に触れた。「忘れよう」

彼は、この臆病者、とは言わないだろう。そう考えすらしないだろう。彼はただ愛してくれるだけだ。

「このことは知りたくない」彼女は繰り返した。「でも話してもらわないと」そう言って、テーブルのほうへ行き、椅子に腰を下ろした。膝が震えそうな気がしたから。「その男の名前はトロイだったのね？」

イヴが距離をとりたがっているのを察し、ロークはローテーブルをはさんで彼女の向かい側にすわった。「彼にはいくつも偽名があったんだ。でもトロイというのが、彼の本名だったらしい。リチャード・トロイ。彼に関するファイルがあったよ。全部は読んでいない。読んだのは……ダラスでの取引の件だけだ。でもコピーは取ったよ。きみがほしがるかもしれないと思って」

自分が何を望んでいるのか、イヴにはわからなかった。「彼らはダラスで会ったのね」

「そうなんだ。きみの父親が僕の父を空港で拾い、きみの……きみのいたホテルへ連れていったんだよ。やつは部屋を取った。その夜、ふたりは外に出かけ、酔っ払った。彼らの会話の記録があるよ。大したものじゃないが。ふたりがそこに一緒にいた三日間もご同様。空威張りとはったりとアトランタの取引にまつわる推測、そんなものばかりだ」

「リッカーの銃器密売ね」

「うん。僕の父はそのあとアトランタに行くことになっていて、翌日、そっちへ向かった。やつが潜入スパイとして働いていて、警官たちから報酬をもらったんじゃないかという見かたもある。その金とリッカーの金の両方を受け取り――双方をペテンにかけて――ダブリンへ帰ったというわけだよ」

「その見かたは、スキナーについて調べたときわたしたちが立てた仮説と一致するわね。あなたの父親の企みをさぐり出せず、地元警察に警告しなかったとしたら、それはスパイどもの大失策。HSOは、あの悲惨な手入れで死んだ十三人の警官に向かって、引き金を引いたも同然だわ。その責任の重さは、リッカーにも他の誰にも負けない」

「HSOは警官たちのことなんか気にしちゃいないさ」

「オーケー」イヴはこの問題に集中した。憤りのいくばくかをそこに向けて。「連中はリッカーを第一義と見なしていた。アトランタでの取引は大規模だったけれど、それがすべてというわけじゃない。たぶん連中は、リッカーをやっつけ、彼のネットワークをぶっつぶし、勝利のダンスを踊ることばかり考えていて、パトリック・ロークみたいなちっぽけな歯車がすべてをめちゃめちゃにするとは思わなかったのよ。でも警官たちをあんなふうに死なせるなんて、ひどい話」

「連中はきみのことを知っていたんだ」

「え？」

「あのいまいましい部屋にやつと一緒に子供がいたのを知っていたんだよ。連れの女児。やつらは知っていたんだ」

イヴの目が虚ろになったのを見て、ロークは悪態をついた。彼はテーブルを押しのけ、イヴの頭を膝のあいだへと押し下げた。「ゆっくりでいい。ゆっくり呼吸して。ああ、ほんとにごめんよ」

イヴの耳の奥で、その声はざわめきと化していた。彼の美しい声。いまは、ゲール語でささやいている。彼の自制心が揺らいでいるから。声の震えが聞こえ、後頭部にあてがわれた彼の手の震えに声が感じられる。彼がかたわらにひざまずいていることに、イヴは気づいた。彼も彼女自身と同等か、それ以上に苦しんでいるのだ。

なんて奇妙なんだろう。なんて不思議なんだろう。

「もう大丈夫よ」

「あと一分待とう。まだ震えが止まっていないよ。あんなやつらは死ねばいいんだ。きみがあいつから逃れられずにいるのを知りながら、なんの手も打たなかった連中だからね。やつらの血を味わってやりたいよ」

イヴは少し姿勢を変えて膝に頬を載せ、ロークを見つめた。その瞬間の彼は、いかにも他人の喉を引き裂きそうな男に見えた。「もう大丈夫よ」イヴはまた言った。「こんなことどうだっていいの、ローク。ほんとにどうだっていい。だってわたしは生き延びたんだし、あいつは死んでいるんだから。そのファイルを読ませて」

ロークはうなずいた。それから、ただ彼女の頰に頰を寄せた。

「あなたがもしこのことを隠していたら——」声がかすれていたが、イヴは咳払いをしなかった。「——きっとわたしのためにならなかったわ。きっとわたしたちのためにならなかった。あなたにとっても、これは楽なことじゃないわよね。でもあなたは打ち明けてくれた……ふたりで切り抜けられると信じてくれた。そのことが、きっといい方向へ働く。そのデータを少しだけ見せて」

「取ってきてあげよう」

「いいえ、わたしも行く。一緒に見ましょう」

ふたりはふたたびロークの秘密の部屋へ行き、彼が画面に呼び出したものを一緒に見ていった。

イヴはすわらなかった。もう脚をふらつかせたりはしないつもりだった。工作員のその報告書を読むときも。

対象者の娘とされる女児に対する性的および肉体的虐待。女児に関するデータは存在せず。実母、代理母の記録なし。現時点での介入は、勧められない。対象者が監視に気づいた場合、もしくは、福祉機関、法執行機関が女児の状況を知った場合、対象者の価値が失われる可能性がある。

女児に関しては、非介入を勧める。

「やつらは目をつぶったんだ」ロークが言った。静かすぎるほど静かに。「だから、お巡りってやつは嫌いなんだ。きみは別だけどね」少し間があったあと、彼は最後のひとことを付け加えた。

「連中はお巡りじゃないわ。法律なんか屁とも思わない。正義になんかなんの関心もないの。ましてや一個人のことなんか、なんとも思っちゃいない。連中にとって大事なのは大局なの。いつだってそう。都市戦争《アーバン・ウォーズ》の初期に設立された瞬間から、大事なのは大局。そのなかにいる人間なんて糞食らえってわけ」

イヴは、憤りを、恐れをしまいこみ、つづきを読んだ。最後まで行ったとき、初めて彼女は操作卓《コンソール》に手をついて身を支えた。

「連中は何があったか知っていたんだ。わたしがあいつを殺したことを知っていたんだ。あ、なんてことなの。全部知っていて、その後始末をしたのね」

「セキュリティのためだとさ。自分らの過失を隠蔽するためだろうに」

「これによると……仕込んであった諜報装置に欠陥があって、その夜は停止していたって話だけど。そんなことってある？」イヴは深呼吸をひとつして、その部分に再度目を通した。

〇七一六時に監視再開。六時間にわたり、物音および動きは記録されず。対象者は夜間に移動したものと思われたため、工作員はみずから部屋の調査に赴いた。入室時、工作員は対象者の死亡を確認。死因は、小型の包丁による複数の刺傷。室内に女児の姿は認められず。

リッカーおよびロークの部屋に関しては、データなし。本部の指示により、室内は清掃され、死体処理班に連絡が取られた。

対象者の娘と見られる女児は、医療機関にて観察下に置かれた。重度の身体的、心理的トラウマあり。地元警察が捜査を行う。女児は身分証を持たず。ソーシャル・ワーカーがつく模様。

その後、地元警察は女児の身元を確認できず。女児は、身元確認につながる名前、事実を思い出せない、もしくは、述べることができない。トロイ、および、当機関との関連は知られていない。女児は国営の児童施設に引き取られ、ダラス、イヴと名付けられた。

トロイの記録、完了。

「わたしに関するファイルもあるの？」

「うん」

「連中はつながりを知った？」

「そのファイルは読んでないんだ」

「すごい意志の力ね」ロークが何も言わずにいると、イヴは画面から向き直り、彼に一歩近づいた。

ロークは一歩さがった。「誰かに報いを受けさせてやる。何があろうと必ず。でもああ、やつを殺すことはできないんだ。ずっと夢見てきたのに。だが誰かに報いを受けさせてやる。引きさがり、ただ傍観し、きみがあんなことになるのを放置した誰かに」

「そんなことをしても何も変わりはしないわ」

「いや、絶対に変わるさ」報告書を読んで以来、ロークが胸に抱いていた憤りの一部が、噴き出してきた。「均衡《きんこう》ってものがあるだろう、イヴ。きみも知っているはずだ。抑制と均衡。それがきみの大事な正義を成り立たせている。この件で僕は自分の正義を貫くつもりだよ」

イヴは寒かった。それでなくてもひどく寒かったのに、彼の言葉、その表情に、いまや凍えそうだった。「あなたが、二十年前この件に従事したスパイの狩りを始めたところで、わたしはちっとも救われないわ」

「きみはそのことは考えなくていい」

パニックの小さな泡が、喉に湧きあがってきた。「でも仕事に集中してくれなきゃ――約束したことをやってくれなきゃ」

ロークは操作卓をぐるっと回って、イヴのほうにやって来た。彼女の顎に手をそえたとき、その目は青い氷だった。「きみは、僕にこの件を忘れることができると、あるいは、忘れる意志があると思う？」

「いいえ。あなたはどう？　自分が誰かを追いつめ、ひとりよがりの正義をふるうのを、わたしが黙って見ていると思う?」

「いいや。となると袋小路だな。とりあえず僕は、この件に関してきみが求める情報はなんでもあげるとしよう。このことできみと言い争う気はないんだ、イヴ」彼女に口をはさむ隙を与えず、ロークはつづけた。「それに、倫理的基盤を変えるよう、きみにたのんだり期待したりもしない。ただ、きみのほうも僕に対してそうであってほしいんだ」

「ひとつだけ言わせて」声が震えそうだ。心がおののきそうだ。「取り返しのつかないことをする前に、そのことをよく考えてほしいの」

「僕はすべきことをするだけだ」彼はそっけなく言った。「きみもそうだろう」

「ローク」イヴは彼の腕をつかんだ。彼が手からすり抜けていくのが早くも感じられそうで怖かった。「昔、ダラスで何があったにせよ、わたしはそこから生まれたの。それがあったからこそ、いまのわたしがあるのよ。わたしがあなたを含め、自分にとって大事なものをすべて持っているのは、たぶん、それがあったからだわ。だとしたら、わたしはもう一度、あのすべてを体験してもいい。あなたを得るため、バッジを得るため、いまの自分を得るためなら、あの地獄の一分一分をもう一度くぐり抜ける。わたしにしてみれば、それで充分均衡は保たれているのよ。お願いだから、そのことを考えて」

「ああ、考えよう」

「わたし、朝の報告会議の準備をしないと」他のこと、なんでもいい、他のことを考えるのだ。「あなたもよ。とりあえず、この件は棚上げにして。それができないなら、あなたはわたしの力になれない。あなたの友達の力にもよ」

「イヴ」ロークは優しく言った。さっき彼女を優しく愛したように。そして、彼女がわれ知らず流していた涙を、その頰からぬぐい去った。

彼の腕に包みこまれたとき、イヴはついにくじけた。そして、その腕がそこにあったから、彼女はロークに身を寄せて、心のままに涙を流した。

8

報告会議のためチームが到着するころには、彼女は自分を取りもどしていた。ダラスでどんな悲惨な経験をしたかという問題は、封印された。それは、あとでひとりになったとき、きちんと向き合えるようになったときに、また取り出せばいい。何ができ、何ができないか、考えられるようになったとき、考える意志が持てたときに。

ロークは連中を殺すだろう。イヴはなんの幻想も抱いていない。放っておけば、彼はダラスにおける非介入の指令に責任のある者たちをさがしだし……彼らを殺すだろう。

抑制と均衡。

ロークの怒り、その正義の観念、罰したいという欲求。彼女のために戦いたい、追いつめられ、獣と化した子供のために血で血に報いたいという欲求。それをなだめる鍵を彼女が見つけないかぎり、彼はきっとやる。

だからなんとかその鍵を見つけなくてはならない。そしてそれをさがしながら、同時に彼女は、地球上および地球外屈指の力と独立性を誇る組織に挑もうとしているのだ。チームを拡張するという当初の計画、選りすぐりのEDDマンたちを引きこむという計画は、留保せざるをえなかった。彼女の手には、ややこしい小さな爆弾が載っているのだ。やたらに動かしたり、手から手へと移したりすれば、目の前で爆発しかねない。

このチームは、できるかぎり小さく緊密にしておかねばならない。

フィーニー。もちろん、フィーニーなしではやっていけない。目下、彼は好物のデニッシュを食べながら、スヌークとかいうインドア・アメフトの選手のことでマクナブとやりあっている。

EDDの星、イアン・マクナブは、インドア・アメフトのことで興奮するタイプには見えない。もっとも彼は警官にだって見えないのだ。その革もどきの紫色のパンツは、止血帯よろしくくるぶしあたりでぎゅっと締まり、ローライダーの紫色のジェル・スニーカーを引き立てている。紫のストライプのシャツはぴちぴちで、細い体と骨張った肩を際立たせるのに打ってつけだ。ブロンドの髪はまあまあシンプルにひとつに編んで、天使の翼の肩胛骨のあいだに垂らしているが、そのシンプルさは、左耳の湾曲部にジャラジャラつけた銀の輪っかが補っている。

顔は細くすべすべで、美しいけれども、その容姿が、がっちりしっかりしたピーボディの好みに合うとは思えない。しかしピーボディは事実、彼を気に入っており、ぞっこんなのだ。

ふたりの関係がどんなものかは、彼の手がさりげなくピーボディの膝をなでるさまに表れている。パン菓子を横取りしようとした彼にピーボディが肘鉄を食わせるさまにも。そして、ピーボディがパン菓子をふたつに割って、その一方を彼に与えたのは、愛が真っ盛りである証《あかし》だった。

イヴには彼らが必要だった。彼ら三人と、あの男――彼女自身の夫が。彼はいま、コーヒーを飲みながら、彼女がショーを始めるのを待っている。

そしていったん始めたら、彼女はこの全員を危険にさらすことになる。

「みなさんのコーヒータイムが終わったなら、そろそろ犠牲者二名の殺人というささやかな問題について話し合いを始めたいんだけど」

「EDDの報告書を持ってきたよ」フィーニーが、彼女のデスクにさきほど置いたディスク一式を顎で示した。「どのユニットも――家のもギャラリーのもスタジオのも全部――やられていた。完全にだめになってる。データを再生してアクセスする方法もいくつか考えられるが、そう簡単じゃないし、時間も食うだろう。われらが民間人顧問の手もとにある機器類を使えば、より簡単かつ迅速にやれるんだが」

「では自由に使ってくれ」ロークがそう言うと、フィーニーは期待に顔を輝かせた。

「一時間後には復旧班に全ユニットを持ってこさせるよ。ここにネットワークをセットアップしよう――」

「そうはいかないの」イヴはさえぎった。「あなた自身に標本として一台、運んできてもらう。セントラルに残す他のユニットには、トップレベルの警備が必要。それも保管庫から移さないといけない。できるだけ早くよ」

「ダラス、エレクトロニクスは専門外だろうが、そのきみにだってわかるよな。十数台のユニットにこの魔法をかけるのには、えらく時間がかかるんだ。僕ひとりでは一度に一台ずつしか持ってくることはできないし、復旧班が、そう、最低でも六名いなければ、なんであれ読めるものを引っ張りだすまでに、数週間とは言わないまでも何日もかかるぞ」

「やむをえないわね。この捜査の性質が変わったんだから。わたしの手もとに情報が入ったの。それによると今回の殺人には、国土安全保障機構が関与していた可能性があるのよ」

しばらくのあいだ、あたりはしんと静まり返っていた。それからマクナブの興奮した声が響いた。「スパイですか？　ワオッ、カッコいい」

「これは映画じゃないのよ、捜査官、秘密工作員ごっこができるコンピューター・ゲームでもないしね。ふたりの人間が死んだんだから」

「お言葉ですが、警部補、どのみちふたりは死んじゃってるわけでしょう」

どう反論したものかわからなかったので、イヴはこれを無視した。「その情報がどんな形で入ったかは言えない」しかし彼女はフィーニーが、なるほどと言うように、なおかつ、誇らしげに、ロークをちらっと見たのに気づいた。「情報源を明かすよう裁判所命令が出たら――そうなる可能性は非常に高いけれど――わたしは嘘をつく。あなたたちにも前もってそのことを知っておいてもらわなきゃならない。わたしは迷わず偽証する。情報源を護るためだけでなく、この捜査の完全性を維持するためにも。それに、ルヴァ・ユーイングを護るためにもね。わたしは彼女の潔白を信じている」

「僕は匿名のたれこみってことにするのがいいと思う」フィーニーが気安げに言った。「発信源のたどれない通信。ここにあるユニットにそういうのを仕込む方法もあるぞ。きみがその手の情報を受け取ったみたいにさ。たいていのテストは通過できるよ」

「それは違法でしょ」イヴがそう指摘すると、彼はほほえんだ。

「ちょっと言ってみたまでさ」

「この事件を引き受けたとき、あなたたちはこれをふつうの殺人事件の捜査だと思っていた。でもちがったの。だから、そうしたければ、わたしがいま手もとにある情報を明かす前に、捜査からはずれてもいい。いったん話を聞いてしまったら、もう逃れられないわよ。しかも、この件はひどく厄介なものになりかねないの。他の人間を引きこむことはできない。厳重に警備された場所以外では、これについて話すこともできない。諜報装置が仕込まれる可能性があるから、全員が毎日、チェックを受けなくてはならないわ。チェックの対象は、自宅、職場、車、身体よ。身の危険もあるだろうし、監視されるのは確実ね」

「警部補」イヴが視線を向けるのを待って、ピーボディが言った。「みんなもうやる気になってます。わかっていらっしゃるでしょう」

「これはふつうの仕事じゃないのよ」

「そうですよね、だってカッコいいし」ピーボディはそう言い、マクナブがクックッと笑うと、笑みを浮かべた。

首を振り振り、イヴはデスクの角に尻を載せた。彼らがやる気だということはわかっていた。でも彼女としては、逃げ道を与える必要があったのだ。「ブレア・ビッセルは、フェリシティ・ケイドによってスカウトされ、訓練された、HSOの第二級工作員だったの」

「じゃあ、あれはHSOによる殺しだったんですか？」

イヴはマクナブに目をやった。「まだそこまできれいにまとまってないの。メモは取らないで」電子メモ帳を取り出した彼に、彼女は言った。「安全確認ずみのユニット以外には、何ひとつ記入したり記録したりしないこと。わたしが知っていることは、つぎのとおりよ。ビッセルは九年間、HSOにいた。第二級で、主な仕事は連絡係だった。データの受け渡しを中継する、データや蓄積された情報にアクセスして、連絡相手に引き渡す。通常はケイドに、でも必ずというわけじゃない。三年前、ケイドはルヴァ・ユーイングとの関係、彼女との友情を築く任務を負った」

「どうして？」ピーボディが訊ねた。「なぜユーイングなんでしょう？」

「連中は何年も彼女を監視していたの。シークレット・サービスにいた期間も含めてよ。この監視は、彼女が任務中に負傷し、その後、退職すると強化された。彼女は回復期にHSOのスカウト係の接触を受け、ファイルによれば、拒絶の際の態度がやや悪かった。かなりいい条件が提示されていたため、彼女の拒絶とその後の就職は疑惑を招いた。

「〈ローク……インダストリーズ〉は」イヴはつづけた。「HSOにとって、非常に気になる存在なの。連中はかなりの時間と労力を費やして、〈インダストリーズ〉によるスパイ活動の証拠をつかもうとしてきたものの、いまだ成功していない。ルヴァ・ユーイングは、〈インダストリーズ〉のトップとの公私にわたる関係や、母親がロークの業務管理役であることから、格好の情報源と見なされた。ルヴァが仕事のこと、ボスのこと、担当プロジェクトのことをしゃべってくれないものか、と。そうすれば、HSOは一歩先を行くことになる」

「でも彼女はしゃべらなかった」フィーニーが言い添える。

「彼女は連中が求めているものを与えなかった。でも連中はすでに多くを投資していたの。それにフェリシティもかかわっていたし。彼女はビッセルを引き入れ、長期的な計画を練ったのよ」

「彼は情報めあてでユーイングと結婚したわけですか?」ピーボディが訊ねた。「ひどすぎる」

「そう、情報めあてよ」イヴは言った。「それと、隠れ蓑を強化するため、彼女のコネまで利用するためね。彼女は、シークレット・サービス時代の仲間の何人かといまも親交がある。それに、フォスター前大統領をはじめ、要人たちにじかに話ができるし。フォスターも現政権も、これまでHSOに対してあまり友好的ではなかった。その逆も同じよ。恨みつらみ、先手争い、隠しごとや中傷がいっぱい」

「そこまではよくわかったけどね」フィーニーが口をはさんだ。「でもそれだけじゃ、なぜビッセルとケイドがやられ、ユーイングがはめられたのか、その説明がつかないだろう」

「ええ、そのとおりよ。だから捜査しましょ」

イヴはロークに目をやり、無言のうちに彼にボールをパスした。「この件にはコード・レッドがからんでいるにちがいない」彼は切り出した。「ユニットはすべて、〈ドゥームズデイ〉ワームか、そのクローンにやられていた。そう思うと頭が痛いが、ルヴァが連中のパイプとして利用され、〈セキュアコンプ〉のセキュリティが突破された可能性もある。この仕事は、世界情報会議経由で来たものだが、HSOをはじめとするいくつかの組織によって猛抗議を受けているんだ」

「HSOは、その仕事を自分たちで受けたかったんじゃないですか」マクナブが言う。「その手の仕事が民間に委託されると、予算を絞られる機関も出てきますからね」

「ありうるね」ロークも同意した。

「それに、その仕事と報酬が得られれば――」ピーボディがつづけた。「――連中は、コード・レッドに関する情報をすべて内部で得られます。あちこち経由してくるのを待たなくてすむわけですよ」

イヴはうなずいた。「ルヴァは情報入手の手段だったのよ」

「それに、〈ローク・インダストリーズ〉は、複数の組織によって、疑惑の目で見られているから……」ロークは、おもしろがっているかのように、ここで少し間をとった。「HSOは、潜入、および、データと情報の収集――やみくもな収集に力を注ぐことを有益と見たわけだ。スパイ活動、金の二重取り、脱税。そういったことで、会社を告発するためにね」

ロークは馬鹿らしいという顔をした。少なくともイヴと出会って以降は、彼は完全にまっとうな実業家なのだ。また、たとえちがったとしても、自分ならHSOをも出し抜いてやれたろうという自信があった。彼は昔からあらゆる相手を出し抜いてきたのだ。

「これからセキュリティをよく調べて、穴となりうる箇所はすべてふさぐつもりだよ。もっとも、いまさらそうしても、ネズミにチーズをかじられてから穴をふさぐようなものだが」

「さらにチーズを仕掛けるという手もあるぞ」フィーニーが言った。

ロークはかすかな笑みを浮かべた。「意見が一致したね」

「ワームそのものの問題は？」ピーボディが訊ねた。「仮にこれがHSOによる殺しで、ユニットが破壊されていたなら、それはつまり、HSOがワームかそのクローンを持っているということでしょう。その場合、連中は自分たちの手で駆除プログラムとシールドを開発するんじゃ……あっ」

「国際的諜報活動は、企業間の諜報活動とさして変わらないんだよ」ロークはポットを取って、自分のカップにコーヒーを注いだ。「連中が手さぐりでやっているとしたら、あるいは、他の組織に保護プログラムを開発させているとしたら、われわれの動きを知ることは利益になる」

「そのために殺すことも。これじゃ組織犯罪と同じじゃない」ピーボディはちょっと顔を赤らめた。「すみません、フリー・エイジャーの地が出ちゃいましたね。わかっているんです。現実問題、国家に秘密組織は欠かせない。情報収集のためにも、テロ攻撃の予測のためにも、テロ集団や狂信的な政治集団の解体のためにも。でも、彼らにしても、もっとちがうルールでプレイすることはできるはずです。全体を構成する個人を堕落させるようなやりかたをする必要はないはずなんです。なんだか、うちの父みたいな言いぐさですけど」

「気にするなよ、ナイスボディ《シー・ボディ》」マクナブが彼女の膝をぎゅっとつかんだ。「俺はフリー・エイジャーって最高だと思う」

「もしもHSOがケイドとビッセルの暗殺を指示したのなら――」イヴは先をつづけた。「連中が公の場でその報いを受けることはないでしょう。でも、もしもルヴァ・ユーイングを罠にかけ、窮地に陥れたなら、その報いは受けてもらう。彼女はニューヨーク市民よ。つまりわたしたちの管轄だわ。これから部長と話をし、そのあとルヴァ・ユーイングに会って、上から禁止されないかぎり、すべてを開示するつもりよ。きっと彼女のコネを使えば、HSOの人間にも会えると思う。そこからゲームを始めましょう」

　会議を終えたイヴは、ピーボディとともに外に向かいかけ、ふと足を止めた。「そうそう、フィーニー、あと少し時間をくれない？　ピーボディ、先に下りてて。部長のオフィスに、面会を要請してちょうだい。最優先で、と」

「〈セキュアコンプ〉のほうは、二、三時間でかたがつくと思うんだ」ロークがフィーニーに言った。「ここの勝手はすっかりわかっているだろう？　きみがいちばんいいと思うようにセットアップしてくれ。何か疑問があれば、サマーセットが答えてくれるはずだ。こっちもできるだけ早くもどって、仕事にかかるよ。警部補さん」

ロークが身をかがめてキスすると、案の定、イヴはすくみあがった。これもまた、彼がそうせずにはいられない数ある理由のひとつなのだが。部屋を出ると、背後で彼女がドアを閉めた。彼はそのドアを考え深げに一瞥し、それから、歩み去った。

部屋に残ったイヴは、両手で顔をこすった。「個人的な相談があるの」

「いいとも」

「この件はね……わたしにはちょっとむずかしくて」

「そうみたいだね。すわったほうがいいかな？」

「いいえ。あの、よかったらあなたはすわって。わたしは……すわっていられない。ああもう！」イヴは窓に歩み寄り、外の景色をじっと見つめた。「あなたがわたしの子供時代のことをどれだけ知っているかは知らないし、その話はしたくないの」

フィーニーは多くを知っている。彼女にそのことを持ち出されると、胃がねじれるほどに。しかし彼の声は平静なままだった。「わかった」

「以前、ダラスでHSOの作戦があったのよ。以前というのは……つまり……ああ！」

「連中がきみの親父さんを監視していたのか？」

「ええ。監視し、盗聴していた。連中は……ややこしい話なのよ、フィーニー、まだ自分なりに受け入れて、よく考えるところまでいっていないし。でもその事実はファイルに記録されていたの。ロークがそれを読んでね――」

「ちょっと待った。連中は監視し、盗聴していた。すると、子供がいるのを知っていて、それでも介入しなかったのか？」

「それはどうでもいいのよ」

「いいわけないだろ」

「フィーニー」イヴは振り返り、ロークのときとまったく同じように、今度はフィーニーの放出する憤りに襲われた。「こんな話、ほんとはすべきじゃないのよ。結果によっては、あなたは……事前共犯と見なされかねない。でもたぶん、あなたに話すことで、その結果は変えられるかもしれないわ。彼は復讐する気でいるけど、それは無理よ。そんなことをすれば身の破滅。わかるでしょう？　お願いだから、彼を止めるのに手を貸して」

「彼を止める？　いったいどうして僕が彼に手を貸さないと思うんだい？」

「なぜならあなたが警官だからよ」イヴはぴしゃりとやり返した。「この件をそんなふうに私事にできないことが、あなたにはわかっている。そうした場合、どうなるかもわかっているでしょう。お願いだから、彼を手一杯にしておいて。別のことに取りかかる暇もないくらいに。そして、なんとか彼を説得して思い留まらせて。あなたの言うことなら、彼も聞くと思うの」

「どうして？」

「わからない」イヴは両手で髪をかきあげた。「ただそんな気がするだけ。お願い、フィーニー。この件ではサマーセットにたよりたくないの。あなたにたのむだけでも充分つらいんだから。とにかく少し時間を稼ぐ必要があるのよ。そうすれば、きちんと考えられる」

「彼を手一杯にしておくのは、別にむずかしいことじゃない。なにせ、ユニットは十四台あって、働き手はたった三人なんだからな。彼を説得するほうは……」フィーニーは両手をポケットに入れ、肩をすくめた。「がんばって、きっかけをさがしてみるよ。絶対やると約束はできないがね」

「よかった。感謝するわ、フィーニー。どうもありがとう」

「ひとつ訊かせてくれ、ダラス。僕ときみのあいだだけ、いまここだけの話、ということで。一度だけでいいが、率直に答えてほしいんだ。きみは復讐したくないのかい？」

イヴは床を見つめ、それからあえて視線を上げて、彼と目を合わせた。「復讐したくてたまらない。その味を感じるほど。その気持ちが強すぎて、怖くなるほどよ。復讐はしたいわ、フィーニー、その思いがすごく激しいから、忘れなきゃいけないってわかるの。どうしても忘れなきゃ。さもないと、きっとひどいことをしでかす。わたしにはその結果を背負って生きていく自信がないの」

フィーニーはうなずいた。ふたりにとっては、それで充分だった。「じゃあ、仕事にかかるとしよう」

ホイットニー部長は、常に大きなデスクの向こうにすわっている、大きな男である。彼の一日が書類仕事と政治、外交と指令でいっぱいなのをイヴは知っている。それでも、彼が警官であることにはなんの変わりもない。

肌はつややかなオーク材と同じ色合い、大きな顔から輝きを放つ目は黒っぽく、知的だ。髪には前年より白いものが多くなっている。きっと彼の妻が、なんとかしろとせっついているることだろう。

個人的には、イヴはその白髪が好きだった。それは、彼の容貌に威厳を添えている。

ホイットニーはイヴの話に耳を傾け、彼女は自分の報告中の彼の沈黙に、重苦しさと心地よさを同時に感じていた。

話を終えても、彼女は立ったままでいた。ピーボディに目を向けはしなかったが、それでもパートナーが息を止めているのはわかった。

「その情報の出所は信頼できるのかね？」

「情報源は不明ですので、その信頼性については保証できませんが、データそのものは信頼できるものと確信しています」

ホイットニーは眉を上げ、うなずいた。「慎重な言いまわしだな。それなら仮に追及されても、なんとかしのげるだろう。で、どう進めるつもりだね？」

「この情報をルヴァ・ユーイングに開示しようと思います」

「彼女の弁護士どもが立ちあがって踊りだすぞ」

「部長、ビッセルとケイドを殺したのは彼女ではありません。正直に申し上げて、この情報を実質上もうひとりの犠牲者である人物に隠しておくことは、わたしにはできかねます」

「そうだな。わたしはただ、弁護士どもが踊るのを見たくないだけだよ」

ピーボディがククッと小さく鼻を鳴らし、それをあわてて咳でごまかすのが聞こえた。

「地方検事は喜ばんだろうし」ホイットニーは付け加えた。

「われわれが、HSOを二件の殺しと一民間人に対するでっちあげ工作に結びつければ、地方検事も喜んで踊りだすかもしれません」ホイットニーの考えこんだ目つきを見て、イヴは付け加えた。「その場合、事件は注目の的となるでしょう。マスコミがかなり騒ぎ立てるはずです。世界のマスコミが、地方検事を前面に押し出して」

「それはおもしろい。政治的な計算だな、ダラス。きみには驚かされるよ」

「必要に迫られれば、わたしでも政治的な計算ができるわけです。検事に説明するとき、この部分をふくらませていただけますね？」

「もちろんだとも」

「ユーイングは、HSOの線を追うにあたって、有力なコネを提供してくれるかもしれません」

「HSOは、捜査のその線に気づいたら、当該捜査を打ち切らせようと躍起になるだろうよ」

非介入——イヴは思った。それが、その用語だろう。連中はわたしにそれを求めるにちがいない。

言いなりになってたまるか。

「彼らは、殺人事件の捜査に関しては、ニューヨーク市警に対してなんの権限もありません。なんの罪もない女性が二件の殺しの濡れ衣を意図的に着せられたのです」

なんの罪もない子供が――イヴは思った。そう考えずにはいられなかった――虐待され、レイプされていながら、意図的に放置された。生き延びるために人を殺すにいたるまで。

「これは国土の安全や世界の安全とは無関係です。単なる汚い陰謀ですよ」喉が熱くなってきたが、彼女はそれを無視して、事実だけに目を向けるようみずからに命じた。いまだけに目を向けるよう。

「ユーイングの勤務する合法的な会社は、政府のコード・レッドの委託により有望なプロジェクトに携わっています。あるテクノ・テロ組織が抱いているとされる企みを阻む駆除プログラムを開発中なのです。HSOが目下〈セキュアコンプ〉で進められているこの研究開発を妨害しようとしたのなら、これもやはり国土の安全、世界の安全とは無関係です。それは自己の権力拡大をめざす、危険な産業スパイ活動ということになります」

「請け合ってもいいが、連中は別の解釈をするだろうよ」

「いくらでもひねった解釈をして、新たな重力の法則を作りあげればいいでしょう。ふたりの人間が惨殺され、無実の民間人が意図的にその濡れ衣を着せられたという事実を変えることはできませんから。マスコミはすでにスクリーン上で思う存分、ルヴァ・ユーイングの名を汚しています。彼女にはそんな目に遭ういわれはありません。ユーイングはフォスター大統領の盾となって死にかけた。それが自分の仕事だったから。ただそれだけのこと。〈セキュアコンプ〉でも、彼女はやはり自分の仕事をしてきた。そしてそうすることで、また別の盾を作りあげようとしている。それは、ペンタゴン、国家安全保障会議《NSC》、世界安全保障会議《GSC》、議会、そして、あのくそいまいましいHSOをシャットダウンの脅威から護る盾なのです」

ホイットニーは片手を上げた。「弁護士よりきみがついていたほうが、彼女には有利だろうね」イヴがむっとした顔をすると、彼は付け加えた。「きみに反論する気はないよ。彼女のファイルは読んだ。わかっているだろうが、きみには選択肢がある。ただ告発を取り下げ、ユーイングには自分なりの解釈をさせてもいい。ニューヨーク市警ときみは、その直後は横暴に、あるいは、トンマに見えるだろう。だがそんな印象はじきに消える」

「でもふたりの人間が死んだことに変わりはありません」

「ふたりの工作員だよ、ダラス。仕事柄、しかたない」ホイットニーは片手を上げて、イヴを黙らせた。「この件について、何か意見はあるかね、ピーボディ捜査官？」

「はい、部長。もしもわたしが任務中に倒れたら、それも仕事柄、しかたないことです。それでも、ダラスや同僚の警官たちが犯人を挙げるために全力を尽くしてくれることを、わたしは期待するでしょう。わたしたちは殺人を見過ごすことはできません。なぜならそれは、職業上あってはならないことだからです」

「よく言った、捜査官。これで、われわれが全員同じ側にいることがわかったよ。ユーイングと話してくれ。ティブル本部長にはわたしから話をしておこう」ホイットニーは付け加えた。「部外秘で、ティブル本部長だけにな」

「ありがとうございます、部長。EDD班は、主にわたしの家で仕事をすることになります。うちはセントラルよりセキュリティ・レベルが上なので」

「まあ、驚くにはあたらんな。すべてを記録してくれ、ダラス。だがわたしへの報告は、当面、口頭のみで行うように。いかなる形にせよ、HSOの職員もしくは代理人に接触した場合は、ただちに報告してほしい。用心するんだぞ。きみがやられれば、市警がやられることになるんだからな」


「うまくいきましたね」駐車場に下りていく途中、ピーボディが言った。

「まあね」

「何か意見はあるかって部長に訊かれたときは、緊張のあまり固まっちゃいそうでしたよ」

「部長があぁ言ったのは、本当にあなたの意見を聞きたかったからよ」

「ええ、たぶん。でもおえらがたはふつう、自分たちの聞きたいことを聞きたがるじゃないですか。ところで、ちょっと考えてることがあるんですが」ピーボディはごくさりげなく、上着をなでおろしてその皺を伸ばした。「本捜査の性質と機密性を考えると、捜査班のメンバーがずっと警部補のお宅に滞在すれば、概してより安全と言えるかもしれません」

「より安全？」イヴは繰り返した。

「ええ、そうです。というのは……」ピーボディは話を中断し、黄緑色の市街用車両をじっと見つめた。「チェックずみ、シールドつき？」

「メンテナンス部はそう言っている。連中は大嘘つきだけどね。ふつうの言語で自説を展開しても、何も心配ないはずよ」

ピーボディは車に乗りこんだ。「第一に、お宅には何層かよけいにセキュリティが備わっています。だから、わたしたちは自分の言動に気を遣わなくてすむんです。データと情報について徹底的に話し合うことも捜査のうちでしょう。また、EDD班は必要とあれば交替勤務をすることもできます。それに、マクナブとわたしはもう新しいアパートメントに移るところですしね。うちのなかはもうぐちゃぐちゃなんですよ」彼女は可愛らしくほほえんだ。

「どうでしょうね?」

「これはパーティーじゃないのよ」

「もちろんです」ピーボディは笑みを抑えつけ、厳しい顔をした。「わたしはチームのためによかれと思って、この提案をしているんです。それと、捜査のためにですね」

「それに、あの冷蔵庫にはいつもアイスクリームがあるしね」

「ああ、そうです。わたしが馬鹿に見えますか?」

ロークがセキュリティの無作為抽出検査を指示することは、どの部署が対象であれ、めずらしいことではない。しかしスキャナーをみずから操作し——なおかつ、自分自身の機器まで検査するというのは、あまり例のないことだ。

〈セキュアコンプ〉の十階のラボに入室できるのは、最高レベルの機密委任を認められた社員ばかりである。それでも、身体検査に文句を言う者はひとりもいなかった。スキャナーによる一連のチェックのあと、再度スキャンが行われ、検査が長引いてさえも。白のスキンスーツに黒のヘルメットというでたちの駆除班が、諜報装置の一掃のために呼びこまれても、誰も何も言わなかった。社員たちは目を見交わし、肩をすくめたが、ロークに質問をする者はなかった。

ラボ自体は非の打ちどころがない。空気はフィルターと清浄機によってきわめてクリーンに保たれている。床も壁も天井も色は全面、単調な白だ。窓はなく、壁は厚みが六インチもある。ミニカメラがあちこちに取り付けられ、あらゆるエリア、あらゆる人員、あらゆる動き、あらゆる音声を記録している。

各ワーク・ステーションは、透明な仕切りに囲われた小部屋、もしくは、ひとつづきの透明なカウンターで、それぞれに小さくてパワフルな機器が設置されている。オフィス内専用のもの以外、リンクはない。

承認された社員たちはコード入りのバッジをつけていて、ラボを出入りする際は毎回、三つのチェック・エリアを通過しなくてはならない。入室には、声と網膜、掌紋による身分証明が求められる。

スキャナーや警報器、もろもろの予防策により、ロークの許可なくラボからデータを持ち出すことは不可能となっている——少なくとも、彼はそう信じてきた。魔法でも使わないかぎり、盗聴器や隠しカメラを仕込むことはできないはずだ、と。

必要とあれば、彼は自分の信用をこのラボに賭けたろう。また、実質上そうしてきたのだ。

彼はラボのチーフ代行、トキモトに合図し、研究員たちが〝穴蔵〟と呼ぶ部屋に入った。それは、質素な――軍隊風と言ってもいいような――オフィスで、最新型のデスクがひとつ、椅子が二脚あり、封印された引き出しが壁を成している。デスクには、頑丈そうなデータ&コミュニケーション・システムが搭載されており、そこに、ローク自身の声紋とパスコードによってのみ外部との送受信が可能なリンクも備わっていた。

「ドアを閉めて」彼はトキモトに命じた。「かけてくれないか」

トキモトは指示に従うと、きれいな長い手を膝の上で組んだ。「わたしをここに呼んだのがユーイングについて何か訊くためなら、それは双方の時間を無駄にしていることになりますよ。われわれにとって時間は貴重なわけですし。彼女は誰も殺してはいません。あの男が殺されて当然の人間であってもです」

ロークは腰を下ろし、トキモトの顔を眺めながら、自分の考えと話の運びかたを見直した。

トキモトは年齢四十歳、贅肉はなく、手脚が長い。黒い髪はごく短く刈りこんでいる。非常に色白で、まっすぐな長い眉の下の目は黄褐色。鼻は細く、口は目下ぎゅっと引き結ばれ、いらだたしげな細い一線となっている。

これは、ロークとの六年にわたるつきあいにおいて、トキモトがいらだちを見せた数少ない例のひとつだ。

「おもしろいね」ロークは言った。

「わたしの意見をおもしろがっていただけたとは、光栄ですね」トキモトはきびきびと言った。

「きみがルヴァに恋しているとは気づかなかった。注意が足りなかったよ」

トキモトはじっと動かなかった。表情も変えず、身じろぎもせず。「ユーイングは既婚者です――いや、既婚者でした。わたしは制度を尊重しています。わたしたちは同僚であり仲間でもありますが、それ以上ではありません」

「すると、告白したり口説いたりはしなかったのか。まあ、それはきみの自由だ。個人的な問題で、僕にはなんのかかわりもないことだよ。それが、このラボ内での仕事に影響しないかぎりはね。ただし、これだけは言っておこう。目下、彼女には友人が必要だ」

「わたしは干渉したくありません」

「それもやはりきみの自由だ」ロークはポケットからディスクを取り出して、コンピューターに挿入した。「ちょっとこれを見てくれ。きみの意見が聞きたい」

トキモトは立ちあがり、画面をのぞくため、足早にデスクを回ってきた。彼は唇をすぼめ、画面上の碁盤目や複雑な線や四角い形を眺めた。それから顎をかいた。

「画質を上げていただけませんか？　この区画を」トキモトは碁盤目の一区画を指し示した。

ロークは無言でキーを打って、その部分を拡大し、画質を上げた。「影が見えますね。四分割のB、区分五から十です。何かの装置がそこにあったんです。しかしいまはない。たぶん……ちょっと待った。こいつ、動いているのか？」

この問いは、ロークに向けられたものではない。だが彼はこれに応じて、またその区画を拡大し、画像を先へ進めた。

「そう、まちがいない、動いている。動くと、うっすらとしか見えないが。止まっているときのほうが、はっきり見えるな」

「で、きみの結論は？」

「この装置は、動くものに取り付けられているのです。人間かドロイドですね。きわめて精巧な装置ですよ。超小型で、ほとんど目につかない。わが社で作ったものですか？」

「ちがうと思う。でも調べてみよう。これはラボのセキュリティ画像なんだよ、トキモト。そしてこれは……」ロークは、画面の、影がもっとも濃く見える部分を指でたたいた。「ルヴァのワーク・ステーションだ」

「何かのまちがいでしょう」

「まちがいではないよ」

「彼女があなたや同僚を裏切るわけはありません。高潔な人ですから」

「そうとも。僕も、彼女が僕やきみを裏切るわけはないと思う。いいか、この質問は一度しかしないぞ。きみはコード・レッドの件で、外部の組織から接触を受けたことがあるかい？」

「ありません」簡潔な答えだったが、そこに、憤慨やいらだち、恐れはみじんも感じられなかった。「もしあったなら、あなたに報告していたでしょう」

「うん、そうだと思う。きみは高潔な人だからね、トキモト。だからこそ、これを見せているんだよ。このきわめてデリケートな事柄に関して、きみを信頼しているから」

「わたしの忠誠はあなたにあります。しかし、ルヴァがこれをやったと信じる気はありませんよ」

「僕もだ。この装置だが、きみはどうやってラボ内に入りこんだんだと思う？」

「さきほども言ったとおり、人の身体に取り付けられてです」

「彼女の身体にか」

ふたたび画面を見つめ、トキモトは額に皺を寄せた。「矛盾しているな。装置が取り付けられていれば、彼女はそれに気づくはずだし、気づいていたら、ラボには入らないはずだ。したがって、彼女に装置が取り付けられていたはずはない。それに、ラボのセキュリティは精密で、なおかつ、多層式だから、装置があれば必ず探知したはずだ。したがって、装置がこのラボに入りこめるわけはない。ところが、それは確かにここにあった」

「非常に論理的だが、トキモト、その推論をさらに進めてみよう。ルヴァはいかにして、自分では気づかずにラボに装置を運びこんだのか？　どのようにラボのセキュリティまで突破したのか？」

「彼女はその道のプロですし、ここのスキャナーは入手しうる最高のものです。装置が彼女の身体に取り付けられていて、本人にも気づかれず、スキャナーにも探知されないということはありえません。だとすると……」

トキモトはふと口をつぐみ、姿勢を正した。その顔にハッとした表情が浮かぶのをロークは見守った。

「体内だね」ロークはあとを引き取った。

「理論上は、それも可能です。いくつかテストされた製品もあります。開発中の装置は、ここで研究されているものも含め、どれも効力を証明されていませんが」

「その装置は、皮下に注入できるんだね？」

「理論上は、です」

「なるほど。ありがとう」ロークは立ちあがった。

「彼女は……ユーイングはなんらかの危険にさらされているのでしょうか？」

「護衛はつけてあるよ。でも、自分を信じ、同情してくれている友達から連絡があれば、きっと元気が出るんじゃないかな。コード・レッドのほうは、二十四時間態勢で進めてくれ。四交替だ。ルヴァも可能なら、明日、出社するだろう」

「また一緒にやれるとは、ありがたい。いまの件ですが、彼女にも知らせるべきですよ。あなたがそうお望みなら、わたしは何も言いませんが」

「これから僕自身が彼女に話しにいくよ。このことを彼女と話し合う場合は、〝穴蔵〟で話してくれ」ドアに向かいかけ、ロークは足を止めた。「ヨシ、人生は僕らが望むほど長くはないし、無駄にした時間は取り返せないんだぞ」

かすかな笑みに、トキモトの唇がカーブを描いた。「ことわざですか」

「いいや。僕なりの表現で、もたもたするな、と言っているんだ」

9

いまこの瞬間は、セキュリティ全般のことなど案じるゆとりはとてもない。そう思いつつも、イヴは、今朝ロークにもらった奇妙な小型のリンクに応答し、彼からの謎めいた通信を受けた。

それは本来、手首にはめるリンクなのだが、イヴはその重さも、袖口に向かってしゃべる馬鹿馬鹿しさも気に食わなかった。そこで彼女は、それをポケットに突っこんでおいた。おかげで、ヒップにビリビリ震動が走ったときは、レーザーでも食らったようにびくりとした。

「まったくもう。テクノロジーってやつは、頭痛の――というより、ハハ――尻痛の種だわ」そう言って、リンクをぐいと引き抜く。「何?」

「プロらしからぬ応答だね、警部補さん」

「いま渋滞で立ち往生しているの。この人たち、職がないわけ? 家がないわけ?」

「外に出て、きみの通りをうろつく度胸はあるのにね。実は、僕も外にいるんだよ。荷物の引き取りに行くところなんだ。それをうちに持って帰らないといけない。きみにもぜひ見てほしいんだ。だから家で落ち合うとしよう」

「え？　どうしてよ？　ああもう、この大型バス《マクシ》！　いま運転中なの。イーストサイドに向かっているところ。ところが、このいまいましい道を通るのには、大規模な衝突事故の余波をたっぷり楽しまなきゃならないわけ」

「きみの用は、僕が代わりに足してあげるよ。家にお帰り、イヴ」

「でもわたし――」通信が切れた。イヴはリンクに向かって唸り、ピーボディのほうへそれを放った。「イカレちゃったわ」

「そうじゃありません、警部補。向こうが通信を切ったんです。彼はあなたに自宅にもどってほしいんですよ。そこへルヴァ・ユーイングを連れていくつもりなんです」

「どうしてわかるの？」

「スパイもののビデオを山ほど見ていますから。彼はきっと何か発見したんです。それで、そのことについてもっとも安全な場所で警部補と話し合いたいんですよ。ほんと、カッコいい。警部補もそう思うでしょう？」

「ほんと、すごくカッコいい。こっちは、モリスと話すのもまだ、遺体の再検分もまだ。ラボでぐず《ディックヘッド》を蹴飛ばして、使えそうな証拠がないか確認するのもまだなのよ。いやな仕事だけど、対メディアの担当者に、ユーイング告発を取り下げた場合、どんな理屈をつけるかも話してないし」

「ボンドしてるとき《ボンディング》に、そういうお決まりの仕事ってミスマッチですよね」

「絆作り《ボンディング》？　どうしてわたしがそんなことをするのよ？　絆なんて興味ない。むしろ大嫌いなんだけど」

「いえ、そうじゃなくて。ボンドする、です。ジェームズ・ボンドっぽく。ほら、あの究極のスパイ、知ってるでしょう？」

「もう」イヴは交差点を突っ切り、一ブロック走ったところで、また動けなくなった。「どうしてこうなるの？」

「わたしはスパイものに目がないんです。古いやつなんかも。斬新なマシンに、お色気に、精巧な装備。ねえ、ダラス、ロークが俳優だったら、完璧なボンドになれますよ。彼はボンドそのものですから」

イヴは信号をどうにか抜けて、天を仰いだ。「ほんとにもう。どうしてこうなるの？」

彼女は家に飛びこんでいき、サマーセットに向かって歯をむきだした。

「ご同僚のみなさんが到着なさっています。相応のお部屋をご用意しておきました。以前の経験に鑑《かんが》み、貯蔵庫の食料は、栄養価ゼロという点を重視し、すっかり入れ替えることにしております」

「あなたがその報告をしているのは、このわたしがそんなことを気にしているように見えるからなの?」

「あなた様はこの家の女主人です。お客様に居心地よく過ごしていただけるよう配慮する責任があるのですよ」

「彼らはお客じゃない。警官よ」

ぐずぐずしているピーボディをよそに、イヴは階段を駆けのぼっていった。「マクナブとわたしだけど、前のときと同じ部屋を使わせてもらえます?」

サマーセットの硬い表情がほほえみに和らいだ。「もちろんですよ、捜査官。ちゃんとご用意してあります」

「最高! どうもありがとう」

「ピーボディ!」イヴのいらだたしげな声が階上から飛んできた。「早く」

「道は混むし」ピーボディはぼやいた。「ご機嫌は最悪だし」

階段を一気に駆けあがり、廊下を猛スピードで突っ走って、彼女はようやくイヴに追いついた。

「この家の死体にごまをすりたいなら、空き時間にやって」

「ごまをすってなんかいませんよ」とは言いながら、ピーボディの鼻はぴくついていた。

「わたしはただ、作戦の期間中に自分の泊まる部屋のことを訊いていただけです。第一、サマーセットにごまをする必要など、わたしにはありませんし。彼はわたしのことが好きなんですから」

「彼にも人間らしい感情があるということね」イヴはくるりと向きを変え、ロークの仕事部屋に入った。ルヴァとカーロにコーヒーを出している彼を見て、彼女は顔をしかめた。「ふたりをここに連れてくるって言ってくれればよかったのに。こっちは大変な思いをしてアッパー・イーストサイドまで行ったのよ」

「無駄足を踏ませて悪かったね。でも、われわれがいるべき場所は、ここなんだよ」

「これはわたしの事件、わたしの捜査、わたしの作戦なのよ。わたしたちがどこにいるべきかは、わたしが決めるわ」

「これは権限の問題じゃないんだ。エレクトロニクスに関するきみの知識が、僕と同等かそれ以上になったら、話し合いに応じるよ」ロークの口調は、妙に感じがよかった。「とりあえず……コーヒーは？」

「コーヒーを飲んでる暇はないわ」

「ご自由に注いで、ピーボディ」ロークはそうすすめると、イヴの腕をつかんだ。「ちょっといいかな」

イヴはそのまま自分の仕事部屋へと引っ張られていった。気に食わなかったが、されるままになり、彼がドアを閉めると、攻撃に出た。「制限を設ける必要があるわね。あなたはEDDで働いているの。容疑者やその母親を、好きなときに好きな場所へ移す権限はないのよ。ふたりに対する個人的な感情は、引っこめておいて。それができないなら、あなたに用はない」

「こうするしかなかったんだ。きみはどうやらいらついて、むかついてるようだな」イヴが息巻きだすと、彼はぴしりと言った。「実は、こっちも同じでね。だから、これから十分間、ここに立って言い合いするか、なんとか折り合いをつけるかだよ」

イヴは一回、二回と深呼吸して、ようやく怒りを抑えつけた。ロークは荒れているようだ。それでもまあかまわないのだが、彼女としては、なぜ、という点により興味があった。

「オーケー。あなたはいらついて、むかついている。いったい何があったの?」

「少しのあいだ神経を逆なでするのをやめてくれたら、何があったか見せてあげよう」

「それなりのものを見せてよ、大物さん。さもないと、すぐにまた神経を逆なでしにかかるから」

ロークはドアまで引き返したが、そこでもう一度、向き直った。「確かに僕はときどき、きみの権威や地位をないがしろにすることがあるね。それはよくないことだ。二度としないとは言えないが、それでもよくないことに変わりはない。でも今回のはちがうんだよ」

「どうもそうみたいね」

「あれはやむをえなかったんだ。一方、あの女性たちは僕の会社の社員だ。彼女たちの面前で僕を叱りとばせば、きみは僕の権威と地位を貶《おとし》めることになるんだよ、イヴ」

「あれもやむをえなかったのよ。彼女たちは、あなたにタマがあることを知っている」イヴはうっすら笑みを浮かべた。「いまでは、わたしにもそれがあることを知ったわけ」

「これはそういう問題じゃ——」ロークは途中でやめて、辛抱しろと自分に言いきかせた。

「ああ、こんなの無意味だよ。言い合いはあとにしよう」
「期待してて」イヴは彼の向こうへ手を伸ばし、自分でドアを開けた。
権威と地位のことを考え、彼女は自分が先にドアを出た。「五分あげるわ」ロークに言った。
「それだけあれば充分だ。コンピューター、無音運転《サイレント・ランニング》のため、この部屋のみロックダウン」

了解。サイレント・ランニング開始。

「なんなのよ、これは――」チタン製のシールドが背後の窓に下りてきた。イヴは武器に手をかけ、くるりと振り返った。さらに別のシールドがするするとドアをおおう。照明が赤っぽくなり、室内のあらゆる機器が信号音や唸りを発した。
「ボンド映画そのもの」ピーボディが満面に笑みをたたえて、ささやく。

ロックダウン完了。サイレント・ランニング完全始動。

「自宅の仕事部屋まで」ルヴァが立ちあがって、窓のシールドを調べにいった。「ちょっと偏執的だけど、すばらしいわ。家全体にSR機能が備わっているんですか？　もしそうなら、ぜひそれも見——」

「その玩具で遊ぶのはあとにして」イヴはさえぎった。「どうしてこうする必要があるのか教えてほしいわね」

「〈セキュアコンプ〉でいろいろテストをしてみたんだよ。非常に精緻《せいち》なテストを。すると、動く諜報装置の痕跡が見つかった」

「動く諜報装置？」ルヴァが首を振った。「何者かが装置を身に着けたまま、セキュリティとすべてのスキャナーをかいくぐったというんですか？　そんなことはできるわけがありませんよ。事実、不可能なんです」

「僕もそう思っていたが、その装置のほうも非常に精巧なものなんだ。それは体に取り付けられていたわけじゃない、きみのなかにあったんだよ、ルヴァ」

「なか？　体内に？　そんなわけはありません。まるで馬鹿げてますよ」

「では、身体検査《スキャン》に同意してくれるかい？」

ルヴァの顔が険しくなった。その構えも戦闘的に。「検査なら、あのラボを出入りするたびに、毎回、受けていますが」

「ここには、もう少し感度のいい、もう少し目的を絞ったものがあるんだよ」

「ならどうぞ」ルヴァはさっと両手を広げた。「わたしには何も隠すものなどありませんから」

「コンピューター、パネルAを開け」

了解。

壁の一部が開いた。なかには小さな部屋があった。サイズはクロゼット程度。リッチな乾燥室《チューブ》のようなものを備えている。その側面は透明で丸みを帯びており、ドアに鍵らしきものはついていない。見るかぎり操作ボタンやスイッチもなかった。

「これは、僕がひとりで開発に取り組んでいるものでね」ルヴァが眉を上げたのに応え、ロークは言った。「市場に出回っているものより感度の高い、一人用セキュリティ・スキャナーだ。生命徴候まで読める。つまり、対象者のスキャン中の心理状態を見るのに便利なわけだ」

「安全なんでしょうか」カーロが立ちあがり、静かに近づいてきた。「すみません、でもまだ認可されていないなら、なんらかの危険があるかもしれませんし」

「もう自分で使ってみたよ」ロークは彼女を安心させた。「何も問題なかった。スキャンされるとき、皮膚に熱を感じるだろうが」今度はルヴァに言う。「不快感はないからね。でもスキャナーの移動とともに、温度が変わるのがわかるだろう」

「さっさとすませてしまいましょう。きょうは、供述真偽確認テストも受けることになっているし。そちらさえかまわなければ、スキャンとテストのあいだに少し時間を開けたいんです」

「コンピューター、スキャナーを開け」

了解。

シュッと空気が漏れ、チューブのドアが開いた。ロークが合図すると、ルヴァはなかに入って、部屋のほうを向いた。

「指示と同時に、ユーイング、ルヴァ、全身、フルパワーのプロセスを開始せよ。まず、きみの身長が読みとられ、記録される」ロークは解説した。「体重や、体の体積なども」

「わかりました」

「ドアが閉じたら、あっと言う間に終わるからね。きみに異論がなければ、音声と画像による読み出しもできるんだが」

「とにかく始めてください」

「コンピューター、開始」

チューブのドアが閉まった。内部のライトが冷たいブルーに変わった。イヴが耳を傾けていると、ルヴァの身体のさまざまな値が読みあげられていった。水平な赤い光線がチューブの床から上がってきて、体の表面をゆっくりとのぼっていき、また下りていく。彼女のさまざまな創傷が、また、その治癒度の評価が記録された。

「すばらしいわ」チューブごしのルヴァの声は虚ろに聞こえた。しかし彼女は笑顔になりだしている。プロとしての強い関心が、その怒りの大部分を凌駕したことが、イヴにはわかった。「それに徹底している。これはぜひ売り出さなくては」

「もう少し微調整が必要なんだ」ロークは答えた。

そのとき、赤と青の光線がつぎつぎと現れた。それらは、ルヴァの体を縦横に横切り、脈動しながら彼女を頭からつま先までセクションごとにスキャンしていった。

電子装置を確認。皮下、セクション・ツー。

「いったい、いまのはどういうこと?」取り乱した声をあげ、ルヴァはチューブの側面に両手をついた。「セクション・ツーってどこよ? こんなのでたらめだわ」

ロークは、彼女の脈拍数と血圧が上昇したのに目を留めた。

「最後までやってしまおう、ルヴァ」

「早く。早くして。ここから出してよ」

「大丈夫よ、ルヴァ」カーロが優しく言う。「あと少しで終わるから。そうしたらもう大丈夫」

「大丈夫なんかじゃない。二度と大丈夫になんかならないわよ」

第二の装置は探知されず。電子装置、一個、操作可能、皮下、セクション・ツー。位置のマーキングを指示してください。

「やってくれ」ロークは命じた。

鋭い唸りがあがり、閃光が閃いた。ルヴァはハチに刺されたかのように、うなじにぴしゃりと手を当てた。

評価およびスキャン完了。

「すべてのデータを保存し、表示せよ。密封解除、プログラム終了」

チューブ内のライトがまたたいて消え、ドアが開いた。

「わたしのなか？　皮膚の下ですって？」ルヴァはうなじを手でおおっていた。「どうして気づかなかったんだろう？　誓ってもいい、わたしは知らなかったのよ」

「きみが知っていたなんて一度だって思ってないさ。さあ、すわって」

「体内だなんて。それなら処置が必要だったはずよ。わたしはなんの処置も受けていない。装置が入っているわけがないわ」

「でも実際、入っている」ロークはルヴァのために椅子を引き寄せた。カーロがその隣にすわって娘の手を取ると、彼はうしろにさがった。「きみの知らない間に、きみの許しもなく仕込まれたんだよ」

「意識を失ってでもいないかぎり、それは無理だわ。わたしは意識を失ったことなんてない」

「眠ったことはあるでしょう?」イヴは口をはさんだ。「眠っている人間に、注射でドラッグを与え、さらに深く眠らせるのはむずかしいことじゃない。あるいは、食べ物か飲み物にこっそり何か入れて、処置のあいだ眠らせておくのも」

「わたしは家で、自分のベッドで寝るのよ。そんなことができる人間はひとりしかいない……ブレアしか」ルヴァは息を震わせ、締めくくった。「でもそんなの馬鹿げている。彼は体内や皮下の装置のことなんか何も知らないのよ」

彼女は、ロークとイヴが目を見交わしたのに気づいた。「なんなの? いったいどういうこと?」

「まだ彼女には話してないんだよ、警部補さん」ロークはうつむいた。「僕はその立場にないからね」

イヴはルヴァに歩み寄った。「落ち着いて聞くのよ。きっと顔にパンチを食らうようなものだろうから」

イヴは、自分ならそうしてほしいと思うような話しかたでルヴァに話をした。率直に、はっきりと、感情を交えずに。そして、彼女がくじけ、色を失うのを見守り、その目がうるむのを認めた。しかし涙はこぼれず、顔の色はよみがえった。

「彼は……連中は情報源としてわたしをマークしていたわけね」彼女の声はかすれていた。

「わたしを介して〈セキュアコンプ〉をスパイするために。そして、おそらくは母を介して〈ローク・インダストリーズ〉の他の部門も。それに……」彼女はちょっと間をとって咳払いし、それまでより力強い声で先をつづけた。「連中が、シークレット・サービスや、フォスター大統領や、いまもつきあいのある大統領の側近たちとのわたしのコネを利用していたという推測も、理にかなっている。連中はこの埋めこみ式装置によって、公私の別なく、ありとあらゆる会話を記録してきたんでしょう」

彼女は目も上げずに、ピーボディが持ってきた水のグラスを受け取った。「わたしは〈セキュアコンプ〉の管理職としての立場上、毎日、何度となく、研究員たちと話し合い、指示を出し、状況報告を受けている。それに、自分自身の報告は口頭で記録するのが、わたしの習慣なの。そうすると、進捗《しんちょく》状況や、新しい方向性が必要かどうかがよくわかるから。連中は、これを埋めこんで以来、わたしのプロジェクトや、わたしが補佐したプロジェクトに関して、あらゆる情報を得てきたわけね。あの人たち――あのふたりは、わたしからすべてをしぼりとっていたんだわ。来る日も来る日もよ」

彼女はロークを見あげた。「結局、わたしはあなたを裏切っていたんですね」

「いいえ、ちがう」カーロの声は厳しく、いらだたしげだった。「あなたは裏切られたの。それはとてもつらいことよね。でも自分を憐れんだってしかたない。誰もあなたを責めてはいないし、いまは自分を責めて落ちこんでいる場合じゃないわ」

「わたしはテクノロジーによってレイプされたのよ。少しくらいくよくよしたっていいでしょう」

「くよくよするのはあとになさい。その装置ですが、どうやって除去しましょう？」カーロはロークに訊ね、それからイヴに視線を移した。「除去するんですよね？」

「残しておくことも考えた。それもひとつの選択肢だけど、やっぱり取り出したほうがいいと思う。誰かがまだ盗み聞きをしているのなら、われわれが迫っていることを教えてやりたいの。そのぶん早く姿を現すでしょうからね」

「連中はブレアとフェリシティを殺し、わたしを罠にかけた。なぜなの？」

「罠のこと？　都合がよかったからでしょうね。殺しについては、まだわからない。HSOがやったのかもしれないし、その敵方がやったのかもしれない。どっちにしろ、連中は侵入方法やデータの破壊方法を知っていた。それに、あなたを破滅させるために、望みの場所におびき寄せる方法も。あれだけやるには、それなりの時間と計画性が必要よ。ビッセルとケイドは、たぶんどちらも、抹殺すべくマークされていたんでしょう。その理由がわかったら、そこから仕事にかかれるわ」

「装置の除去はここでできるんだ。屋敷内に医療の心得のある人間がいるからね」ロークが説明を加えた。

「取り出してください」ルヴァは一方の手でうなじをさすった。「見てみたいわ」

「準備して」イヴはロークに命じた。「ルヴァ、このことは外ではいっさい話しちゃだめよ。弁護士たちにも。いまはまだ。でも、シークレット・サービスか、フォスターの側近の誰かに連絡をとってほしいの。誰でも、あなたがいちばんいいと思う人に。彼らに、ＨＳＯの人間との密会をお膳立てしてほしいのよ。ビッセルとケイドについてしゃべるよう、たっぷり鼻薬を嗅がせてね。誰か情報通のやつがいいわ」

「たのんでみる」

「結構。エレクトロニクス関係は、わかっている人たちに任せるわ」このせりふをイヴはロークを見ながら言った。「こっちは警官の仕事をしにいく。ここをまた開放してもらえれば」

「コンピューター、ロックダウン解除。通常運転を再開せよ」


了解。


「すぐもどるよ」ルヴァとカーロにそう言うと、ロークはふたりを残し、イヴとともに部屋の外に出た。

「ピーボディ、ＥＤＤの男どもの様子を見にいって。わたしもすぐ行くから」

「了解」

イヴはロークを従えて自分の仕事部屋に入っていき、両手をポケットに入れた。「わたし、あなたがＨＳＯの件を彼女に話してしまったと思ったの。ビッセルとケイドに関してわかったことまで」

「気づいていたよ。きみにはそう思うだけの理由もあったわけだし」

「その思いこみも、わたしがあんなふうにあなたの神経を逆なでした一因よ」

「わかった」

「わたしはまだ、いらついて、むかついている」

「僕のほうもだよ。お仲間ってわけだ」

「まだあとでやりあいたい気がする」

「予定に入れておこう」

イヴはロークに歩み寄り、両手をポケットに入れたまま、彼の口に強くキスした。「じゃあね」そう言って、彼女はぶらぶらと出ていった。

ロークのホーム・ラボをのぞいても、EDDが何をしているのかは理解できなかった。そこでイヴはピーボディを引きずり出し、カーター・ビッセルの居所を突き止めてコンタクトをとる任務を彼女に与えた。イヴ自身は懇願のすえ、短い時間ながらドクター・マイラと会うことができた。

「先生の助手は、わたしのことを敬遠しだしていますね」イヴは言った。

「いいえ、彼女はただ、スケジュールに関して厳格なだけよ」マイラはいつものお茶をプログラムし、青いスクープチェアを手振りでイヴにすすめた。

きょうのマイラは、赤で決めていた。本当の赤じゃない、とイヴは思った。その褪せた秋の葉の色には、ちゃんと名前があるのだろう。彼女は小さな金の珠が真珠のように連なった三連のネックレスを着け、それとおそろいの小さな金のイヤリングをしていた。靴は、ざらざらした質感のハイヒールで、ドレスとまったく同色だった。なぜ女性たちがそうした調和を生み出せるのか、イヴにはまるでわからない。それに実を言えば、なぜそんなことに気を遣うのかも。

でもマイラの場合は、それが魅力的に見える。何もかもが魅力的に。明るいハイライトの入った真っ黒なその髪は、きょうはうなじでひねりを加え、ひとつにまとめられている。彼女はまた髪を伸ばしだしたのだ。

どんな服装をし、どんな身ごしらえをしていようと、マイラは非の打ちどころがない、と思う。それに、彼女は一般にイメージされる超一流のプロファイラーや警察の精神分析医とはまるでちがっている。

「話というのは、きょうの午後、あなたの要請どおりわたしが行う、ルヴァ・ユーイングの供述真偽確認テストの件でしょう？」

「ええ、そうです。この会話、ユーイングとの会話、テストの結果は、すべて最高機密となります。結果を見るのは、わたしと先生とホイットニー部長のみです」

マイラはお茶を飲み、唇をすぼめた。「それで、何が理由でこの件は最高機密となったのかしら？」

「世界的規模の諜報活動」イヴはそう答え、マイラに一部始終を話した。

「あなたは彼女を信じているのね」マイラは立ちあがって、もう一杯お茶をプログラムした。「彼女はだまされただけで、殺人にもその背景にもなんのかかわりもない、みずからの意志でかかわったわけではない、と」

「そうです。だから、あなたにそのことを裏づけていただきたいんです」

「もし彼女やあなたの信念に否定的な結果が出たら？」

「その場合は、理由がわかるまで、彼女には檻にもどってもらいます」

マイラはうなずいた。「彼女はレベル・スリーを受けることに同意している。あなたもみずから体験して知っているように、あれはとても過酷なテストよ」

「わたしが切り抜けたなら、彼女もきっと切り抜けるでしょう」

イヴの顔にじっと目を据え、マイラはうなずいた。「あなたは彼女が好きなのね」

「ええ、たぶん。でもそのことは障害にはなりません。どちらの方向へ進むにせよ」

「あの殺しかたは、非常に暴力的かつ残虐だわ。世間の人は、政府の組織なら――たとえ秘密の組織であっても――あそこまではやらないと思うでしょうね」

「わたしは、スパイに対してはいかなる先入観も持ちません」

マイラはちょっとほほえんだ。「スパイは嫌いなのね」

「ええ。HSOはわたしの父親に関するファイルを持っているんです」

マイラの微笑が消えた。「それは当然予想されることなんじゃないかしら」

「連中は、諜報員に彼を監視させていたんです。ダラスでわたしたちがいた部屋も」

マイラはカップを脇へ置いた。「彼らはあなたに気づいていたの？　あなたが何をされていたか？ それでもなおかつ、介入しなかったの？」

「ええ、気づいていたんです。ファイルに記録がありました。わたしが逃れるために何をしたかも、連中は知っていた。そして、その事後処理をし、あとは成り行きに任せたんです。ですから、ええ、わたしはHSOのファンとは言えません」

「子供の福利が――その子の生命そのものが――危機に瀕しているときに、非介入を指示するような人間は、誰であろうと、虐待者と同様に、投獄されるべきよ。いまの話はショックだわ。わたしはこれまでいろいろ見聞きしてきたし、いろいろなことを知っている。それでもいまの話はショックよ」

「ダラスでしたようなことができる連中なら、ルヴァ・ユーイングにしたようなこともできるでしょう。でも今度は、ただではすみませんから」

「ユーイングの件を公にするつもりなのね」

「そのとおりです」

つぎのステップをゆっくり考えるため、イヴはエレベーターでなく移動機《グライド》で殺人課にもどった。いまだにぎくりとしてしまうのだが、大部屋《ブルペン》に入っていくと、仕切り席でなくデスクに着いているピーボディが目に入った。

パートナーがリンク中だったので、イヴはまっすぐ自分のオフィスに向かった。ドアに施錠すると、デスクにのぼって、お宝のキャンディを目下隠してある天井板に手を伸ばした。

ぜひ一服必要だ。本物のチョコレートに、本物のコーヒー。これくらいのお楽しみは当然だろう。十分もすれば、世界はすっかりもとどおりになる。

ところが、そこにキャンディはなく、ただ空っぽの包み紙だけが残されていた。

「あいつ！」もう少しで包み紙をひったくり、ずたずたに引き裂くところだった。しかしイヴは自分を抑えた。「いいわよ、性悪キャンディ泥。やってやろうじゃない」

彼女は床に飛びおり、予備の捜査キットを手にした。そしてシール処理をしたうえで、再度、デスクの上にのぼり、トングで包み紙をつまみとると、デスクの保護面にそれを載せた。

「あんたは遊びたいのよね。じゃあ遊びましょ」

しばらくするとドアをたたく音がしたが、それに応えたのは唸り声だった。

「ダラス？　警部補？　ドアに鍵がかかっていますよ」

「知ってるわよ。わたしがかけたんだから」

「ああ。カーター・ビッセルの情報をつかんだんですが」

イヴは立ちあがり、デスクを蹴りつけ、ドアの鍵を開けた。「鍵をかけといて」彼女はそう命じると、捜査キットの置かれたデスクにもどった。

「はい」肩をすくめ、ピーボディはドアを施錠した。「ビッセルにコンタクトを――いったい何をしているんです？」

「何をしているように見える？」

「そうですね、キャンディの包み紙の指紋をスキャンしているように見えますが」

「それじゃ、たぶんそうなんでしょ。カーター・ビッセルにコンタクトをとったのね？」

「いいえ、そうじゃなくて……ねえ、ダラス、今度の事件の証拠にチョコレート・バーが加わったんですか？」

「これは個人的なことよ。シール処理してる」イヴはつぶやいた。「あいつめ、シール処理してるんだ。でもこれで終わりじゃないからね。他にも手はあるのよ」

「警部補、あなたは天井板の指紋のスキャンをしているようにも見えます」

「自分のしてることにわたしが気づいていないと思う？　わたしが遁走《とんそう》状態にあるように見えるわけ？」

「いいえ、すごく怒ってるように見えます」

「またしても鋭く見抜いたわね。おめでとう。くそっ」イヴは包み紙を丸めて放り捨てた。

「こっちはあとまわし。でも必ずやるからね。カーター・ビッセルか。ところでわたしのコーヒーはどこ？」

「えー、警部補が助手はいらないとことわった結果――」

「ああ、むかつく《バイト・ミー》」イヴはデスクを離れ、足取り荒く〈オートシェフ〉に向かった。

「ただ言ってみたかっただけですよ。もちろん、警部補にコーヒーをお出しすることにはなんの異存もありません。ときには警部補のほうで出してくださってもいいくらい。たとえば、いまみたいに、もうあなたがそこにいるときなんかは」

イヴは大きくため息をつき、もうひとつカップを取った。

「どうも。えーと、ビッセル、カーターですが。住まいに連絡してみましたが、誰も出なかったので、リンクにメッセージを残しておきました。そのあと、ビッセルが所有主として登録されているバーに連絡し、彼のパートナー、ディーゼル・ムーアをつかまえました。この男、ビッセルのことを訊ねるなり、ギャアギャアわめきだしたもんです。自分こそ彼の居場所を知りたいんだとか。なんのかのとビッセルを罵っていましたよ。ビッセルは一カ月ほど前に、彼を放り出していったんです。しかも、金をたっぷりくすねたうえで。おかげでムーアは、財政的な窮地に陥っているとのことです。いつかビッセルがもどってきて事情を話してくれるだろう。そう自分に言いきかせ、待っていたのに、結局、期待を裏切られた。で、きのう、被害届を出したそうです」

「裏はとった？」

「ええ。地元警察がビッセルをさがしています。彼が島を出た記録はありません。船か水上機かで島づたいに移動しているのかもしれませんけど。警察がいま調べていますが、あまり熱は入っていませんね。ビッセルがネコババしたのは、たったの二、三千ですし。その一部は、本人の取り分でしょうからね。それに、彼は過去にも短期間、なんの予告も説明もなしに消えたことがあるんです」

「地元警察は、彼の住まいをチェックしたの？」

「はい。衣類と持ち物が少しなくなっているようですが、争いごとや犯罪の形跡はありません。もっとも、長い旅行を予定していたことを示すものもないわけですが」

「一カ月前、フェリシティ・ケイドはジャマイカに旅行をしている。彼女とカーター・ビッセルは何を話し合う必要があったんだろう」

「たぶんケイドは、彼もスカウトしようとしていたんでしょう」

「あるいは、もうひとり生け贄をさがしていたか。犯行現場をもう一度見にいく必要がありそうね」

デスクのリンクが鳴ると、イヴは例の天井板を脇へ放った。「ダラスです」

「こちら通信司令部。ダラス、警部補、イヴへ。西十八丁目二四で警官に合流してください。放置遺体発見。被害者は一名、女性。身元は、マッコイ、クロエと確認されています。

「了解。現場に急行します。ダラス、通信終了」

10

彼女は薬で死んだのだった。ふわふわしたピンクのナイトガウンをまとい、丹念に化粧し、丹念に髪を整え、それから、美しい枕の山と紫色のぬいぐるみのクマ一匹に囲まれてベッドにしなだれかかったのだ。

彼女はとても初々しい花のようなにおいがした。目が大きく見開かれ、すでに虚ろになっていなければ、眠っているように見えたかもしれない。

そのメモは、ベッドの上にあった。彼女の横、その指先のあたりに。安物のピンクの再生紙に、くるくると輪を描く華麗な筆跡で、ただ一行だけ書かれている。

彼がいなければ、光はなく、人生もありません。

空っぽの薬瓶はナイトテーブルに載っており、その横には、ぬるくなった水のグラスと、棘をすっかり取り去られた、まだつぼみのピンクの薔薇が一輪だけ置かれていた。

イヴは室内を観察し、この薔薇は、ひらひらしたピンクと白のカーテンにも、額に入った幻想的な風景や牧場の絵のポスターにも、よくマッチしていると思った。室内はむやみに女っぽいとはいえ、きちんとかたづいていた。ただ、ベッドのそばの床には、使用ずみのティッシュが雪のように散らばっている。また、〈罪《シンフル》なチョコレート〉フローズン・デザートの溶けた残りが入った容器と白ワインのハーフボトルもそのままになっていた。

「この現場、どう見える？」イヴはピーボディに訊ねた。

「彼女が自分を憐れむ盛大なパーティーを催したように見えますね。なぐさめのワインとアイスクリーム、そして涙、涙、涙。たぶん、このワインで勢いをつけて薬をのんだんじゃないでしょうか。彼女は若くて、お馬鹿で、大げさな女の子でした。その三つが重なって、あの最低野郎のために命を絶つにいたったんでしょう」

「そうね、確かにそう見える。薬はどこで手に入れたんだろう」

シール処理をした手で、ピーボディは瓶を取りあげ、チェックした。なんのマークもないプラスチック製の緑の瓶だ。「これは処方薬の瓶じゃありませんね。ブラック・マーケットのでしょう」

「彼女がブラック・マーケットにコネのあるタイプに見える？」

「いいえ」その質問にピーボディは眉を寄せ、前より慎重に現場と遺体を観察した。「いいえ、でも、大学やアート業界に出入りする二流どころの売人もいますし。彼女はその両方で活動していたわけですから」

「確かに。確かにね。そうかもしれない。即、行動したことになるけど。でも、この前、会ったときの印象では、彼女は衝動的なタイプのようだったし。そうは言ってもね……」

イヴは室内をめぐり歩いた。小さなバスルームへ入り、そこを出て、今度は炊事場つきのちっぽけなリビングに入る。そこには、たくさんの装飾品があった。アートの複製、ロマンチックなテーマのものが、壁のあちこちに。小さなシンクのなかに食器はなく、衣類がそのへんに放り出されているということもない。ティッシュも寝室以外、どこにも散らばっていない。

それに、シール処理をした指の一本でテーブルをなでてみたところ、そこに埃はまったくなかった。

「実にきれいな家ね。悲嘆に暮れて命を絶った人間が、こんなにきちんとかたづけているなんて妙だわ」

「いつもきちんとしていたのかも」

「そうかもしれない」

「あるいは、死ぬ前に自分を磨きたてたみたいに、家も磨きたてたのかもしれません。わたしの大おばのひとりは、毎朝、起きたらすぐベッドを整えないと気がすまないんですよ。急に倒れて死んだりしたとき、家事をおろそかにする人間だと思われるのがいやだからって。世の中にはそういうおかしな人もいるんです」

「なるほど。彼女は、薬を手に入れ、ピンクの薔薇を買った。それから、うちに帰って、部屋を掃除し、おめかしした。そしてベッドにすわって泣き、アイスクリームを食べ、ワインを飲んだ。遺書を書くと、薬をのみ、横になり、死んだ。確かにそんなことだったのかもね」

ピーボディはぷくりと頬をふくらませた。「でも、警部補はそうは思っていない。それにわたしも、何か明白なことを見落としている気がします」

「明白なのは、二十一歳の女の子が死んだということだけよ。そして一見したところ、それは単純な悲嘆の果ての自殺に見える」

「ビッセルとケイドの死が、単純な嫉妬の果ての殺人に見えたように」

「おやおや、ピーボディ」イヴは左右の親指を前ポケットに引っかけた。「ほんとにそう見えた？」

「オーケー、警部補の言いたいことがわかってきましたよ。でももしこれが、あの殺人と同じに、HSOかテロリストによる殺しだとしたら、動機はなんなんです？」

「彼女はビッセルをよく知っていた。彼の恋人だったのよ」

「ええ、でもまだほんの子供、使い捨ての玩具でしょう。ビッセルの仕事であれ、コード・レッドであれ、もしも彼女が何か重要なことを知っていたら、わたしは自分の真新しいぴかぴかの捜査官バッジを食べてもいいくらいです」

「わたしもまあ同意見よ。でも、誰かそう思わないやつがいたのかもしれない。あるいは、これは単なるハウス・クリーニングだったのかもね。彼女とビッセルのあいだには、事実、つながりがあった。だから、わたしたちはこれを単純な自殺としては扱わない。まず遺体からチェックしましょう。それがすんだら、この家を寸刻みで調べて。彼女を発見した女性の名前はなんていうの？」

「ディーナ・ホーンボック。向かいの部屋の住人です」

「調べて。事情聴取する前に、その女性についてあらゆることを知っておきたいの。彼女を外に出さないよう制服警官もつけてちょうだい」

「了解」

「鑑識に連絡して。それとモリスにも。クロエの遺体はモリスにじかに調べてほしいの。鑑識にはこの部屋を最後の一分子までさらってほしいわ」

ピーボディはドアの前で足を止めた。「警部補は、これは自殺じゃないと本気で思っているんですね？」

「もしこれが自殺だったら、自分のもうぴかぴかじゃない警部補バッジを食べてもいいくらい。さあ、仕事にかかりましょ」

争った形跡はなく、遺体にも暴力行為を示唆する痕跡はなかった。またイヴもそういうものを期待してはいなかった。クロエは午前三時過ぎに死亡した。苦痛もなく、静かに。そして無意味に、とイヴは思った。

クロエのリンクはどれも、真夜中過ぎにシャットダウンされていたが、ちゃんと使える状態だった。再起動してみてわかったのは、最後の通信が、向かいのディーナから二一〇〇時に入ったものだということだ。そこには、涙と同情がたっぷり含まれていた。すぐ行くから。ディーナは言っていた。こんなときにひとりでいちゃいけないわ。

涙ながらの感謝の嵐、そして、通信は終わった。

しかしデータ・ユニットのほうは、立ちあがらなかった。感染している。イヴには確信があった。つまらない美術専攻生のデータ・ユニットに、HSOやテクノ・テロリストが懸念するような何が入っていたのだろう？

遺体と寝室のほうがひととおりかたづくと、イヴは、ピーボディが鑑識とともに働いているリビングに移った。「遺体はいま、搬送のために袋に入れているところ。不審死。ディーナ・ホーンボックについて教えて」

「学生、独身、二十一歳。演劇専攻。舞台装置のデザインに対する鑑識眼あり。履歴書に、かなりの仕事歴。ここは住みだして一年。その前は、ソーホーの演劇スタジオの寮住まい。その前は、セントポールで、母親と継父と同居。弟がひとり。十八のとき、遊び半分ゾーナーをやって停学になったことをのぞけば、犯罪歴なし。家賃は遅れずに支払っている。家主に話を聞いたんです」

「結構」

「マッコイも家賃はきちんと払っています。ただ、延滞料が発生する直前に支払う傾向があったようですが。きのうも支払っていますよ。電信振込で、一六三三時に」

「へえ？　自殺しようってときに、その月の家賃を支払うだなんて、ほんと几帳面よね。お友達がなんて言うか、聞いてみましょう」

ディーナ・ホーンボックは動揺しつつも落ち着きを保っており、赤いフラシ天の椅子にすわって、ボトルの水をひっきりなしに飲んでいた。左のこめかみに赤い翼の小さなタトゥーを入れた、スリムで印象的な黒人女性だった。

「ミズ・ホーンボック。わたしはダラス警部補、こちらは、ピーボディ捜査官です。二、三、お訊きしたいことがあるんですが」

「ええ、そうですすよね。喜んで協力しますよ。あのときは、どうすればいいのかわからなくて。もう何がなんだか。それで外に飛び出して、大声をあげたんです。誰かに警察を呼んでもらおうと思って。誰かがそうしてくれたんでしょう。わたしはナリー巡査が来るまで、すぐ外の通路にただすわりこんでいました」

「クロエの部屋には、どうやって入りました？」

「ああ、合い鍵を持っているんです。彼女のほうも、わたしの部屋のを持っていました。わたしたち、いつも行き来していたので。お渡ししましょうか？　その鍵？」

「助かります。帰るときにいただきますよ。では、何があったか話してください」

「オーケー」ディーナは息を吸って吐き、顔を手でこすった。「オーケー。授業からもどったとき、様子を見てみようと思ったんです。彼女、ブレアの死にひどいショックを受けていたので。ほら、もう打ちひしがれてるって感じ」ディーナは長いため息をついた。「わたしは黙って入っていきました。昨夜、彼女を置いて帰るとき、きょうの午後、授業のあとでまた来ると約束していたので、別にノックなどもしませんでした。ただ入っていって、来たわよって声をかけたんです」

「ドアに鍵はかかっていましたか？」

「ええ。返事がないので、わたしは寝室へ向かいました。どうにか説得して、外に連れ出すつもりだったんです。せめてわたしのうちに。元気づけようと思って。ああ。話すのがつらいわ」ディーナはやっとのことで言った。「話すとまた目に浮かんでしまうんです」

「わかります」

「わたしは部屋に入りました。そしたら、彼女がベッドに寝ているのが見えて。最初はどういうことかわかりませんでした。まさかあんな……わたし、『もう、いい加減にして、クロエ』とか、そんなふうなことを言ったんです……」声が乱れはじめた。「『いい加減にして、クロエ』それもちょっといらいらして。だって、あの様子があまりにも……芝居じみてて、大げさだったから。わたし、ちょっと腹を立てて、ベッドのほうへ行ったんです。そしたら……」

「ゆっくりね」イヴがそう声をかけると、ディーナは長々とボトルの水を飲んだ。

「目は開いていました。開いたまま、じっと見つめていた。それでもわたしにはわけがわかりませんでした。ほんの一瞬、のみこめなかったんです。まるで脳の一部がシャットダウンしてしまったみたいに。死んだ人なら、前にも見たことがあります。祖母のときに」ディーナは拳で涙をぬぐった。「祖母はしばらくうちで暮らしていて、ある夜、眠っているあいだに亡くなったんです。翌朝、わたしはベッドで祖母を見つけました。だから死んだ人を見たことはあるんですよ。でもそれがまだ若い人の場合は、ぜんぜん思いがけない場合は、同じじゃないんです」

どんな場合でも同じじゃない。「彼女に手を触れましたか？　あるいは、他の何かに？」

「肩か腕に触ったと思います。身をかがめて、彼女に触ったような気がするんです。だって、死んでるなんて信じられなかったから。でも彼女は冷たくなっていました。ああ、あの肌の冷たさ。それでわかったんです。わたしは外に飛び出して、大声をあげました」

「あとは、通路にすわって、ナリー巡査が来るまでそこにいたわけですね」

「ええ、そうです」

「巡査が応答する前に、あなたか他の誰かが部屋に入りませんでしたか？」

「いいえ。わたしはただ、彼女の部屋の前にすわって泣いていました。何人か、自分の部屋から出てきて、何があったのか訊ねた人もいました。わたしは『彼女が死んだんです』って言いました。『クロエが死んだんです』『自殺したんです』って」

「なるほど。彼女とは昨夜、話をしたんでしたね」

「帰宅したときに、連絡を入れました。それまでは、ウエストサイドで芝居のセットの仕事をしていたんです。彼女にとってつらい時期だということは、わかっていました。しばらく話をして、それから、部屋を訪ねて。少しのあいだ相手をしたんです。そこにいたのは、十一時ごろまでです。こちらは翌日、早い授業があったし、彼女ももう寝ると言っていましたから。眠りのなかへ逃げこむ——そう言っていましたよ。彼女、その類のことをよく言うんです。でもまさかああいう意味だとは……」ディーナは手を伸ばして、イヴの腕をつかんだ。

「ダラス巡査。どういう意味かわかっていたら、わたしは絶対、彼女をひとりにしませんでした。絶対あんなことはさせませんでした」

「ああなったのは、あなたのせいではありませんよ。あなたはいいお友達だったんです」そして、その罪の意識がどれほど胸を疼かせているかわかったので、イヴはディーナが階級をまちがえたことには目をつぶってやった。「家のなかの様子はどうでしたか？」

「どういう意味です？」

「昨夜、あなたがいたとき、それぞれの部屋がどんな状態だったかと思いまして」

「ああ。確かとてもきれいでしたよ。クロエは几帳面ですから。そう、いたるところにティッシュが散らばっていました。最初のうち、彼女がさんざん泣いて、ティッシュをあちこちに放り捨てていたので」

「食べ物や飲み物はありました？」

「ワインがありました。わたしが一本持っていったんです。確か、ふたりで半分ほど飲んだと思います」

「アイスクリームは？」

「アイスクリーム？　いいえ、それは思いつきませんでした。あればよかったでしょうね」

「ワイングラスは洗いました？」

「グラスですか？　ああ、いいえ。そこまで気が回らなくて。わたしは疲れていたし、彼女は涙が涸れるほど泣いたあとだったし。何もかもリビングに置きっぱなしにしておきました」

「寝室ではなく？」

「ええ、わたしたち、リビングの床にすわっていたんです。ほんの二時間ほど。わたしがあのまま泊まっていれば、きっと彼女は……」

「このメモを見ていただきたいんですが」イヴはピンクの紙の入った証拠袋を取り出した。「これがクロエの筆跡かどうかわかりますか？」

「ええ。大きくて派手な字、クロエの字です。でも彼女はまちがっているわ。彼がいなくても、人生はあったのよ。人生はいつだってまだある。それに、ああ、どこへも行きはしないのに。こんなのは全部ただの幻想よ」

「ブレア・ビッセルに会ったことはありますか？」

「いいえ」ディーナは丸めたティッシュを手に取って、はなをかんだ。「彼女、その人に関してはすごく用心深かったんです。わたしは彼のことを知りもしませんでした。そうですね、誰かいるのは知っていたし、その誰かが結婚していることも知っていました。でもクロエはその人の名前も、他のどんなことも教えようとはしなかったんです。誓いを立てたから――彼女、そう言っていました。いかにも彼女らしい言いかただわ。『厳粛な誓いを立てたの』それに、クロエ自身とちがって、わたしはその人を彼女の生涯の恋人だとは思っていませんでした。それがわかっていたから、彼女もその人のことをあまり詳しく話してくれなかったんです。わたしは彼の名前も知りませんでした。それが、彼女のアルバイト先のギャラリーの人だということも。知ったのは、事件後。つまり、彼が奥さんに殺されたあとですね。その件は昨夜、彼女が話してくれたんです」

「すると、彼はここに来たことはないんですね？」

「いいえ、あります。少なくとも、わたしはそう思っています。わたしたち――クロエとわたしは合図を決めていたんです。お互い、取りこみ中で相手に来てほしくないときは――この意味、わかりますよね――そういうときは、ピンクのリボンをドアノブにかけておくんです。彼女の思いつきですけどね。わたしの知るかぎり――それも、かなり確信があるんですが、彼女はこの数カ月、例のアーティスト以外、誰ともつきあっていませんでした。でも、ドアには週にほぼ一度、ピンクのリボンがかかっていたんです」

「彼女は、来客中はいつもリンクをオフにしていました？」

「ええ、もちろん。クロエはそういう子でした。ムードを壊す外界のものはいっさい入れまいとするんです」

「昨夜、彼女を置いて帰ったあと、何か見たり聞いたりしませんでしたか？」

「すぐ寝てしまったので。ワインを少し飲んでいたし、あの愁嘆場ですから。疲れきっていたんです。今朝六時半に、目覚ましにたたき起こされるまで、どんな音にも気づきませんでした」

「朝、ここを出たのは、何時ですか?」

「七時十五分ごろですね。だいたい」

「そのとき、何か見ませんでしたか?」

「いいえ、何も。ちょっと寄ってクロエの様子を見てこようかと思ったんですけど……」ふたたび声が乱れた。「きっと眠っているだろうと思って——それに、遅刻しそうだったし。だから、そのまま出かけたんです。授業を受けに」

「こういうお話をなさるのは、さぞおつらかったでしょうね。いろいろ教えてくださって、ありがとうございました」イヴは立ちあがりかけ、それから、何かちょっと思い出したというふうに、もう一度腰を下ろした。「そうそう、リンクの通信をチェックしていて気づいたんですが、彼女はあなたと話したときネックレスをしていましたね。確か、チェーンにハートのついた。とてもきれいな。話しながら、彼女はしきりとそれをいじっていましたが」

「あのロケットですか? 確か、二カ月ほど前に例のアーティストにもらったものです。クロエは絶対にあれをはずしませんでした。ほんとにセンチメンタルな子だったんです」

「あの遺体、ロケットなんて着けていませんでしたよね」クロエの部屋にふたたび足を踏み入れたとき、ピーボディが言った。

「そうよ」

「うちのなかにロケットなんてひとつもなかった」

「ええ」

「だとすると、そのロケットは、彼女を殺した、もしくは、彼女を自殺させた人物が、持ち去った可能性があります」

「とにかく、なくなったことは確かよ。世間の人はロケットのなかにいろんなものを入れる、そうじゃない？」

「ええ。写真とか、髪とか、ＤＮＡのサンプルとか」

「ビッセルが彼女にあげたのなら、そこには、ロマンチックなだけじゃない何かが入っていたか、取りつけられていたかもね」

「わたしは、真新しいぴかぴかのバッジを食べなきゃいけないんでしょうか？」

イヴは首を振った。「自分が何を持っているか本人が知っていたとはかぎらない。でもきっと彼女は、そのために死んだのよ。それと、何かは知らないけど、彼女のデータ・ユニットに入っていたもののために」

ピーボディは自分の考えを見直し、リビングを見回した。「彼女は部屋をかたづけた。あるいは、他の何者かが。ひょっこり入ってきた誰かが、ご近所のワイングラスを洗ったり部屋をかたづけたりするなんて、考えられない。本人がかたづけたなら、何か理由があるはずですよね。人が来ることになっていたとか。その場合は、当然、連絡があったでしょう。でもリンクに、その記録は残っていないし」

「見たところはね。データ・ユニットはダウンしている。誰かが彼女にEメールを送ったのかもしれない」

「じゃあ、EDDの天才たちに、データ機器と通信機器を念入りに調べさせなきゃいけませんね」

「そういうこと」

「この建物には最低限のセキュリティしかない。でも彼らには、九一一通報までの昨夜の記録を見てもらうべきですよね」

「回収の手配をするわ」

「そういう連絡は全部、栄養補給をしながらでもできますよ。ほら、警部補はおやつのキャンディを食べられなかったわけだし」

「思い出させないで」ピーボディがふくれっ面になりだしていることは、見なくてもわかった。「オーケー、何か食べましょう。どのみち、頭のなかのごたごたを整理したいから」

食べ物もどきの何かを食べるのに、なぜ〈青いリス〉を選んだのか――イヴ自身にもきちんと説明はできなかったろう。この店の場合、メニューの品はどれも、せいぜい、ちょっと食べ物に似ているといったところなのだ。たぶん彼女は、昔の生活の片鱗に触れる必要があったのだろう。少しばかり追憶に浸る必要が。メイヴィスがステージで飛びはね、観客を前に金切り声で歌うなか、べたつくテーブルにすわり、〈ゾンビ〉でほろ酔い気分になっていたあのころの。

あるいは——彼女は皿に載ったソイ・バーガーを眺めた——わたしには死への願望があるんだろう。

「こんなもの食べちゃいけないのよ」そうつぶやきつつも、とにかく彼女はひとかじりした。

「ここには自然界のものなんかいっさい入ってないんだから」

「警部補はスポイルされちゃったんですよ」ピーボディは見るからにうれしそうに、チキンラップと付け合わせの野菜チップスをばくばく平らげていく。「本物の牛の肉だの、本物のコーヒーだの、本物の鶏卵だので」

イヴは顔をしかめ、ふたたびバーガーにかぶりついた。なぜ自分が〈青いリス〉を選んだのか、いまわかった。彼女は自分がスポイルされていないことをみずからに証明したかったのだ。

「わたしの仕事部屋の〈オートシェフ〉から自由気ままにコーヒーを持っていくのは誰だっけ」

「ええ、隔たり基準第一級ですね」ピーボディは、かすかにニンジンっぽい色のついた野菜チップスを振ってみせた。「わたしは交流によりスポイルされているわけです。あるいは、第二級かもしれません。なぜなら、コーヒーはロークから警部補へ流れているわけですから。つまり警部補は第一級なんです。でもあなたは結婚により――」

「黙って食べなさい」

大丈夫よ――イヴは思う。パンらしき二個の四角い塊にはさまれた、代用肉とされる謎の物質を食べているくらいだから、わたしはスポイルなんかされていない。

人は何にでもすぐなじんでしまう。ただそれだけのこと。ロークが家ではどうしても牛肉やその他の自然食品を使うと言うので、わたしもそれに慣れたのだ。いまではそのちがいに気づきもしない。食べ物はちょうど椅子のように、または、壁の絵のように、ただそこにあるだけ。実は目に映っていない……

なぜなら、それは毎日のことだから。

彼女はコミュニケーターを抜いた。

「フィーニーだ」彼の顔が画面いっぱいに現れた。「いい話なんだろうな」

短く刈りこんであるにもかかわらず、その髪はめちゃくちゃに突っ立っていた。どんな作業をしているにせよ、それはうまくいっていないのだろう。

「魔法の指を持つ例の民間人をクイーンズに連れていって。あそこにある立体作品をばらばらにするのよ」

「あそこにある立体作品をばらばらにしろって？」

「あの家の目と耳はまだ見つかってないんでしょ？」

「部下二名にもう一度さらわせているよ」

「そのふたりは追っ払って、あなたとロークが入って。あの立体作品よ、フィーニー。ルヴァも作品には、特に注意しなかったでしょう。ビッセルが持ちこんだものなんだから、チェックしなかったはずよ。彼女は注意しなかった。そして作品は、そこらじゅうにある。なかにも外にも。全部ばらばらにして」

「わかったわかった。そろそろ場所を変えたいとこだしな」

「ルヴァから話を聴くようロークに言って。家のなかにオフィス以外で彼女が仕事をした場所がないか。あるいは、彼や他の誰かと〈セキュアコンプ〉の話をした場所がないか。それがどこか特定できたら、その区域の作品を——あれを作品と言えればだけど——集中的に調べて」

「了解。ここの作業にはマクナブを残していくよ。あいつはまだ若いから、多少のストレスじゃ死なんだろう」

イヴはコミュニケーターをしまった。「さっさと食べちゃって」と、ピーボディの皿を顎で示す。「フラットアイアン・ビルにまた行って、ビッセルの制作中の作品をぶっ壊すんだから」

「わたしがスポイルされてるって言ったせいで、そんなにカッカしてるんですか？」

「まったく、何が引き金になるか知れないわよね？　もうひとつ思いついたことがあるの——クロエはビッセルの作品をひとつも家に置いていなかった。何かねだったはずだと思わない？　愛する人のちょっとした作品を？　彼女はビッセルを愛していたのよ。そう思いこんでいただけかもしれないけど。それに、美術専攻で、彼のギャラリーで働いていたのよ。なのに、彼の才能のサンプルをひとつも持っていなかったなんてね」

「それも、ロケットと同じ道をたどったとお考えなんですね？」

「途中でディーナに連絡して、どうなのか確かめましょ」


イヴは両手を腰に当ててスタジオに立ち、立体作品を形作る、複雑にねじれ、つながり合った金属群をじっと見つめた。

「オーケー、計算ちがいだった。これをばらばらにするには、道具が必要ね。ここにも道具はあるけれど、それを使えるかどうかはまた別問題だし」

「実はわたし、なかのいくつかの使いかたを知っています」

「そうだろうと思った」イヴはいちばん背の高い作品のまわりをめぐり歩いた。「問題は、これを切断したり、溶かしたり、単純にぶっ壊したりすれば、諜報装置が傷つくか壊れるかするだろうってこと。本当に装置があるとしてだけどね。そして、それを証明するには、EDDの連中とあの便利なスキャナーが必要なのよ」

「採取班がもう調べたでしょう」

「きっとふつうのスキャンでは探知できないのよ。もっと感度のいいスキャンでも。スパイ用のスキャナー、それなら別かもしれない。あの男はこういうガラクタを世界じゅうにばらまいていたのよ。企業、個人宅、政府の施設にまで」

「もしそこに諜報装置が仕込んであったなら、すごくうまいやりかたで情報収集していたことになりますね」

「ふむ」イヴは作品のまわりを歩きつづけ、観察をつづけた。「HSOが彼の才能を無駄にするとは思えない。わたしにはうなずける。理にかなっているわ。連中は絶対、こういうやつをひとつ、ロークの会社の内部に投入したかったはずよ。厄介なのは、この手の作品は彼の趣味じゃなく、たとえルヴァがすすめても買ってはもらえないってことね。大した問題じゃないけど。連中は彼女に装置を仕込んだんだから」

「誇大妄想じみた心配ですけど、いまも誰かがわたしたちを見ているんでしょうか？」

「たぶんね」その点を考慮し、イヴは大きくにっと笑みを浮かべた。セキュリティも、ロックダウンも、サイレント・ランニングもくそくらえだ。彼女は、連中に見ていてほしかった。そろそろじかにやりあう頃合いだ。

「もし見ているなら、いい加減、顔を出してプレイすべきよね。人殺しののぞき趣味の変態野郎であるだけじゃなく、ひよひよの腰抜けだっていうならしかたないけど。これからこの造形物をすべて解体させるわ。それまで、このフロアは閉鎖する。だから、連中も見られるうちによく見ておくことね」

彼女はエレベーターを呼んで、乗りこんだ。「ピーボディ、カーター・ビッセルの雲隠れが気になるわ。彼を見つけて」

「地元警察の尻をたたいてやりましょう」

「そうして。じかにね」

「は？」

「向こうへ行って、地元の警察治安本部《PSD》から話を聞き、ビッセルのパートナーや彼を知っていたあらゆる人間の事情聴取をするの。あの弟について情報をちょうだい。フェリシティが彼に会いにいったのには何か理由があるはずよ。その理由を知りたいわ」

「ジャマイカへ？」ピーボディの声は三段階、高くなっていた。「わたしがジャマイカへ行くんですか？」

「どっちかひとりがここに残らなきゃ。ここで仕事をしなきゃならないでしょ。四十八時間以内にかたをつけて。裸で波間を跳ね回ったりしないでよ」

「適切な水着を着ていれば、波間を跳ね回ってもいいですか？　一時間くらいは？」

唇のぴくぴくを抑えるのは、かなり骨が折れた。「そんな話は聞きたくない。マクナブも同行させるつもりだから、なおさらよ」

「なんてこと。これは夢だわ。至福の夢」

オーケー、これじゃ唇のぴくぴくを止めるのはとても無理だ。「彼がフィーニーの承認をもらったら、すぐ出発しなさい。言っておくけど、これは島での休暇じゃないのよ」

「ええ、もちろん。でもきっと一杯くらいはココナツの殻の容器からドリンクを飲めますよね――任務の一環としてですよ、警部補、だってほら、ティキ・バーのオーナーの事情聴取がありますから」

「あなたは連中に監視されるのよ」イヴにそう言われ、ピーボディの笑みは薄れた。「何者であれ、この事件を引き起こした連中は、あなたがいつ移送機に乗ったか、いつそれを下りたかを把握する。ホテルがどこか、夕食に何を食べたか、ココナツの殻に何が入っていたかも。そう思って、身構えていなさい」

「マクナブを同行させるのは、わたしの背後を警戒させるためなんですね」

「あなたたちにお互いの背後を警戒させるためよ。誰も襲ってきはしないと思うけど、それを言うなら、クロエ・マッコイがやられることもわたしは予想していなかったわけだし」

「あれは誰にも予想できませんよ、ダラス」

「予想は必ずできるものよ」ロビーに出ていきながらそう言うと、イヴは向きを変え、エレベーターを封鎖した。「わたしが予想していれば、彼女は死なずにすんだの」

イヴはピーボディを荷造りに向かわせ、自分はひとり死体保管所《モルグ》へと赴いた。彼女が入っていったとき、モリスはちょうど防護用の装備一式を身に着けたところだった。

彼はきれいな黄金色に日焼けしていた。側頭部の三つ編みからは三個セットのカラフルな玉飾りがぶらさがっている。それを見て、イヴは彼が休暇からもどったばかりであることを思い出した。

「よく帰ってくれたわね」彼女は言った。

「これで完全復帰だな。お気に入りの殺人課捜査官が訪ねてきたわけだから。きみは三日のあいだに三体の遺体をよこした。これは快挙だよ。たとえきみであっても」

「最新の遺体の話をしましょう」

「まだ彼女には取りかかっていない。わたしも人間でね、限界というものがあるんだよ。彼女は最重要とのことだったな。きみが言うんだから、このかわいそうな若い子は本当に最重要なんだろう。不審死」モリスはクロエを見おろした。「しかしわたしは常に、死を疑いの眼で見る。自殺として連絡を受けたのかね？」

「ええ、でもわたしはそうは思わない」

「暴行の痕跡はない」モリスはゴーグルをかけ、身をかがめた。イヴが待っていると、彼は遺体の全身に目と計器を走らせ、画面の情報と画像を見つめた。「刺傷なし、損傷なし。メモは本人の手で書かれたんだな？」

「そうよ。わたしの知るかぎりでは」

「そして、彼女はひとりで部屋にいた。ベッドのなかに？」

「ベッドの上。セキュリティ・ディスクには、住人以外、建物に入る人の姿は映っていない。フロアごとのセキュリティはないわ」

「うん、腑分けしてみよう。そうすれば、わかることはわかる。きみが何を知りたいか、聞いておこうか」

「彼女がのんだもの、または、投与されたものがなんなのか。その量、効能、時刻。一刻も早く知りたい」

「任せてくれ」

「他の二体――ビッセルとケイドの毒物は？」

「ちょっと待ってくれ」モリスは、彼のデータ・センターのほうへと向かい、ファイルを呼び出した。「ちょうど入っていた。どうやらふたりとも、シャンパンを少々、楽しんだようだな――フランス産、最高のヴィンテージだ。最後の食事は、死の三時間前……実にしゃれているね。キャビアに、スモーク・サーモンに、ブリーに、イチゴ。女には、違法ドラッグもその他の高揚剤もなし。男のほうには、少量のエキゾティカが残っていた」

「セックスはしていた？」

「ああ、まちがいない。少なくとも彼らは、歓び、満ち足りた状態で、死ねたわけだよ」

「凶器はわかった？」

「ああ。包丁、鋸歯状のやつだ。現場にあったナイフは、傷跡に一致する」

「ビビッとやられ、刺されたわけね」

「そう、その順番だ」モリスは同意した。「防御創はない。女の爪に残っていた皮膚は、もう一方の被害者のものと一致している。つまり、快感に悶えているさなかに、興奮してほんの少しひっかいたということだ。ふたりはセックスした。そして、スタナーの痕の位置から見て、麻痺させられたときは、アンコールの最中だったらしい。誰かがふたりにひどく腹を立てていたわけだ」

「そう見えるわね」イヴはもう一度、クロエに目をやった。平板の上に横たわる、白く、冷たい、裸の亡骸に。「彼女は簡単に処理できそうに見えるし」

「しかし、われわれにはもっと見る目がある。彼女のことはわたしがちゃんとやるよ」

「結果が出たら、すぐわたしの自宅に連絡して。それと、モリス、この三人のファイルは全部、パスコードを変えておいてね。彼らのことは他の誰にも扱わせちゃだめよ」

ゴーグルの奥で、モリスの目が興味深げにきらめいた。「どんどんおもしろくなってくるな」

「そうなの。検死がすんだら、そのデータもわたしがまた取りにくる」

「もう興味津々だよ。データはわたしが届けようか？　そうすれば、きみは事情を話しがてら、ロークの極上のワインでわたしをもてなせるだろう？」

「ええ、いいわよ」


彼は時間を稼ぎ、空間を確保した。これは重要なことだ。何ひとつ計画どおりに進んでいない。でも臨機応変にやればいい。彼にはその能力も意志もある。平静を保ち、うまく立ち回るのだ。

クロエ・マッコイに関しては、うまく立ち回ったではないか。彼はあの件をきれいに包装してやった。

なのに警察は信じていない。何ひとつ信じていない。そんなはずはないのに。まったくわけがわからない。

仮にリボンをかけてやったとしても、あれ以上、誘惑的な贈り物にはならなかったはずなのに。

汗が背中を伝っていく。設備の整った室内を、彼はうろうろ歩き回った。目下、彼の監獄であり、避難所でもある部屋部屋を。あの一連の殺しに彼を結びつけることは、連中にはできない。大事なのはそこだ。それが最重要事項だ。

あとのことは、なんとかなる。ただもう少し時間が必要なだけだ。

だから、大丈夫。いまのところは、なんの問題もない。彼は安全だ。脱出方法もじきに見つかるだろう。

金は少しある――充分ではない。いまだって充分ではないし、約束された額にはほど遠いが、それでもしばらく息はつける。

それに、ひどく腹立たしいとはいえ、この状況はすごくエキサイティングでもある。彼はみずからの映画のスターだ。ストーリーに乗っかりながら、同時にそれを作っている。周囲が思っているようなトンマなカモじゃ決してない。そうとも、絶対にちがう。

彼は軽くゼウスを吹かした。ささやかな褒美。世界の王になった気がする。

必要なことをやろう。きっとうまくやれるだろう。慎重に、利口に。

彼がどこにいるかは、誰も知らない。彼が存在することさえも。

この状態を維持しよう。

11

ロークとフィーニーは、クイーンズのあの家の庭に突っ立ち、そこに置かれた、雑多な金属から成る造形物をつくづくと眺めていた。

「いったいこれはなんだと思う？」ついにフィーニーが訊ねた。

「女じゃないか。たぶん一部は爬虫類だ。一部は節足動物かな。見たところ、銅と真鍮《しんちゅう》と鋼鉄でできているようだね。鉄も少し、それにたぶん錫《すず》も使われている」

「なんでだ？」

「うん、そこが問題だな。僕が思うに、これは、女はヘビのように狡猾で、クモのように冷酷だとかなんとかいう戯言を象徴的に表しているんじゃないか。女性に対して好意的ではないようだし、醜悪であることは確かだね」

「僕もそこのところはわかった。醜悪だってことは」フィーニーは顎を掻いた。それから例のアーモンドの砂糖漬けの袋を出し、中身をちょっと取ってからロークに袋を差し出した。

　ふたりはナッツをもぐもぐやりながら、じっとその像を眺めた。

「で、世間の連中は、こういうくずに大金を払うわけかい？」フィーニーが訊ねた。

「そう、まさにそうなんだ」

「そこのところはわからんなあ。もちろん僕はアートに関しちゃ何も知らないんだがね」

「ふーむ」ロークは作品のまわりを回りだした。「ときには作品が人に語りかけることもある。感情的レベルだか、知的レベルだかでね。それが、その作品がみずからのあるべき場所を見つけた瞬間なんだ。でもたいていの場合、金が費やされるのは、単に買い手が、作品が自分に語りかけるはずだと思うからだよ。そいつは、馬鹿か、プライドが高いか、臆病かで、たったいま買ったものが誰にも語りかけはしない、なぜならそれは基本的にどうしようもないゲテモノだから、ということを認められないんだ」

　フィーニーは口をすぼめ、うなずいた。「僕も絵は好きだよ。ちゃんとした絵らしい絵ならね。建物とか、木とか、器に盛った果物とかさ。僕にしてみりゃ、こいつは自分の孫息子の組み立てそうな代物にしか見えない」

「実に不思議だが、どれほど珍妙であろうと、こういうものを創り出すには、かなりの技術と才能と想像力が必要なんだよ」

「なるほどね」フィーニーは肩をすくめたが、まったく納得していなかった。

「監視装置を隠すにはいい手だね。もし本当にそういうことなら」

「ダラスはそう思ってるよ」

「そして彼女の判断はたいてい正しい」ロークは、彼とフィーニーが製作したリモート・スキャナーを始動させた。「そっちが操作する？　それとも僕がやろうか？」

「きみがやれよ」フィーニーは咳払いした。「そう、確かに彼女の判断はたいてい正しい。いまは若干、神経質になっているよ」

「そう？」

「ちょっとのあいだ、あの変なものに妨害器を照射しといてくれないか」

ロークは一方の眉を上げ、言われたとおりにした。「内密の話をしようってわけかい？」

「ああ」そしてそれはフィーニーの意に染まないことだった。「いまダラスは少々神経質になっている。きみがどんな行動に出るかわからないから」

ロークはスキャナーの計器のセットをつづけた。「何に関して？」

「彼女の父親のファイルに関してさ。HSOのカス野郎どもが、昔、ダラスがああなるのを放置したことに関してだよ」

ロークは今度はフィーニーに目を向けた。その顔はこわばっていた。憤りのせいだ、と彼は思った。それに、気まずさと。「彼女が話したのか」

「少しぼかしてね。彼女は僕があのことをどこまで知っているか知らない。知りたくないのさ。僕自身にとっても、あれは好ましい話題じゃないしな。向こうも同じ気持ちなんだから、何もわざわざきみから聞いたと言う必要はないだろ」

「きみたちには驚くね」ロークは言った。「きみは彼女の身に何があったか知っている。彼女のほうも直感的にきみが知っているのに気づいている。なのにふたりとも、お互いそう言えずにいるわけか。きみは、あの悪魔の申し子なんかより、はるかに彼女の父親なのに。それでも、知っていると言えないのか」

フィーニーは肩を丸め、数フィート先の、雑多な材料で作られた醜悪な物体――うずくまるヒキガエルに似た生き物をじっと見つめた。「たぶん、だからこそなんだろうよ。でもいま言いたいのはそのことじゃない。きみがどこかのスパイ野郎を追っかけるのを、ダラスが心配しているとすると、その心配はかなりのもんだろう。彼女を苦しめるなら、それはなんの解決にもならないぞ」

ロークは、造形物の寸法、重量、化学的組成を分析するよう、スキャナーをセットした。

「きみは、そいつを追いかけるのはまちがいだとは言わないんだな。子供がレイプされ、殴られ、獣と化すのを黙って見ていたそいつやその上の連中に罪の報いは必要ない、とも」

「そうさ、そんなことを言うつもりはない」フィーニーは口をぎゅっと引き結ぶと、ロークの目を見つめた。「第一に、そう言えば嘘になるからだ。舌が焼けて落っこちるような大嘘だよ。なにせ僕の心の一部で、きみに手を貸したがっているんだから」

フィーニーは垂れさがったポケットにナッツの袋を押しこむと、造形物の台座を蹴りつけた。そのしぐさがイヴそっくりだったので、ロークの口は笑いにゆがんだ。

「第二の理由は？」

「第二に、きみはそれが正しいかまちがってるかなんて、気にかけやしないだろう。でもきみは、ダラスのことは気にかけている。彼女がどんな気持ちになるか、きみに何を求めているか」話しているうちに、フィーニーの顔にまた血がのぼってきて、その頬を赤く染めた。

「あんまり踏みこみたくないんだ。自分がお節介野郎に思えるからね。でもこれだけは言っておく。ちゃんと考えてくれ。なんであれ、やる前に彼女がそれによってどうなるか、じっくりしっかり考えてくれよ」

「考えているよ。でももっと考えよう」

「オーケー。じゃあ、仕事にかかろうか」

心を打たれ、同時に、おかしがりながら、ロークはうなずいた。「ああ、仕事にかかろう」

彼は妨害器をオフにすると、スキャンの表示を見つめた。「予想どおりの金属、溶剤、上薬、封水剤が出ている。企業や施設がリスクの高いエリア、もしくは、要注意のエリアに使う最強の設定でやった場合」

「もっと出力を上げよう。僕たちが加えた付加機能で何ができるか」

「そこをどいたほうがいい」ロークは警告した。「あのビームは、服や皮膚によくないかもしれないから」

フィーニーは造形物から後退し、さらに、いちばん安全なのはスキャナーのうしろだと判断した。

昆虫めいた唸りとともに、赤いビームが放出された。それが金属に当たると、造形物そのものがちらちら光っているように見えた。

「くそ。くそっ！　設定を上げすぎると、こいつ、あのゴミくずをどろどろに溶かしちまうぞ」

「上げすぎてはいないよ」ロークは答えた。「接合部が軟化するかもしれないが、それ以外の部分は……」彼はさらに出力を上げ、スキャンの速度を当初の計画より速くした。ユニットのうしろにいてさえ、その熱は感じられ、空気中の電子の震えは匂った。

彼がユニットを停めると、フィーニーはヒューッと息を吐いた。「こいつはすごいな！　大したもんだ。つぎは僕にやらせてくれ」

「今度はゴーグルを着けたほうがよさそうだ」ロークは目を瞬《しばた》いた。「目の前に星が舞っている」しかし彼も、フィーニー同様、笑みを浮かべていた。「最高だったろう？」

「まったくだ。それにほら、見ろよ」ロークが身を乗り出して表示をのぞきこむと、フィーニーはその背中をぴしゃりとたたいた。「チップが出ている。光ファイバーが出ている。それに、シリコンもだ」

「諜報装置か」

フィーニーは姿勢を正し、指を曲げ伸ばしした。「諜報装置だ。あの子に賞品をやろう」

別に驚きもしなかったが、イヴがオフィスにもどってみると、そこでは、放送リポーターのナディーン・ファーストが訪問者用の椅子にすわり、丹念に口紅《リップ・ダイ》を塗り直していた。

ナディーンは、すべすべした長い睫毛をパチパチさせて、塗り直したばかりの唇に笑みを浮かべた。「ほら、クッキー」彼女はイヴのデスクの小さな袋を指し示した。「あなたの部下たちを買収する前に、六つ確保しておいたわ」

イヴは箱に手を入れ、チョコレート・チップのを取り出した。「オートミール・クッキーが一個混ざってるじゃない。オートミールなんてものがなぜ存在するのか、わたしには理解できないんだけど。特にクッキーに入れるなんて気が知れない」

「あらそう。なら、それはこっちにちょうだい。そうすれば、あなたの癇に障ることもないでしょうから」

イヴはまずその厚ぼったい円いクッキーをナディーンに手渡し、それからオフィスのドアを閉めた。ナディーンは閉じたドアを見て、美しいアーチ形の眉をひょいと上げ、クッキーをひと口かじった。

「それって、オフィスに勝手に入ったわたしをどなりつけるため？　それとも、女同士できわどい秘密を打ち明けあうためかしら？」

「こっちにはきわどい秘密なんてないわよ」

「ロークと結婚しているんだもの。この地球の内外の誰も及ばないほどきわどい秘密があるはずでしょうに」

イヴは椅子にかけ、ブーツをデスクに載せた。「彼がたった一本の指で女性の体に何ができるか、話したことはあったかしら？」

ナディーンは身を乗り出した。「いいえ」

「よかった。いちおう確認したかったの」

「この性悪」ナディーンは笑った。「さて、例の殺しとルヴァ・ユーイングの件だけど」

「ユーイングに対する告発はまもなく取り下げられる」

「取り下げられる？」ナディーンは椅子から飛び出さんばかりだった。「撮影班を呼ばせて。現場からの速報の準備をする。すぐにかか――」

「すわって、ナディーン」

「ダラス、ユーイングは最高のネタよ。地に堕ちた元アメリカン・ヒーロー。そして今度は、その容疑が晴れようとしている。そのうえ、美形のアーティストと社交界の花、セックスと愛欲がからんでくるんだから」

「この件は、ユーイングよりもっとすごい話なの。それにセックスや愛欲も関係ない」

ナディーンはふたたび腰を下ろした。「それよりすごいネタなんてある？」

「これから放送していいことといけないことを教えるわ」

ナディーンの表情がナイフの刃さながらに鋭くなった。「ちょっと待ってよ」

「それがいやなら、何も教えない」

「ねえ、ダラス、もういい加減、信用してくれてもいいんじゃない？　放送していいことといけないことくらい、わたしにも区別がつくわよ」

「あなたを信用していなかったら、あなたもそのクッキーもここには入れていないわ」イヴはそう言いながら立ちあがり、ＥＤＤの用意したスキャナー――ロークとフィーニーが改良したものを取りあげて、新たな電子装置が入りこんでいないかどうかオフィス内をチェックした。

「いったい何をしているの？」

「ひどく神経質になっているだけ。さっき言おうとしていたのはね――」室内に何もないとわかると、彼女は先をつづけた。「入ってきたとき、もしあなたがそこにすわってそのきれいな顔をいじっていなかったら、こっちから連絡をとるつもりだったということ。わたしにはこの件を一部公表したいと思う理由があるのよ、ナディーン。そして、その理由は必ずしも職業上のものじゃないの」

「どうぞつづけて」

イヴは首を振った。「そのニュースも続報も、放映前に一字一句漏らさず、わたしがチェックしなきゃならない。そうさせると約束して。あなたが約束すれば、わたしは信じる。でも約束が必要なの。ちゃんと言ってちょうだい」

レコーダーに触れたくて指がむずむずしていたが、ナディーンは手を握りしめ、自制した。「きっとものすごいネタなのね。いいわ、約束する。全部言ったとおりにするわ」

「ビッセルとケイドは、HSOだったの」

「またそんな」

「この情報は、匿名の情報源から得たものなの。上玉よ。ビッセルのユーイングとの結婚は、ある作戦の一環だった。そしてその作戦は、ユーイングの知らない間に、その同意もなく行われていたの。彼女は利用され、作戦隠蔽のため、あるいは、それより重要ななんらかの理由から、ビッセルおよびケイド殺しの罪を着せられたのよ」

「そんなすごいネタで、匿名の情報源からとなると――上玉であろうとなかろうと――確かな事実が必要だわ」

「それもいまから提供する。レコーダーはだめ」イヴはデスクの引き出しをさぐって、再生紙のちっぽけなメモパッドと年代物の鉛筆を掘り出した。「書き留めて。そのメモと、メモから起こした原稿のディスクは、放映が承認されるまで、安全な場所に保管しておいてちょうだい」

ナディーンは渡された鉛筆でささっと試し書きをした。「母に習わされた速記がどの程度、頭に残っているか、試してみましょ。さあ始めて」

話がすむまでには一時間かかった。その後、ナディーンは、〈チャンネル75〉にこもってニュース原稿を書くべく、オフィスから飛び出していった。

きっと大スキャンダルになる。イヴにはそれがわかっていた。ほんのさわりだけでも電波に乗せたが最後、大変な騒ぎに。そうなって当然だ。罪のない人々が人生を奪われたり破壊されたりしたのだから。そしてそれは――なんだろう？　世界の安全のため？　それとも、魅惑的な諜報活動のためだろうか？

そんなものはどうでもいい。あの人々、罪のない人々が、自分をあてにしているのなら。

イヴは、これまでピーボディに押しつけていた、退屈な書類仕事の大部分をかたづけた。

こればかりは認めざるをえない。確かに昨年一年は、助手がいたおかげで何かと助かっていた。

別にスポイルされたわけじゃないけど——彼女は自分にそう言いきかせた。

もちろん、階級をかさに着て、書類仕事の大半をピーボディに押しつけることもできる。それに実際、書類仕事はいい勉強になるのだ。長い目で見れば、そうすることがピーボディのためだろう。

イヴは時刻を確認し、きょうはこれで店じまいすることにした。家でもまだかなりの仕事がこなせるだろう。クッキーの残りを上着のポケットに収め、彼女はオフィスを出た。

すし詰め状態のエレベーターに体をねじこむと、自分がいつも交替時間を避けて退署している理由が思い出された。そしてドアが閉まりかけたとき、誰かの手がすいと伸びてきて、不平のうめきと悪態の大合唱を浴びながら、ふたたびドアを引き開けた。

「あとひとり乗るだけのスペースは必ずあるもんさ」バクスター捜査官が人々を肘で押し分け、乗りこんできた。「すっかりご無沙汰だったな」彼はイヴに言った。

「定時に帰れるところをみると、書類仕事が不足しているのね」

「俺には弟子がいるからな」バクスターはにやっとした。「トゥルーハートは書類仕事が好きなんだ。やらせりゃ本人のためにもなるし」

イヴもピーボディに対して同じ考えを持っていたので、これには反論しがたかった。

「いま、アッパー・イーストサイドの絞殺事件を扱っていてね」バクスターは言う。「被害者は、荒馬《ハード》の一群を窒息させられるくらい金のある女なんだ」

「馬の群れってハードだっけ、パックだっけ？」

「さあな、ハードだと思うよ。とにかくだ、その女は気むずかしい性格で、どうしようもなく根性が悪く、しかも、死ねば大喜びする相続人が十何人もいるんだ。で、いまトゥルーハートにその主任捜査官をやらせてる」

「彼はもうそこまでやれるの？」

「そろそろ試してみる時分だよ。俺が目を光らせてるし。やったのはたぶん執事だろうって言ってやったら、あいつ、大まじめにうなずいて、確率精査をしてみるとさ。ほんとに可愛い坊主だよな」

警官たちは各階でコルクよろしくポンポンと飛び出していった。エレベーターが駐車場に着くころには、いつも息をつけるだけの空間が生まれる。

「例の殺し、第一容疑者を放してやらなきゃならないんだって？　痛いよな」

「痛いのは、彼女がほんとにやっていた場合だけよ」バクスターのぴかぴかのスポーツカーの前で、イヴは足を止めた。「こんな車を買うだけの資金がよくあるわね」

「資金は関係ない。やりくりの腕しだいだよ」バクスターは、イヴの区画に駐まっている、警察支給の哀れっぽい車に目をやった。「たとえ死体になったって、あんなポンコツに乗ってる姿は見られたくないね。あんたの階級ならもっとうまいことやれそうなもんだがな」

「メンテナンス部と調達部の両方に嫌われてるものでね。それにこの車だって、どこへでも好きなところに行けるし」

「格好はよくないがね」バクスターは車に乗りこむと、怒り狂った雄牛さながらの唸りを轟かせ、エンジンを吹かした。それから彼は、もう一度大きくにやっと笑って、ブーンと走り去った。

「男と車ってどうなってるの？」イヴはいぶかった。「連中はなんであんなに車に執着するんだろう」

彼女は首を振って、駐車場を横切りはじめた。

「ダラス警部補」

本能的に、彼女はジャケットの内側に手をやり、武器の握りをつかんだ。手をそのままにくるりと振り返り、並んだ車のあいだから出てきた男をじっと見つめる。

「この駐車施設はNYPSDの所有であり、入れるのは許可された人員のみなのよ」

「HSO、データ管理部、副部長のクイン・スパローです」男は右手を差し出した。「いまから空いているほうの手で身分証を出します」

「ゆっくりよ。スパロー副部長」

彼は言われたとおりゆっくりと、二本の指でカードケースを取り出した。それから、ケースを掲げ、イヴが近づいていくのを待った。彼女はまず身分証を、ついで男の顔を見つめた。

HSOでなんらかの実権を持つには、若すぎる気がする。しかし、連中は早い時期に人を採るのかもしれない。この男は、四十といったところだろうか。いや、それまでにはまだ何年かあるだろう。でも未熟ではない。その落ち着いた立ち居振る舞いは、それなりの経験を物語っている。

政府職員の黒のスーツに包まれたその体は、引き締まっていて敏捷そうで、ボクサーか野球選手を思わせた。言葉に目立った訛はない。イヴの観察が終わるまで、男は身動きもせず、何も言わずに、ただ待っていた。

「なんの用なの、スパロー?」

「あなたが話をしたがっていると聞き及びまして。お望みどおりにしましょう。あなたの車の隣にあるのが、わたしの車です」

その黒のセダンを、イヴはちらっと見やった。「それはやめておく。歩きながら話しましょう」

「結構」男は右のポケットに手を入れようとした。イヴは武器を取り出し、彼の喉に押しつけた。相手がハッと息をのみ、それから息を吐くのが聞こえた。もとの無表情にもどる前に、その顔にほんの一瞬、驚きと警戒の色がよぎったのを彼女は見てとった。

「両手は見えるようにしておいて」

「いいですとも」彼は両手を前に出し、上に上げた。「だいぶぴりぴりしていますね、警部補」

「それなりの理由があるからよ、副部長。さあ、行きましょう」駐車場の出口に向かいながら、彼女は武器をホルスターではなく、ジャケットの内側にすべりこませた。「どういうわけで、わたしが話をしたがっていると思ったの？」

「ルヴァ・ユーイングが、シークレット・サービスに所属する共通の知り合いにそう伝えたからです。そこで現状に鑑《かんが》み、わたしがニューヨーク支局から出向いて、あなたとお話しすることになったわけです」

「あなたの仕事は？」

「主としてデータ処理ですね。管理面の仕事ですよ」

「ビッセルを知っていた？」

「個人的には知りません」

イヴは向きを変え、足早に歩道を進んだ。「この会話は記録されているんでしょうね」

スパローは非常にのどかな、非常に感じのよい笑顔を見せた。「何か記録されては困るようなことがおありなんですか？」

「そっちにはたくさんあるんじゃない？」イヴは、客の大半が警官であるバー&グリルに入った。ちょうど交替の時間なので、店内は警官でいっぱいだった。イヴは、同じ部の捜査官ふたりがともにビールを飲み、仕事の話をしている、ハイトップ・テーブルに歩み寄った。

「ここで打ち合わせをするの」彼女はクレジットをいくつか取り出して、テーブルに置いた。「悪いけど、この席を譲ってくれない？　ビール代はこっちで持つから」

ぶつくさ言いながらも、クレジットをつかみ取り、捜査官たちは立ち去った。イヴは壁を背にしてスツールにすわった。

「フェリシティ・ケイドは、HSOにブレア・ビッセルを引き入れた」彼女はそう切り出した。「その情報はどのように入手したのですか？」

「その後」イヴはつづけた。「彼は連絡係として働くようになり、仕事を隠れ蓑に使いつつ、情報源へ、または、情報源からデータを運んでいた――データはお宅の専門分野よね？ ルヴァ・ユーイングとの結婚は、上からの命令だったの？ それとも、彼自身の発案？」

スパローの顔が石と化した。「わたしには、その件について話す権限が――」

「それじゃただ聴いていて。彼とケイドは、ユーイングの政府職員とのつながりと、民間企業〈セキュアコンプ〉での地位に目をつけた。そして、本人の知らないうちに、体内用の諜報装置を注入し――」

「ちょっと待った」スパローはテーブルに片手を置いた。「ちょっと待った。あなたの情報は正確ではない。そのような誤った情報を報告書に盛りこめば、困るのはあなた自身ですよ。情報源を教えてください」

「情報源は教えない。それにわたしの情報は正確よ。装置はきょう、ユーイングの体から取り出された。あなたたちはもう彼女を利用できない。わたしの目のあるところで、人をはめたのがまちがいだったわね、スパロー。部下の二名を消したいなら、それはそっちの勝手よ。でも、民間人に殺人の濡れ衣を着せることは許さない」

「われわれは彼女をはめたりしていない」

「それが当局による発表？」

「HSOはいかなる暗殺も、命じられたり是認したりはしていない」

「あなたはブレア・ビッセルを知らないと言った。でもそれは嘘よ。副部長なら、彼のことはよく知っていたはずだわ」

スパローの視線は揺れなかった。やはりイヴの判断は正しかったらしい。この男にはそれなりの経験がある。「わたしは個人的には彼を知らないと言ったのです。部下として知らないとは言っていません」

「うまく言い逃れたって、好感度は上がらないわよ、スパロー」

「いいですか、警部補、わたしは自分の仕事をしているだけです。彼とケイドの件は現在、内部で調査中です。暗殺は、〈ドゥームズデイ〉団の一派により遂行されたものと見られています」

「テクノ・テロの組織がなんでわざわざユーイングに罠を仕掛けたりするの？」

「それも現在、調査中です。これは世界の安全にかかわる問題なのですよ、警部補」スパローの声がとても低くなった。そして、とても冷たく。「工作員二名の暗殺には、HSOは関与していない。あなたは手を引かなくてはなりません」

「わたしは自分の仕事をしなくてはならないの。ビッセルのもうひとりの愛人も死んでいる。こちらは、まだ真実の愛を信じるほどうぶな二十一歳の女の子だった」

スパローが歯を食いしばるのがわかった。「われわれもあの処分のことは認識しています。われわれは――」

「処分？　なんて言いぐさよ、スパロー」

「あれはわれわれのしたことではありません」

「あなたは、HSOの組織内で行われていることをすべて知っているわけ？」

スパローは口を開いたが、それがなんであれ、言いかけたことを胸に納めたようだった。

「本件に関しては、逐一、報告を受けてきました。この会談は、ユーイングの故国に対する立派な奉仕を考慮しての好意なのです。それにHSOは、地元警察にできるかぎり協力したいと思っています。しかし好意はあくまでも好意です。本件には、あなたが知らされていないこともいろいろとあるのですよ。ユーイングに対する告発は、すでに取り下げられていますし」

「それで一件落着というわけ？　自分たちはただ見て、聴いて、手は出さず、チェスの駒みたいに好き勝手に人を動かせると思っているの？」

イヴは胸の圧迫感に気づいた。それが広がるのを許したら――ダラスのあの部屋のことを考えたら、呼吸ができなくなるだろう。

だから彼女はそれを締め出し、たたきつぶして、紫色のクマのぬいぐるみとピンクの薔薇のつぼみのある、フリルでいっぱいの寝室にいた若い女性のことを思った。

「その過程で、何人かがつぶされる。惜しいことにね。クロエ・マッコイは死んだ。このことに決着をつける方法がある？」

スパローの口調は変わらなかった。「現在、調査中ですから、警部補。じきに解決するでしょう。責任ある者たちは、適切に処罰されます。あなたは手を出さないでください」

「あなたたちがダラスで手を出さなかったように？」止める間もなく言葉が飛び出してきた。「罪のない者がどうなろうとおかまいなしに、ただすわりこんで情報を集めていたように？」

「なんのお話でしょうか。この件にダラスはなんの関連もありませんが」

「あなたは利口な人に見えるわ、スパロー副部長。調べて、推理したら？」イヴはするりとスツールを下りた。「もうひとつ言っておく。わたしは手を引いたりしない。ユーイングは釈放されるだけじゃない。ＨＳＯの協力があろうとなかろうと、彼女の無実は公の場で証明される。そして、クロエ・マッコイを殺した人間は、処罰される。でもそれは、あなたたちスパイじゃなく、法が適切と見なす方法によってよ」

イヴは叫んでいたわけではない。だが声を低く保とうともしていなかった。何人かが頭をめぐらせた。また、他の警官たちが聞き耳を立てているのもわかった。

「今度は必ず誰かが報いを受ける。あなたと聴音哨たちとで、この情報をデータ・バンクに入れて、分析してみなさいよ。つぎにわたしに接触するときは、取引の用意をしてくることね。そうでなければ、話し合うことは何もないわ」

彼女は大股でバーを出た。呼吸は速くなりだしていた。頭がくらくらする。しっかりしなくては。自分のされたことを考えてはいけない。自分がこれからしようとしていることを考えるのだ。

必ず報いを受けさせよう。彼女は心に誓った。虐待され、怯えていたダラスのあの子のために報復することはできない。ロークにも何もさせないよう力を尽くすつもりだ。でも、ルヴァ・ユーイングとクロエ・マッコイのためには、やるつもりだし、必ずやってみせる。

彼女は頭蓋骨底部の圧迫感を無視し、駐車場から車を出した。そして、その強い締めつけに身を委ねたまま、混んだ道を進んでいった。

広告飛行船が、夕刻の宣伝文句をがなりたてている。セール、セール、セール。スカイ・モールの全店にて秋の大奉仕。ラッキーな百名様に、インタッチ・パームリンクを無料で進呈。早い者勝ち。

その騒音は、頭上に押し寄せてきた。そこにときおり、交通コプターのブレードがカタカタいう小さな音、公害条例を無視してやかましく鳴らされるクラクションの音が入り混じる。

圧迫感がじりじりと上昇しだし、こめかみを締めつけてきた。頭痛が本格的になったとき、彼女は悟った。今度のは最悪だ。

ニューヨークの騒音、その荒れ狂う心臓の脈動の向こうから、処分について語る、あの冷たく落ち着いたスパローの声が聞こえてくる。

人間は処分できるものじゃない。ハンドルを強く握りしめながら、彼女は思った。これまで何体、遺体を見おろしてきたか知れない。何体、袋に入れるよう命じてきたか知れないが、そのなかに処分してよい人間などひとりも、ただのひとりもいなかった。

イヴは、開いていた自宅のゲートを突っ切った。そして、十分間の静寂を願った。十分でいい。頭のなかでけたたましく鳴っているこの騒音を止めてほしい。

サマーセットとの夜ごとの対決を避けられるよう祈りつつ、家に飛びこみ、階段を途中までのぼったときだ。イヴは自分の名を呼ぶ声を耳にした。

あたりを見回すと、階段の下にメイヴィスがいた。

「ああ、いたの。気づかなかったわ」上の空で、彼女は痛むこめかみをさすった。「あのブサイク親父の夜の歓迎から逃れようとして、必死で走ってたから」

「ちょっとだけ会いたいって、サマーセットにたのんだんだ。すごく忙しそうだね。それに疲れてるみたい。まずいときに来ちゃったかな」

「いいえ、大丈夫」メイヴィス一服は、どんな頭痛薬よりもよく効く。

必要なのは、自分が――いまの自分が何者かを思い出すよすがだ。

目下、メイヴィスは保守的な気分らしく、光りものは何ひとつ身に着けていなかった。それにしても、ジーンズにTシャツというごくふつうの格好のメイヴィスをこの前見たのは、いったいいつだったろう？　たとえそのTシャツがウエストの二、三インチ上までしかなく、赤と黄色の房飾りにおおわれているとしても、これはメイヴィス・フリーストーンのフアッションとしてはかなりおとなしいほうだ。髪も地味な茶色で、景気づけとしては、わずかに赤と黄色の房がひとつ、てっぺんに突っ立っているだけだった。

少し顔色も悪い。階段を下りながらイヴはそう思い、やがてメイヴィスがリップ・ダイもアイ・エンハンスメントもつけていないのに気づいた。

「教会へでも行ったの?」イヴは訊ねた。

「ううん」

眉をひそめ、イヴはもう一度、観察の目を走らせた。「うわあ、ずいぶんふくらんできたじゃない。二、三週間見ないうちに、こんなに――」

そのとき、メイヴィスがわっと泣きだし、イヴはぎょっとして言葉を失った。

「ああ、しまった。どうしよう。わたしがまずいことを言ったんでしょ? ふくらんできたなんて、言っちゃいけなかったの?」彼女は大あわてでメイヴィスの肩をそっとたたいた。

「赤ん坊でお腹がふくらんでうれしいだろうと思ったのよ。ああ、ごめんね」

「自分でもどうしちゃったんだかわかんない。どうしていいのかわかんないんだよ」

「どうかしたの……あの、赤ん坊に何か?」

「ううん。なんでもない。どうしようもない」メイヴィスはむせび泣いた。「なんでもない。どうしようもないんだよ、ダラス」悲しげにすすり泣きながら、彼女はイヴの腕に身を投げかけた。「怖くてたまんないの」

「医者を呼びましょう」イヴは奇跡的に医療員が現れはしないかと、必死に玄関広間《ホワイエ》を見回した。パニックに駆られ、サマーセットがいてくれたらと切に願いさえした。「それか、他の何かを」

「ううん、だめだめだめ」メイヴィスはイヴの肩にすがっておいおいと泣いている。「医者なんかいらない」

「すわったほうがいいわ。ね、すわって」それとも、寝かせる？　やっぱりすわらせる？ ああ、誰か。「ロークが帰っているかどうか、見てこようか」

「ロークなんかいらない。男はいや。あんたがいい」

「オーケー、わかった」イヴはメイヴィスをカウチにすわらせ、友が膝ににじり寄ってきたときも、ぎょっとすまいと努めた。「わたしはここにいるからね。えーと、きょう、あなたのことを考えたのよ」

「ほんとに？」

「〈青いリス〉でランチを食べて……ああ、どうしよう」イヴはつぶやいた。メイヴィスがますます激しく泣きだしたのだ。「ヒントをちょうだい。何か手がかりを。何があったのかわからなきゃ、どうしようもないじゃない」

「怖くてたまんないの」

「そこはわかった。なぜ？　何が怖いの？　誰かに困らされているとか？　イカレたファンか何か？」

「ちがうよ。ファンのみんなは最高」彼女は肩を震わせ、イヴに身をすり寄せた。

「うーん……レオナルドと喧嘩でもした？」

メイヴィスは首を振った。「ううん。彼は世界一の男だもん。宇宙一完璧な人だもん。あたしなんかにはもったいないよ」

「もう、つまらないこと言わないで」

「つまらなくなんかないよ。ぜんぜん」メイヴィスはぐいと身を退き、涙に濡れた顔でイヴの顔を見あげた。「あたしは馬鹿だもの」

「いいえ、そんなことない。あなたが馬鹿だなんて、馬鹿げてる」

「あたしは学校も出てないんだよ。十四のとき家出したけど、さがしてももらえなかったし」

「仮に親が馬鹿だったとしても、あなたまで馬鹿だということにはならないのよ、メイヴィス」

仮に親が怪物だったとしても、わたしまで怪物だということにはならない。

「あのときのあたしはどうだった？　あんたにペテンでつかまったとき？　あたしが知ってることって言えばそれだけ、ペテンだけだった。お手軽なペテンに、念入りなペテン、掏《す》摸《り》、他のペテン師の手伝い」

「でも、いまのあなたを見て。あなたに惚れこんでいる宇宙一完璧な人がいて、最高の仕事があって、赤ん坊まで生まれようとしてるじゃない。ああ、お願い、お願いだからもうそんなふうに泣かないで」泣きくずれたメイヴィスに、イヴは懇願した。

「あたし、なんにも知らないんだよ」

「いいえ、知ってる。ほら、いろいろ……音楽のことを」まあ、ある程度は。「それにファッションのことも。それに、人間のこともよく知ってるでしょ。きっとペテンをやってて学んだのよ、メイヴィス。でも人間のことを知ってるのは確か。人をいい気分にさせる方法とかね」

「ダラス」メイヴィスは両手で顔をぬぐった。「あたし、赤ちゃんのことをなんにも知らないんだよ」

「ああ。それ……でも、いろんなディスクを聴いているんでしょ？　それに、講習だかなんだかに行くって言っていなかった？」

これはわたしの領分じゃない。イヴは半狂乱で思った。どう考えても専門外よ。ああ、なんだってピーボディをジャマイカへなんかやってしまったんだろう。

「あんなもんがなんの役に立つの？」泣き疲れたメイヴィスは、ばったり倒れて、カウチの端のクッションに頭を載せた。「授乳のしかたとか、おむつの替えかたとか、どこも傷めない抱きあげかたとか、そんな話ばっかりだよ。何かのやりかたばっかり。どうしたらわかるのか、どうしたら感じるのかは教えてくれない。ママになる方法は教えてくれないんだ。あたし、どうすればいいのかわかんないよ、ダラス」

「たぶんそれは自然に起こることなんじゃない？　ほら、最後に赤ん坊を押し出したら、自然にそうなるの。それで、わかるのよ」

「あたし、何もかもだめにしちゃうんじゃないかな。ちゃんとやれないんじゃないかな。レオナルドは幸せいっぱいで、すごくわくわくしてる。すごく子供をほしがってるんだ」

「メイヴィス、もしも——」

「ううん、ほしいよ。この世の何よりも。怖いのはそこなんだ。このチャンスをだめにしちゃったら、あたしきっと耐えられない。せっかく赤ちゃんが生まれたのに、感じるはずのことを感じなかったら、赤ちゃんに何が必要か——食事とか、おむつとかじゃなくて、本当に必要なものが何かわからなかったら。自分が誰からも愛されたことがないのに、赤ちゃんの愛しかたなんてわかるかな？」

「わたしがあなたを愛しているじゃないの、メイヴィス」

メイヴィスの目がふたたび涙でいっぱいになった。「わかってる。それに、レオナルドも愛してくれてるよね。だけど、それとこれとは別だよ。別だってことはわかってる。でも、どうちがうのかがわかんなくて。あたし、パニック状態なんだろうね」メイヴィスは長いため息をついた。「レオナルドにはこんなこと話せなくてさ。とにかくあんたに会いたかったんだ」

彼女はイヴの手に手を伸ばした。「親友にしか話せないことってあるよね。おかげでだいぶ落ち着いたよ。たぶんホルモンの関係でおかしくなっちゃったんだね」

「わたしにとってあなたは初めての本当の友達よ」イヴはゆっくりと言った。「あなたは何がなんでもわたしと仲よくなる気でいて、こっちはそれを振り払うことができなかった。気がついたらもう、あなたとわたしはこうなっていた。わたしたち、お互いが困難を乗り越えるのを何度も見てきたわよね」

「うん」メイヴィスははなをすすった。ようやくその唇に、涙まじりのほのかな笑みが浮かんだ。「そうだったね」

「あなたはわたしの初めての本当の友達。だから、もしあなたが馬鹿だったなら、わたしはちゃんと教えてあげたわ。あなたがだめな母親になると思ったら、ちゃんと教えてあげた。赤ん坊を産むのがまちがいだと思ったら、ちゃんと教えてあげたわよ」

「そうなの？　ほんとに？」メイヴィスはイヴの手をつかみ、じっと顔を見つめた。「誓う？」

「ええ、誓う」

「そう言ってもらえると、ほっとするよ。ほんとに」メイヴィスは長く震える吐息を漏らした。「ああ、ほんとにほっとする。しばらくここにいてもいい？　レオナルドに連絡して、こっちへ来るように——あっ。ああっ」

涙にうるんだ彼女の目が大きくなるのを見て、イヴは飛びあがった。メイヴィスはしゃんと身を起こし、お腹に手を押しあてた。「どうしたの？　吐きそう？」

「動いた。動くのがわかったの」

「何が動いたの？」

「赤ちゃんだよ」メイヴィスはイヴを見あげた。まるで誰かが体内のスイッチを入れたかのように、その顔は輝いていた。「あたしの赤ちゃんが動いたんだ。ちょうど……ちょうどちっちゃな羽がパタパタするみたいに」

イヴは血の気が骨まで引くのを感じた。「それってふつうのことなの？」

「もちろん。あたしの赤ちゃんが動いたんだよ、ダラス。お腹のなかで。絶対ほんと」

「きっと、あんまり心配しないでって言おうとしているのよ」

「そうだね」メイヴィスは新たにあふれた涙をぬぐって、輝くばかりの笑みを浮かべた。「きっとうまくいく。満点以上に。こうなったときに――あたしがこれを感じたときに、あんたがいてくれてよかったよ。一度きりのこのときに、あんたとあたしと赤ちゃんだけでいられてよかった。あたし絶対ヘマはしないよ」

「ええ、もちろんよ」

「それに、どうすればいいかもきっとわかる」

「メイヴィス」イヴはふたたび彼女のそばにすわった。「わたしには、もうわかってるように見えるわ」

12

家に入ってきたロークは、イヴが両手で頭をかかえて階段にすわっているのを見つけた。恐怖ではらわたがよじれるのを感じつつ、彼はそちらへと急いだ。

「どうした？　何があったんだ？」

イヴは大きく息を吐いて、最後にヒクッと喉を鳴らした。「メイヴィスが」

「ああ、まさか。赤ん坊に何か？」

「そう全部、赤ん坊のせい。とにかくわたしはそう思う。何がなんだかわからない。彼女はリップ・ダイもしていなかったのよ。いったいわたしはどうすればよかったの？」

「一から始めたほうがよさそうだな。まず僕から行くよ。メイヴィスと赤ん坊は、大丈夫かい？」

「そのはずよ。動いたんだから」

「何が？」ロークはふと口をつぐんで、天を仰いだ。「頭が混乱してきたぞ。彼女は赤ん坊が動くのを感じた。で？　それはいいことなんじゃないか？」

「本人はそう思っていた。だからそのはずよ」

イヴは階段に背をもたせかけ、ロークに目を向けた。彼はイヴの手を握ったまま、彼女の顔をじっと見つめ——そして待っている。

まったくいつもどおりだ。けれども、微妙なリズムの変化を彼女は感じていた。いま、ふたりの世界は正常ではない。たぶん二度と正常にはもどらないのだろう。しかしふたりとも、なんの変わりもないふりをしようとしている。

気になることなど何もないというその虚構は、妙に恐ろしかった。

しかし、もしもそれしかすがるものがないのなら、イヴはロークと同様に喜んでその陰に隠れるつもりだった。

「わたしが帰ったとき、彼女はすっかり落ちこんで、めそめそしていたの」イヴは先をつづけた。「子供のときめちゃめちゃに扱われたから、自分も子供をめちゃめちゃに扱うんじゃないかって。きっと何をすればいいのか、どう感じればいいのかわからないだろうって。それで、ひどく泣いていた」

「それは妊婦にはよくあることらしいよ。泣いたりするのはね。彼女は少し怖くなったんじゃないかな。その全プロセスを考えてみると、あれは結構恐ろしいことなんだろう」

「そうね、わたしは考えてみたくない。それだけは確か」

ロークはイヴの手を放すと、ほんの少しだけ体を離した。それで、彼もまたこの空気を感じているのがわかった。

この臆病者——そう自分をののしりながらも、イヴはそのことを頭から締め出した。

「とにかく、彼女はほぼ落ち着いたの。そしたら赤ん坊が、なんだか知らないけどお腹のなかでやることをやって、それで彼女はまたすっかり幸せな気分になったわけ。レオナルドに報告すると言って出ていったときは、とんぼ返りでもしそうに元気いっぱいだった」

「なるほど。すると、きみがそんなみじめな顔をしてここにすわっているのは、なぜなのかな?」

「彼女はじきにもどってくるの」

「いいじゃないか。僕も会いたいよ」

「でもトリーナを連れてくるのよ」イヴの声が一オクターブ近く高くなった。彼女はロークのシャツをぐいとつかんだ。「あのふたりの拷問具も持ってくるの」

「そうか、わかった」

「いいえ、わかってない。やられるのは、あなたじゃないんだから。あなたは、あの奇妙な鋭い道具で攻撃されるわけじゃない。わけのわからないどろどろを顔や体に塗りたくられるわけじゃないでしょう。彼女たちが何をする気か知らないけど、とにかくわたしは遠慮したいわ」

「そこまでのものじゃないだろう。でも、いやなら仕事を口実にして、少し時間を稼げばよかったのに」

「逆らえなかったのよ」イヴはふたたび両手で頭をかかえた。「あのすっぴんにやられたの。メイヴィスのすっぴんなんて、見たことある？」

ロークはごくそっとイヴの髪をなでた。「いや、一度も」

「そうでしょう。それに、目を真っ赤に泣き腫らして――うるませていたのよ。それに、お腹はふくらんでいるし。あの小さな塊が突き出しているんだから。どうすればよかったのよ、わたしは？」

「これでよかったんだよ」ロークは身を乗り出して、彼女の頭のてっぺんにキスした。「きみはいい友達だ」

「むしろ意地悪女になりたい。そのほうが楽だわ。それに、気分がすっきりするでしょ、意地悪すると」

「それにかけては、いい腕をしているしね。そうだ、これは僕にとってバーベキュー・グリルにまた点火する絶好の機会じゃないか」

「人が落ちこんでいるときに蹴飛ばそうだなんて、信じられない」

「もうコツをつかんだからね。秘かに練習を積んだんだよ。みんなでハンバーガーを食べよう。あれがいちばん簡単なんだ」

ハンバーガーなら昼に食べたと言ってもいいのだが、〈青いリス〉で飲み下した代物をそう呼んでは、いくらなんでも褒めすぎだろう。

「わたしは仕事がしたいのに」イヴは不平を垂れた。でもそれは形だけだ。大勢の人と過ごせば、ふたりのためになるかもしれない。それですべてがいくらか上向くかも。あれこれおしゃべりし、活力を吸収すれば。

万事正常、何も変わりはないという幻想を維持すれば。

「わたしはただ、HSOや異国のテクノ・テロリストたちの狡猾で残忍な策略と格闘しながら普段どおりの夜を過ごしたいだけよ。それって贅沢すぎる？」

「そんなことはないさ。でも生活というものがあるからね。クイーンズでの首尾を話してあげようか？」

「ああ。ああもう！」イヴはいきなり両手を投げ出し、ロークの顎に危うく拳をお見舞いしかけた。「ほらね。頭がごちゃごちゃになってしまって、自分の事件の状況を覚えてさえいないじゃない。フィーニーはどこ？」

「クイーンズに留まって、造形作品の回収を監督しているよ。もう差し押さえてあるんだ。諜報装置の件はきみの推理どおりだったよ」

僕を見つめるきみの目――ロークは思った。だからあの話は二度とする必要がない。頭のなかまで見通そう、そこに何があるか読みとろうとしている。

僕たちはこれからどうなるんだろう？

「装置が仕込まれた造形物は六体あった。外に三体、なかに三体」彼はほほえんだ。目を和ませることはできなかったが、それでも笑みは浮かべた。「見たところ、すごい性能のやつだよ。金属を引き裂いて取り出したら、分解して分析する。きっと楽しいだろう」

「カメラ？　それとも、盗聴器？」

「両方だよ。とりあえず調べたところでは、衛星を利用している。監視しているのが誰にせよ、われわれが装置を見つけたことをそいつが知っているのは確かだ」

「よし」イヴは立ちあがった。「ビッセルがＨＳＯのために自分の妻をスパイしていたとすれば、連中はわたしたちが動いているのをすでに知っているわけね。わたしはきょう、ＨＳＯの副部長に会ったのよ」

「そうか」非常に静かで、非常に冷ややかなその声は、イヴの背筋に寒気を走らせた。

「ええ。もしビッセルが変節して敵方についていたなら――この場合、どっちの側も大差がないような気がするけど――連中はあわてて動きだすでしょう。こっちはわたしが始末をつける」このいっときだけ何事もないふりをやめ、彼女は言った。「わたしが始末をつけるから」

「もちろんそうだろう。きみにやりかたを指図する気はないよ」そしてロークは、注意深く付け加えた。「きみのほうもそうしてくれるね？」

「でもそれとこれとは別よ。それは――」イヴは身を退いた。まるで崖をすべり落ちていくのを感じたかのように。「その件は棚上げにしましょう。目の前のことに集中するのよ」

「喜んで。で、目の前のことというのは？」

「事件の捜査。上に行って、情報交換しましょう」

「いいとも」ロークはイヴの顔に手を触れ、それから身をかがめて、彼女の唇にごくそっと唇を寄せた。「とりあえず、ふたりにとっていちばんふつうのことをしよう。上に上がって、殺人について話し合い、それから友人たちと食事をする。それでいいかい?」

「ええ、いいわ」イヴは努力して彼にキスを返した。それから立ちあがって、肩をぐるぐる回した。「そのほうが気が休まる。捜査会議にハンバーガー。トリーナやあの恐ろしい魔法の袋のことを忘れていられる」

イヴを笑わせたかったから、どうしてもその笑顔が見たかったから、一緒に上に向かうとき、ロークは二本の指にとことこと彼女の腕をのぼらせた。「トリーナはきみになんの香りのスキンクリームをつけると思う?」

「うるさい。口を閉じてなさい」

「これこそ生きてるってことだよな」熱帯の空気を胸一杯に吸いこみながら、マクナブが言った。

「わたしたちは生きているんじゃない。事件の捜査をしているの。捜査というこの旅の目的が果たされるまで、わたしたちには生きることなんて許されないのよ」

マクナブは小首をかしげて、深紅色のサングラスごしにしげしげと彼女を見つめた。「その言いかた、まるでダラスだ。なんか妙にむらむらするな」

ピーボディは彼に肘鉄を食わせたが、本気を出してはいなかった。「まっすぐ〈ウェイヴス〉に行って、ディーゼル・ムーアからカーター・ビッセルの話を聞きましょう。それからビッセルの自宅に寄って、近所の人や友人知人と手当たりしだい話をするの」

「今度はいばりだした」マクナブは、目下、夏の薄いズボンに包まれている彼女のお尻を愛情をこめて軽くたたいた。「それもなかなかいいよ」

「あなたのほうが階級は上だけど、こっちは殺人課ですからね」ああ、この言葉を口にするのは実にいい気分だ。「この狩猟チームのリーダーはわたしよ。そしてわたしは、まず仕事をし、そのあとで……生きるべきだと思う」

「同感。でも、やっぱり乗り物は借りないとね」

ホテル横手の小屋の外にずらりと並んだスクーターに、彼は視線を移した。どれもサーカスのパレード並みに派手でカラフルで、見るからに観光客向けだ。

ピーボディはにっと笑った。「同感」

〈ウェイヴス〉は、キングストンの近寄りがたい通りにある、羽目板張りの建物にねじこまれたケチな店だった。ふたりは二度道に迷い——あるいは、迷ったふりをし——その都会者の頬に島風を受けながら、狭い通りを駆けめぐった。激論のすえ、彼らは、行きはマクナブ、帰りはピーボディが運転するということで合意していた。マクナブの腰にしがみついて相乗りするのは楽しく、たぶん自分で運転するのと同じくらい快感だろうとピーボディは思った。

しかしそんな彼女も、もっと貧しい歓迎ムードに欠けた地区に入っていくと、夏の薄手のジャケットの下に武器があるのをありがたく思った。

二ブロックの半径内で、彼女は三度、違法な商取引を目にし、ある建物の入口の階段ではファンキーなジャンキーの二人組が一緒に踊っているのを認めた。派手な全地形型のスポーツカーがそばを通り過ぎ、その運転席の男が暗く危険なまなざしを向けてきたときなどは、制服を着ていればよかったとさえ思った。

それでも彼女はまっすぐに相手を見返し、ゆっくりと、これ見よがしに、武器に手をかけた。

「いやな空気」車が速度を上げ、脇道へと消えると、彼女はマクナブの耳もとで言った。

「ほんとだよな。ここじゃ、違法ドラッグに対する罰則は、ティーンエイジャーのペニス並みにハードなんだが、この地区じゃ誰も気にしちゃいないみたいだ」

目的の通りには、セックス・ショップやクラブがあり、それらの店と同じものを売る流しの公認コンパニオンもいた。しかしそのどれも、格別魅力的には見えない。数軒の戸口からは音楽が流れ出ているが、そのエキゾチックな魔力も、娼婦や客引きの退屈そうな一本調子の呼びかけにまぎれ、失われていた。

ここにさまよいこむ観光客もいるにはいるだろう、と思う。でも、セックスや違法麻薬や背後からのひと刺しを求めているのでないかぎり、そういう連中はそそくさと逃げていくにちがいない。

ふたりは、そのちっぽけなみすぼらしいバーの前で停まった。マクナブがレンタル店で渡されたチェーンで街灯にスクーターをつないでいるあいだ、ピーボディはあたりを見回していた。

「あることをやってみようと思うの」彼女は言った。「あなたの応援が必要かも」

ピーボディが白羽の矢を立てたのは、ふたりの若い男だった。一方は黒人、もう一方は白人。建物の入口にすわって、黒いパイプを回し合い、神のみぞ知る何かを吸っている。彼女は気合いを入れ、思いきり冷酷な警官の顔を作ると、ふんぞり返ってそちらへ向かった。マクナブがうしろから小声で警告するのも無視して。

「あのスクーターが見える?」

黒人は薄笑いを浮かべ、ゆっくり長々とパイプを吸った。「目はついてるよ、スベタ」

「そうね、それぞれ一対ずつあるみたい」ピーボディは重心を移すと、肘を引いてジャケットの前を開き、バッジと武器をのぞかせた。「その目だけど、いまのまま頭蓋骨のなかに収めときたいなら、あのスクーターから離さないことよ。わたしが外に出てきたとき、あれがいまの場所に、いまと同じ状態で置いてなかったら、相棒とわたしとであんたたちを狂犬みたいに追っかけてやるから。相棒があんたのケツにそのパイプを押しこんでいるあいだ——」彼女は白人の男に歯をむきだして見せた。「こっちはあんたの仲間のド阿呆の目玉をえぐりだす。この親指でね」

白人の男もお返しに歯をむきだした。「なんだと、この野郎」

みぞおちが——ほんの少しだけ——ざわついたが、ピーボディは歯をむいた荒っぽい顔つきを維持した。「そういう口をきいてると、このコンテストの最後にわたしが出そうと思っている、すてきな賞品を受け取れないわよ。わたしが外に出てきたとき、あのスクーターが無傷であそこに残っていたら、ヤクの不法所持と不法使用であんたたちをぶちこむのはやめにする。おまけに、ぴっかぴかのきれいな十クレジットをあげるわ」

「いま五、あとで五だ」

ピーボディは黒いほうに視線を移した。「いまはゼロ、結果がよくなきゃ、あとでもゼロよ。ねえ、マクナブ、わたしが満足しないとどうなるんだっけ？」

「その話はとてもできないね。悪い夢を見ちまうから」

「自分を大事にすることね」ピーボディは言った。「十クレジット、稼ぎなさい」

彼女は踵を返し、ぶらぶらとバーに向かった。「汗が背中を伝ってる」口の端でマクナブにそう告げた。

「わかりゃしないさ。さっきのきみには、こっちまでビビッた」

「ダラスだったらもっと言ってやったんだろうけど、あれでもまあ上出来かな」

「最高だったよ、ベイビー」マクナブがぐいとドアを開くと、紫煙と酒と、水や石鹸に縁のない連中のにおいのする冷たい空気がふたりを襲った。

まだ夕暮れ前で、店に活気はなかった。それでも、テーブルを囲んだりカウンターで背を丸めたりと、客の姿は――ケチな客だが――ぱらぱら見られた。ステージとなっている狭い台の上では、映りの悪いホログラムのバンドが下手くそなレゲエを演奏している。スティール・ドラマーの映像は絶えずちかちか点滅しているし、音声は微妙にずれていてヴォーカルの口の動きに合っていない。それを見てマクナブは、いとこのシーラがいつも大興奮して見ている、ダビングのまずいビデオを思い出した。

べたべたの床の上を進んでいくと、つま先の開いた彼のエア・スニーカーは、小さく吸いつくような音を立てた。

ムーアはカウンターに入っていた。ふたりの見たIDの写真より少し細めに、また、はるかにいらだっているように見える。髪はドレッドロック――マクナブが高く評価する、爆発した馬の黒い尻尾みたいなやつだ。それは、ムーアのマホガニーっぽい肌の色や、先の尖った顎によく似合っていた。

首には鳥の骨らしきもので作られたネックレスがかかっている。また、その肌は、吹きこんでくる冷たい空気など関係なしに、汗に光っていた。

彼の目、怒気をはらんだ黒い目が、ピーボディとマクナブをひとまとめに眺め回した。待っていた客の手に泥じみた茶色のビールを押しこむと、彼は薄汚いふきんで、派手なブルーの小さなタンクトップがあらわにしているてらてらした胸をふいた。

そして、こちらにやって来て、タトゥーの入った唇をめくりあげた。「今月の分はもう払ったろうが。これ以上保証金を巻きあげようたって、そうはいかねえぞ」

ピーボディは口を開いた。しかしマクナブがその足を踏んで、彼女を黙らせた。「俺たちは地元の警官じゃない。連中がここで遺族年金を積み立ててるとしても、その仲間じゃないんだ。それどころか、こっちはあんたの個人的な基金に喜んで寄付するつもりだよ。それだけの価値のある情報を持っていればな」

ピーボディは、マクナブがこんなふうにクールに、やや退屈そうに話すのを、これまで聞いたことがなかった。

「お巡りが金をやろうって言うときは、たいていあとで痛い目に遭わされるからな」

マクナブはポケットから二十クレジット取り出し、ムーアから目を離さずに、その金を隠したてのひらをカウンターに伏せた。「裏はないよ」

金は、魔法のような早業で手から手へと渡った。「で、なんに金を払おうってんだ?」

「情報だよ」マクナブは繰り返した。「カーター・ビッセル」

「あのくそったれ野郎が」誰かが向こう端でカウンターを殴りつけ、もたもたするな、とどなった。「黙りやがれ」ムーアはどなり返した。「カーターの野郎が見つかったら、一発ぶちこんでやりたいね。二千貸しがあるんだからな。それに、やつが休暇に出かけると決めて以来、こっちはひとりでここをやるのに四苦八苦してるんだ」

「一緒に店をやるようになってどれくらいなの?」ピーボディは訊ねた。

「ずいぶんになるな。前にも一緒にビジネスをやってたんだ。まあ、運送業みたいなもんだがね。その後、ここでこのちょっとした事業を始めようってことになって、それぞれが店賃《たなちん》を出したわけさ。カーターって野郎は、商才があるんだ。俺たちゃうまくやっていた。やつはときたま、はめをはずすがな。ラム酒とゾーナーに目がないし、この手の店をやってりゃそういうものは手に入る。ときには二日ばかり顔を出さないこともある。でもこっちは、やつのお袋じゃないからな。やつが休めば、つぎはこっちが休む。それであいこさ」

「ところが今回は」ピーボディは先を促した。

「今回は消えちまったきりだ」ムーアはカウンターの下からボトルを一本引っ張りだし、何か茶色い濃厚なものを短いグラスに注ぐと、それをぐいとあおった。「経営資金の二千を持ってな。その月の資金は、それでほぼ消えちまった」

「予告もなく？」

「へっ。でかい取引の話をしてたよ。でかい取引に、贅沢な暮らし。一流の店を持とうなんてな。カーターってやつは、そんな戯言ばっかりなのさ。いつだって、でかい取引を決める気でいやがるが、実現したためしがねえ。だってやつは小物だもんな。ちょっとラムを入れてみな。その手の大ぼらを吹きまくりやがるから。それと、兄貴がどんだけうまくやってるかって話とな」

「彼の兄さんに会ったことはある？」ピーボディは訊ねた。

「ないね。最初は作り話だと思ってたくらいだ。だがそのうち、やつが家にしまってるスクラップブックを見せられてね。記事やら何やら、アーティストの兄貴に関するゴミくずでいっぱいのやつさ」

「彼は自分の兄さんのスクラップブックを持っていたのね」

「ああ、ゴミくずの山をな。なんでなのか、さっぱりわからねえよ。あの話しぶりからすりや、カーターのやつ、あのくそ野郎の存在そのものを嫌ってたみたいだからな」

「彼、兄さんに会いにニューヨークに行くって言ったことはない？」

「へっ。カーターはいつだってそんなことを言ってたよ。誰それに会いに、どこそこへ行くってな。ただ言うだけさ」

「彼がフェリシティ・ケイドの話をするのを聞いたことは？」

「ああ。セクシーな金髪女だろ」ムーアは唇をなめた。「なかなかの上玉だよな。二、三度、ここに来たよ」

「気を悪くしないでね」ピーボディは感じよく言った。「でもここは、ああいう女性がよく来るような店には見えないんだけど」

「ああいう高級な女が何を考えてるかなんて、誰にもわかりっこねえだろ。だから俺は近づかねえのさ。あの女は、ある夜、入ってきて、カーターに色目を使いやがったんだ。そうがんばるまでもなかったがな。やつから肝心なとこは聞き出せなかった。ふつうなら、ものにした女のことを自慢しまくるんだが。自分をベッドの達人だと思いたいんだろうよ。ところが、あの女のことじゃだんまりを決めこんでた。秘密めかしやがって」ムーアは肩をすくめた。「別にどうでもいいがね。こっちはこっちでやってるからな」

「彼女はよくカーターと過ごすの？」

「そんなこと知るわけねえだろ。ここへは二、三度、来ただけなんだ。ふたりは一緒に出かけてた。カーターが二、三日、休むこともあった。やつがあの上物と消えたんじゃないかなんて考えてるなら、そいつは見当ちがいだぜ。あの女は手軽に一発楽しむ以外、やつとかかわる気なんぞないさ」

「彼は他の何かに手を出していなかった？　ビジネスでも、女でも、その関係で行方をくらますような何かに？」

「もう全部、ここの警察に話したよ。やつは女が見つかりゃやる。でもどんな女とも長くはつるんじゃいねえ。副業があったとしても、俺はお呼びじゃなかった。どのみち何かやってりゃ俺の耳にも入ったろうよ。ここは小さい島だからな」

「確かに小さい島よね」ムーアとの話を終えて店を出るとき、ピーボディは言った。「隠れる場所はあまりない」

「出ていく手段もあまりないよ。空を行くか、海を行くか」

ピーボディは外に足を踏み出した。うれしいことに、スクーターはもとの場所にあった。それも、明らかに無傷で。「あのふたりにお金を払ってやって」

「なんで俺が払うんだよ？」

「手なずけたのは、こっちだから」

マクナブはぶつくさ言いながらも、スクーターのチェーンをはずす前に、男たちに十クレジット放ってやった。

「あなた、あのゆすりの件をすごくうまく処理したわよね」本当なら賞賛をこめてマクナブのお尻をつねってやりたいところだ。しかし、そんなことをしては警察官の沽券《こけん》にかかわる。やっぱりそれは、あとにしよう。ピーボディはただスクーターにまたがった。「とにかく、暗くなる前にこの地区を出られるのがありがたいわ」

「俺もだよ、ナイスボディ《シー・ボディ》」どうやらマクナブは、ピーボディほど警察官の沽券にこだわっていないらしい。うしろにまたがりながら、彼は彼女のお尻をつねった。「行こうぜ」

カーター・ビッセルの住まいは、二間だけの掘っ立て小屋で、いわば、砂と貝殻の破片の上に建てられたテントのようなものだった。ビーチに近いため、ピーボディにはちょっと魅力的に思える部分もあったが、それはすなわち、トロピカル・ストームの手軽な標的になってしまうということでもあった。

ピーボディには、家のどことどこに板が当ててあるかがすぐわかった。また、垂れ下がったロープ製ハンモックからは、カーターが家の修理修繕についてくよくよ考えるより、そこで揺られて余暇を過ごすのが好きだったことも見てとれた。

砂地の雑草が貝殻のあいだからちょぼちょぼと顔をのぞかせている。枯れた椰子の木には、古くなってすっかり錆《さ》びついたスクーターが一台、チェーンでつながれていた。

「クイーンズとはほど遠いな」割れた瓶を蹴りのけながら、マクナブが言った。「景色では兄貴に勝ってるかもしれないが、生活のその他の面を成績に入れると、彼はこの兄弟間のレースではるかに遅れをとってるね」

「この様子だと、彼はただ出てったんだとも考えられるわね」ピーボディは地元警察からもらってきた鍵を取り出した。「目に映るすべてが、彼が負け犬であることを物語っている」

「フェリシティ・ケイドがここになんの用があったかは、物語っていないけどな」

「わたしもそれを考えていたの。もしかすると連中は彼を偽装に利用したかったのかもね。こんなところにＨＳＯやテロ組織の支部があるとは誰も思わない。そこが大事だったのかも」

ピーボディは鍵を開け、ギーッとドアを開いた。室内はカビ臭くむっとしていた。巨大な虫が暗がりに駆けこんでいくのを目にして、彼女は悲鳴を噛み殺した。すばやく走るものやずるずる這うものが格別好きとは言えないのだ。

照明をつけようとしたが、操作不能であることがわかった。彼女とマクナブは、それぞれペンライトを取り出した。

「もっといい手があるぞ。ちょっと待ってて」

ひとり取り残され、ピーボディはびくびくすまいと必死だった。クモたちが糸を紡いでいる音が聞こえてくるようだ。彼女はリビングのほうをライトで照らした。

カウチがひとつだけある。クッションのひとつは破裂しており、布の裂け目から灰色のキノコのような詰め物がにょっきり突き出ていた。敷物はない。絵や置物も。たったひとつ、傘のないスタンドが、テーブル代わりの荷箱に載っている。その一方、娯楽《エンターテインメント》スクリーンは新しく、最高級の品だった。すばやく眺め回し、彼女はそれが床にボルトで留められていることに気づいた。

人を信じるタイプじゃないんだ。彼女はそう判断した。ずぼらであり、負け犬であるうえに。

キッチンは、リビングの壁際に備わっていた。調理台には、テイクアウトの箱、ミキサー、安物の〈オートシェフ〉、汚い小型冷蔵庫がごちゃごちゃと並んでいる。彼女は冷蔵庫を開け、中身を点検しはじめた。自家製の酒、かつてピクルスだったらしい萎《しな》びたけばけばの物体、ゴルフボールほどのライム。と、ちょうどそこへ、マクナブの乗ったスクーターがパタパタと入ってきた。

ヘッドライトがまぶしく輝いた。

「名案じゃない」ピーボディは言った。「変わってるけど、いい考えだわ」彼女はひとつしかない食器棚を開けた。グラス三脚、皿二枚、ソイ・チップスの開いた袋。

「彼の財政状態は上々とは言えないけど、これよりはましな生活ができるんじゃない？」彼女はマクナブを振り返った。彼はカウチのクッションの下をさぐっていた。「それに彼は絶対、収入のすべてを申告しちゃいないだろうし」

「たぶん金を取っておけないのさ。女とドラッグで、どんどん出てっちまうんだよ」マクナブは、例の破れたクッションから引っ張りだした、白い粉の小袋を掲げた。

「地元警察はなんだってそれを見逃したわけ？」

「ちゃんと調べなかったんだろ。問題は、なんで彼がこいつを置いていったかだよ」

「急いでいたし、帰ってくるつもりだったから……または、出ていったのは自分の意志じゃなかったから」ピーボディは寝室へと向かった。「スクーターをこっちへよこして」

ベッドは乱れたままだった。しかしシーツは最高級品だ。それは、家にある他の何より、あの娯楽ユニットにマッチしていた。貧弱なクロゼットには、シャツが三枚、ズボンが二本、はき古したジェル・サンダルが一足。ドレッサーには、ボクサーショーツが四枚、Tシャツやタンクトップが十枚ほど、そして、短パンが五枚、入っていた。

リンクはあったが、電源は切られていた。データ・ユニットは床に置かれていた。それはまるで、いくつかの戦争をくぐり抜けてきたかのような姿だった。ユニットはマクナブにいじらせておいて、ピーボディは小さなバスルームの捜索にかかった。

「歯ブラシはなし。でも歯磨き粉のチューブは半分残っている」彼女は声を張りあげた。「ヘアブラシや櫛《くし》はなし。でもシャンプーはある。それにシーツもうひと組。ワオ、ベイビー、すごく臭いシーツよ。ここの洗濯籠に突っこんであった。カビ臭いタオルも一緒」

彼女はあとずさりしてそこを出た。「手まわり品数点をバッグに詰めていったみたいね。で、その前には誰かが来ていた。新しい上等のシーツに値する女性の訪問客が」

「何してるんだよ？」マクナブが上の空で訊ねる。

「検査のためシーツを押収するの。彼はシーツをかけた。そしてベッドは乱れている。ということは、シーツは使われたってことでしょ。これはつまり、セックスを意味する。だからたぶんDNAが残っているわよ」

マクナブは低く唸って、そのままコンピューターを調べつづけた。

「歯ブラシと櫛以外に、ここに何が足りないか教えてあげましょうか。ここには、兄貴のスクラップブックがないの。おもしろいでしょ」

「こっちもだよ」マクナブはくるりと体を回転させ、スクーターのヘッドライトを浴びた顔をピーボディに向けた。「このユニットがやられてるなんて、実におもしろいだろ。それもどうやら、ニューヨークのと同じワームに感染してるらしいんだ」

ニューヨークのイヴは、セキュリティつきのリンクをプライバシー・モードにし、ロークのロックダウンされたオフィスを歩き回りながら、ピーボディの報告を聴いた。それでも――と彼女は思う――ロックダウンを突破し、何層ものセキュリティを突破して、誰かが通信を傍受する可能性はある。ただしそれには、相当の時間と労力が必要だろう。

「地元警察に圧力をかけるわ。それも強く」イヴはピーボディに言った。「あなたが捜査に役立つと思うものはなんでも、そこから運び出せるようにする。数時間かかるかもしれないけど、明日の午前中には、それらの物件を持ってこられるように手を打つから。そこを動かないで。また連絡する」

彼女は通信を切ると、事を運ぶベストな方法を検討するあいだ、さらにしばらく歩き回った。

「ひとつ提案していいかな」ロークが言った。「地元警察相手のお役所的手続きは回避し、うちのシャトルを出してふたりを連れもどしてはどうだろう」

イヴは顔をしかめながらも、いちおうその手を検討してみた。「いいえ。ちゃんと手続きを踏みたいわ。少し時間はかかるけど、ここはフェアにいきたいの。真実が明るみに出たとき――わたしが必ずそうなるよう持っていくけど――自分たちはぴっかぴかでいたいのよ。まずは、向こうの警察署長と交渉してみる。それでだめなら、ホイットニーに任せるわ。でもうまくいくはずよ。わたしたちがイカレたデータ・センターだのシーツだのを運び出したところで、連中には痛くもかゆくもないわけだから」

「では、その件はきみに任せて、みんなのところへもどるとしよう。焼肉はきみに、きたる試練を乗り越える力を与えてくれるだろうよ」

「思い出させないで。こっちを見つめるトリーナの目つきが気に入らないのよね」

ロークはロックダウンを解除し、イヴを残して出ていった。ロックダウンを再起動したあと、彼女はロークのワーク・ステーションにすわった。ひと晩じゅうこうしていてもいい、と思う。ヘアケア製品を遠ざけ、心地よく安全に閉じこもって。食べ物や飲み物や通信機器はすぐそこにある。こうしてふたたび身を潜め、ひとり働いていると、本当に……心が安らぐ。

それから彼女は、メイヴィスのことを思った。二十分前、満面に笑みをたたえたレオナルドとともに、はずむような足取りで入ってきた友を。

こういうとき、ひとりとは、甘く遠い記憶にすぎない。

彼女はリンクをオンにし、懐柔作戦にかかった。

13

なかにこもったまま部屋を封鎖せずにいられたのは、意志の力のなせる技だと思う。しかしイヴは覚悟を決めて階下に降り、右へ左へ曲がりながら家のなかを通り抜け、裏のパティオまで歩いていった。

そして、現場の光景に目を見張った。

彼女は現場というものを知っている。通常はどこか近くに死体があるのだが、たとえその風景の一部に死がなくても、現場の見かたなら知っている。

そこでは一羽の鳥が、陽気で執拗なふたつの調べを何度も繰り返し歌っていた。また、石のパティオのすぐ西では、派手なオレンジと黒の翼を持つ蝶たちが、一風変わった軍隊よろしく、こんもりとした低木の茂みが頂く紫のとんがりに群がっている。

ロークのいちばん新しい玩具、車輪つきの巨大な銀色の怪物は、もうもうと煙を噴きあげていた。柄の長いへらを手にその舵を取っているのは、ローク自身だ。煙は肉のようなにおいがした——本物の牛の、本物の肉のような。目下、数人の人々が、バンズにはさまった分厚いハンバーガーという形のそれを食べている。

彼らはすっかり宴会気分で、テーブルを囲むか、そこかしこに立つかして、おしゃべりに興じていた。

市警の検死官は、瓶ビールをぐいぐいやりつつ、メイヴィスと何やら楽しげに語り合っている。マイラは——いったいどうして彼女がここにいるのだろうか——食べ物とちらちらまたたくキャンドルとでちらかったテーブルに着き、レオナルドとかの恐るべきトリーナと談笑している。

EDDの課長は、立ったまま片手でバーガーをぱくつきながら、アウトドア・クッキングの秘技と極意をロークにレクチャーしていた。

誰も彼もがとても楽しげで、腹一杯で、イヴの目には場ちがいに映った。わたしは、苦心のすえにようやくお役所主義の壁を突きくずし、駆引と賄賂という地雷のあいだをすり抜けて、たったいま封鎖された部屋から出てきたんじゃなかった？　秘密組織と国家機密がからむ殺人事件の捜査という泥沼のまっただなかにいるんじゃないの？

なのに今度は、黄昏の光のなかで、鳥や蝶たちに囲まれ、バーガーとビールとは。

わたしの生活は、とにかく奇々怪々だ。

レオナルドが真っ先に彼女に気づき、大きなキャラメル色の顔いっぱいに笑みをたたえて、すっと歩み寄ってきた。本人にしてみれば、これが野外パーティー用のカジュアル・ウェアなのだろう、その服装は、きらきら光る白いズボンに、たくましい胸の上でぴちっとX型に交叉する派手な黄色のシャツというものだった。彼は身をかがめると、やわらかな巻き毛で彼女の頰をくすぐりながら、そこにそっと唇を触れた。

「メイヴィスから聞いたよ。彼女、取り乱して、きみのところへ来たんだってね。それでお礼を言いたかったんだ。彼女のためにここにいてくれて、彼女の心が鎮まるように今夜こういう機会を与えてくれて、どうもありがとう」

「彼女はただ吐き出す必要があっただけよ」

「わかってる」そう言うと、彼はイヴを大きな腕で包みこみ、岩壁のような胸にぎゅっと抱きしめた。つぎに話しだしたとき、その声はくぐもり震えぎみだった。「赤ちゃんが動いたんだよ」

「ええ」イヴはどういう反応を求められているのかよくわからず、彼の背中の果てしなく広がる露出部の一画をためらいがちにそっとたたいた。「彼女から聞いた。だから、えーと、もう何も問題ないのよね」

「すべて完璧だよ」彼は大きく息を吐き出した。「完璧だ」そう言って、少し体を退く。その目はきらめいていた。「よき友、愛する女性、そのお腹には僕たちの子供がいる。人生はほんとにすばらしいね。そのことがかつてないほどよくわかるよ。ドクター・マイラはきみに話があるんだよね。でも、先にちょっとだけ時間がほしかったんだ」

彼はイヴを脇に引き寄せ、ほとんど抱き運ぶようにしてマイラのいるテーブルに連れていった。

「まだだめだよ」彼はトリーナに指を振ってみせた。「ダラスはドクター・マイラと話をしなきゃならないんだから。それにリラックスする時間も少し必要だ」

「いいわ、待ってる」トリーナは笑いを浮かべた。その赤紫色の大きな笑みは、イヴの背筋に寒気を走らせた。「プランがあるのよ。いろいろとね」彼女は自分の皿を取ると、六インチの厚底サンダルでゆっくり歩み去っていった。

「ああ、神様」

同情しているともおかしがっているともつかない表情で、マイラは自分の隣の椅子を軽くたたいた。「おすわりなさい。なんてすてきな夜なんでしょうね。わたしは一時間だけスケジュールを空けてここに来たのよ。ちょっと仕事の話をするつもりでね。それがこうして、おいしいワインとこの極上のハンバーガーをいただいているわけ」

「それ、ほんとに彼が作ったんですか？」イヴはロークをちらりと振り返った。「あの奇っ怪な代物で？」

「そうよ。これは秘密なのかもしれないけれど、うちのデニスから相当詳しくグリルの使いかたを教わっていたわ」マイラはまたひと口、バーガーを食べた。「どうやらコツをつかんだようね」

「彼の手に余ることはあまりないから。それで仕事の話というのは？」イヴは促した。

「ええ。明日にしてもよかったのよ。でも一刻も早く知りたいだろうと思って。ルヴァ・ユーイングはレベル・スリーをパスしたわ」

「どうもありがとう。彼女、どんな様子ですか？」

「少し動揺していたし、疲れていた。お母さんがまっすぐ家に連れて帰ったわ。きっときちんと面倒を見てもらっているでしょう」

「そうでしょうね。カーロも常にやるべきことを心得ているようだから」

「彼女は娘のことを心配しているわ、イヴ。表面上どれほど有能でしっかりしているように見えても、心は不安でいっぱいなの。わたしが話をしてもいいわよ。あるいはロークでもいいかもしれない。彼ならきっとやってくれるわね。でも、権威があるのはあなたでしょう。この件で彼女がいちばん重きを置いているのは、あなたの考えと意見だわ」

「あなたがここに来たのは、レベル・スリーについて話すため？　それとも、カーロと話をするようにわたしに言うためですか？」

「両方よ」マイラはイヴの手を軽くたたいた。「もうひとつ。ルヴァが拘束された直後の血液検査の結果を見たんだけれど」

「何も出なかったんですよ。違法合法を問わず、薬物はいっさい。それに、医者たちは、彼女が物理的に失神させられたことを示す外傷も発見できなかったんです」

「ええ」マイラはワインを取った。「でも、あなたもわたしも知っているように、急速に弱まり、二、三時間内に痕跡を残さず消えてしまう麻酔薬もいくつかあるわ」

「ＨＳＯが貯蔵庫にしまっているような？」

「おそらくはね。ルヴァをテストしたとき、わたしは彼女にもう一度、あの夜の各段階を通過させた。彼女はベッドのほうを向いているとき、左側で何かが動いたのを思い出したわ。このことは催眠状態にないときは、はっきり覚えていないの。何かが動いて――」マイラはつづけた。「つぎに、においがしたのよ。強い刺激臭。そして、喉の奥にその味を感じたの」

「たぶんスプレーされたんですね」イヴは庭に目をやった。しかし彼女にはもう忙しげな蝶たちは見えず、執拗な鳥のさえずりも聞こえていなかった。見えているのは、キャンドルに照らされた寝室、血みどろのシーツの上でからみあう死体だ。「彼女が現れるのを待って、横から近づいて、スプレーを噴霧した。そして、彼女が気を失っているあいだに、残りの偽装工作を行った」

「もしそのとおりなら、それは秩序立った思考を示している。冷たい、秩序立った思考。でもその一方……行われたことの多くは、過剰にドラマチックだわ。冷酷さを示す暴力だけではなく、犯人が望んだと思われる結果には必要ない、余分なステップ、複雑さがそこにはあるの」

「なぜなら、犯人がそれを楽しんでいたから」

「ええ」満足して、マイラはハンバーガーを味わった。「そのとおりよ。判断ミスがいくつか見られる。大仰な演出も。目的を果たすには、シンプルであるほうがいいというのにね。このことから、犯人が自分の役にとりつかれていることがわかるわ。彼はそれを楽しみ、おそらくそのときを長引かせたがっているの」

「緻密でシンプルな計画に加味され、全体のバランスをくずしてしまうちょっとしたもの。こういうのをなんて言うんでしたっけ？　アドリブですか」

「とても的確な表現ね。ここには秩序立った思考があり、それと同時に衝動性もある。わたしには犯人が単独で動いていたとは思えないわ。それに、計画の核心部分を考えた人物が、実行犯と同一だとも思えないしね。では、あなたをモリスに引き渡すわね。それであなたも仕事を終えて、多少なりともこの宵を楽しめるでしょう」

「トリーナにプランがあるとわかっていて物事を楽しむのはちょっとむずかしいけど」そう言いながらもイヴは立ちあがり、モリスのところへ行った。「何かわかった？」

「ダラス！」メイヴィスがぴょんと立ちあがった。「ねえ、モリスがサックスを吹くって知ってた？」

「えっ、何を？」

「サキソフォン」モリスが言った。「テナー・サックス。楽器の一種だよ、警部補」

「サキソフォンが何かは知ってるわよ」イヴはつぶやいた。

「大学でバンドやってたんだって」メイヴィスはつづけた。「それで、いまでもときどき集まって内輪でギグをやるんだって。〈死体たち《カダヴァーズ》〉っていうんだよ」

「ああ、そうでしょうよ」

「そのうちジャム・セッションをやろうよ。いいでしょ？」メイヴィスはモリスに訊ねた。

「時間と場所を言ってくれ」

「サイコー!」彼女は踊るように離れていって、レオナルドの腕のなかに収まった。

「実に楽しい女性だね」

「二時間前に彼女を見たら、そうは思わなかったろうけど」

「妊娠中の女性は気持ちが不安定だからね。その資格は充分あるしな。ビールをどうだね?」

「ええ、もらう」イヴはクーラーからひとつ取った。「それで何がわかったの?」

「このすばらしいハンバーガーに比べれば、どうということはない。クロエ・マッコイの件だが。性交渉の痕跡はなかった。しかし……その心づもりはあったようだ。避妊薬を使用していたんだよ。〈フリーダム〉という処方箋不要の薬でね、膣部を殺精子剤と潤滑剤の両方でコートし、性行為感染症と妊娠を防ぐやつだ」

「ええ、それなら知っている。お楽しみの二十四時間前までに使えばいいやつよね。彼女はいつそれを使ったの?」

「わたしの見たところ、死亡の一時間前だな。あるいは二時間前か。それに、ほぼ同じころ、酔いざまし《ソバー・アップ》も五十ミリグラム、摂取していた」

「ふうん、おもしろいじゃない」

意見の一致を表し、モリスは自分のビールの瓶をイヴのに軽くぶつけた。「絶命薬を摂取する少なくとも一時間前にだ。それに、もしあの薬がブラック・マーケットで買われたものなら、誰か非常に貴重なコネを持つ人物がいたことになる。あれは、後発薬でも複製でも自家製でもなかったんだ。そしてなんと——薬は摂取される前にワインに溶かされていたんだよ」

「すると、彼女は妊娠や性感染症を回避する策を講じ、酒の酔いを醒まし、部屋を掃除し、セクシーな衣裳を身に着け、メイクをし、髪をセットし、それから、死にいたる薬を二、三粒、ワインに入れてみずからの命を絶ったというわけね」イヴはぐうっとビールを飲んだ。「これで、バーガーに比べれば、どうってことないとはね」

「きみはまだ味見をしてないだろう」

「これからする。それで、本件に関するニューヨーク市検死局長の所見は？」

「自殺に見せかけた他殺。あの子は例の薬を何も知らずにのんだんだ」

「そうよ、彼女は何も知らなかった」そしてこれにより、クロエ・マッコイはイヴの管轄となる。「絶命薬には処方箋が必要よ。それもかなりテストやカウンセリングが行われたうえで処方される。彼女はあの薬をそうして入手したわけじゃない。そのうえブラック・マーケットのものでもないとすれば、あのタイプ、あの効力の薬の出所は、政府の秘密組織である可能性が高いと思わない？」

「まあそうかもしれないね」

「わたしもそう思う」イヴはしばらく考えにふけった。「ひとつ調べてほしいことがあるんだけど」

モリスとの話が終わると、イヴはグリルのほうに移動した。「新しい情報があるの」フィーニーにそう告げたところで、自分の手に皿が押しこまれているのに気づいた。

「少しゆっくりするんだ。いつだって肉を食うための時間はあるもんだよ」

バーガーのにおいを嗅ぐと、唾が湧いた。「新情報がいっぱいなのよ、フィーニー。検死官はマッコイは他殺と見ている。ジャマイカのほうは、ピーボディとマクナブが証拠を運んでこられるように、うまく懐柔しておいたわ。それと、マイラが言うには――」

「つづけて」ロークがイヴの皿からバーガーをつまみあげ、彼女の口もとへ持っていった。

「ひと口食べて。絶対においしいから」

「家族でピクニックしている場合じゃないのよ」

「これは、家族の行事と会社の行事を足して二で割ったようなものだよ」

「食べろよ、ダラス」フィーニーが言う。「極上の牛だぞ。もったいないだろ」

「わかった。わかったわよ」イヴはバーガーにかぶりついた。「マイラが言うには――ほんとだ。すごくおいしいわ。経過報告は、すわってこれを食べながらでいいわね」

「ちょっと待った。いま、グリルを自動にセットするから。それで、同時にふたりに報告できるよ」

イヴはテーブルに移動し、腰を下ろして、両手でバーガーをつかんだ。彼女がもうひと口食べたとたんに、ロークが焼いた野菜のような何かを皿に載せた。

「バランスよく食べないとね」彼は言った。

「どうぞお好きに」彼がふたりの仲が完璧であるふりをしたいなら、こっちも調子を合わせよう。結婚の怪を思いわずらうまでもなく、いま現在、頭のなかはいっぱいなのだ。「オーケー、これからわたしの考えを言うから。EDDはマッコイのリンクを詳しく調べ、その推理を裏付けて。殺害の犯人は、マッコイに接触した。彼女は舞い上がり、お隣さんと飲んだワインを中和すべくソバー・アップを服用した。さらに彼女は、避妊処置もした。それから、部屋をかたづけ、身支度を整えた」

「なんだかお熱いデートの予定がある人みたいだな。とても絶命薬をのもうとしている女の子とは思えない」フィーニーは首を振った。「彼女はブレア・ビッセルと寝ていたわけだし、ビッセルはもう死んでいる。もうひとり別の男がいたって言うのかい？」

「かもしれない。もっと可能性が高いのは、マッコイに接触した人物が、彼女に嘘を吹きこんだというパターンよ。たとえば、自分はビッセルについていろいろ知っている――すべてはまちがい、隠蔽工作、あるいは、作戦だった。安全になるまで隠れていられるよう、自分がこれからビッセルをあなたの家に連れていく。あるいは、そいつは彼女に、自分がビッセルだと思わせたのかもしれない」

「それはむずかしいだろう」

「そいつが当人の弟だとしたら、そうでもない。見た目はよく似ているし、さらに似せることもできる。これまでずっとあのろくでなしに嫉妬心を燃やしつづけ、いまそいつから若い女をいただくチャンスがめぐってきたというわけよ」

フィーニーは、席に持ってきていた自分のビールをじっと見つめた。「なかなかの推理だな。うん、すごくいいよ。とにかく、彼女に支度の時間があったとすると、そいつは前もって連絡を入れていたはずだ。リンクをよく調べてみよう。彼女のユニットのほうも、あのごたまぜのなかへ投入するよ。もしそいつがEメールを使ったのなら、見つけるのはかなり厄介だろうが」

「そっちは任せる。わたしはカーター・ビッセルを調べるわ。彼は兄貴が何をしていたか知っていたのよ。ブレアは自分の訓練係とおまけの関係を持っていた。ケイドと一緒に仕事をし、彼女と寝ていた。ケイドはマッコイのことを知っていたし、ビッセルがロケットに隠して彼女に与えたもののことも知っていた。ロケットが現場から持ち去られたことには、当然何か理由がある。そして、マッコイは放っておくと面倒だから始末された」

「さっきいい推理だと言ったがね、なんで単純に侵入して始末しなかったんだ？」フィーニーが訊ねた。「あんな演出の必要がどこにあるんだよ？」

「ユーイングのときと同じよ。よけいな装飾がいっぱい。見せびらかしと目くらましがいっぱい。彼は即興好きなの。これを楽しんでいるのよ。隠蔽が必要ならやむをえないと思ったのか。または、ドラマそのもののためか。あるいは、その両方かも」

「やるね」フィーニーはロークに向かってうなずいた。「僕は教育に成功したわけだ」

「ああ、確かに。彼女は骨の髄まで警官だ」

「ちゃんと本題に集中しましょう」そう言いながら、イヴは健康的に大きくバーガーにかぶりついた。「いずれにせよ、ひと皮むけばやり口は同じよ。殺害し、徹底的に偽装工作をする。殺しを誰か他の人間になすりつける。最初の事件では、ユーイングに。二番目の事件では、マッコイ自身に」

「うまいやりかただ」ロークは同意した。「でも殺人者が現れたとき、ビッセルが一緒でなければ、彼女は問いただすか抗議するかしたんじゃないかな」

「そいつはなかに入った。そして彼女に、用心しなきゃならないと言ったの。自分たちには、彼女の助けが必要だと。話がドラマチックであればあるほど、彼女は簡単に信じこみ、言いなりになったでしょう。そいつはただ、彼女を説得してメモを書かせればよかった。いいえ、メモは彼女が前もって自分で書いていたのかもしれない。ちょっとしたドラマチックな味つけよ。そいつはこっそり彼女のワインに薬を入れた。彼女がそれを飲んだら、あとは遺体を寝かせて、出ていくだけ。あるいは――」イヴは、あと先も考えずに焼きトウガラシを食べた。「――HSOがすべてを仕組んだのかもしれない。連中が押し入って、彼女を始末したのかも。でもそれでは、避妊薬の説明がつかない。ソバー・アップのことも。いずれにせよ、手を下した人間は、彼女がそのふたつを使用していたことに気づかなかったのよ。つまり、自分で思っているほど利口じゃないわけ」

ロークは、イヴの脚にすがって涙にくれていた若い女性を思い出した。矛盾はない。あの光景はそれほど悲しかった。「ビッセルの弟に立ちもどってみるつもりなんだね」

「ええ。あの見てくれが気になってるの。彼はもうひと月近く雲隠れしたままなのよ。それだけ時間があれば、顔だってもっと兄貴に似るようにいじれるでしょう」イヴはバーガーを平らげ、ビールをもうひと口飲んだ。「でも、可能性はもうひとつある。ちょっと無理があるけど、おもしろい考えなの」

「ブレア・ビッセルが彼女を殺した、か」ロークが言った。

「余暇にバーガーを焼くような男にしては、頭の回転が速いのね」

「ふたりとも煙にやられちまったんだな」フィーニーが言った。「ビッセルはモルグの冷たい引き出しに入っているんだぞ」

「一見、そう見えるわね。たぶん事実、そうなんでしょう」イヴは同意した。「でも、ちょっとのあいだ、これをスパイ・ビデオ風に見てみましょうよ。ルヴァはスパイものがビッセルの趣味だと言っていたし、実は彼は本物のスパイだったわけだしね。もしもビッセルが両サイドを操っていたとしたら、どう？　あるいは、HSOの許可により、もしくは、許可なしに、二重スパイとして動いていたとしたら？　HSOがケイドの変節に気づいたか、彼女が弟と遊んでいることにビッセルが腹を立てたのか。とにかく彼は、ふたりをはめ、たたきつぶし、用ずみとなった妻にうまく濡れ衣を着せた。さらにマッコイを始末し、彼女に持たせておいたロケットの中身を取り返したというわけ」

「モリスほどの切れ者なら、遺体がIDの写真とちがっているのに気づくはずだろうに。顔を数箇所やられていたにしろ、歯の記録もある。指紋もあれば、DNAもあるんだ。そのどれもが、ブレア・ビッセルのものと一致していたんだぞ」

「ええ、彼はたぶん冷蔵庫のなかでしょう。さっきも言ったとおり、これはイカレた考え。

わたしの容疑者リストの筆頭は、カーター・ビッセルよ。遺体が最近、顔の整形を受けていないか、モリスにスキャンしてもらうわ。もしそうだったら、これは新たな手がかりになる。国際犯罪行為情報源《IRCA》に当たって、最近、死んだ整形外科医を見つけてちょうだい。カーター・ビッセルはきっと手術を受けている。カインの役を演じるためか、だまされてアベルの役をやらされたかよ。ビッセル兄弟のうち一方は生きている。それがどっちなのかはっきりさせないと」

何をされているか考えてはいけない。イヴは自分にそう言いきかせた。考えたら、女の子のように悲鳴をあげてしまうだろう。彼女の髪は、濃厚なピンクのどろどろにおおわれ、べたっと頭に貼りついている。トリーナによれば、髪につやとこしを与え、自然な明るさをもたらす新製品だという。

その三つとも、イヴにしてみればどうでもいいのだが。

顔と首は緑色のものを塗りたくられ、何かのスプレーでコーティングされている。その前に、皮膚は磨かれ、こすられ、チェックされ、批評された。それも、顔と首の皮膚だけじゃない――なおも秘かに打ち震えつつ、イヴは思い返す。体じゅうの皮膚を隈《くま》なくだ。首から下は黄色く塗られ、さらに、例のスプレーでコーティングされた。その後、汚辱にまみれた肉体は熱シートによってくるまれたのだった。

少なくとも、いまの彼女は体をおおわれている。それが、せめてものなぐさめだった。

彼女はこっそりVRゴーグルのスイッチを切った。ご満悦のメイヴィスにかかりきりになる前に、トリーナがそれをプログラムしたのだ。そのリラクゼーション・プログラムの気の抜けた自然の音やなめらかに動く淡い色彩など、イヴはほしくなかった。

裸にされ、頭からつま先までどろどろにおおわれ、クッション入りの台に寝ているかもしれない。それでも彼女は警官だ。警官らしく考えたかった。

被害者に立ちもどって。原点は常に被害者だ。

ビッセル、ケイド、マッコイ。軸はビッセル。誰が、もしくは、どんな組織が、彼らの死から利益を得るのか。

HSO。都市戦争《アーバン・ウォーズ》の初期のころ、政府は国防目的でその部門を設立した。街を監視し、過激派から秘かに情報を集めるために。

それはその役割を果たした。必要なものだった。しかし年月とともに、防衛と情報の組織というより、合法化されたテロ・グループに近づいていったと言う者もいる。

イヴも同意見だ。

一連の殺人は、浄化作戦だったのかもしれない。ビッセルとケイドは変節した。マッコイはその自覚もないまま、多くを知りすぎた。三人とも、世界の安全保障にからむなんらかのプロジェクトを護るために、抹殺されたのかもしれない。例のコード・レッドが要《かなめ》であることは明らかだ。データ・ユニットは破壊された。消し去る必要があったのは、なんのデータなのだろう？　あるいは、あのワームの使用は、単純に、テクノ・テロリストに目を向けさせる策略なのだろうか？

〈ドゥームズデイ〉団。テクノロジーを使った妨害行為による暗殺、抹殺、大規模および小規模の破壊、死の誘発。それが彼らの存在理由だ。ケイドとビッセルは、両サイドを操っていた可能性もある。あるいは、潜入の任務を帯びていたのか。ふたりは、テロリストに狙われ、殺されたのかもしれない。そしてマッコイは、付帯的損害として扱われたのかも。

しかしもしそうなら、なぜ彼らは名乗りをあげないのだろう？　歪んだ過激なメッセージを流すメディア・プレイは、あらゆるテロ・グループの活動に重きをなしている。主要報道機関にみずからの犯行を漏らすだけの時間は充分にあったはずなのだが。

どちらのケースであっても、なぜユーイングがはめられたのだろう？　どちらかの組織がなんらかの理由であの抹殺に蓋をしておきたかったとして——なぜあれほど手間隙をかけて、ルヴァ・ユーイングを巻きこんだのだろうか？

あの駆除プログラムにかかわる彼女の仕事を遅らせるか、妨害するか、ぶち壊すかするため？　ビッセルが諜報装置を使って集めたデータを利用し、先にプログラムを作るため？〈ドゥームズデイ〉団の場合は、駆除プログラムに抵抗できるようワームを作り直すためかもしれない。

ありうる。どの扉も閉めないでおこう。確率精査をし、それぞれの扉を押してみよう。

しかし、どのシナリオを見ても、そこには相変わらず、うっとうしい埃の微片さながらにふわふわと漂うカーター・ビッセルがいる。ケイドは彼を登用するにあたって、ＨＳＯの承認を得たのか、得なかったのか？　ブレア・ビッセルはそのことを知っていたのか、いなかったのか？

いったい彼はいまどこにいるのだろう？

イヴは彼の顔を思い浮かべようとした。しかしそのイメージはぼやけており、脳のなかでゆったりと渦巻く優しい色彩のなかにすぐに溶けていってしまう。

彼女はすでに、意識の隅にある、メイヴィスとトリーナのさえずりに似たおしゃべりを聞くのをやめていた。いま聞こえるのは、胎内の心音のような、静かなシューッという音ばかりだ。

リラクゼーション・プログラムがふたたび作動していたのに気づくと同時に、彼女はそこにのみこまれていった。

ロークのコンピューター・ラボで、フィーニーはワーク・ステーションを前に椅子に背をあずけ、痛む目にてのひらの底部をぎゅっと押しつけた。

「眼精疲労性頭痛に効く薬をのんだほうがいいよ」ロークがすすめた。「ひどくなる前に」

「ああ、わかってる」フィーニーは頬をぷくりとふくらませ、フーッと息を吐き出した。

「近ごろ、前ほどオタクっぽい仕事をしてないからなあ」彼は目下、自分の作業台に部分別、部品別に並んでいるユニットを眺めた。「優秀な若いのに細かい仕事を譲ったせいで、すっかり腕が鈍っちまったよ」

彼はロークのステーションに目をやり、この民間人も自分と同じく、のろのろと苦難の道を歩んでいるのを見てとって、いくらか気持ちを和ませた。「いつになったら、こいつらを立ちあげて動かせると思う？　こんな具合に、ふたりだけでやっていた場合？」

「運がよければ、この先十年のどの時点かで。運が悪ければ、第四千年期まで持ち越されるだろうね。こいつは完全にやられてる」ロークは椅子をうしろへ押しやり、いま扱っている機械の燃えつきた内臓をしかめっ面で眺めた。「部品交換でも修理でも、再設定でもなんでもやる。ハンマーでぶったたいたっていい。絶対データを取りもどしてやるぞ。実に腹立たしいね。一生かけてもどうにかしたいくらいだよ。しかし、手と脳細胞がもういくつかあれば、もっと速くもっと楽にやれるんだがな。マクナブは優秀だ。この種のことを何時間もぶっつづけでやれるだけの腕とオタク指数をそなえているしね。でも彼だけじゃ足りないよ」

彼らはしばらく、陰気に黙りこくってすわっていた。やがてふたりは目を見交わした。

「彼女に話をしてくれよ」ロークが言った。

「冗談だろ。僕は彼女の旦那じゃないし」

「僕は警官じゃない」

「ここはきみのうちだろう」

「これはNYPSDの捜査じゃないか」

「そんなこと、屁とも思ってなかろうに。ああ、わかったわかった」フィーニーは手を振って、ロークの反論を制した。「男らしく決着をつけようぜ」

「腕相撲でもするのか？」

フィーニーはふんと鼻を鳴らし、ポケットをさぐった。「コインを投げるのさ。表か裏か、きみが選べよ」

フルートのような音色が聞こえる。ほんのひととき、イヴは花咲く牧場を裸で駆けていく自分を見ていた。まわりでは、羽のある小さな生き物たちが、葦《あし》に似た長い楽器を吹き鳴らしている。鳥は歌い、太陽は輝き、空は完璧な青い丸天井だった。

彼女はぎくりと目を覚まし、口走った――「最低」

「ワオ、ダラス、すごくよく眠ってたじゃん」

イヴは目を瞬《しばた》いて、隣の台に長々と横たわっている人の姿に焦点を合わせた。どうやらそれはメイヴィスらしい。声もメイヴィスっぽい。しかし相手は肩からつま先まで強烈なピンクにおおわれ、顔はまぶしいブルーに塗られ、髪は緑と赤と紫のミックスで固められているのだから、身元の確認はむずかしかった。

もう一度「最低」と言いたいところだったが、それはよけいなことに思えた。

「よだれを垂らしたりとかはしてなかったよ」メイヴィスは請け合った。「心配してるといけないから言うけど」

「何度かセクシーなうめき声を漏らしたけどね」足もとのどこかからトリーナの声が聞こえてきた。イヴは凍りついた。

「皮膚活性剤もうすりこんだ。旦那が絶対気に入るわよ。これから足をやったあと、髪と顔を仕上げるから」

「何をしているの？」

「仕事。洗いすすぎはすっかりすんだわ。あなた、ずっと恍惚状態だったのよ。皮膚活性剤もうすりこんだ。旦那が絶対気に入るわよ。これから足をやったあと、髪と顔を仕上げるから」

「足に何をやるの？」イヴは用心深く肘をついて身を起こし、足のほうを見おろした。「あ、何これ！　どうしよう！　爪を塗ったのね」

「ただの高級ペディキュアよ。悪魔の儀式ってわけじゃない」

「爪がピンクになってる」

「そうよ。あなただから控えめにしたの。サンキスト・コラール。肌の色によく合っているわ。あなたの足ときたら、ひどいものだったわよ」トリーナはそう付け加え、シーラーをスプレーした。「わたしが手入れしているあいだ、VR下にいてもらって、ほんとによかった」

「彼女がVR下にいないのは、どういうわけなの？」イヴはメイヴィスを指さして問いただした。

「意識があったほうが、よけいトリートメントを楽しめるもん。あたしはどろどろにされたり、こすられたり、磨かれたり、塗られたりするのが好きなの。まさに絶頂って感じ。あんたはそういうの嫌いでしょ」

「ねえ、メイヴィス。それを知っているなら、なぜわたしにこういうことをするの？」

メイヴィスは、まぶしいブルーの笑みを浮かべた。「だっておもしろいんだもん」

イヴは顔をこすろうとして一方の手を上げ、自分の爪を目にするなり、あんぐりと口を開けた。「手の爪まで塗ったの？　人に見られるじゃない」

「フランス式のおとなしめのやつよ」トリーナは頭のほうへもどってくると、イヴの眉を指ですーっとなぞった。「トリミングが必要ね。ねえ、落ち着いてちょうだい、ダラス」

「あなた、わかってる？　わたしは警官なのよ。もしもわたしが容疑者を拘束して、そいつがこのフランス式のきらきらを見たら、きっとそいつは首の骨が折れるまで笑いころげるわ。そしたらわたしは、自分の管理下での容疑者の死に関して、内務監察部《IAB》の調査を受けることになるのよ」

「あなたが警官だってことはわかってるわよ」トリーナは歯を見せてほほえんだ。その左の犬歯は、小さな緑色のスタッドで飾られていた。「だから、ちっちゃな胸のタトゥーはただで入れてあげた」

「胸？　タトゥー？」イヴは、カタパルトから発射されたかのように、がばっと身を起こした。「タトゥー？」

「ただのテンプ・タトゥーよ。すごくいい感じに仕上がったわよ」

恐ろしくて目をやることができないくらいだった。恐怖と戦うため、彼女はトリーナのつややかな黒髪をつかんで、この拷問者の頭をぐいと引き寄せた。必要とあれば、相手が意識を失うまで、その頭をクッション入りの台にがんがんたたきつけただろう。トリーナが悲鳴をあげてもがくのも、メイヴィスがくすくす笑ってなだめるのも無視し、イヴは顎を引いて自分の胸に目をやった。

左胸の曲線部に、バッジのレプリカがペイントされていた。大きさは彼女の親指の爪ほどだが、細かな部分まで緻密に描かれている。手の力が少しゆるんだ。イヴは自分の名を読もうと首をかしげ、トリーナはその手から逃れた。

「まったくもう、頭がイカレちゃったの？ テンプだって言ったじゃない」

「あなた、わたしがVR下にいたとき、幻覚誘発剤を投与した？」

「なんですって？」憤然たる面持ちで、トリーナは乱れた髪を払いのけ、腕組みをしてメイヴィスをにらんだ。「彼女、どうしちゃったわけ？ いいえ、わたしは何も投与していない。これでもちゃんと資格のあるボディとスタイルのコンサルタントなの。わたしのメニューに違法ドラッグは載っていないわ。そんなことを訊くなんて――」

「そんなことを訊いたのはね、体の秘密の部分にあなたがペイントしたものをいま見ていて、なんとなくそれが気に入ったからよ。自分が幻覚剤で朦朧としているわけじゃないことを確かめたかったの」

トリーナはふんと鼻を鳴らしたが、その目はうれしさとおかしさにきらめいていた。「気に入ったなら、消えないタトゥーに変えてあげてもいいわよ」

「いいえ、だめ」イヴは身を護るべく急いで胸に手を当てた。「だめだめ、絶対だめ」

「わかった。それじゃそのテンプだけ。メイヴィスのほうはもうしばらく時間を置かなきゃならないから、先にあなたを仕上げちゃいましょうね」トリーナは台を操作し、その一部を椅子の背のように起こした。

「あなたの髪のべたがそんなにいろんな色をしてるのは、どういうわけなの？」

「いろんな色に染め分けてるんだよ」メイヴィスは説明した。「カールは赤でしょ、とんがりはパープルでしょ――」

「わたしのはそんなふうになってないわよね」恐怖がイヴの喉をとらえた。「ねえ、大丈夫なんでしょ？」

「落ち着いて」トリーナはさっきの仕返しにイヴの髪をつかみ、頭を引きもどした。「このピンクのすじは、そのうち落ちるから」

「彼女、からかってるだけだよ」青ざめたイヴを見て、メイヴィスが言った。「ほんとだよ」

ようやく全工程が終わったときには、イヴはヌードルさながらにくたくたになっていた。ひとりになったとたん、彼女はいちばん近いバスルームに駆けこみ、ドアを閉め、意を決して鏡に目を向けた。

髪にピンクのすじも何もないのを見たときは、安堵のあまり膝の力が抜けた。眉も同じ。トリーナが仕上げたあとのメイヴィスの眉とはちがって、色彩のカーニバルにはなっていない。

別に見た目にこだわるわけじゃない。イヴは自分に言いきかせた。わたしはただ、自分らしく見えたいだけだ。それは別に悪いことじゃない。そして、ちゃんとそう見えたため、彼女の背中の凝りはほぐれていった。

そう確かに、彼女はいつもよりちょっと見栄えがいいかもしれない。トリーナは彼女の眉にお決まりの処置を施して、そのアーチをくっきりさせ、目を引き立たせていた。それに肌にはきれいに赤みが差している。

彼女は頭を振ってみて、髪がすんなり定位置に収まったことに満足を覚えた。と、その目がショックに見開かれた。わたしは見た目にこだわっている。または、その寸前まで行っている。このままではいけない。彼女は意識的に鏡から顔をそむけた。早くこの馬鹿げたローブを脱いで、服を着なくては。そしてすぐに、ラボの様子を見にいこう。こだわりに値するのは、仕事だけだ。

14

彼女が寝室に飛びこむやいなや、エレベーターのドアが開き、ロークが入ってきた。

「ちょっと着替えなきゃならなくて。すんだら、ラボに行くつもりだったのよ」

「僕のほうはちょっときみに話があってね。メイヴィスとトリーナは帰ったようだし」

「なんの話？」イヴは、着心地のよい古いスウェットをさがして、ドレッサーをかきまわした。こうしていれば、手持ち無沙汰にならずにすむ。話というのが、あのダラスの一件でなければいいのだが。「何か進展があったの？」

「いや。あれは骨の折れる細かい作業なのでね。時間がかかるし、単調だし。フィーニーは一時間、休憩をとっているところだ。あの作業は目にこたえるから」

「わかった」他人の休憩に文句が言える立場ではない。なにせ今夜は、かなりの時間をどろどろに包まれ、あおむけになって過ごしたのだから。「コンピューター・オタクの分野では、わたしはあまり役に立てない。でも、いくつか確率精査してみたい項目が出てきたし、あれこれ仮説も思いついたわ。頭がすっきりしてる。むかつくわね」

「頭がすっきりしてるのが、むかつくの?」

「いいえ」肩の緊張がふたたび解けた。ロークの声の微妙なトーンひとつひとつに、イヴは耳をそばだてていた。何も問題はない。いまのところは。「むかつくのは、トリーナのやったことが本当に――この脳に――効いているってこと。わたし、やる気が出ている」彼女は、シルクやカシミアのTシャツの下に埋もれていた、くたびれた古い半袖のスウェット・シャツを引っ張りだした。「それで考えているんだけど……何を見ているの?」

「きみをだよ、ダーリン・イヴ。なんだか――」

「やめて」イヴは彼にTシャツを振ってみせ、二歩うしろへさがった。これさえも演技なのだ、と思う。本当はすごくほっとしているのに。彼があんなふうにわたしを見つめたことに。また、彼に見つめられ、血が熱くなり、体が反応したことに。「ほんとにやめて」

「ペディキュアをしているんだね」

彼女は恥じ入って、思わずつま先を丸めた。「VR中に、トリーナが勝手にやったのよ。どうやって落とすのか、彼女は教えてくれなかったし」

「すてきだよ。セクシーだ」

「ピンクのつま先のどこがセクシーなの? どうしてこれがセクシーってことになるわけ? ああ、そうか、相手が誰かを忘れてた。もしもわたしの歯がピンクに塗られてたら、あなたはそれもセクシーだと感じるんでしょうね」

「恋は盲目だからね」ロークはそうささやき、すぐそばまでやって来て、親指でそっと彼女の頬に触れた。「やわらかい」

「やめて」イヴは彼の手を払いのけた。

「それに、いいにおいがする……エキゾチックな」さらに身を寄せ、においを嗅いだあと、ロークは言った。「ちょっとトロピカルな。春のレモンの果樹園みたいで、ほんの少し……これは、そう、ジャスミンだな。夜に咲くジャスミン」

「ローク、だめよ」

「もう遅いよ」彼は笑って、イヴのヒップをとらえた。「男にはリフレッシュが必要だしね。僕の元気のもとになってくれない？」

彼女は彼のものだ。それでもロークの唇が下りてくると、イヴは彼を押しやった。「わたしの休憩はもう終わったの」

「延長すればいい。きみの味はすばらしいよ」ロークの唇が彼女の顎をかすめ、さらにその下へと進んでいく。彼の手はすでに彼女のローブのベルトをはずし、そのなかへもぐりこんでいた。「見てみよう――」彼はイヴの下唇を引っ張った。「――トリーナが他にどんなことをしたか」

そしてローブを肩からはずし、素肌にそっと歯を這わせていった。

体の中心から欲望の小さな塊が、広がっていく。イヴは頭を少し反らして、彼を受け入れた。「二十分だけあげる。長くても三十分。それまでに気持ちを鎮めて」

「三十分あれば、充分……」彼女の胸に目が行くと、ロークの声は途絶えた。「おやおや」バッジのタトゥーを親指でそっといじりながら、彼は喉を鳴らさんばかりに言った。「これはなんだろうね」

「トリーナの馬鹿な思いつき。ただのテンプ・タトゥーよ。実は、ショックから立ち直ってからは、わたしもちょっと楽しんでいる」

ロークは何も言わず、ただ、親指でタトゥーをなでまわしていた。

「ローク?」

「驚いたよ。こういうものでこんなにむらむらするとはね。なんて不思議なんだろう」

「冗談でしょ」

彼は視線を上げ、イヴの目を見つめた。あの熱いブルーが彼女を射抜く。「わかった」皮膚の下がぞくぞくした。そして、皮膚の上も。「冗談じゃないのね」

「警部補さん」ロークはふたたびイヴのヒップをとらえ、一気に彼女をかかえあげ、その脚を自分のウエストに巻きつかせた。「心の準備をして」

しかし、そのような五感への攻撃、全身への荒々しい侵略に対し、準備などできはしない。ベッドははるか彼方だったので、ロークはそのままただソファに倒れこみ、唇と手とで彼女を奪った。

イヴは彼にしがみついていた。そうしていなければ、強く抱きついていなければ、自分の肉体から飛び出してしまいそうだった。興奮が押し寄せ、血管を、筋肉を、神経を駆け抜けていく。彼女は震えていた。激しく駆り立てられていた。

くらくらしながら息をしようとあえぎ、ついにあの貪欲な唇を唇でさぐりあてた。欲望から、また、自分たちが結ばれている、少なくともいまだけは結ばれているという安堵感から、彼女はロークのシャツを引っ張った。肉体の味と感触を求めているのは、彼だけではない。ロークの体は熱かった。まるで彼女に向かって内側から燃えているように。

わたしの奇跡。

「わたしにやらせて」イヴは彼のベルトと格闘した。「わたしに」

そしてふたりはソファから転がり落ち、床にどすんと着地した。

息をはずませたイヴの笑いが、ロークのなかをきらきらと駆け抜けていく。ああ、この笑いをどれほど聞きたかったことか。

どれほど彼女を抱きたかったことか、また、彼女に抱かれたかったことか。

彼女のにおい、姿、味、そのすべてが、すでに限界に達していた自制心を奪い去った。彼女をクリームのようになめたい。断食明けの食事のようにむさぼりたい。世界が終わるまで、彼女のなかに埋もれていたい。

愛しすぎること、求めすぎること、欲しすぎることが、もしも可能であるならば、彼はすでにイヴに対し、その一線を越えていた。もう引き返すことはできない。彼女は彼の下で震え、彼の下で動いている。その手が伸びてきて彼を包みこみ、彼女の濡れた激しい熱のなかへと固くなったそれを導き入れた。

彼女がヒップを突きあげ、彼が突きおろす。すると、歓びが彼をおおい、包みこみ、心と体が満たされた。

欲望に霞む彼女の暗い琥珀色の目を、彼は見守った。そして、彼女が頭を反らせ、しわがれたうめき声を漏らす前、その唇が震えるのを目にした。

彼は緊張を解き、イヴのシンボルに唇を押しつけて、その奥の心臓の轟きを感じた。僕のお巡りさん。僕のイヴ。僕の奇跡。

彼はそこに身を委ねた。彼女に屈服した。

ロークがごろりとあおむけになった。その胸に身を寄せたとき、イヴの脈拍はほぼ正常にもどっていた。彼女は組んだ両手に顎を載せて、彼の顔を上からしげしげと見おろした。いまの彼は確かにリラックスしているようだ。すっかり満ち足り、脱力していて、仮眠をとろうとしている人を思わせる。

「ピンクのつま先と胸のタトゥー。男ってなぜそんなものが好きなの?」

ロークの唇にほほえみが浮かんだ。それでもまだその目は閉じられたままだ。「男は簡単に踊らされてしまうんだよ。女性とその神秘的な手管に完全に支配されているんだ」

「自分たちの股間のものに支配されているんでしょ」

「それもあるね」彼は幸せそうにため息をついた。「ああ、ありがたい」

「それじゃ本当にああいうのが好きなのね? 塗ったり貼ったり色をつけたりが?」

「イヴ。ダーリン・イヴ」彼は今度は目を開けて、彼女の髪をなでた。「僕はきみが好きなんだよ。わかってるだろうに」

「でも、ああいうお飾りにむらむらするんでしょ」

「お飾りがあってもなくてもだよ」ロークは彼女を抱き寄せ、唇にそっと唇を触れ合わせた。「きみは僕のだ」

イヴの唇がぴくぴくした。「あなたの何？」

「すべてだよ」

「口がうまいのね」イヴはつぶやき、彼に身をすり寄せた。「ほんとに口がうまいんだから。言っておくけど、たとえその威力であなたを性の奴隷にできるとしても、このタトゥーをずっと入れておく気はないわよ。ほんの何日か。それでおしまい」

「きみの体だ。好きにすればいい。僕自身、それを本物のタトゥーにしてほしいとは思わないし。僕のスイッチを入れたのは、その意外性にちがいない。ちょっと意表を突かれたからね」

「それじゃ今後もときどきあなたを驚かせることにするわ」

「きみにはいつも驚かされているよ」

そう言われるとうれしかった。イヴは彼の頬を軽くなで、それから寝返りを打った。「さあ、リフレッシュの時間は終わりよ」

「そこには意外性はないね」

「服を着なさい、民間人。そして、報告するのよ」

「僕は三十分ちゃんと使いきったんだろうか。誰かさんはちょっと急いでいたし」

イヴはロークのズボンを拾いあげ、彼の顔に投げつけた。「その可愛いお尻をしまって、相棒。さっき、わたしに話があるって言ってたでしょう。ほら、このピンクの爪に圧倒される前に。なんの話？」

「その話にかかる前に、こちらの希望を表明しておこう。これから数日間はできるだけ裸足でいてほしい。さて」イヴが冷ややかな視線を送ると、彼は笑って言った。「実は、フィーニーと僕は、ラボにもっとオタクが必要だということで意見が一致したんだ。僕らふたりだけでは、復旧までに早くても数週間かかってしまうだろうから」

「明日にはマクナブが帰ってくるけど」

「では三人だね。それも、誰かひとりが別のことに狩り出されなければだ。答えがほしいなら、イヴ、それを得るための道具を与えてくれないとな」

「EDDのチーフはフィーニーよ。なぜ彼が要望を出さないの？」

「なぜならいまいましいコイン投げで僕が負けたからさ。コインをすり替えるだけの時間さえあれば、負けやしなかったのにな。ところが彼はこう言うんだ――確かにこのとおりのせりふだったと思うが――『同じ犬に二度は咬まれないぞ』つまり、彼一流の表現で、以前、僕にコイン投げでだまされたのをちゃんと知っているとほのめかしたわけだ」

「彼は簡単にカモれる相手じゃないから」

「確かに。それにエレクトロニクスに関しては、僕らはどっちも未熟じゃないし、怠惰でもない。認めるのは悔しいが、どうしても助けが必要なんだ。何人か心当たりが――」

「ジェイミー・リングストロムのことを考えているなら、それは忘れて。こんな危険なことに子供を引きずりこむ気はないから」

「いや、あの子じゃない。ジェイミーは学校に行っているし、彼にはなんとしても、勉強をつづけさせるつもりだよ。僕が使いたいのは、ルヴァなんだ。彼女ならすでに危険は承知している」反論の隙を与えず、ロークはつづけた。「能力はトップクラス、最高レベルの機密委任も認められている。しかも、すでに状況をしっかり把握しているんだ」

「なぜなら彼女は渦中の人だから。事件の主役のひとりを引きこむのは危ないわ。またひとり民間人を引きこむのは」

「彼女なら経過説明の必要もない。だから、かなり時間が省けるんだよ。個人的利害もからんでいるから、他の誰より一生懸命やってくれるだろうしね。彼女は容疑者じゃないんだよ、イヴ。ある種の犠牲者なんだ」ロークはちょっと間をとった。ふたたび話しだしたとき、その口調はそれまでよりもそっけなかった。「犠牲者には、もしその機会があれば、誰かに戦ってもらうだけでなく、自分のために戦う権利もあるんじゃないか？」

「かもしれない」ふたりは道をそれようとしていた。縁がぎざぎざのあの深淵へ向かって。イヴはそこから後退したかった。いや、もっと悪いことに、それがそこにないふりをしたかった。しかしその溝は目の前でぐんぐん広がりだしている。ロークのもたらした体の熱がまだ冷めてもいないというのに。

「フィーニーとその件を話し合った？」

「ああ。そして、いまきみと僕が踊っているのと同じところをぐるっと一巡した。そのあと僕は、彼にルヴァの資格を見せた。彼はルヴァと仕事をしたがっているよ」

「フィーニーをたらしこんだのね」

その言葉に、彼はほほえんだ。ほんの少しだけ。「そう言うと印象がよくないな。彼を納得させたと言ってほしいね。ルヴァと、それに、トキモトについても」

「またお宅の社員、また民間人なの？」

「うん。この選択には理由があるんだ。まず第一に、彼らくらい信用格付けの高い民間人なら、マスコミに情報を漏らすことはまずない。まあ、落ち着いて」イヴが歯をむきだすと、彼は穏やかに言った。「このふたりなら他の誰よりリークが避けられそうなんだよ。ルヴァの場合は至極当然の理由から。トキモトの場合は、ルヴァを愛しているから」

「へえ、最高じゃない」

「ルヴァのほうは何も知らないんだ」ロークは間髪入れずにつづけた。「それに彼も、その方向へは動かないかもしれない。でも事実は事実だ。彼女に対する気持ちと、仕事に対するそもそもの興味から、この件には特に力が入るだろう。愛は人にそういう作用を及ぼすものだからね」

イヴは何も答えない。ロークは向きを変え、壁のパネルとそのなかの小型冷蔵庫を開いた。そして、水のボトルを取り出し、蓋を開け、飲んだ。

それは喉を湿らせたが、ふくらみつつある怒りを冷ましてはくれなかった。「それに警官を引き入れるなら、きみは書類を書いたり、予算をやりくりしたり、彼らに相応の機密委任許可を与えたりしなければならない。僕にはNYPSDよりも大きな予算がある」

「グリーンランドよりも大きな予算よ」

「たぶんね。でも肝心なのは、この問題を解決し、コード・レッドの契約を護ることに、僕が確かに興味を持っているという点だよ。都合のいい答えが見つからなければ、僕は多くを失うことになる。それに、友人がひどいことをされたわけだし、いま自分が何を相手にしているかも、僕にはちゃんとわかっている。だからこそ、僕はこの仕事に最適の人材を引き入れようと言っているんだ」

「何も腹を立てることはないでしょう」

「腹が立つんだ。今度のこと全体に。自分にとって大事な人たちがこんな目に遭っているのに、のんびりすわってはいられないよ。それに、いっこうに進まないあのイカレたユニットの復旧作業も、ひどいストレスなんだ。そうこうするうちに、時間はどんどん経っていく。これではダラスで起きたことの本当の責任者をさがしだす暇もない」

固くて小さな氷の塊が、イヴのみぞおちに落ちてきた。いま室内には、これまで彼女が見まいとしてきた怒り狂う巨象がいる。そしてそいつは雄叫びをあげている。「結局、根底にあるのは、それなんじゃない？　すべての根底にあるのは？」

「そうとも《アィ》。それは根底にある。外にも、なかにも、まわりにも」

「そのことはもう考えないで」胃がきりきりしていたが、イヴの声は平静だった。「忘れてちょうだい。わたしの見過ごせない一線を越えないうちに」

「僕には僕の規範があるんだよ、警部補さん」

「そう、そのとおり。警部補なの」イヴはドレッサーの上からバッジを持ちあげ、ふたたびぴしゃりとそこに置いた。「ダラス、警部補、イヴ。あなたがそこに立って、人を殺す話をし、わたしがそれを黙って見過ごすなんてことはありえない」

「僕は自分の妻と話しているんだ」ロークはテーブルにボトルをたたきつけ、そのつややかな天板に水を飛び散らせた。「自分が慈しむと誓った女性と。手を引いて何もしないなら、慈しみようもないし、自分自身を許せない。きみをあんな目に遭わせたやつらがのうのうと生きているのを、何もせずにただ見ていろって言うのか。まるでそれがなんでもないことみたいに」

「連中が生きていたって、わたしは平気よ。でも連中があなたの手にかかって死んだら、平気ではいられない」

「ああ、イヴ」くるりと背を向け、ロークはシャツを着た。「僕に僕でないものになれなんて言わないでくれ。それは求めないでくれよ。こっちもきみにそれは求めない」

「ええ」イヴは心を固めた。「ええ、そうね。あなたはそれを求めない」彼女はもう一度繰り返した。とても静かに。その点だけは真実であること、議論の余地なく真実であることを感じつつ。「だからこの件について、わたしは口出しできない。考えることもできない。決して一致しえないなら、戦うこともできないし。でもあなたはよく考えるべきよ。そして考えるときは、マリーナとちがってわたしは子供じゃないことを思い出して。それに、わたしがあなたのお母さんでもないことを」

ロークはゆっくりと振り返った。その顔は冷たく、こわばっていた。「きみが誰なのかは、よくわかっているよ。誰でないかも」

「わたしには、あなた流の正義は必要ないの。わたしは自分の身に起きたことを乗り越えてきた。そしてわたしなりの正義を作りあげたのよ」

「そして、眠りながら泣き、悪夢におののいている」

いまも彼女はおののきそうになっていた。でも泣くまい。涙はふたりの役には立たない。

「あなたがやろうとしていることでは、それを変えることはできないのよ。フィーニーが賛成なら、誰でも連れてきていいわ。わたしは仕事があるから」

「ちょっと待った」ロークは自分のドレッサーに歩み寄り、引き出しを開けた。イヴと同様に、彼も怒っていた。自分たちがなぜ、こうも自然にあのむつまじさから怒りへと移っていけるのか、不思議でならなかった。彼は、引き出しにしまってあった、フレーム入りの小さな写真を取り出すと、歩いていってイヴに渡した。

そこには、赤い髪と緑の瞳を持つ若く美しい女性が映っていた。顔には治りかけた痣《あざ》があり、指には副木《そえぎ》が当てられている。女性は腕に男の子を抱いていた。

ケルト人の青い瞳を持つ、可愛らしい坊や。頬を女性の頬にぴったりと寄せている。母親の頬に。

ロークとその母親。

「この人のために僕は何もできなかった。もしも知っていたら……でも僕は知らなかった。だからもうどうしようもない。この人は、僕が大きくなる前に死んだ。その顔を記憶に留めることさえ、僕にはできなかったんだよ」

「つらいのはわかる」

「問題はそこじゃない。連中はあいつのことを知っていた。HSOも、インターポールも、国際的な情報機関はどれもみな。連中はパトリック・ロークのことを、やつがリチャード・トロイに会いにダラスへ行くずっと前から知っていた。でも彼女は――僕を産んだこの女性、やつが殺して放り捨てたこの女性は、連中のファイルの脚注にすらなっていない。彼女は連中にとっては、取るに足りない存在だったんだ。ダラスの無力な小さな子供が取るに足りなかったように」

イヴは胸に痛みを覚えた。彼を思い、自分自身を思って。そして、会ったことのないひとりの女性を思って。「あなたはお母さんを救えなかった。そのことは残念よ。あなたはわたしを救えなかった。そのことは別にいい。わたしは自分で自分を救えるの。この件であなたと議論する気はないわ。議論しても無駄だから。ふたりともやるべき仕事が山ほどあるし」

イヴは彼のドレッサーの上に写真を立てた。「これは飾っておかなきゃ。お母さんはきれいな人だもの」

しかし彼女が出ていくと、ロークはもとどおり写真をしまった。それをずっと目にしているのは、いまでもあまりにつらすぎるのだ。

ふたりはお互いにたっぷり距離をとり、その夜は遅くまで別々の部屋で働いた。一度は広いベッドの端と端で眠ったが、どちらもそこに橋を渡そうとはしなかった。そして朝になると、お互いの領域を慎重に避け、領域が重なるときはどう動くかに注意しながら、自分たちのあいだに広がった溝を迂回して過ごした。

ルヴァ・ユーイングとトキモトが家にいるのを、イヴは知っていた。しかし彼らのことはフィーニーに任せ、自分は仕事部屋に閉じこもって、ピーボディとマクナブが現れるのを待った。

彼女は長時間、目の前の仕事に集中した。まず確率精査を行い、それから、新たなシナリオを考え出すためデータをふるいにかけた。また、殺人ボードをじっくり眺め、いまある証拠から犯行、動機、手口を再構築した。すると、ひとつの絵が見えてきた。

しかし、その証拠を脇へやると、すぐにまたちがう絵ができあがる。

そして、たとえ一瞬でも集中力が途切れると、また別のイメージが浮かんでくる。底なしの淵をはさんで立つ自分自身とロークのイメージが。

私生活に仕事を邪魔されるのが、彼女は大嫌いだった。それ以上に嫌いなのは、仕事に集中すべきときに私生活に頭に入りこまれることだ。

実のところ、わたしは何に動揺しているんだろう？　そう自問しつつ、彼女はコーヒーを注ぎにまたキッチンに行った。自分が知りもしないHSO局員を、ロークが見つけ出し、血祭りにあげようとしていることに？　彼女はロークと戦っている。大声でどなったり、物をたたき壊したりしていないからと言って、ふたりが戦っていないことにはならない。

彼女もその程度は、結婚というものを理解している。

ふたりは戦っている。なぜならロークが、子供時代、彼女がされたことに対して、檻に囚われたトラのような怒りを抱いているからだ。そして、囚われのトラの爪と歯をさらに鋭く尖らせているのは、彼の母親の身に起きたことへの怒りだ。

無慈悲、暴力、無視。ふたりはそれに耐え、生き延びてきた。当然、いまもそれに耐えることはできる。

イヴはキッチンのドアを押し開け、その外の小さなテラスに出て、ひと息ついた。

わたしはどうやってそれに耐えているんだろう？　仕事——そう、彼女は仕事を利用している。ときには、それによって消耗しつくし、参ってしまうまで。それでも彼女には、その過程、その結果のもたらすものが必要なのだ。犠牲者を立って見おろすだけでなく、犠牲者のために立ちあがること、システムの許す範囲で均衡を保つために働くことが。その均衡がみずからの基準に合わないときは、しばしばシステムを憎みながらも。

しかし、何かを憎み、なおかつ、尊重することは不可能ではない。

あの悪夢は？　あれは対処のメカニズムであり、恐怖や苦痛、屈辱の無意識のはけ口なのではないだろうか？　マイラならこのテーマで、専門用語や心理学がらみのご託を山ほど聞かせてくれるだろう。でも基本的に、あれは耐えうる範囲内の記憶を呼び覚ます引き金にすぎない。おそらくは、耐えがたいものも少し。でも彼女は対処している。ロークがそばにいたほうが、対処しやすいのは確かだ。ロークは彼女を執拗な悪夢の手から引っ張りだし、強く抱きしめ、それは全部すんだことなのだと思い出させてくれる。

しかし彼女の対処法は、残虐に残虐をもって報いることではない。根っこの部分で法の精神を信じていなかったなら、どうしてあのバッジをつけていられるだろう？

でもロークは法を信じていない。

イヴは髪をかきあげ、緑あふれる晩夏の庭を眺めた。青々と生い茂る木々。ロークの作りあげた世界の光沢ときらめき。彼の手法。出会ったとき、恋に落ちたとき、結婚したときから、彼女は気づいていた。ロークは、彼女の根源的な信念を共有してはいない。この先も決して共有することはないだろう。

ふたりは根本的な部分で対極にいるのだ。

ふたつのさまよえる魂。彼はかつてそう言っていた。確かにそのとおりだ。しかしたとえ共通点があっても、ふたりはこの一点では決して相容れない。

もしかすると、ふたりの関係をこれほど熱くしているものは、この対立なのかもしれない。あの激しい怖いほどの愛にパワーを与えているものは、この綱引きなのかも。

彼女はロークの心に触れることができる。それは彼女に開かれている。驚異的に大きく。

彼女は彼の悲しみに触れ、ある種のなぐさめを与えることができる。自分にそんな力があるとは思いもよらなかったのに。しかし彼女の手は、彼の怒りには届かない。今度も届くことはないだろう。彼が優雅さと気品とで巧みに隠している、心の奥のあの固い瘤《こぶ》には。きっとそれはしてはいけないことなのだ。そこに手をやり、あの瘤をつかみ、それを解きほぐせば、ロークは彼女の愛する男ではなくなるのだろう。

でも、ああ、もしも彼女のために、ロークが人を殺したら、どうすればいいのだろう？それを乗り越えて、生きていくためには？

ふたりが生きつづけるためには？

自分が殺人者と暮らしているのを知りながら、殺人者を追いつづけることができるだろうか？ 答えが怖かったので、彼女は深く考えるのをやめ、室内にもどってふたたびカップを満たした。

それから仕事部屋に引き返し、ボードの前に立って、頭を無理やり仕事モードにもどした。ノックの音がしたとき、彼女の返事は上の空で、ややいらだたしげだった。「何？」

「警部補。お邪魔して申し訳ありません」

「ああ、カーロ」シャープな黒のスーツを着たロークの業務管理役が、部屋の入口に立っているのを見て、イヴは少し狼狽した。「いいのよ。あなたが来ているとは知らなかった」

「ルヴァと一緒に来たんです。これから仕事でミッドタウンのオフィスに行くんですが、あるプロジェクトについてロークからいろいろ聞いておくことがあって。まあ、それはどうでもいいんですけど」彼女はいつになくあわてたしぐさで両手を上げ、ふたたびその手を下ろした。「行く前にあなたとお話ししたかったんです。もしお時間があれば、ですが」

「ええ、もちろん。コーヒーか何か飲む？」

「いいえ。結構です。ありがとう。あの……ドアを閉めてもよろしいでしょうか」

「どうぞ」イヴはカーロの目がボードに移るのを見た。殺人現場のスチール、遺体の生々しい写真。イヴはゆっくりとデスクに移動し、その写真を見ずにすむ椅子を手振りでカーロにすすめた。「すわって」

「あなたはこういうものを始終見ているんでしょうね」あえてじっくりと写真を眺めてから、カーロは自分の足に動けと命じ、椅子にすわった。「もう慣れました？」

「そうとも言えるし、ちがうとも言える。あなた、なんだか危なっかしいわ。仕事に出るのはまだ早すぎるんじゃない？」

「働きたいんです」カーロは背筋を伸ばした。「あなたならおわかりになるでしょう」

「ええ。よくわかる」

「ルヴァも同じ。いつもの生活にもどれば、気持ちも落ち着くはずです。あの子はいつものあの子じゃない。わたくしもそうです。ふたりともよく眠れないけれど、お互いのためにちゃんと眠ったふりをしているんですよ。でも、ここに来たのは、こんなことを言うためじゃなかった。よけいなおしゃべりをするなんて、これもわたくしらしくないことです」

「そうでしょうね。あなたはいつだってとてもしっかりしているもの。ロークのスタッフと渡り合うには、そうでなきゃね。でもこの状況下でおかしくならなかったら、あなたはドロイドってことになるわ」

「実に的確な応対ですね」カーロはうなずいた。「被害者、生存者、目撃者、容疑者。それぞれにどういう態度で話せばいいか、心得ていらっしゃるのね。ルヴァに対してはてきぱきしていた。ぶっきらぼうでさえあった。ストレスを感じているとき、あの子はそういう態度にいちばんよく反応するんですよ。あなたはとても勘のいいかたなのね、警部補。そうでなくてはならないんでしょうけど……ロークと渡り合うには」

「そう思うでしょ」イヴは、前夜の彼とのやりとりが頭のなかでリプレイされないよう努めた。「それでご用件は？」

「ごめんなさい。お時間をとらせてしまって。わたくしはただ、あなたがしてくださったこと、これからしてくださることに、感謝したかったんです。あなたは毎日あのボードにあるもののバリエーションをご覧になっているんですよね。被害者や生存者に対応し、供述や疑問に耳を傾け、答えを見つけるために働く。それがあなたのお仕事。でもこの件は、わたくしにとっては個人的な事柄です。だから、あなたに個人的にお礼が言いたかった、感謝したかったんです」

「では個人的に、どういたしまして、と言うわ。わたしはあなたが好きなのよ、カーロ。あなたの娘さんも。でもたとえ好きじゃなくても、いましているのと同じことをするでしょう」

「ええ、わかっています。それでも感謝の気持ちは変わりません。ルヴァの父親が出ていったとき、わたくしは打ちのめされたものです。胸が破れ、すっかりくじけてしまって。当時のわたくしは、いまのあなたとさほど変わらない年齢でしたし」彼女は付け加えた。「もうこの世の終わりのような気がしたんです。わたくしはこう思いました。『これからどうしよう？　どうやって切り抜けたらいいんだろう？　どうやって赤ちゃんを育てていけばいいんだろう？』」

カーロはふと口をつぐみ、首を振った。「こんな話、ご興味ありませんよね」

「いいえ」立ちあがろうとするカーロを、イヴは手振りで押し留めた。「最後まで話して。ぜひ聞きたいわ」

カーロはふたたび腰を下ろして、ため息をついた。「ではそうしましょう。頭のなかを絶えず駆けめぐっていることですし。当時のわたくしは、ほとんどなんの才覚もなかったんですよ。秘書のスキルが少しあっただけで、その腕も、専業の母親になりたかったので錆びつかせてしまっていて。借金もありました。そのほとんどは夫が背負いこんだものなんですが、彼はわたくしより利口でしたし、そうね、卑劣だったんです」

「だとしたら、かなり利口なやつだったのね」

「ありがとう。わたくしはまだ……いまほど世慣れていなかったんです。それに、向こうの弁護士のほうが優秀でしたしね」カーロはかすかな笑みを浮かべた。「そういうわけで、わたくしはどん底に陥ったんです。経済的にも、気持ち的にも。それに健康面でも。ストレスと悲しみで体調をくずしてしまって。怖くてたまりませんでしたよ。でもあんなのは、ほんの一瞬のつまずき――これに比べたらなんでもありません。ルヴァは殺されていたかもしれないんですから」

カーロは懸命に自制しようとして、口もとにぎゅっと手を押しつけた。「誰もそのことに触れませんが、それは確かに起こりえた。この事件の犯人は、あの子を隠蔽工作に利用する代わりに、ただ殺していたかもしれないんです」

「でも実際はそうはならなかった。〝だったかも〟に、怯えることはないわ」

「あなたには子供がいないから」カーロはもう一度、前より力強くほほえんだが、その目は抑えきれない涙にきらめきだしていた。「〝だったかも〟は、あらゆる親にとって押入れのお化けなんです。あの子は殺されていたかもしれない。あるいは、あなたがこれほど有能でなかったら、拘置所で裁判を待つ身となっていたかもしれない。いまこうしていられるのは、あなたとロークが進んで手を差し伸べてくださったおかげです。わたくしはロークに大きなご恩があるんですよ。そして今度は、彼とあなたの両方から、さらに大きなご恩を受けたわけです」

「あなたとルヴァのためにひと肌脱いだことで、彼が見返りを求めると思う？」

「いいえ。決して」カーロはバッグを開け、ティッシュを取り出して頬をぬぐった。「恩返しなどと言えば、あの人は怒るでしょう。その一連の動作にはまったく無駄がなかった。たぶんあなたも。おふたりはほんとにお似合いですね」

イヴは喉が詰まるのを感じ、ただどうにか肩をすくめてみせた。

「最初は、どうなのかしら、と思ったんですよ。初めてあなたが、オフィスにいらしたときは。あなたはとても荒っぽくてタフだったし、それに冷たかった。少なくともわたくしにはそう見えたんです。あなたが帰ったあと、わたくしはロークを見ました。あの人は意表をつかれ、圧倒され、すっかり参っていました。これは、ロークにはめったにないことです」

「本当に？　じゃあ、どっちも同じだったのね」

「おふたりが親しくなっていく過程を見ていると勉強になりましたよ」カーロはティッシュをしまって、こぎれいな黒いバッグを閉じた。「ロークはわたくしの人生に重要な部分を占めているんです。あの人の幸せな姿を見られるのはうれしいことです」

なんと言っていいのかわからなかった。そこでイヴは、頭のなかで渦巻いている疑問を口にした。「どうしてあなたは彼のところで働くようになったの？」

「最初は、このニューヨークのある広告会社で、秘書の職——初歩的なものを得て、退屈な仕事をしていたんですよ。わたくしのスキルは、自分で思っていたほど錆びついてはいませんでした。それに、お金をかき集めて講習を受け、もう一度、腕を磨きましたし。一時は、法務部門で雑用係みたいなこともしていました。それから、部から部へと渡り歩いて、必要とされるところでどんな仕事でもする、移動事務員になったんです」

「少しずつなんでもやるわけね」

「ええ。わたくしは満足でした。トレーニングだと考えていたんです。いい仕事ですし、お給料もよかったんですよ。そしてあるとき、もう十数年、前のことだと思いますけれど、ロークがわたしのいた会社を買収し、その会社は――他の何社かと一緒に――ミッドタウンのビルに移転したわけです」

カーロの声は前よりも力強くなっていた。いまの彼女は過去にもどっている、現在から少し遠ざかっているから。

「その後まもなく、わたくしは、企画開発部門の補佐役の補佐役へと昇進しました。そして一年ほど経ったころ、ある会議に出るよう言われたんです。メモを取ったりコーヒーを出したりするためですが。ロークご自身も出席するから、きちんとした格好で、とのことでした。ニューヨーク支社は当時、まだできたばかりだったんですよ。そこは活力に満ちあふれていました。でもその大部分は、ロークのもたらすものだったんです」

「彼には人並み以上の活力があるから」イヴは言った。

「ええ、確かに。その会議のときですが、重役のひとりが、対応が遅いということで、わたくしを叱りつけたんです。それでわたくしはつい、あなたのマナーは着ているスーツとご同様にいただけない、とかなんとか言い返してしまったんです」

「じゃあ、ルヴァの気の短さは、母親ゆずりなのね」

カーロはちょっと笑った。「だと思います。ロークはこのちょっとした諍いは無視して――いえ、わたくしがそう思ったということですが――そのまま会議をつづけました。彼は一度、わたくしに、設計中の建物のホログラムを出すよう指示しました。そのあとも、別の何かのデータを呼び出させたり。そうやって、わたくしを飛び回らせ、分野をまたいだいろいろな仕事をさせたんです。何年も部署を渡り歩いた経験がそこでものを言いましたよ。それでも、あの重役への怒りが収まると、わたくしは怖くなりました。きっとクビになると思ったんです。会議は二時間以上つづき、それが何年にも思えました。ようやく終わったときには、とにかくどこか隅っこへ行ってばったり倒れたいということしか頭にありませんでした。ところがそのとき、ロークがわたくしに手招きしたんです。『きみはカーロだ。そうだろう？』彼はあのすてきな声で言いました。『そのファイルを持って、一緒に来てくれないかな』

それで、ああ、クビになるんだな、とはっきりとわかったんです。わたくしはもうパニック状態でした。新しい仕事は見つかるだろうか、どうやってルヴァに大学をつづけさせよう、三年前に買ったコンドミニアムの支払いはどうしよう。ロークはわたくしを彼専用のエレベーターに乗せました。わたくしはそのなかで震えていました。でも、そのことを彼に悟らせる気はありませんでした。屈辱ならもう一生分、前の夫に味わわされている。だから、自分がどれほど怯えているか、この若いアイルランド人には絶対悟らせまい。そう思ったんです」

「彼はきっと見抜いていたわ」その光景を思い描いて、イヴは言った。

「もちろんです。あの人はなんでも見抜いてしまう。でもそのときのわたくしは、自分の落ち着きに誇らしさを感じていました。自分に残されているのはもうこれだけだと思っていましたし。彼はわたくしに、あの重役……」カーロの額に皺が寄った。「名前はもう覚えていません。わたくしを叱りつけたあの重役をどう思うかと訊ねました。こちらは、どうせもうおしまいだと思っていますから、ひどくそっけなく、それは個人的にか社員としてか、と聞き返しました。すると彼はわたくしに、にっと笑いかけたんです」

カーロはちょっと間をとり、首をかしげた。「お気を悪くなさらなければ、ここでひとこと言い添えたいんですが」

「どうぞ。わたしはそれほど怒りっぽくないわよ」

「わたくしは彼の母親と言ってもいいような年です。それでも、彼がこちらを見おろして、にっと笑いかけたときは、みぞおちが妙な感じになりましたよ。どう考えてもまったく色気のない状況下での、あのセクシャルなパワー。あれにさらされたあと、自分がまともに考えたりしゃべったりできたのが、不思議なくらいです」

「よくわかる」

「もちろんそうですよね。彼がにっと笑いかけ、個人的意見と社員としての意見の両方を聞きたいと言ったとき、わたくしは妙な気分になったことに恥じ入り、茫然としていました。だからつい、あの男は仕事もさしてできないけれど、人間としては最低だと言ってしまったんです。

気がつくともう、わたくしは彼のオフィスにいました。彼はコーヒーを出してくれて、少し待ってくれと言いました。そしてデスクへ行って、仕事を始めたんです。こちらはまるでわけがわからず、ただそこにすわっていました。そのときは知らなかったんですが、彼はわたくしのファイルを呼び出し、勤務評定や信用格付けをチェックしていたんです」

「それにきっと、あなたがその朝、朝食に何を食べたかも」

「だとしても驚きはしません」カーロも同意した。「やがて彼は感じよく、いま、機転が利いて、状況判断がきちんとできて、人を見る目があって、真実を聞きたいときにおためごかしを言ったりしない業務管理役をさがしているんだけれど、と言いました。それは有能で、疲れを知らず、忠実で、自分だけに従う人でなくてはいけない。自分は、ときどき……変わったことをたのむかもしれないが。そんな具合に、彼は仕事の内容を説明しつづけました。すでも、こちらはちゃんと聴いていたのかどうか。最後に彼は、給料の額を呈示しました。すわっていたからいいようなものの、そうでなければ驚いて倒れてしまうような金額でしたよ。そして彼は、その仕事に興味があるか、と訊ねたんです」

「あったんでしょう？」

「わたくしは、立派に平静さを保って、こう言いました。ぜひその仕事に志願させてください。面接でも試験でも喜んで受けさせていただきます。すると彼は、面接ならたったいま済ませたし、きみはもう試験に受かっているから、いますぐ仕事を始めてくれ、と言ったんです」

「きっと前からあなたに目をつけていたのね」

「そうにちがいありません。そしてそのおかげで、わたくしは娘を安全で快適な環境のもとで育てあげることができたんです。それに、自己を発見することも。だからわたくしはロークに大きなご恩があるわけですよ。おかげさまで気持ちが落ち着きました」カーロはため息をついた。「あなたがあの当時に連れもどしてくださったから。人はつぎになすべきことをすることで難局を切り抜けるものです。話を聞いていただいて、そのことを思い出しましたよ。だから、あなたがつぎになすべきことをできるように、もうおいとまするとしましょう」カーロは立ちあがった。「お時間をくださってありがとう」

「ルヴァもあなたの勇気をいくらか受け継いでいるはずよ。だから今度のことも必ず切り抜けるわ」

「わたくしもそう期待しています」ドアのところで、カーロは振り返った。「これはちょっとしたことですが、もしかすると喜んでいただけるかも。ささやかなお返しになるかもしれませんね。忙しい人の多くは、秘書や助手に配偶者への贈り物を選ばせます。お誕生日や記念日、喧嘩のあとの仲直りの印も。でもロークの場合、絶対それはありません。彼があなたに贈るものは、常に彼自身の選んだものなんですよ。そう、たぶんこれは、結構大きなことかもしれませんね」

15

ピーボディはライム・グリーンのハイトップ・スニーカーで足早に入ってきた。彼女はもうカツカツ歩いてはいない。この感じは……ボヨンボヨンといったところ。これもまた、慣れなくてはならないことのひとつだ。それに、彼女は満面に笑みをたたえ、髪には頭頂部から顎にかけ、カラフルな小粒のビーズのひもを一本、編みこんでいる。

「どうも、ダラス。ジャマイカは最高でしたよ」

「髪にビーズを編みこんでいるのね」

「ええ、ちっちゃな三つ編みにしてみました」ピーボディはそれを引っ張った。「いまじゃそういうこともできるんです。もう制服ではないので」

「だけど、なんのために？　まあいいわ。問題のユニットは？」

「マクナブ捜査官とわたしは、自分たちの手でユニットを移送し、税関とセキュリティ・チェックを通過し、分析および調査のため、まっすぐこちらの外部ラボにそれらを運びこみました。ユニットはその間ずっと、わたしたちの監督下にありました。マクナブは現在EDDチームとともに、こちらのラボにいます。わたしは彼をそこに残し、ご報告にうかがったのです。警部補」

「ビーズのことをあれこれ言われたからって、むくれることはないでしょうに」

「プレゼントをあげるの、やめようかな」

「なんでプレゼントがあるわけ？」

「わたしが捜査官として初めて市外で捜査活動をした記念です」ピーボディはバッグからそれを引っ張りだした。「でもプレゼントなんて、あなたにはもったいないですよね」

そのプラスチックの小さなヤシの木を、イヴはまじまじと見つめた。木の下では、プラスチックの小さな裸の男がくつろいでいる。彼は、緑色のきらめく液体の入った極小の丸いグラスを手にしていた。男の顔に浮かぶ間の抜けた笑いから、これは絶対アルコール飲料だとイヴは思った。

「あなたの言うとおりよ。これはわたしにはもったいない」

「がらくたですけど」ピーボディはむっとして、それをイヴのデスクに置いた。「おもしろいでしょ。どうぞ」

「どうも。これからあなたとチームのみんなに経過説明をする。あの民間人たちも入れて簡単な報告会議をやり、それから……ちょっと待って」リンクが鳴っている。「ダラスです」

「問題が起きた」

モリスの声といかつい表情から、イヴはその問題が深刻なものであることを悟った。「いまモルグ？」

「わたしはモルグにいる」モリスは言った。「だがビッセルはいない」

「遺体をなくしたってこと？」

「遺体はなくなりはしない」モリスはぴしゃりと言い返した。すでにこの三十五分のあいだ、コンピューターやみずからの手足を使って、捜索や調査をしていたが。「うちの客人たちが起きあがって、角のデリカテッセンまでクリームチーズ・ベーグルを買いにいくなんてことも、まずないんだ。ということは、何者かがここに侵入し、彼を連れ出したということだよ」

「わかった」モリスは怒り以上に屈辱を感じているようだ。イヴはそれを逆転させようとしていた。「そこを閉鎖して」

「なんだって？」

「そこを閉鎖するのよ、モリス。わたしが行くまで、誰も入れず、誰も出さないで。生きてる人間も死人もよ。そっちに着くまでに、一時間ほどかかるけど」

「一時間とは――」

「遺体のあった部屋は立入禁止にして。この二十四時間のセキュリティ・ディスクはすべて回収し、ビッセルに関する全記録の写しを作ってちょうだい。それから、あなたが最後にじかに遺体を見て以降、そのデッド・ゾーンで仕事をするか、なんらかの用を足すかした人間をひとり残らず知りたい。ケイドの遺体はまだある?」

「ああ、あるよ。くそっ」

「なるべく早くそっちへ行く」イヴは通信を切った。「チームのみんなを集めて」ピーボディにそう命じ、またもやリンクが鳴るとみずからも悪態をついた。「さあ、行って」彼女が一喝すると、ピーボディはドアに飛んでいった。「ダラスです」

「警部補」画面いっぱいにホイットニーの顔が現れた。その表情もモリスと同様、明るくはなかった。「塔《タワー》に出頭してくれ。ボスとHSO副部長とのミーティングだ。時刻は〇九〇〇時」

「延期してください」

ホイットニーは一度まばたきした。その声が冷たくなった。「警部補?」

「これからチームに経過説明をするところなんです。なるべく手短にしますが、どうしてもやっておかないと。それがすんだら、モルグに行かなくてはなりません。いまモリス局長と話したんですが、ビッセルの遺体がなくなったそうです」

「置き間違いか、それとも消えたのか?」

「どうやら消えたようです。すでに、閉鎖、立入禁止、ディスクの回収を指示しました。ピーボディとわたしが一時間以内にモリスに会い、状況を確認します。これはタワーでのミーティングより優先すべきでしょう。HSOとスパローには、わたしと踊る順番を待ってもらうしかありません」

「詳細を知らせてくれ。早急に、逐一だぞ。ミーティングは一一〇〇時に変更しよう。出頭するように」

返事をするまでもなかった。彼は、イヴがモリスとの通信を切ったように、さっさと通信を切ってしまったのだ。そこで彼女は、リンクに渋面を向けて言った。「くそったれ」

それから立ちあがり、殺人ボードを裏返して壁に向けた。

トキモトがルヴァと並んで入ってきたとき、初めてこの男を見たイヴは、あらためて自分に言いきかせなくてはならなかった——たとえ知らない人間でも、フィーニーとロークが選んだ者なら信じなくては。やや面やつれしているものの、ルヴァは元気そうだった。また、愛の波動に関しては、ロークの勘はハズレだったようだ。そろって椅子にすわるとき、トキモトはルヴァに触れもせず、目をやりさえしなかったのだ。

「エレクトロニクスがらみのことは、フィーニー課長が説明するでしょう」イヴはそう切り出した。「だからわたしはその話はしない。ただ言いたいのは、データが必要だってことだけ。どんなデータでもいい。早急に必要よ。その回収が最優先。いまはコード・レッドは二の次よ」

「警部補」トキモトが、その特異な顔から用心深く表情を消し、低く抑えた声で言った。「お言葉ですが、コード・レッドを二の次にすることは、その性質上、不可能です。データを回収するためには、それがどのように破壊されたか知らなくてはならない。それがどのように破壊されたか知ることは、防御策へとつながります。つまり、すべてはひとつなのです。おわかりでしょう?」

「いいえ、わからない。だからわたしはEDDの課員じゃないわけ。あなたたちが呼ばれたのは、殺人事件の捜査に手を貸すためよ。ユニットが破壊されたなら、そのユニットには、少なくとも三人を殺害した単独もしくは複数の犯人にとって、気になるデータが入っていたにちがいない。そのデータを見れば、なぜそれが気になったのかもわかるでしょう。だからそのデータは、わたしにとって最優先事項なの。わかった?」

「ええ。もちろん」

「結構。マクナブとピーボディの両捜査官がカーター・ビッセルの住居から運んできたユニットは、いまこの屋敷内にある。カーター・ビッセルの行方は不明。彼は本件に関係している、もしくは、関係していたものと見られる。その関与の度合いは未確定よ」

「ブレアが弟の話をすることはめったになかった。でも話すときは、ろくでなし扱いだったわ。こんなこと役に立つかどうかわからないけど」ルヴァはイヴに言った。「でも、わたしの受けた印象では、カーターは彼にとって恥でしかなかったようよ」

「あなたの知っている範囲で、ふたりが最後に話をしたのはいつ?」

「一年くらい前だと思う。カーターがブレアに連絡してきて、お金を無心したんじゃないかしら。わたしが入っていったら、ブレアが送金の手続きをしていたの。背中にしがみついたカーターって名のサルのおかげでとんだ出費だとか言っていた。動揺していたし、そのそのことは話したがらなかったから、見過ごしてしまったんだけど。思い返してみると、わたしはずいぶんいろんなことを見過ごしていたのね」

「彼がそう言ったの？　背中にしがみついたサルって？」

「ええ。ブレアは動揺していた。それにいらだっていたし。彼がカーターにお金を貸したので、わたし、びっくりだと言ったのよ。そしたら、彼はコンピューターをシャットダウンして、これは自分の金だし、自分の問題だってどなったの。そして、飛び出していったのよ。そんな調子だったし、会ったこともない馬鹿なやつのことで喧嘩することもないと思って、こっちもその件はそれっきりにしたわ」

「おもしろいわね。ローク、なんとか時間を作って、ブレア・ビッセルが非公式の秘密の口座を持っていなかったかどうか調べてくれない？　彼がそのサルにどのくらいの頻度で餌をやっていたのか知りたいわ」イヴはちょっと間をとって、部屋を見渡した。「このチームの民間人メンバーに言っておく。本捜査の過程で知ったこと、伝え聞いたことについて、外部の誰かと話すことは、いっさい許されない。相手が、友人でも、隣人でも、マスコミでも、家のペットでもよ。この点を強調したうえ、もうひとつ付け加えておくわ。どんな情報でも外部に伝わったら、それは司法妨害と見なされる。情報漏れがあれば、その穴はふさがれ、告発され、檻のなかでしばらく楽しい時を過ごすことになる。いまは、感じよくしている余裕はないの」ロークの心を読んで、彼女は言った。「この人たちはあなたの仲間かもしれないけど、わたしの仲間ではないし」

「きみのそのスタンスについては、ここにいる誰もまちがえようがないね」ロークは言った。「警部補」

「それで誰かが傷ついたなら、お気の毒さま」イヴは淡々と言った。「でも目下、クロエ・マッコイは、繊細さとか傷つきやすい心とかには、あまり関心がないでしょうよ。本題にもどりましょう。独自に動いていたのか、HSOの指示だったのか、ビッセルは諜報装置を自分の作品に仕込んでいたの。それらの装置が、彼がルヴァ・ユーイングと同居していた家のさまざまな場所に配されていたことも、すでにわかっている。その目的は、〈セキュアコンプ〉で彼女が携わっていたプロジェクトの情報を集めることと見ていいでしょう」

話しながら、イヴはルヴァを見つめていた。彼女は口もとを震わせ、それから、ぎゅっと引き締めた。

「売買の記録が必要よ。ビッセルの他の作品のありかを突き止めるの。作品はスキャンされることになる。そうなったとき、この一件は水面下から噴き出すでしょう。あなたも飛沫《しぶき》を浴びるわよ、ルヴァ」

「わたしなら大丈夫」

「ユーイングはこの企みによって深く傷つけられた犠牲者ですよ。彼女を利用し、欺いた男が何をしていようと、非難されるはずがないでしょう」

ルヴァはトキモトの怒りに弱々しい微笑を見せた。「いいえ、そうはいかない。それが世の習いなのよ」

「遅かれ早かれ、多少の揺り返しは来るでしょう」イヴは先をつづけた。「ビッセルの遺体は目下、行方不明よ」

彼女はじっと見ていた。非常に注意深く。ルヴァは、まるで未知の言語を耳にしたかのように、ぽかんとした顔になった。その隣で、トキモトがびくりとし、目はそちらに向けずにすっと手を伸ばして、ルヴァの手を握った。

すると今度もロークが正しかったのか、と思う。胴元相手に賭けてはいけない。

「どういう意味かわからないわ」ルヴァが慎重に言った。「意味がわからない」

「さっき検死局長と話したの。ビッセルの遺体はもうモルグにないそうよ。持ち去られたものと見て、対応しましょう」

「でも……どうして遺体を……」ルヴァは喉に手をやり、つかえた言葉を押し出すようにそこをさすった。「とても理解できない」

「それを解明するのがわたしの仕事よ。昨夜、自分がどこにいたか証明できる？」

「なんて残酷な」トキモトがつぶやいた。

「入念なだけよ。ルヴァ？」

「ええ、待って。うーん。わたしたち、うちで夕食を食べたわ。母とわたしで。それからスクリーンを見た。母の思いつきよ。コメディーばかり。ポップコーンを食べて、ワインを飲んで。わたしはかなり飲んだ」ルヴァはため息をついた。「ふたりとも一時ごろまで起きていた。わたしはカウチで眠ってしまったの。四時ごろに目が覚めたわ。母が上掛けをかけてくれていた。それで、寝返りを打って、また眠った。何日ぶりかで熟睡したわ」

「なるほど。では民間人にはラボにもどってもらいましょう」イヴはまっすぐロークを見つめた。「一四〇〇時までに進捗状況の完全な報告書がほしいわ」

「ああ、そうだろうね」ロークはルヴァに歩み寄り、手を差し伸べて彼女を立ちあがらせた。「まずひと息入れるか、しばらくのあいだ、ひとりになるかしたいだろう?」

「いいえ。いいえ、大丈夫です。仕事にかかりましょう。とにかく仕事にかかりましょう」

イヴがじっと待っていると、ロークは最後にもう一度、冷ややかな目で彼女を見てからドアを閉めた。

「ワオ」マクナブがぶるりと体を震わせた。「ここはずいぶん冷えこんでるな」

「口を閉じてなさい、この馬鹿」ピーボディが小声で言った。「すみません、警部補。この人、五百本のちっちゃな三つ編みのせいで、血のめぐりが悪くなっているんです」

「おい」

「始めましょう。こっちはあれこれ確率精査をしてみたけど、満足な数値は出なかったし、特にいいヒントも得られなかった。すべては、データをどう入れるかにかかっている。でも結局のところ、問題は、いま何を相手にしているのか、わたしたちにまだ見えていないということね。秘密の作戦なのか、ならず者の工作員なのか、家庭内暴力なのか。わかっているのは、殺しが三件、消えた遺体が一体あり、それがジャマイカに関係しているということだけよ。

クロエ・マッコイは、何か知っているか持っているかしたために殺された。解剖の結果、彼女が避妊薬を使ったことがわかっている。彼女は恋人を待っていたの。いまわかっている恋人はただひとり、ブレア・ビッセルよ」

「でもそいつは死んでいて、遺体は行方知れずなわけだ」フィーニーが口をはさんだ。

「マッコイがブレア・ビッセルを待っていたことは、ほぼまちがいない。彼女は世間知らずで、ドラマ好きで、だまされやすい女の子なの。うまくやれば、彼氏が死者のなかから立ちあがった、いまこちらに向かっている、と言われたって信じたでしょう。ビッセルはすべてを打ち明け、助けを求め、彼女とともに夕日に向かって去っていくことになっていた。犯人はただ部屋に入りこみ、彼女を落ち着かせ、薬を盛ったワインを飲ませるだけでよかったの。僕はブレアの友達だ、同僚だ、弟だ。きみにすべてを説明するよう彼にたのまれた。彼は危険が去りしだい、ここに来る」

「彼女ならそいつを入れたでしょうね」ピーボディも同意した。「きっとそのスリリングな展開にわくわくしたはずです」

「それがブレア・ビッセルだったなら、確実になかに入れたはずだしね」

マクナブは鼻を鳴らすまいとした。「死者のなかから立ちあがった？」

「そもそも死んでいなかったのなら、その必要もない。彼が死を偽装したとしたら」

「遺体の身元は確認されたんですよ、ダラス」ピーボディが言った。「指紋、ＤＮＡ、全身写真で」

「彼はＨＳＯだった。だから、偽造の可能性も除外できないわ。でもマッコイの件はわけがわからない。彼女が何か持っているか知っているかしたなら、なぜメインのショーの前にそっちを始末しなかったの？　それに動機もわからない。なぜ死んだのか――なぜ愛人を道連れにし、妻をはめたのか？　彼のファイルには、HSOとのトラブルを示唆するものは何もない。どう見ても、彼は収まり返っていた。カッコいい秘密の仕事、何も知らずに情報を与えつづける愛情深い妻、変化を添えるふたりの愛人、順調なキャリア、経済的安定。人生は至極うまくいっていた。なのになぜ死んだのよ？」

イヴはデスクの端に腰かけた。「弟のほうに移ってみましょう。嫉妬、恨み。ケイドが彼に会いにジャマイカに行ったことはわかっている。どうやら彼女は彼を愛人にしたらしい。それはHSOが是認したことなのか？　それとも、彼女は単独で、もしくは、ブレア・ビッセルと組んで動いていたのか？　その理由は？　何か企みがあって、それが狂ったのかもしれない。カインとアベルという線も考えられる。カーターは町を出て、兄を殺した――あの女のことはお気の毒さま。そして、ルヴァははめられた。あの地所――あれは結構な財産よ。殺人罪で裁判にかけられ、有罪になれば、ルヴァは相続権を失う。カーターはがっぽりいただけるわけ」

「彼はブレアを脅迫していたのかもしれませんね」ピーボディが言った。「背中にしがみついたサルってことは」

「大いにありうる。そこはロークの出番ね。きっと手がかりを与えてくれるでしょう。カーターはブレアについて何かを――HSOとのかかわりか、不倫か、他の何かを握っていて、定期的に彼からしぼりとっていた。ブレアはついに我慢できなくなり、サルを振り落とすことにした。でも三人も殺すのは、ちょっとやりすぎのような気がするわね。ただこっそり島に行き、弟を殺し、もとの生活にもどればすむことじゃない？　これらの答えのいくつかは、あのユニットに入っているはずよ。どれかほしいわ、フィーニー」

「ひとつ手に入れたよ。スウェーデンの超一流の美容外科医がその診療所で殺されたんだ。一見、物取りらしい。二週間前だよ。患者の記録は回収されていない。データ・ユニットが破壊されていたんだ」

「破壊されていた？」

「報告書によればな。ヨーゲンセンは——それがその医者の名前なんだが——喉を切り裂かれていた。在庫の薬品は奪われ、データ・ユニットは破壊されていた。ウイルスじゃないかと思うが、実際にそのユニットを見ないと確かなことは言えない」

「スウェーデンの同族と仲よくなれるかやってみて。こっちにユニットを送ってくれるかも」

「試してみよう」

「即刻ね」イヴは勢いよく立ちあがった。「わたしはＨＳＯのご要望でタワーに呼ばれているの。泥仕合になるだろうから、しっかり護りを固めていく。もうじき汚物が噴き出すわ。それがこっちの望みどおりの方向へ噴出してくれたら、スパイどもはそのなかにどっぷり浸かることになる。でも多少の逆風は避けられないでしょう。この捜査が継続しているあいだは、みんなでここに立てこもるわよ」

「ゲッ」マクナブが馬鹿みたいににやにやした。「とても耐えられないよな」

「そして、七名二十四時間体制で働くの」イヴはそう付け加え、彼が身をすくめ、その笑みが消えるのを見守った。「交替でね。では始めましょう。ピーボディ」

「はい、警部補。ただいま」

「通信にはセキュリティつきの回線だけを使って」イヴはそう言いながら、ドアの外に向かい、ロークに衝突しかけた。

「警部補さん、二、三分いいかな」

「歩きながら話しましょ。いまは一刻も無駄にできないの」

「わたしはちょっと失礼して……」安全なところへ行きます――ピーボディは胸の内でそうつぶやくと、ふたりの脇を急いですり抜けていった。

「あなたの仲間に対するわたしの態度に不満があるなら、我慢してもらうしかないわ。こっちは忙しいの」

「きみの思いやりや人あしらいの腕について話し合うなら、二、三分じゃ足りないさ。きみがルヴァを疑ってはいないことや、きみなりのやりかたで彼女のアリバイを固めようとしていたことはわかっているよ」

「それで？」

「僕は暗闇のなかで働く気はないんだ、イヴ。僕の力を借りたいなら、あるときは仕事を与え、つぎには締め出すなんていうやりかたは承服できない。僕を信頼して詳細もすべて教えてほしい」

「あなたは必要なことはすべて知っている。もっと必要になったら、もっと教えるわ」

ロークは彼女の腕をつかみ、くるりと振り向かせた。「そうやって、自分と同じ高尚な倫理観を持とうとしない僕をひっぱたこうっていうのか」

「わたしがひっぱたくときは、ちゃんと感じるようにやる――保証するわ、相棒。それとこれとはまったく別問題よ」

「嘘をつけ」

「ああもう、そのえらそうな顔ごとどこかへ消えてよ」イヴは腕をもぎ離し、その一瞬、自分を失ってロークを突き飛ばした。

彼の目が燃えあがった。しかし彼は突き返さず、彼女に触れもしなかった。自分は手を出さずにいられなかったのに、彼のほうは自制したのだ。イヴはそのことにいらだち、そんな自分がいやになった。

「これはわたしの仕事なの。いまは他のことを考えている時間も余裕もない。わたしの捜査のやりかたや指揮の執りかたが気に入らないなら、手を引いて。さっさと手を引いてよ。わたしが何を相手にしているのか、あなたはわかっていない」

「まさにそこが問題なんだ。自分の妻をＨＳＯと戦わせることに、僕は懸念を、ごく当然の懸念を抱いている。あれは単なる殺人者でも犯罪組織でもない。目を血走らせたテロリストのグループでもない。世界屈指の強大な組織なんだよ。HSOがもしこの件に関与しているとすれば——なんらかの形で関与していることは、もうまちがいないようだが——連中は自分たちの邪魔になるニューヨーク市警の一警官に危害を加えることくらいなんとも思わないと見ていい。彼女は個人として、または、警官として傷を負うことになる。僕のお巡りさんが」

「我慢してもらうしかない。それもあなたが背負いこんだ荷物の一部なんだから。わたしに無事でいてほしいなら、情報をつかんで。それがあなたにできることよ。それがあなたにできるすべてなの」

「そう、僕の背負いこんだ荷物の一部だ」ロークは不穏なまでに静かな口調で同意した。「そっちも自分が背負いこんだもののことを覚えておいてくれ。その全部をだよ、イヴ。きみはそれに耐えなくてはならない。あるいは、それなしで行くかだ」

イヴは衝撃のあまり茫然と立ちつくしていた。ロークはくるりと向きを変え、行ってしまった。それとともに、彼女の肌は冷たくなった。胃が痙攣し、よじれた。彼女は階段を駆けおり、家の外へと飛び出した。何かが顔に出ていたのだろう。車に乗りこむと、ピーボディが彼女のほうを振り返った。

「ダラス？　大丈夫ですか？」

イヴは首を振った。ちゃんとしゃべれるかどうか自信がない。喉が熱く燃えている。彼女はぐっとアクセルを踏みこんで急発進した。車は猛スピードで私道を走りだした。秋の気配に色づきはじめた、美しい木々や茂みのあいだを。

「男って厄介ですよね」ピーボディが言った。「一緒にいればいるほど、厄介になります。ロークみたいな人は、特に厄介なんじゃないですか」

「彼は怒ってるの。ただそれだけ。すごく怒ってる」イヴはむかむかする胃に手を当てた。「こっちもそう。ああ、こっちだってそうなのよ。でも彼に不意をつかれた。ほんとに不意打ちが得意なんだから。いまいましいやつ」呼吸が喉にひっかかりそうだ。彼女は懸命に息を吸い、息を吐いた。「わたしの痛いところを心得ているのよ」

「愛すれば愛するほど、狙いも正確になりますからね」

「じゃあ、彼はよっぽどわたしを愛してるのね。いまは、こんなことしてる場合じゃないのよ。彼だってわかってるはずなのに」

「男女の関係の大揺れに、都合のいいときなんてありませんよ」

「あなた、いったいどっちの味方なの？」

「そうですね、いまは警部補の隣にいるわけだし、警部補のパンチはすごく強烈だから、あなたの味方ですよ。当然」

「この話はもうおしまい」しかし、この胃のむかつきは終日つづきそうな気がする。それでもイヴは、ダッシュボードのリンクを取り、つぎのステップに進んだ。

「ナディーン・ファーストです」

「ランチはパスさせて。日を変えましょう。なるべく早いほうがいいけど」

「わかったわ」ナディーンは、丹念に整えたその睫毛をパチリともさせなかった。「時間を作って、知らせるわね」

「楽しみにしている」イヴはリンクを切った。

「なんなんです、いまのは？」ピーボディが訊ねた。

「陰で暗躍するのは、スパイどもだけじゃないってこと。いまのは、わたしからナディーンへの、ニュースを流せという指示よ。まもなく、ブレア・ビッセルがＨＳＯだったという事実が、その他いくつかの厳選された情報とともに公表される。確認のうえ、さらに詳細をお伝えしますってやつ。きょうの終わりには、誰かが額に青筋を立てているでしょうよ」

「すごく怒ってるのは、ロークだけじゃなくなるわけですね」

「ありがとう」イヴはなんとかかすかな笑みを浮かべた。「そう言ってもらえると、ずいぶん気が休まるわ」

モリスは厳密に指示どおりにしていた。承認されてモルグに入るのに丸十分もかかったことから、イヴはこれはかなり怒っているにちがいないと見た。彼は自分でふたりをなかに入れ、解剖検視室へとつづく寒々した白いトンネルを先に立って歩いていった。

「今朝、ここに着いたのは何時？」彼のこわばった背中に向かって、イヴは訊ねた。

「七時ごろだな。ある警官に思いやりを見せて――いや、見せようという気になってね。予定より早く出勤し、ビッセルが最近、顔の改良や整形をしていたかどうかテストしようと思ったんだ。まずコーヒーを入れ、この件に関するこれまでのノートを見返し、それから七時十五分ごろにここに来た」

彼は自分のパスと音声コマンドを使い、保管／検視エリアのひとつのドアを解錠した。

「このドアは施錠されていた？」

「されていたよ」

「細工されていないか、鑑識に調べさせます」ピーボディが言った。

「ビッセルの収納庫は空っぽだった」モリスはそうつづけ、冷蔵庫のステンレス製引き出しから成る壁に近づいた。彼が引き出しのひとつを開けると、空気と白い水蒸気とがシューッと漏れてきた。「最初は腹が立ったよ。よそへ移されたか、まちがった場所に入れられたかだと思ってね。それで最後の記録を見たんだが、それは彼が正しい場所に収められたことを示していた。わたしは、夜の当番だった検死官助手のマーリー・ドルーに連絡した。彼女は八時までの勤務だから、まだここにいた。しかし、このエリアに誰かが入り、何かを持ちこんだり持ち去ったりしたという記録はいっさいなかった」

「彼女と話させて」

「本人のオフィスで待機しているよ。われわれは徹底的な捜索を行った。ビッセルのデータはいまもここにあるが、遺体はない」

「現在ここにある遺体の数は？」

「二十六体。昨夜、四体、入った。二時二十分の衝突事故の分だ」

「保管エリアはすべて調べた?」

モリスの顔を屈辱の色がよぎった。「ダラス、わたしはきょうこの仕事を始めたわけじゃないんだよ。わたしがここにないと言ったら、その遺体はここにはないんだ」

「わかった。そうすると、二時二十分に新しいのが収容されるまでは、保管庫にあったのは二十二体だけなのね?」

「いや、二十三体だ。他に二体が市の費用で処分されることになっていた。引き取り手のないホームレス、ふたりだ」

「処分」

新たないらだちが屈辱の色に重なり、彼の声を氷のように冷ややかにした。「手順は知っているだろう。引き取り手のない貧困者の遺体は、四十八時間経つと市によって焼却される。われわれは夜のシフトのあいだに手続きを行い、彼らを火葬場に送り出した」

「一緒に行ったのは誰?」

「運転手と雑役係だよ」彼女が何を言おうとしているか気づいて、モリスは歯を食いしばった。「言っておくが、彼らがまちがえてビッセルを運び出したなんてことはないからな。われわれはここでコメディー・ショーをやっているわけじゃない。死者を扱うというのは、神経を使うまじめな仕事なんだ」

「それはようくわかっているわ、モリス」イヴの忍耐も限界に近づいていた。彼女は彼に歩み寄り、その真正面に立った。「でもビッセルはここにはいない。だから順を追って考えてみましょうよ」

「いいだろう。準備エリアというのがあるんだ。移送し、処分するよう登録された遺体は、検死官助手が記録をチェックしたうえで保管エリアから搬出させる。その際、記録はいっさいミスのないようダブル・チェックされる。移送班は準備エリアに遺体を運び、そこでまた一連のチェックが行われ、それでようやく搬出の運びとなる。これは、誰かがうっかりピッセルを処分するよう登録し、市の仕事を一件ほったらかしているという事例じゃない。遺体が一体、消えたんだ。数が合わないんだよ」

「これがまちがいだとはわたしも思っていない。まず火葬場に連絡して。昨夜、モルグの遺体を何体、扱ったか確認するのよ。それと、遺体を移送した人間の名前が知りたいわ。彼らはまだここにいる？」

「勤務時間帯がちがうからな」いまや怒りより不安の色を濃くし、モリスは先に立って部屋を出ると、ドアにふたたび施錠した。「六時前に帰ったろう」彼は足早にオフィスに向かった。そして、前夜の予定表を呼び出しながら、同時にリンクを取った。

「パウエルとシブレスキーか。このふたりなら知っている。ジョークが大好きなんだが、仕事はできるよ。注意深い連中だし。検死局長のモリスだが」彼はリンクに向かって言った。

「火葬場への搬送の確認をしたいんだ。今朝早くに行った、市からの依頼分だが」

「ちょっとお待ちを、ドクター・モリス、〈受け取り〉につなぎます」

「悪趣味だって思うのはわたしだけですかね」ピーボディが言った。「つまり、〈受け取り〉

だなんてね。ゲゲッ」

「黙りなさい、ピーボディ。このパウエルとシブレスキーについて調べて、写真を出してちょうだい」

「写真ならわたしから提供するよ」モリスが異議を唱えた。「われわれは、むやみやたらに遺体を焼きに出すわけじゃない。非常にしっかりしたシステムによって……ああ、モリスだ」〈受け取り〉が出ると、彼は言った。「今朝、名なしの遺体を男女一体ずつ、火葬場へ運んだんだが。注文番号NYC-JD五〇〇二五一と二五二。確認してもらえるかな」

「承知しました、ドクター・モリス。いま記録を呼び出します……その搬送と処分は完了していますね。確認番号を言いましょうか？」

「いや、ありがとう。これで充分だ」

「三件めの搬送についても確認が必要ですか？」

モリスががっくりしたことは、その顔を見るまでもなくわかった。それは、デスクの椅子にのろのろと腰を下ろすその動作に如実に表れていた。「三件め？」

「NYC-JD五〇〇二五三です。三体とも、〈受け取り〉の監督、クレメントの署名で、午前一時〇六分に搬出されています」

「処分は完了したのかい？」

「はい、ドクター。処分は……午前三時三十八分に完了しています。他に何かお役に立てることはありませんか？」

「いや。いや、ありがとう」彼は通信を切った。「わからんな。どうしてこんなことになったんだろう。まるですじが通らない。注文は確かに入っている。まちがいなくここに」彼はスクリーンをたたいた。「三体分でなく、二体分。三体めの処分の注文などない。準備エリアから搬出された第三の遺体などないんだ」

「パウエルとシブレスキーから話が聞きたいわ」

「一緒に行こう。こっちも最後まで見届けなくてはならないんだよ、ダラス」イヴに異議を唱える隙を与えず、モリスはつづけた。「ここはわたしの家だからね。お客たちは死んでいるが、それでも彼らはわたしのお客なんだ」

「わかった。鑑識をここに呼んで、ピーボディ。それから、フィーニーにEDDの腕利きを選んでもらって、モリスのユニットを調べさせましょう。この二十四時間のあいだにデータが改竄されていないかどうか」

彼らは、むかっ腹を立てているシブレスキーをベッドから引っ張りだした。モリスの顔を見ると少し軟化したものの、彼はまだ尻をぼりぼりかき、悪態をついていた。

「いったいなんだってんだよ？　俺もかみさんも夜、働いているんだぜ。人間、ちっとは睡眠が必要だ。お宅ら昼間の連中は、何もかも自分たちの時間帯に動いていると思ってるんだな」

「睡眠の邪魔をしてほんとに申し訳ないわ、シブレスキー」イヴは言った。「それに、このちょっとした話し合いの前に、あなたがマウスウォッシュを使わなかったのが、すごく残念」

「なんだと」

「でも、この厄介な昼間の捜査を指揮しているのはわたしなの。あなたは今朝早く火葬場へ遺体を搬送しているわね」

「ああ、だからなんなんだよ？　それが俺の仕事なんだぜ、ねえさん。なあ、モリス、こりゃあいったいなんの騒ぎだい？」

「大事なことなんだよ、シブ。きみは――」

「モリス」イヴは他の誰に対するときよりも優しく彼をさえぎった。「何体、運んだの？」

「モルグから一回、行っただけさ。四体以下ならまとめて運ぶ。五体以上なら二回に分ける。分けるのはたいてい冬場だ。ホームレスどもが寒さでくたばったりするからな。こういう気候のいい時分は、結構暇なんだ」

「その搬送では何体？」

「くそ」シブレスキーは下唇を突き出した。どうやらこれが集中しているときの表情らしい。「三体。そう、三体だよ。男が二体、女が一体。全部、決まりどおりにやったぜ。記録して、書類を書いて、出し入れのときはサインしてさ。四十八時間経ってから遺体をよこせってやつが出てきたって、俺のせいじゃないからな」

「あなたとパウエルの搬送を承認したのは誰？」

「サルじゃないか。知ってるだろ、モリス、サリー・ライザー。準備エリアから遺体を出すときは、いつも彼女がサインするんだ。俺が出勤したときは、そこんとこはもうすんでた。パウエルじゃなかったがな」

「何がパウエルじゃなかったの？」

「パウエルは病気で休むと言ってきたんだ。それで新しいやつが働いていた。すごい張りきり野郎でさ」シブレスキーは顔をしかめた。「俺が出勤したときゃ、書類仕事はもう全部すませてた。別にかまわないけどな。こっちはただ運搬しただけさ」

「その新しいやつの名前は？」イヴは訊ねた。

「くそっ、朝の十時に何もかも思い出せってのかい？　アンジェロ。確かそんな名前だったよ。なんだってかまうもんか。パウエルの穴埋めにきただけのやつだからな。書類仕事は全部自分でやりたがった。こっちも別に文句はなかったし。さっきも言ったとおり、そいつはすごい張りきり野郎だったのさ」

「そうでしょうね。ピーボディ」

すぐさま了解して、ピーボディはブレア・ビッセルとカーター・ビッセルの写真をファイル・バッグから取り出した。「シブレスキーさん、そのアンジェロという男は、このふたりのどちらかではありませんか？」

「いいや。あの張りきり野郎は、きてれつなでかい髭を生やしてたよ。眉毛はぼうぼうで、頭の毛はつるんとなであげてケツのあたりまで垂らしてた。まるできざったらしいビデオ・

スターみたいにな。顔に傷もあったぜ」シブレスキーは自分の左頬を指でたたいた。「ひどい代物さ。目の端から口のあたりにかけて。それに、出っ歯だったし。とにかくめちゃくちゃ不細工なやつだったよ」

「シブレスキー、あなたの一日は台なしになりそうよ」イヴは言った。「身支度して、セントラルに来てもらうわ。そこで写真を見たり、警察の似顔絵係に協力したりするの」

「ああ、勘弁してくれよ、ねえさん」

「警部補のねえさんよ。さあ、パンツをはいていらっしゃい」

16

ジョセフ・パウエルの遺体を前にしても特に驚きはなかった。しかしイヴは憤っていた。判断を曇らされないよう、その憤りを抑えつけ、しっかりとくるみこまねばならないほどだった。

彼はひとり暮らしであり、犯人にとってはこれもまた数ある幸運のひとつだった。体つきはがりがりで、華奢な骨にわずかに肉がついている程度。髪は耳のあたりを短く刈りこみ、頭頂部からはまぶしいブルーに染めた六インチのとさかをうまいこと突っ立たせていた。

室内の様子からすると、どうやら音楽とチーズ味のソイ・チップスが好きだったらしい。彼はまだヘッドフォンをつけており、ベッドの上には遺体とともにチップスの開いた袋がひとつあった。

寝室の唯一の窓にプライバシー・スクリーンはなく、日除け《シェード》が——彼の髪と同じブルーの——引かれていた。それは、充分に日の光をさえぎって部屋を暗がりへと変え、外の往来の音を——空のも街のもすべて——迫りくる嵐さながらにゴロゴロとガラスに響かせていた。

チップスとともに、彼は少しゾーナーをやっていた。ベッド脇のテーブルの、巨乳の裸婦を象《かたど》った皿には、紙の残りと灰とが残されていた。

犯人にとってはこれも幸運だった。パウエルはクスリで朦朧とし、音楽をガンガン頭に鳴り響かせており、体重は百三十ポンド足らずだった。彼は頸動脈に押しつけられたレーザーの衝撃を感じもしなかったろう。

せめてもの幸い。

ベッドの正面には、目の保養にということだろう、宙に飛びあがり、両手を広げ、大きな笑みをたたえ、歓びではちきれそうな実物大のメイヴィス・フリーストーンのポスターが貼られていた。彼女はそのほほえみと要所要所をうまく隠した光りもの以外、ほとんど何も身に着けていない。

メイヴィス、ノリノリ！

汚いベージュの壁に掲げられ、死者を笑っているそのポスターを見て、イヴはひどくみじめな、いやな気分になった。

モリスがその場にいたので、彼女はうしろに控え、最初の検分を彼に委ねた。

「一撃のみ」彼は言った。「完全接触《フル・コンタクト》。武器による火傷痕がはっきりと見られる。他に視認できる外傷はない。抵抗した形跡や、防御創もなし。神経系統はただちに損なわれた模様。即死」

「被害者の身元を言わないと、モリス。よかったら、わたしが――」

彼はくるりと振り返った。「手順ならわかっている。いま何をすべきかは、ようく心得ているよ。きみに教えてもらう必要は――」震える息が吸いこまれ、吐き出された。「いや、つっかかることはないね。すまない」

「いいの。あなたにとってこれはきついわよね」

「有効な一撃。非常に効果的な一撃だ。何者かがここに入ってきて、この……この坊やをハエをたたくみたいに無造作に殺したんだ。この子を知りもせず、なんの感情も持たずに。ただ、わたしの家に入ってくる前に、ちょっとした障害を取りのぞこうとして。犯人にとって、これはつま先を護るために靴をはくのとなんら変わりないことだったんだ。

被害者は、パウエル、ジョセフ。少し時間をもらうよ、ダラス。気持ちを落ち着けたいんだ。彼の役に――そして、きみの役に立てるように」

彼が出ていくのを待って、イヴは言った。「ピーボディ、ここはあなたに任せるわ。現場検証をし、鑑識を呼び、聞き込みにかかって。わたしはタワーに行かなきゃならないから」

「でも、わたしも行かないと」

「呼ばれたのはわたし。あなたじゃない」

ピーボディの顎がこわばった。「わたしはあなたのパートナーですから。あなたのケツが窮地に陥るときは、わたしのケツも一緒です」

「その光景、想像すると妙だけど、気持ちには感謝するわ。でもわたしのパートナーには、ここでがんばってもらわなきゃならない。彼にはあなたが必要なのよ」イヴはパウエルを見おろした。「彼のための作業にかかって。それに、モリスにも手を貸さないとね。もしわたしのケツが窮地に陥ったら、ピーボディ、あなたがこの捜査を続行するのよ。あなたがチームをまとめていくの。わたしはあなたを庇護しているんじゃない。たよりにしているのよ」

「オーケー。ここは引き受けます」ピーボディは近づいてきて、ジョセフ・パウエルの前にイヴと並んで立った。「彼の面倒はわたしが見ます」

イヴはうなずいた。「ここで何があったかわかる？　推理してみて」

「犯人はドアから入った。セキュリティをかいくぐる手は心得ていたし、ここにはさしてかいくぐるべきものもなかった。カメラも、ドアマンも。犯人がシブレスキーでなくパウエルを選んだのは、パウエルがひとり暮らしだったから、そして、おそらく彼のほうが書類仕事をたくさんこなしていたから。これは単なる仕事。犯人は即、それにかかった。パウエルはベッドにいて、クスリで朦朧としていた、もしくは、眠っていた。あるいはその両方だったかも。犯人はただ身をかがめ、レーザーを喉に押しつけ、彼を殺した。うーん……」

ピーボディはすばやく部屋を見回した。「パスや身分証は見当たらない。犯人が持ち去って、自分用に変造した可能性もある。その点はあとでチェックします。その後、犯人は出ていった。死亡時刻はあとで調べますが、おそらくきのうの昼間でしょうね」

「そこから始めて。わたしはなるべく早く家にもどる。遺族には、たぶんモリスが自分で伝えたいでしょう。もしちがったら――」

「わたしがやります。そっちはご心配なく、ダラス」

「わかった」

イヴは外に向かいかけ、メイヴィスのポスターの前で足を止めた。「このことは、メイヴィスには言わないで」そう言って、彼女は現場をあとにした。

ラボ内で、ルヴァはトキモトと並んで働いていた。ふたりはほとんど口をきかなかった。口をきくとすれば、使用言語は本物のデータ・オタクしか理解できない専門的なコンピューター略語だった。しかし基本的に、ふたりのあいだに言葉は交わされなかった。一方が何か思いつくときは、もう一方はすでにそれを予期しているのだ。

しかし、トキモトがひどく話したがっていることは、ルヴァも予期していなかった。彼の心の一部が仕事を離れ、言葉や表現を何度となく組み立て直していることも。

彼女はいま苦しみのさなかにあるのだ――トキモトは自分に言いきかせた。つい先日、夫を失ったばかりで、しかもそいつに利用されていたことを知ってしまったのだから。いまは傷つきやすく、心がもろくなっている。こんなとき彼女に接近しようだなんて……悪辣《あくらつ》ではないか。

しかし疲れきった声を小さく漏らし、彼女が椅子の背にもたれたとき、言葉は自然にこぼれ出てきた。

「がんばりすぎだよ。ひと息入れないと。二十分。新鮮な空気のなかを歩いてこよう」

「あとちょっとなのよ。わかってるの」

「それなら、二十分くらいどうってことはないさ。目が充血しているよ」

ルヴァは歪んだ微笑を浮かべた。「ご指摘、ありがとう」

「きみはきれいな目をしている。それを痛めつけているんだ」

「はいはい、そうよね」彼女はため息とともに目を閉じた。「赤いという点は別として、この目が何色なのか、知りもしないくせに」

「きみの目はグレイだ。煙のような。月のない夜の霧のような」

ルヴァは片目を開けて、彼の顔をうかがった。「それ、どこから出てきたの？」

「さあ、わからない」うろたえながらも、彼はさらに説得することにした。「たぶん、きみの目と同じで、僕の頭も充血しているんだろう。ふたりで散歩すべきだな」

「いいわよ」ルヴァは彼を見つめながら、立ちあがった。「そうしましょう」

部屋の向こう側では、ロークがふたりが出ていくのを見守っていた。「ようし、行け」彼はつぶやいた。

「何かわかったのか」フィーニーが飛びかからんばかりの勢いで訊ねた。

「いや。ごめん。ちょっと別のことを考えていた」

「きょうはやる気が出ないみたいだな」

「やる気は充分だよ」ロークはコーヒーのマグカップに手を伸ばし、なかが空なのを知って、それをガラスの壁に投げつけたくなるのをぐっとこらえた。

「入れてきてやるよ」フィーニーがロークの手からさっとカップをかすめ取った。「ちょうど自分のを入れようと思っていたんだ」

「ありがとう」

カップを満たしてくると、フィーニーは席にもどって、ロークの隣でくるりと椅子を回転させた。「彼女は自分で自分の面倒を見られるよ。知ってるだろう？」

「誰よりもよく知ってるよ」ロークは歯科医の探針よりも細い道具で消耗部分をひっかいた。フィーニーはただすわってコーヒーをすすっている。そこで彼はふたたび道具を下に置いた。「イヴが出かける前、僕は彼女をやりこめてしまった。あれは当然の報いさ。ああ、そうとも。でも、タイミングについては、悪かったと思っている」

「夫婦間のことに口出しする気はないよ。そういうことをするやつは、野犬の群れに襲われたような悲惨な姿になるのがオチだ。そうだな、僕の場合、女房がこの脳みそを料理して、朝飯にしたい気分になったときは、たいてい花で助かってるよ。街で露天商から買って、うちに持って帰るんだ――すごくすまなそうな顔をしてさ」彼はコーヒーをすすりつづけた。

「まあ、花はダラスには効かないだろうが」

「金輪際」ロークは言いきった。「トーラス・ワンのブルー鉱山で採れたダイヤモンドひと袋だって、効くもんか。彼女が頭と呼んでいるあの木の塊を、そいつで殴ってやれば、何かは感じるだろうがね。ああ、ほんとに参るよ。彼女はどこからどこまで癪の種だ」

フィーニーは何も言わず、五秒間、フームと唸っていた。「きみは賛成してほしいんだろ。『ああ、まったくだ、ダラスはほんとに石頭だ』とか言ってほしいわけだよな。でもいざそう言えば、きみは僕のケツを蹴飛ばすにちがいない。だから僕はただコーヒーを飲んでいることにするよ」

「そりゃあ助かる」

「きみは利口なやつだ。自分のすべきことは心得てるだろう」

「で、それはどんなことなんだ?」

フィーニーはロークの肩をたたいた。「ひれ伏すのさ」そう言うと、彼は安全なほうへ椅子をツーッとすべらせた。

まだ終わってはいない。そう、終わってなどいるものか。そしていま、彼は操縦席にいる。

部屋から部屋へ、彼はうろうろと歩き回った。彼の誇りである部屋部屋。これが完全にわがものとなったとき、彼はひとりそのことを祝ったものだ。この場所のことは、誰も知らない。

生きている者は誰も。

それは、つぎの出かたを考えるのに最適の場所だった。またひとつ、仕事がうまくいったことを祝うのにも。

あの青い髪のイカレ野郎を始末するのは、簡単だった。なんのことはない子供のお遊び。彼は少しゼウスをやった。気力を維持し、精神を研ぎすましておくために。これから仕事が――きわめて個人的な仕事があるからだ。

彼は護りを固めている。一歩ずつ、一段階ずつ、一層ずつ。そしてそれこそが――自己保存こそが、最重要課題だ。殺しのスリル、自分を消そうとしたやつらを出し抜いてやるすごいスリルは、魅力的なおまけだ。だが大事なのはそこじゃない。

大事なのは、証拠を消すこと。それはすでにやった。しかも、自分で言うのもなんだが、実に手際よく。調べる死体がないことには、警察は手も足も出ない。

おつぎは資金調達だ。だが、いただくべき金をどうやって手にするか、その方法はまだわからない。

彼は鏡の前で足を止め、自分の顔をつくづくと眺めた。この顔は変えるしかないだろう。そう思うと胸が痛んだ。彼は自分を見つめ返すその顔が気に入っていた。とはいえ、多少の犠牲はやむをえない。

仕事がかたづき、残務処理も終わったら、あれこれうるさく質問しない外科医を見つけるとしよう。それくらいの金はある。そうとも。そして、つぎつぎ勃発する面倒にけりがつき、ゆっくり考えられるようになったら、残りを、残りのすべてを回収する手を見つけるのだ。

そこまでがステップ一とステップ二。ステップ三は、報復だ。貸しの取り立てかたなら、ちゃんと心得ている。

利用され、裏切られたままでいる気はない。馬鹿にされて黙っている気も。彼は、ビジネスを取り仕切るつもりだった。

イヴはすべてを頭から締め出して、このひとときに集中した。目的地にしっかり目を据え、ティブル本部長の丸天井のオフィスへ、そのウェイティング・エリアへと、きびきびと足を運ぶ。ところが途中、足を止めざるをえなくなった。ドン・ウェブスターが行く手に立ちふさがったのだ。

「どいて。向こうに用があるの」

「こっちもだ。同じ場所、同じ用事」

心臓が一瞬止まった。ウェブスターは内務監察部《IAB》の所属だ。「ＩＡＢが関与しているとは聞いていない。これは重大な怠慢よ。わたしには報告を受ける資格があるの」

「必要ないだろう」

「何が必要かは自分で決める」彼女は低い声ですごんだ。「誰かが内務監察のネズミどもをわたしにけしかけたなら、報告がほしいわ」

「ネズミどもはきみの味方だ」ウェブスターはイヴの腕をつかんだが、彼女の目が燃える裂け目と化すと、急いで手を放した。「別に言い寄ろうってわけじゃないよ、ダラス。ちょっと時間をくれ。ほんの一分でいい」彼は廊下の角を手振りで示した。

「早くしてよ」

「まず言っておくが、このことに個人的な感情は関係ない。色恋は関係ないんだ。こっちももうロークに脳みそをぶっつぶされるのはごめんだからね」

「そうしたければ、わたしは自分でそうするわ」

「了解。僕はきみを手伝いにきたんだ」

「何を手伝うって言うの？」

「HSO野郎のケツを蹴飛ばす手伝いだよ」

自分たちには過去がある――彼の顔を見つめながら、イヴは思い起こした。その過去には、何年も前のベッドでの一夜も含まれていた。彼女にはよく理解できないなんらかの理由から、その夜のことはウェブスターの心を強くとらえたらしい。彼は彼女に……こだわりを持っていた。でもその感情は、彼女自身がたたきつぶす前に、ロークがたたきつぶしたはずだ。

自分たちは、奇妙な形ながら、いまでは友となっている。彼女はそう思っていた。彼はいい警官だ。IABでその能力を無駄にしてはいるが、いい警官であることに変わりはない。それに正直な警官でもある。

「なぜ？」

「なぜなら、警部補、IABは外部の組織に自分たちの内部をかきまわされるのを好まないからだよ」

「いいえ、IABは自分たちで内部をかきまわすのが好きなだけ」

「まあ落ち着いてくれないか。HSOが市警の警官に目をつけているとの報告があれば、われわれとしてはその警官を調べざるをえない。その警官がクリーンだと判明したら――きみの場合そうだったわけだが――われわれは時間と労力が無駄になったことに腹を立てる。外部の何者かが、まっとうな警官を攻撃しようとしているのなら、IABは盾を提供する。僕を光り輝く鎧に身を固めたきみの騎士だと思ってくれ」

「消えて」イヴは彼に背を向けた。

「せっかくの盾を放り出すなよ、ダラス。IABはこのミーティングへの参加を求められたんだ。とにかく僕が味方だということを覚えておいてくれ」

「わかったわかった」容易ではなかったが、彼女は癇癪と憤懣を抑えつけた。おそらく得られる助けはすべて必要になるだろうから。「感謝する」

彼女は頭を高くもたげて、ティブルのオフィスに向かった。「ダラス、警部補、イヴです」

彼女は外に配置されていた制服の管理役に告げた。「要請に応じ、出頭しました」

「警部補、ウェブスター、IAB、指示により来ました」

「しばらくお待ちください」

長くは待たされなかった。ウェブスターをすぐうしろに従え、イヴはティブルのオフィスに入った。

ティブルは腰のあたりで両手をゆるく組み、窓辺に立って、町の景色を眺めていた。イヴの考えでは、彼はいい警官だ。頭がよく、強く、しっかりしている。それもあって、彼はタワーに収まることができたのだ。しかしずっとここにいられるのは、彼が政治的駆引に長《た》けているからである。

彼は向こうを向いたまま、声に威厳をにじませて言った。「遅刻だぞ、ダラス警部補」

「はい、申し訳ありません。やむをえない事情がありまして」

「スパロー副部長は知っているな」

イヴは、すでに着席していたスパローに目をやった。「前に会ったことがあります」

「すわりなさい。きみもだ、ウェブスター警部補。ウェブスターは内務監察部の代表としてここにいる。ホイットニー部長には、わたしの要請で出席してもらった」彼は振り返り、タカのような目で室内を眺め渡すと、自分のデスクにもどった。

「ダラス警部補、どうやらHSOは、現在きみが行っている捜査の性質、その方向性、きみの手法について、懸念を抱いているらしい。わたしを通して、捜査を中止し、すべてのメモ、データ、証拠をスパロー副部長に引き渡し、以降、本件はHSOに委ねてほしい、との要請があった」

「その要請には応じかねます、ティブル本部長」

「これは世界の安全にかかわる問題なんです」スパローが言いだした。

「これは殺人事件よ」イヴはさえぎった。「四人の民間人がニューヨーク市内で殺された」

「四人？」ティブルが聞き返した。

「そうです、本部長。わたしが遅れたのは、第四の犠牲者が発見されたためです。ジョセフ・パウエル、モルグで運搬と処分を担当している市の職員です。現場にはいま、わたしのパートナーとモリス検死局長がいます」

「それは本件とどう関係しているのかね」

「今朝、ドクター・モリスからわたしに、ブレア・ビッセルのものと確認された遺体が保管場所から持ち去られたとの連絡があったのです」

スパローが椅子から飛びあがった。「遺体をなくしただと？　捜査の鍵となる証拠を失って、なおもわれわれへの引き渡しを拒んでいるのか？」

「遺体はなくなったわけじゃない」イヴは落ち着き払って言った。「持ち去られたのよ。こっそりとね。この種のことは、あなたがたの得意分野よね、スパロー副部長？」

「HSOが遺体を盗んだと非難しているなら――」

「そんな非難はしていない。ただ、HSOの隠密作戦の多さに触れただけ」イヴはポケットに手を入れて、超小型の追跡装置を取り出した。「あなたがたはこの手のもので遊んでいる。そうでしょう？」彼女は装置を掲げ、親指と人差し指にはさんでくるりと回転させた。「おもしろいわね。これはわたしの車についていたの。わたしの公務用の警察車両に――モルグの外に駐車してあったんだけどね。HSOは、宣誓したとおりに職務を遂行するNYPSD

の警官を追跡し、スパイすることが、世界の安全にとって重要と見ているのかしら」

「これはデリケートな問題なんだ。きみにはとても――」

「電子機器による警察官の監視は――」ウェブスターが口をはさんだ。「その警察官がなんらかの犯罪や違法行為で告発されている場合、もしくは、そうした容疑をかけられている場合をのぞき、市警の規則とともに、連邦およびニューヨーク州のプライバシー保護法によって禁じられている。HSOがダラス警部補に犯罪もしくは違反行為の疑いをかけ、そのために監視を必要としているのなら、内務監察部に、その監視にいたるまでの書類、指示、告発、証拠を示してもらいたい」

「わたしは、HSOによるそのような監視については何も知らない」

「それは、よく言われる妥当な否認というやつなの、スパロー?」イヴは訊ねた。「それとも、真っ赤な嘘ってやつ?」

「警部補」ティブルが静かに、威厳をこめて言った。

「はい、本部長。申し訳ありません」

「本部長、部長、それに、警部補のおふたり」スパローは少し間をとり、一同の顔を眺め渡した。「HSOは可能なときは常に地元警察に協力したいと願っています。しかし、国際的な問題は、最優先されねばなりません。どうか本捜査からダラス警部補をはずし、本件に関するすべてのデータをHSOの代表者であるわたしに引き渡していただきたい」

「その要請には応じられない」イヴは繰り返した。

「ティブル本部長」スパローはつづけた。「先ほど、部長からの要請と承認の手紙をお渡ししましたが」

「ああ、読ませてもらった。それに、ダラス警部補の提出した報告書と事件ファイルも読んだ。ふたつ比べると、彼女の報告書のほうが説得力があったよ」

「この要請を拒否しても、こちらにはそれらの報告書および事件ファイルを押収するための連邦令状と、捜査を終了させる許可をとることができるのですよ」

「こけおどしはやめておけ、副部長」ティブルは両手を組み合わせ、身を乗り出した。「それができるなら、とっくにそうしていただろう。お宅の局は、この件では泥沼にどっぷり浸かっているんだ。局員がふたり死んだうえ、聞くところによると、そのふたりは、なんの罪もない民間人を本人の同意も得ずに利用して、組織の利益のために情報を収集していたそうじゃないか」

「〈セキュアコンプ〉は局の監視リストに載っているのですよ、ティブル本部長」

「お宅らの監視リストに何が載っているかについては、想像するしかないがな。たとえそうであろうと、また、そのリストにいかなる法的根拠があろうと、ルヴァ・ユーイングが容認しがたい形で――なおかつ違法に――利用され、名を汚され、人生をひっくり返されたことには、なんの変わりもないんだ。彼女はＨＳＯの一員ではない。クロエ・マッコイは死んだ。彼女もＨＳＯの一員ではない。ジョセフ・パウエルも死んだ。彼もＨＳＯの一員ではない」

「本部長――」

ティブルはただ、指を一本、立ててみせた。「わたしの勘定では、被害者は二名対三名で、こっち側のほうが重くなる。うちの警部補に進行中の捜査から手を引くよう命じることはできんね」

「捜査の過程で、あなたの警部補はＨＳＯのデータを違法に受け取るか引き出すかしています。こちらはその件で彼女を訴えることもできるのですよ」

ティブルは両手を広げた。「どうぞそうしてくれ。ついでにホイットニー部長とわたしも訴えてはどうかね。ふたりとも警部補からそのデータを受け取ったわけだからな」

スパローはすわったまま動かなかった。だがイヴは、その両手が拳になるのを見た。ぐんぐん不利になっていくこの状況下では、彼が何かを殴りつけたくなるのも無理はなかった。

「彼女の情報源を教えてください」

「情報源を明かす義務はないわ」

「義務はない」スパローは吐き出すように言った。「しかし訴えられるかもしれないぞ。拘束され、バッジを失うかもしれない」

イヴは、彼の怒りといらだちが表に出れば出るほど、自分が冷静になっていくのを感じた。「あなたがわたしを訴えるとは思えない。そんなことをすれば、そっちがとんでもない悪者に見えるだけだから。マスコミは、ＨＳＯがビッセルにやらせていた汚いゲームに必ず食いつく。そして、彼が排除されたこと、ＨＳＯによってパートナーもろとも惨殺されたことに気づきだす。その後、HSOが無情にも、何も知らない搾取されたビッセルの妻を罠にはめようとしたことにも。連中はHSOをずたずたにするでしょうよ」

「ビッセルとケイドの件は、HSOが許可したことではない」

「では、わたしが答えを見つけ、お宅の局の潔白を証明するよう祈ることね」

「きみは政府機関のファイルに侵入したんだぞ」スパローは激しく言った。

「立証してみなさいよ」イヴはただちに応酬した。

スパローは何か言いかけた。いや、その顔つきだと、吐き出しかけたと言ったほうがいい。しかしそのとき彼のリンクが鳴った。「申し訳ありません。しかし最優先のシグナルなので。どうしても出なくては。どこか別室で」

「あのドアの向こうに」手振りとともにティブルが言った。「ちょうどいい小部屋がある」

スパローが背後でドアを閉めると、ティブルはトントンとデスクの縁をたたいた。「連中はきみを訴えるかもしれんな、ダラス」

「はい、本部長。可能性はあります。でもおそらく、そうはならないでしょう」

ティブルはぼんやりとうなずいた。何か考えにふけっている様子だ。「連中が民間人を作戦に利用するのは気に入らんな。装置を仕込んで、うちの警官たちをスパイするのも、そのためにプライバシーや良識や法という規範を無視しているのも。ああいった組織には、それなりの目的がある。ある程度の自由も必要だろう。しかし、限度はあってしかるべきだ。ルヴァ・ユーイングの件は、その限度を超えている。彼女はニューヨーク市民であり、合衆国市民なんだ。当然、自国によって公正に扱われることを期待する権利がある。市警は彼女のために精一杯努力すべきだ。この件ではきみの後ろ盾になろう。ただ言っておくが、早急に解決するんだぞ。敵はきみを打ち倒すために、スパローよりもっとでかい大砲を送りこんでくるはずだ」

「了解です。ご協力に感謝します、本部長」

スパローが飛びこんできた。その顔には、胸の内の憤りがありありと表れていた。「マスコミを使ったな」

ナディーンがすばやく動いたわけね——そう思いながらも、イヴは無表情を保った。「こっちも妥当な否認というやつを使ってみよう。「なんの話かわからないわ」

「ビッセルと組織との関係をマスコミに漏らしたろう。ケイドとの関係も。きみは保身のために、マスコミの馬鹿騒ぎに火をつけたわけだ」

ゆっくりゆっくりと、イヴは立ちあがった。「わたしは保身のためにマスコミを使ったりはしない。自分の身は自分で護れるわ。そういう非難をするなら、スパロー、裏を取ってからすることね」

「連中があんな話をいきなりでっちあげるわけはない」スパローはくるりとティブルに向き直った。「これで、本捜査からこの警官をはずし、事件ファイルをHSOに引き渡すことはさらに重要になってきました」

「マスコミがHSOに注目したからと言って、うちの警部補をめぐる状況は何も変わらんよ」

「ダラス警部補は、わが組織に対し、個人的な復讐をしているのです。本捜査を利用し、二十年以上前にダラスで起きた出来事――」

「ちょっと待って」イヴの胃が震えた。「それ以上言わないで。本部長」彼女はティブルに言った。「スパロー副部長は、個人的な事柄を持ち出そうとしています。本捜査にも、警察官としてのわたしの行動にも、まったくかかわりのない事柄をです。問題を解決するため、彼女と話し合いたいのですが。つつしんでお願い申し上げます。ぜひその機会を与えてください。ふたりだけで話し合えるように。部長は……」

しっかりなさい――イヴは自分に命じた。取り乱してはだめ。

「ホイットニー部長はその件をご存じです。部長が立ち会うことに異存はありません」

ティブルはしばし沈黙し、それから立ちあがった。「ウェブスター警部補、席をはずそう」

「ありがとうございます、本部長」

イヴはふたりが出ていくまでの時間を利用し、心を落ち着かせようとした。なかなかうまくはいかなかったが。「この卑怯者」彼女は静かに言った。「この卑怯者。あんな不意打ちを食らわすなんて。わたしがされたことを――あの男に、あんたの大事な組織にされたことを利用して、意を通そうだなんて」

「すまなかった」スパローも彼女と同じくらい動揺しているようだった。「心から謝罪するよ、警部補。ついカッとなって、判断が鈍ってしまった。あの件はいまはどうでもいい」

「いいえ、どうでもよくはない。絶対に見過ごせないわ。あのファイルを読んだ？」

「ああ、読んだ」

「で、納得したわけ？」

「いや、ダラス警部補、どうにも納得できなかった。わたしはわれわれの職務の価値を信じている。ときどき犠牲が必要とされることも、その選択が――冷酷に見えることもわかっている。しかし、きみの件に介入しなかったことには、いかなる合理性も、目的も、口実も見出せない。あの状況を知りながら子供を放置しておくことは……非人間的だ。きみは保護されるべきだった。現状維持というあの決定は、賢明なものとは言えない」

「HSOがテキサスでのきみの状況を知っていたと言うのか？」ホイットニーが訊ねた。

「彼らは父を監視していたんです。マックス・リッカーとのつながりがありましたから。彼らはあいつがわたしに何をしているか知っていた、それを聴いていたんです。あいつがわたしをレイプするのを、わたしが許しを求めるのを」

「すわるんだ、ダラス」

イヴには首を振ることしかできなかった。「無理です、部長」

「わたしがこの情報をどう扱うつもりかわかるか、スパロー副部長？」

「部長」イヴは言いかけた。

「口を出すな、警部補」ホイットニーは勢いよく立ちあがり、スパローの前にそびえ立った。「きみやきみの上司は、わたしがこの情報をどう扱いうるか、どう扱うつもりかわかっているか？　これ以上、わたしの部下を悩ませたり、彼女の職務の妨害を試みたり、その名を汚そうとしたりすれば、この話は漏れるなんてものじゃない、洪水となってマスコミに押し寄せるぞ。きみたちは世間の批判という大津波にさらわれる。ＨＳＯが法的なごたごたとスキャンダルの泥沼から立ち直るのには、何十年もかかるだろう。誰かは知らないが、きみの手綱を握っている人間にそう伝えることだ。いいか、これが誰の言葉か、はっきりと伝えるんだぞ。それでも、わたしとやりあいたいなら、いつでもかかってこい」

「ホイットニー部長――」

「そろそろ行ったほうがいいぞ、スパロー」ホイットニーは警告した。「自分がまだよだれかけをしているころに起こったことで、パンチを食らうはめになる前に」

スパローはブリーフケースを取りにいった。「いまの話は上に伝えます」そう言うと、彼は出ていった。

「気を鎮めろ、ダラス」

「はい、部長」しかし胸の圧迫感は耐えがたかった。彼女は椅子にへたりこみ、膝のあいだに頭を入れた。「すみません、息ができなくて」

イヴは、恐ろしい圧迫感が和らぐのを待った。やがて空気がどうにか喉を下り、肺に流れこんできた。

「しっかりするんだ、警部補。さもないと、医療員を呼ぶことになる」イヴが身を起こすと、ホイットニーはうなずいた。「やはり効いたな。水を飲むかね？」

いまの彼女なら、小さな海ほどの水を飲み干せたろう。「いいえ、部長。ありがとうございます。さきほどの件は、ティブル本部長にも知らせる必要があるかと——」

「仮に二十年以上も前に他州で起きた出来事をティブルに知らせる必要があるなら、むろんそうするよ。だがわたしの判断では、これは個人的な問題だ。秘密は保たれると思っていい。きみはマスコミへのリークで最初の一斉射撃を行ったんだ。ＨＳＯはこれを乗りきるのに大わらわだろう。第二の竜巻を誘発したくはないはずだよ。おそらくきみはすべて計算ずみなんだろうが」

「はい、部長」

「では、仕事にもどって事件にけりをつけろ。その過程で、スパイを何人かこらしめることになったなら、それはボーナスだ」ホイットニーは歯を見せて笑った。「実にいいボーナスだな」

17

イヴはセントラルの駐車場の階に出た。柱の陰からクイン・スパローが現れると、彼女は武器に手をかけた。

「そういうまねは危ないわよ、スパロー」

「きみが思っているよりはるかにね。わたしにはこんな形できみと話すことは認められていないんだよ、警部補。しかしここだけの話、われわれは山ほど面倒を背負いこんでいてね。きみに手を引く気がないなら、落としどころを見つけるしかないんだ。なんらかの妥協点を」

「こっちには遺体が四体あるのよ。いえ、四体あった、と言うべきね」イヴは武器からゆっくり手を離し、自分の車へと向かった。「妥協はしない」

「四体のうち二体はわれわれのものだ。きみはＨＳＯをよく思っていないんだろう。わたしのことも、われわれのすることも。しかし仲間の死は、われわれにとっても重大な問題なんだ」

「整理しましょう。わたしがお宅の組織をどう思っているかは、無関係よ。わたしも、HSOになんの意味もないと思うほど世間知らずじゃない。隠密作戦は、都市戦争《アーバン・ウォーズ》を終結させるのにひと役買った。合衆国や世界に対する無数のテロ攻撃を防いできたわ。あなたがたの手法のなかには、控えめに言っても疑問を感じるものもある。でもそれは問題じゃないの」

「では何が問題なんだ？」

「盗聴器をつけている、スパロー？」

「妄想に駆られているのか、ダラス？」

「ええ、そのとおり」

「盗聴器はつけていない」スパローはぴしりと言った。「こうしてきみと話すことさえ許されていないんだからな」

「そっちの決めたことでしょう。問題はね、人が四人死んだこと、そして、お宅の組織がそれに関与していることよ」

「HSOは身内の工作員を殺害し、その罪を民間人に着せたりはしない」

「そう？」イヴは眉を上げ、ポケットからスキャナーを取り出した。「HSOは、子供が虐待され、レイプされ、拷問されているのを、黙って見ていた。そして、その子が追いつめられ、生き延びるために人の命を奪うと、その後始末をした。子供は傷を負い、骨折していた。それでもHSOは、その子がひとり街をさまようのを放置した」

「何があったのか、わたしは知らない」スパローは目をそむけた。「それがなぜなのかも。あのファイルを読んだなら知っているだろう。データは消去されていた。隠蔽されていたんだ。そのことを否定する気はない。あの判断のまずさも――」

「判断のまずさ？」

「わたしからきみに言えることは何もない。もう修復のしようはないんだ。弁解の余地はないから、弁解はしないよ。しかしきみ自身がさっき言ったように、それは問題じゃないだろう」

「一本取られたわね」イヴは彼のそばを離れると、スキャナーのプログラムを起動し、車に諜報装置が仕込まれていないかどうかチェックした。「わたしは頭に来ているの、スパロー。それに疲れているし。それに、赤の他人にプライベートなことを知られるのは、わたしにとってどうにも我慢のならないことなのよ。そういうわけだから、あなたやあなたの上の連中を信用しようなんて気にはまるでなれないわ」

「ぜひその気になってもらって、双方の満足のいく妥協点を見つけたいね。だが、その前にひとつ教えてくれないか。きみはいったいどこでそいつを手に入れたんだ？」その魅せられたような、ものほしげな顔に、イヴはおかしさを覚えた。これは思いがけないい感覚だった。「コネがあるの」

「そんなのは見たことがないな。非常にコンパクトだ。マルチタスクもできるのかい？　いや、すまない」彼はちょっと笑った。「電子機器に目がないものでね。それも、こういう仕事に就いた理由のひとつなんだ。どうだろう、車のほうが大丈夫とわかったら、少し一緒にドライブしないか。いい情報を提供するから。それでこっちが歩み寄っていると認めてもらえるかもしれない」

「ブリーフケースを開けて」

「いいとも」スパローは車のトランクにそれを載せ、ロックのコードを手打ちで入力した。ケースが開かれると、イヴはまばたきした。

「なんとまあ、スパロー、すごい装備じゃない」

そこにはスタナーが一挺、ミニ・ブラスターが一挺、複雑な小型のパーム・リンクがひとつ、再充電器がひとつ、そして、かつて見たこともないほど小さなデータ・システムが入っていた。それに、その日、彼女が車から取りはずしたのと同じタイプの追跡装置がいくつも。

イヴはそのひとつを持ちあげて、まっすぐにスパローの目を見つめた。

彼は勝ち誇った笑みを浮かべた。「きみが車から取りはずした追跡装置がHSOのものじゃないとは言っていないだろう。わたしはただ、装置をきみの車に仕込めという指令については何も知らないと言っただけだ」

「うまい言い逃れね」イヴはブリーフケースに装置を放りこみ、スパローがそれを几帳面に所定の差しこみに収めるのを見守った。

そしてふと思った。状況がちがっていたら、この男とロークは兄弟のように仲よくなっていたかもしれない。

「わたしは電子機器が好きなんだ」彼はまた言った。「きみの車に装置は仕掛けていないよ。むろん、命令があってもそうしないと言っているわけじゃない――組織の他の誰かがやる可能性だってある。だがわたしは、きょうは何も仕掛けていない。ここにあるやつはどれも作動していないんだ。きみのスキャナーで確認できるだろう」

その確認を終えると、イヴは彼を眺めまわした。「あなたはどうなの？」

「いっぱいつけているさ」スパローはスキャンできるよう両腕を広げた。「全部、停止させてある。われわれはこの会話を交わしていないわけだから。いい結果が出たとき初めてこれは現実となる。だめなら、ティブルのオフィスで話は終わったことにしよう」

イヴは首を振った。「乗って。これからアップタウンへ向かうの。話が気に入らなかったら、思いきり不便な場所で放り出すわよ。わたしはこの町の不便な場所を知りつくしているんですからね」

スパローは助手席に乗りこんだ。「きみがあの情報をマスコミへ流したおかげで、われわれの仕事はもうめちゃめちゃだよ」

今度はイヴが勝ち誇った笑みを見せる番だった。「わたしはマスコミに情報を流したなんて認めた覚えはないけど」彼女は自分の横にスキャナーを置き、作動させた。「念のためよ。あなたが何かのスイッチを入れるといけないから」スパローがしかめ面でそちらを見やると、イヴは言った。

「それだけシニックで疑り深いなら、きみもわれわれの仲間に入るべきだな」

「覚えておく。さあ、話を始めて」

「ビッセルとケイドの件は、内部の手による暗殺ではない。確証はないが、われわれは〈ドゥームズデイ〉がビッセルの正体を見破り、ふたりを消したものと見ている」

「なぜよ？」イヴは自分の区画からバックで車を出した。「彼のことを知り、彼のユーイングとの関係や彼女のコード・レッドとの関係を知ったなら、彼を監視するか、ひっさらって情報をむしりとるかするほうが理にかなっているじゃない」

「ビッセルは二重スパイだったんだ。われわれは一年以上かけて、彼を〈ドゥームズデイ〉の工作員に仕立てた。ビッセルのファイルをごらん。そこには何が見える？　利にさとい男。妻を裏切り、愛人も裏切っている女たらし。リッチな生活を好み、金遣いも荒い。それが、われわれが作りたかったキャラクターだ。その部分はむずかしくはなかった。きみも見た目のままにビッセルを受け止めたろう。これが彼を使った理由と方法だよ。われわれは、入念に作ったデータを彼を介して〈ドゥームズデイ〉に流した。彼は連中から金を取っていた。彼が〈ドゥームズデイ〉の主義主張を信奉していると連中が信じるわけはないからね。彼はただ金に惹かれただけというわけだ」

「あなたがたは、彼をユーイングに接近させて〈セキュアコンプ〉をスパイした。そして、〈ドゥームズデイ〉に接近させて、なかをひっかきまわした。大したものだわ」

「うまくいっていたんだ。連中が開発しているワームは――いや、開発したワームだ」彼は言い直した。「あれは各国政府を秘かに蝕《むしば》み、テロリストのためにドアを開くことができる。もしもデータバンクと監視システムが深刻な被害を受けたら、われわれには追跡ができない、いつどうやって連中が攻撃してくるか知るすべもない。それに、国内の危機の問題もある。銀行、軍、交通。われわれは、連中を妨害し、情報を集め、防御を万全にしておかなくてはならないんだ」

「そして、連中から技術を盗み、HSO版のワームを作らなくてはならない」

「そうだと認めることは、わたしにはできない」

「認めなくて結構。カーター・ビッセルはどうかかわってくるの?」

「あれは厄介者だ。兄貴とのあいだに深刻な確執があって、手間隙かけて不倫のことをさぐり出し、彼を脅迫したんだ。実はこれも役に立ったんだよ。ビッセルの仮面を強化し、すぐに金が必要な理由をもうひとつ彼に与えたわけだからね。カーターがどこにいるか、われわれは知らない。生きているか死んでいるかもだ。もしかすると、〈ドゥームズデイ〉に消されるか、拉致されるかしたのかもしれない。あるいは、逃走したのか、どこかで飲んだくれているのか」いらだちがふくれあがってきた。「しかし必ず見つけてやる」

「どうも釈然としないわ、スパロー。何かひっかかる」イヴは駐車場の出口で車を停めた。

「ビッセルとケイドをあんなやりかたで殺すなんて、ドヘマもいいところよ。それに〈ドゥームズデイ〉は名乗りをあげていない。注目を浴びるのが大好きなのに」

「ああ、しかし連中はだまされるのが嫌いだ。ビッセルは何カ月も彼らをだましていたんだ。われわれはビッセルを介して、ワームに関する重要な情報を集めてきた。あれこれ少しずつ、われわれ自身の手でシールドを開発し……」

「〈セキュアコンプ〉を出し抜けるように？　ああ、あなたがたって最低ね」

「いいかい」彼はシートの上で体をずらした。「わたし個人としては、機能するものが得られるなら、シールドがどこで開発されようがいっこうにかまわない。しかし、ロークのような……いかがわしい人脈の持ち主が、こういうデリケートな問題にかかわるのをよく思わない人間もいるんだ」

「そこであなたがたは、〈セキュアコンプ〉の足を引っ張った。ロークの先を越すためにミツバチよろしくせっせと働いたわけね。自分たちの愛国心を大いにアピールして、たっぷり予算をもらえるように」

「NYPSDに関しては、すべてが輝かしく美しいのか、ダラス？　ここには完璧なシステムがあるのか？」

「いいえ。でもわたしは犯人を挙げるために人をだましたりはしない」イヴは車の流れに乗り入れた。「だんだんあなたを、ゼウス中毒の連中がたむろするこぎれいなカフェの前に放り出したくなってきたわ」

「たのむよ、ダラス、少しは譲歩してくれ。われわれにには、きみが押収し、しまいこんだユニットを――あちこちの犯行現場から回収したやつを、調べる必要があるんだ。せめて検査と分析の報告書をくれないか。〈ドゥームズデイ〉はワームを持っている。いくらロークでも、われわれに集められるほどのブレーンは集められないだろう。有能な人材を使い、シールドを完成させなくては。それもいますぐにだ。シールドがないと、われわれは聖書規模の災厄に直面することになりかねない」

その言葉と同時に、天罰が下った。イヴは強烈な熱風を感じ、まばゆい閃光を目にした。ガラスが砕け散り、その破片が顔に吹きつけてきた。

本能的にハンドルを切り、ブレーキを踏みこんだ。しかしタイヤはもはや接地してはいなかった。自分たちが宙に浮いているのが、ぼんやりとわかった。

声をしぼりだし、スパローに、つかまって、と叫ぶ。煙の霞を通して、世界が回転するのが見えた。車が何かにたたきつけられ、その衝撃でイヴのシートベルトはぶち切れた。体がごろりと転がった。胃袋がのたうつ。耳鳴りがする。爆発スナップがつぎつぎ繰り出すエアバッグに、彼女はドスンとぶつかった。最後に意識にのぼったのは、口のなかの血の味だった。

気がつくまでの時間はさほど長くなかった。煙のにおいと周囲の悲鳴とが、意識がなかったのはほんの二、三分だと告げている。それに、痛みもまだ脳のなかで完全に処理されてはいない。彼女の車は——その残骸は、甲羅を下にしたカメよろしくひっくり返っていた。

イヴは血を吐き出し、なんとか向きを変えてスパローの喉の脈をさぐった。その顔をなおも流れつづける血で手がすべったが、弱い脈があるのがわかった。

今度はサイレンの音が聞こえてきた。そしてバタバタと駆け回る足音、いかにも警官然とした指示の叫びが。彼女はぼんやりと思った――路面モードのまま、その気もないのにいきなり宙に舞い上がるなら、コップ・セントラルのブロック内にいるときがいい。

「わたしは任務中の警官よ」彼女はそう叫び、身をよじって、運転席側の破壊されたドアと窓からうしろ向きに脱出しようとした。「ダラス、警部補。民間人がひとり、動けなくなっている。出血がひどい」

「落ち着け、警部補。医療員がすぐ来る。たぶんいまは動かないほうが――」

「さっさとここから出して」イヴは足がかりを求め、ブーツのつま先を車道に食いこませた。二インチほど進んだところで、誰かの手が脚と腰をつかみ、彼女を残骸から引きずり出した。

「怪我はひどいのか?」

相手の顔にようやく焦点が合うと、それはバクスター捜査官だった。「まだあなたは見える。だからかなり苦痛よ。でも、あちこち打っただけだと思う。同乗者は重傷」

「もうすぐ医療員が来るよ」

バクスターに骨が折れていないかと体をさぐられ、彼女はびくりと身をすくめた。「このチャンスに触ろうなんて思わないでよ」

「これも、人生のもたらすささやかなおまけってやつだ。何箇所か裂傷があるな。それに、そのナイスボディはたぶん痣だらけになるだろうよ」

「肩がひりひりしてる」

「ちょっと見せてもらっても、ぶん殴ったりしないかい？」

「今回はしない」

バクスターが破れたシャツのボタンをはずすあいだ、イヴは頭を反らし、目を閉じていた。「シートベルトの摩擦による火傷みたいだ」彼は言った。

「立ちあがりたいわ」

「医療員に見てもらうまで、じっとしてるんだ」

「さっさと立たせて、バクスター。被害状況を確認したいの」

彼はイヴに手を貸し、立ちあがらせた。視界が揺れることはなく、彼女は悟った。自分は運がよかったのだ。

スパローのほうはそうは言えなかった。助手席側は、何回転めかに大型バス《マクシ》にぶつかったとき、その衝撃をまともに食らっていた。トゥルーハートが、別の制服警官とともに、スパローを車内にとらえている金属を折り曲げようとしている。

「彼はドアとダッシュボードのあいだにはさまれています」トゥルーハートは叫んだ。「脚が折れているようです。おそらく腕も。しかし息はあります」

医療員たちが駆け寄ってくると、イヴはうしろへさがった。なかのひとりが、彼女が身をよじって脱出した運転席に、身をよじってもぐりこんだ。叫び声が、医学用語と指示に変わった。脊柱と首の損傷がどうとかいうやりとりを聞き、イヴは悪態をついた。

それから、車に目をやった。

「なんてことなの」

車の前面はほとんど原形を留めていなかった。金属は黒ずみ、溶け、金属に融合している。窓ガラスは粉々に砕け、煙を出しつづけている。

「これじゃまるで……」

「まるで、短距離ミサイルに撃たれたみたいだろ」バクスターがあとを引き取った。「鼻先をかすめただけだったからいいようなものの、横からまともに食らっていたら、黒焦げになってたとこだぜ。俺はセントラルに向かう途中だった。そしたら、閃光と光のすじが見えたんだ。それからドーンとでかい音がして、車が、お宅のやつが、俺の真上を飛び越えていった。舞い上がって、落ちてきて、三回バウンドして、それから、コマみたいにくるくる回ってさ、民間人の車二台にぶつかり、グライドカートを一台ぶっ壊し、縁石を飛び越え、跳ね返ったすえ、魚雷よろしくバスに突っこんだってわけだ」

「民間人の被害は？」

「わからない」

あたりには、怪我人の姿がちらほら見られた。すすり泣く声や、悲鳴も聞こえる。道路と歩道には、汚らしい簡易食堂さながらに、ソイドッグやソフト・ドリンクの缶、棒つきキャンディが散らばっていた。

「最後の瞬間まで、シートベルトがもっていたの」イヴはこめかみを細く伝う血を無意識にぬぐった。「そうでなかったら、いったいどうなってたか……屋根の補強材のおかげで、ふたりともリサイクル用の牛乳パックみたいにつぶされずにすんだし。衝突による主な被害を受けたのは、助手席側ね。彼が最悪の目に遭ったわけよ」

バクスターは、医療員たちが背と首用のボードを意識のない男に固定するのを見守っていた。「友達なのかい？」

「いいえ」

「ミサイルで撃たれるほど誰かを怒らせたのは、きみなのか。それとも彼のほうか」

「いい質問ね」

「きみも医療員にひととおり診てもらわないとな」

「そうかも」ようやく痛みが浸透してきて、アドレナリンとショックをこねあわせていた。「最悪。ほんとに最悪よ。それに知ってる？　調達部の連中は、このことできっとわたしを小突きまわすわよ。小突きまわしたあげく、罰としてポンコツ車をよこすでしょうよ」

イヴは歩道まで足を引きずっていき、混乱と騒音のただなかにすわりこんだ。それから、救急キットを携え、向かってきた医療員に、警告の意味で薄笑いを浮かべてみせた。「注射を射とうなんて思わないほうがいいわよ」彼女は言った。「殺されたくなきゃね」

「痛いのがいいなら、そのままにしとくんですね」医療員は肩をすくめ、キットを開けた。「でもちょっと見てみましょう」

家に帰るまでには、それからさらに二時間かかった。運転はするなとの命令が下ったため、彼女はバクスターに送ってもらうはめになった。とはいえ運転する乗り物はもうないのだから、その命令に従うのはむずかしくはなかった。

「上がってお茶でもどうぞ、とかなんとか、言わなきゃいけないんでしょうね」

「そうとも。だが、またあらためてご招待いただくとするよ。これからデートなんでね。それもすごくお熱いやつ。もう遅れそうなんだ」

「送ってくれてありがとう」

「憎まれ口はなしか？　相当具合が悪いんだな」イヴが痛む体をそろそろと車から引き出すと、バクスターは言った。「薬をのめよ、ダラス。しばらく爆睡しな」

「こっちは大丈夫。さっさと今週の女とやりにいったら？」

「今度のはなかなかだ」バクスターは陽気な笑い声をあげ、走り去った。

イヴは足を引きずって家に入ったが、サマーセットの前を素通りすることはできなかった。

彼は軽蔑の眼で彼女を見おろし、ふんと鼻を鳴らした。「どうやらまた何点か着る物をだめになさったようですね」

「ええ、そうよ。面白半分、身に着けたまま引き裂いて燃やそうと思ったわけ」

「目につく場所に駐まっていないところを見ると、車のほうも同じ目に遭ったのでしょうな」

「あれはもうぼろぼろ。考えてみれば、もともとそうだけど」イヴは階段に向かった。しかしサマーセットがその行く手に立ちふさがり、彼女の脚によじ登ろうとしていた猫を抱きあげた。

「どうか、警部補、エレベーターをお使いください。それから、無理やりのまされて恥をかく前に、痛み止めをおのみになったほうがよろしいかと思いますが」

「歩いて散らすわ。そうすれば、あなたみたいにコチコチにならずにすむでしょ」くだらない強情を張っているのがわかっていながら、彼女は階段をのぼった。何よりいまいましいのは、サマーセットが戸口に潜んでいなかったら、最初からエレベーターを使ったにちがいないという点だった。

寝室にたどりついたときには汗だくになっていた。そこで彼女は、ぼろぼろの服を脱ぎ捨て、武器とコミュニケーターをベッドの上に放り出し、小さくうめきながらシャワー室に入った。

「ハーフ・パワーで噴射」彼女は命じた。「湯温三十八度」

優しく降り注ぐお湯は最初はひりひりし、やがて心地よくなった。彼女はタイルの壁に両手をついて、頭を垂れ、体の上をお湯が流れていくに任せた。

狙われたのは誰なのだろう？　イヴは思案した。自分か、スパローか？　きっと自分だと思う。スパローや、火線上にいた民間人たちは、いわゆる付帯的損害というやつだろう。では、なぜ彼女を殺そうとしたのか、また、なぜもっとうまくやれなかったのか。

ドヘマ、ドヘマ。最初からずっとドヘマつづき。

「噴射停止」低くそう命じると、前よりは落ち着いた気分でシャワー室を出た。ロークの姿を見て、彼女はぎくりとした。でも、本当は驚くまでもなかったのだ。サマーセットが――あのいまいましいおしゃべり野郎が――告げ口しないわけがない。

「医療員が診察ずみよ」彼女は急いで言った。「あちこち打ったの。ただそれだけ」

「そうみたいだね。乾燥室《チューブ》はやめておいたほうがいい。熱い空気は傷によくないから。さあ」ロークは特大のバスタオルを手に取り、彼女に歩み寄って、その体を優しくくるみこんだ。「また無理に痛み止めをのませなきゃならないのかな」

「いいえ」

「そうか、それはありがたい」イヴの顔の擦過傷に、彼はそっと手を触れた。「たとえお互いに腹を立てているとしても、ちゃんと連絡してほしかったよ。きみが事故に遭ったことをニュース速報で聞きたくはなかった」

「名前は出なかったでしょ」イヴは言いかけて、途中でやめた。

「名前を聞くまでもないさ」

「思いつかなかったのよ。ごめんなさい。本当に思いつかなかったの。連絡しなかったのは、いまあなたと――なんだろう、とにかく、こうなってるからじゃない。報道のことに考えがいたらなかっただけ。うちに帰って自分で話す前に、この件があなたの耳に入るとは思ってもみなかったの」

「わかった。さあ、横にならないと」

「薬はのむわ。でも寝るつもりはないから。スパロー副部長はひどい状態よ。彼はわたしと一緒だったの。脊柱をやられたし、頭にも重傷を負っている。助手席側は——ああ。くそっ。どうして彼が助かったのか不思議なくらい。短距離ミサイルだったの」

イヴは髪をかきあげ、寝室に入って腰を下ろした。

「ミサイルだって？」

「そう。たぶんひとり用の便利なやつ。手持ちのランチャーね。きっとセントラルの向かい側の屋上から撃ったのよ。誰かがわたしを見張らせていたの。スパローが目標かもしれないけど、たぶんわたしだと思う。捜査を攪乱《かくらん》するためか。あなたを攪乱するためか。それともその両方かしら」彼女は首を振った。「もしかするとHSOを陥れるためかもしれない。連中が捜査を譲り渡そうとしない警官を殺したことにしたかったのかもね。でなければ、テロリストに疑いを向けるためか」

ロークは小さな青い錠剤と水のグラスを彼女に渡した。「ちゃんと飲みこむと約束して。さもないと舌の下を調べるよ」

「プレイしたい気分じゃないの。わたしの舌は放っておいて。ちゃんと飲みこむから」

ロークの目にいくらかあの温かみがもどってきた。彼はイヴの隣に腰を下ろした。「HSOや〈ドゥームズデイ〉の仕業じゃないと思うのは、どうして？」

「真っ昼間、ニューヨークの道路を走る警官の車にミサイルをぶちこむなんて、隠密作戦とは言えないでしょ。HSOがわたしを消したければ、もっと巧妙な手を使うはずよ。その過程で、副部長のひとりを失わずにすむような」

「ごもっとも」

「これってテストなの？」

「医療員の診察はすんだかもしれないが、きみはまるでトラックに轢かれたみたいなひどい姿だからね。せめて頭がちゃんと働いているかどうか、確かめたいんだよ。では、なぜ〈ドゥームズデイ〉じゃないのかな？」

「第一に、テクノどもは人を送りこんでミサイルを撃たせたりはしない。それがテクノのテクノたる所以《ゆえん》。仮に手法を変えるにしても、ミスはしないはず。でも、さっきのはミスだった。あと二フィートで、車の側面に命中し、わたしたちは死んでいたのよ。連中が、警官か工作員、またはその両方を殺すのに人を送りこむとしたら、こんなでたらめなやりかたはしない。それに、もっと派手にやると思うし。格好の位置に人を配置できるなら、なぜもっと大きな玩具を使って、セントラルを吹っ飛ばさないの？　コップ・セントラルを攻撃すれば、お好みのとおりにマスコミに大騒ぎしてもらえる。車一台の破壊の場合は、ささやかなニュース。大事にはならない。この攻撃には、絶望、もしくは、怒りが表れている。組織らしい特徴はないわ。こんなものでどう？」

「きみの脳はさほどかき乱されてはいないようだ」ロークは立ちあがり、窓のほうへぶらぶらと向かった。「どうしてタワーに呼ばれたことを話してくれなかった？」

「わたしたちはいま、一本の線の左右にいる」ややあって、イヴは言った。「こんなのはうれしくない。こんなふうに……あなたと隔たりを感じるのはいやよ。でもそれが現実なの」

「そのようだね」

「きょう誰かがわたしを殺そうとした。あなたはその連中も追う気なの？」

ロークは振り返らなかった。「それはまったく別問題だよ、イヴ。きみの仕事、きみがすること、されることに関しては、僕も……自分自身と折り合いをつけるしかなかった。僕はきみを愛している。愛しているから、きみがありのままのきみであり、自分のなすべきことをするのを受け入れざるをえなかった。苦痛ではあるけれどね」

彼は今度は振り返り、あの荒々しい青い目でイヴを見つめた。「それもかなり」

「あなたの選択よ。あなたが選んだことなの」

「選択の余地などなかったよ。きみをひと目見た瞬間から。きみがいま向き合っているものなら、僕も受け入れることができる。そして、向き合っているきみをすごいと思うよ。でも、きみがかつて向き合っていたもの、無力なきみに押しつけられていたものについては、受け入れることができないんだ」

「それでも何も変わりはしないわ」

「それは見かたの問題だよ。被害者が土に埋められてから、殺人犯をぶちこむと、何かが変わるんだろうか？　きみは変わると信じているし、僕もそうだ。いまこのことについて議論すれば、隔たりは広がるばかりだよ。僕たちにはやるべきことがあるだろう」

「ええ、わたしたちにはやるべきことがある」イヴは腰を上げた。立とう。そうしなくてはいけない。たとえ彼とともに立てなくても。

「あんな形で乱暴に話を中断される前、スパローは、ビッセルが二重スパイだったことを打ち明けていたの。HSOは彼を使って〈ドゥームズデイ〉から情報を得ていた。そして連中から金を取り、入念に作った情報を与えていたわけ。それは時間をかけたペテンだった。HSOは〈セキュアコンプ〉におけるその地位ゆえに、ユーイングも巻きこんだ。彼らはあなたの会社のテクノロジーやプロジェクトに近づく手段がほしかったの。ことにここ数カ月は、コード・レッドにまつわるものならなんでもつかみたかったのね。彼らはシールドの件で、あなたの先を越したがっていた。そう切望していたのよ」

「彼らには、民間の会社がその種のテクノロジーを持っていること自体、許せないんだろう。ビッセルを使ったのは利口だな。彼はあらゆる役をこなしたわけだ。ルヴァを利用して〈セキュアコンプ〉のデータを盗み、強欲な変節者を装って〈ドゥームズデイ〉の情報を盗み」

「ビッセルの弟は、不倫の件で彼をゆすっていたの。でもそれもHSOの目的にかなった。スパローは、HSOはカーター・ビッセルの居所を知らないと主張している。彼の話は本当かもしれないけど、わたしにはその弟が単なるゆすり屋だとは思えない。それなら自宅のユニットが破壊される理由はないし、消えたり消されたりする理由もないでしょ。すじが通らないわよ」

「変節者を演じることができるやつは、本物の変節者にもなりうる、か」

イヴはほほえんだ。「そういうこと」

認めたくはなかったが、鎮痛剤は助けになった。それでも、薄手の綿のパンツとゆるいTシャツは、痛めつけられた体に重く感じられた。こちらを一瞥したピーボディがびくっとするのを見て、イヴは思った。たぶんわたしの見た目は自分で感じている以上に悲惨なのだろう。

「その様子だとわたしをやっつける元気もなさそうだから言いますけど」ピーボディは言った。「病院に行ったほうがいいんじゃありませんか？」

「見かけにだまされないことね。病院なんか行かなくて結構。これでもあなたをやっつける元気はあるわ。パウエルについてわかったことを教えて」

「現場での所見どおり、小型《ハンド》レーザーによるフル・コンタクト、フルパワーでの一撃。死亡時刻は昨日の午前十時十五分。押し入った形跡なし。CSUはマスター・キーが使われたものと見ています。パウエルの身分証、車のコード、従業員パスは、住居からなくなっていました。本人は、前日の午後に近所の店にピザをオーダーをして以降、自宅リンクからの発信はしていません。しかし死亡した日の午前八時に、一件、通信が入っていました。相手は、パウエルが寝ぼけ眼《まなこ》で応答した直後に通信を切っています。追跡したところ、発信源は現場から三ブロック離れた地下鉄の駅の公衆リンクでした。結論――犯人はパウエルが在宅し、寝ていることを確認した。そして、眠りにもどるだけの時間を与えた後、住居に侵入し、彼を殺した」

「鑑識のほうは？」

「まだ予備的段階ですが、被害者のもの以外、指紋は出ていません。DNAも、その他の痕跡もです。しかし、ご近所のミセス・ランスという人の証言が得られました。ちょうどデリカテッセンからもどったところだったそうで、十時三十分ごろ、男が建物から出てくるのを見ています。男の特徴は、シブレスキーがわたしたちに話したアンジェロの特徴と一致しました」

「似顔絵作成係はどんな調子？　絵はできたの？」

「作成中です。様子を見にいったとき聞いたのですが、シブレスキーはあまり協力的ではなく、素直でもないそうです。似顔絵係には、きょうの夜までに絵ができたら、次回シティであるメイヴィス・フリーストーンのライブのバックステージ・パスをあげると約束しました」

「うまい手ね。わたしも鼻が高いわ」

「これもすばらしい指南役のおかげです」

「おべっかは結構。マクナブに会いにいった？」

ピーボディは無表情になった。「ラボに寄ることは寄りました。彼らの仕事の進捗状況を確認するために」

「ええ、そして、マクナブの骨っぽいお尻を軽くなでるためにね」

「あいにくわたしが行ったとき、彼の骨っぽいお尻は椅子の上でしたので、任務のその部分は果たせませんでした」

「彼の骨っぽいお尻がどうしても目に浮かんできちゃうから、任務のその他の部分について話してくれない？　進捗状況はどうだった？」

どうして自分で見にいかないのか——ピーボディはそう訊きたかった。しかし、イヴとロークを取り巻くとげとげしい空気を思えば、答えはわかりきっている。

「そうですね、技術的なやりとりが山ほどあって、ときおりかなり独創的な悪態も飛び出しています。ロークの『このくず野郎』っていう言いかたが、なかなかでしたよ。トキモトは冷静、ルヴァはまるで宗教的探究に従事している人のよう。マクナブは恍惚状態で、一心不乱に働いています。でもどんな状況かわかったのは、フィーニーのおかげですね。あの目に独特のきらめきがあったんです。おそらく、あとひと息なんでしょう」

「では、彼らが民主主義を護るため、世界の安全を確保しているあいだに、こっちは殺人事件をふたつ三つ解決できるか試してみましょう」

そのときピーボディのコミュニケーターが鳴った。「すみません、警部補。こっちがすみしだい、そのささやかな課題に取りかかりますから」彼女は言った。「ピーボディ捜査官です。ああ、レイマー。似顔絵はできた？」

「バックステージ・パスは？」

「約束は守るわよ」

「なら、顔を渡そう。どうやって送ろうか？」

「レーザー・ファックスよ」イヴはデスクから命じた。「それと、ここのわたしのユニットにもファイルを送って。ハードコピーが一部ほしいし、コンピューターにも一部ほしいの」

ピーボディはその旨を伝えてから、ファックスを取りにいった。「レイマーはいい腕をしてますよ。ワルどもの顔なんか描いているより、肖像画家になったほうが稼げるんじゃないですかね……この顔、花のように美しいとは言えませんけど」彼女はそう付け加え、イヴにプリントアウトを手渡した。「でも、シブレスキーが言ってたほどひどくもありませんね。ただ傷痕で損をしてるだけで」

「確かにね。それに、これは人目を引く。そうでしょ？　この顔を見れば、傷のことを考えてしまう。大きなひどい傷だから、誰もよく見ようとはしない。だって、そんなの失礼だから」

「シブレスキーは別に気にしてもいなかったようですが」

「シブレスキーは思いやりやエチケットにこだわるほうじゃないと思う。ちょっとゲームをしましょうよ、ピーボディ」

「本気ですか？　いいですよ」

「まず手始めに、あなたがポット一杯のコーヒーをキッチンに取りにいくの。それと何か……食べるものを。きっと何かあるだろうから」

「食べ物がほしいんですか？」

「いいえ、こっちはまだ胃が変だから。あなたが食べるのよ」

「なかなかいいゲームじゃないですか」

「わたしが呼ぶまで、もどって来ないこと」

「了解」

イヴはコンピューターに向かい、手をこすり合わせた。「オーケー、始めましょ」

さして時間はかからなかった。このアイデアは、しばらく前から頭のなかに寝かせてあったのだ。彼女はイメージング・プログラムを使い、細部を調整しながら壁面スクリーンに画像を投影した。

「いいわよ、ピーボディ。こっちにコーヒーを持ってきて」

「警部補もこのアップル・クランベリー・パイを味見すべきですよ」ピーボディはパイの容器を手に入ってきた。「最高においしいですよ」

「そこに何が映っている？」

ピーボディはデスクの端に尻を載せ、パイをスプーンですくった。「似顔絵係が作ったアンジェロとしてのみ知られている容疑者の顔です」

「オーケー。コンピューター、画面分割。現在の画像はそのままにして、画像CB-1を表示して」

作業中……画像を表示しました。

「今度はどう？」

「カーター・ビッセルとアンジェロ」ピーボディは眉を寄せた。イヴの意図はすぐにわかったものの、彼女は首を振った。「アンジェロという人物が変装していたというのは、わかります。でも、これはどう見てもカーター・ビッセルじゃありませんよ。彼が変装の達人だっていう情報もありませんし。かつらを買って、口ひげをつけるくらいは、そりゃできるでしょう。傷痕をこしらえることだって。でも、顎の線はそうはいかない——出っ歯のインプラントは、口の形は変えますが、顎までは変えられません。それにはもっと腕が必要です。たとえ何カ月かケイドと一緒に、または、その下で働いていたとしても、ここまで変装がうまくなるわけありませんよ」

彼女はまたひと匙、パイをすくいあげ、ふたつの画像をさらにじっくりと見比べた。「それにカーター・ビッセルのほうが耳が大きいし。たいていそれでわかるんです。耳はごまかせませんから。アンジェロ用に大きくすることはできても、小さくすることはできないんです」

「いい観察眼よ、ピーボディ。でもよく見て、学習して」

18

ピーボディはパイを食べながら、イヴとコンピューターが画像1の毛髪を、画像2の頭に加えていくのを見守った。

「ねえ、それならコマンドひとつでいっぺんにやれますよ――」

「コマンドひとつでいっぺんにやれるのはわかっているわよ」イヴはいらだたしげに言った。「でもそのやりかたじゃ、これと同じことにはならないの。このゲームを仕切っているのは誰なのよ？」

「短距離ミサイルで撃たれると、すごく怒りっぽくなるんですね」

「好きなことを言ってりゃいいわ。つぎの短距離ミサイルはそのお尻にぶちこまれるでしょうよ」

「ねえ、ダラス、そういう甘い言葉、大好きですよ」もっと居心地いい位置に体をずらすと、ピーボディはスプーンをなめ、それをスクリーンのほうに振ってみせた。「オーケー、そのひどい髪を加えた、と。でも、顎の骨格と耳の大きさや形はやっぱり変わっていません。それに、証人はアンジェロをカーター・ビッセルよりスリムに、かなりスリムに描かせています。優に十五ポンド。ビッセルは、身元確認書の数値によると、もっと体重があったんです。証人はアンジェロは贅肉がなく、健康的だったと言っていました。これも耳の場合と同じで、太っているように見せることはできても、一夜にして十五ポンド落とすことはできません。もしそんなことができるなら、わたしもそのコースに申し込みますよ」

「ゲームをしたくないなら、パイを持って、とっとと消えて。コンピューター、画像1の顔の傷痕を画像2に加えて」

「パウエルの部屋への侵入は、ビッセル宅への侵入と同様に手際よく行われています」コンピューターがコマンドに対応しているあいだに、ピーボディは容器をひっかいてパイの残りをさがした。「経験か訓練を積んだ人間の仕業にちがいありません。それに、この事件の殺しはすべて、きわめて冷酷です。激しい怒りを装った最初のものでさえ。その偽装こそが、冷たさの表れなんです」

「誰もその点には反対していない。でも動機はなんなの。コンピューター、画像1の上の前歯をインプラントと見なし、計算のうえ、同じものを画像2に投影せよ」

「秘密組織のドヘマなのかも——両方ともです。あるいは、ずっと考えていたんですけれど、これはギャングの抗争みたいなものじゃないですか。ワームが完成したなら、〈ドゥームズデイ〉はそれを使ってみたいでしょう。連中は、シールドが作られているのを知っていた。HSOとその局員は、テロ集団を妨害するか出し抜くかするために、または、ワームを破壊するために混乱を引き起こした。〈ドゥームズデイ〉は金や人材を使いまくり、なおかつ、混乱を引き起こすために、混乱を引き起こした。そもそも、それがテロリストのすることなんですから。それに、さんざん時間と労力と費用をかけて作ったものを活用するまでは、シールドを完成させちゃまずいわけですしね。一方がスパイふたりを殺すと、もう一方は危険をはらむほつれた糸――マッコイをちょん切る。一方がスパイの弟を拉致すると、もう一方は死んだスパイの遺体を盗み、捜査主任に過剰な攻撃をしかける」ピーボディは肩をすくめた。「ボンドみたいにカッコよくないし、すごくややこしいですよね。スパイ連中って、あらゆることをややこしくするみたい」

「この画像を見て、ピーボディ」

ピーボディは言われるままに画像を眺め、スプーンで軽く歯をたたいた。「確かにふたつの顔には、表面上、似たところがありますね。ですけどダラス、わたしの顔だって、そこに映してコンピューター合成をすれば、アンジェロに似せることはできますよ。ああ、でもやらないでくださいね、いま食べたばっかりなんですから」

「まだ顎の線と耳のちがいがひっかかる?」

「こんなのを裁判所に持ちこんだら、おっぽり出されますよ」

「たぶんそのとおりでしょうね。コンピューター、画像2を消して、代わりに画像3を出して」

分割画面にアンジェロの顔がふたつ現れると、ピーボディは眉を寄せた。「どういうことでしょうか」

「どういうことって何が？」

「なぜ同じ男の顔をふたつ出しているんです？」

「わたしはそんなことをしてる？　ほんとにこれは同じ男？　さっきあちこち打ったせいで、目がおかしくなったのかしら」

「警部補はアンジェロを左右に並べて出していますよ」ピーボディは心配して向き直り、イヴの顔をのぞきこんだ。「ねえ、病院に行きたくないなら、ルイーズを呼んだらどうでしょう。きっと往診してくれますよ」

「多忙なドクター・ディマットにご面倒をかけたくないわ。とりあえず自分が何をしたかよく……ああ、そうか。いいのよ、これで。コンピューター、画像3から複製部分を全部とりのぞき、オリジナルを表示して」

ピーボディがスプーンを取り落とすと、イヴはさも満足げに笑みをたたえ、椅子の背にもたれた。「これ、ビッセルですね。ブ、ブ、ブレア・ビッセル」

「まちがいなく、ね？　わたし、彼が死亡したという報告には、かなりの誇張があると思っているの」

「警部補がその仮説を検討したのは知ってますけど、まさかほんとに重きを置いていたとは思いませんでした。DNA、指紋、どっちもブレア・ビッセルのものだったし。本人の奥さんが彼を確認しているし」

「HSOによる訓練、数年間の経験——たとえ下級工作員レベルでも、記録を改竄するくらいの技術はそれで身につく。自分の記録を弟のに変えるくらいはできるはずよ。それに、あの大殺戮、あの流血、血糊。ユーイングはショックで茫然としていたし、カーター・ビッセルが兄にもっとよく似るよう最近手術を受けたことはほぼまちがいない。体重はブレアの記録より重かったけど、公式書類に嘘を書く人は大勢いる。十ポンドや十五ポンド重くても、誰も注意を払わないわ」

「わたしはいつも十ポンドごまかしてます。どうしてなのか、自分でもわかりませんけど。そうせずにはいられないんです」

「あの遺体がブレア・ビッセルに見えたのは、わたしたちがそう思いこんでいたからよ。被害者が別人じゃないかと疑う理由もなかったしね」

「でも、なぜ彼は——カーターは調子を合わせたんでしょう？ 暴力や拘束の形跡はなかったんですよ。手術を受けて外見を変えるように仕向ける方法なんてありますか？」

「報酬を与えたのかも。金、セックス——あるいはその両方。兄貴をやっつけ、そのついでにやつの女とやっちまおう。兄弟のあいだにもともと愛はないんだし」

「愛がないことと、計画的かつ冷酷に兄貴とその愛人を殺すことのあいだには、大きな隔たりがありますよ。ケイドがカーターをはめる手助けをしていたなら——」

「そうだったなら、ブレアは最初から彼女も消すことにしていたのよ。そう、それがわたしの考え。自分の死を偽装するなら、ド派手に、おどろおどろしくやったほうがいい。それで、とりあえずは、妻の顔に血を浴びせてやる。そして、背中のサルと、作戦を台なしにしかねないねんごろの女のひとりを始末する。世間は、自分を女たらし、嘘つき、ろくでなしと言うだろう。でもそれがなんだ。こっちはもう死んでいる」

「よく考えないと」ピーボディはデスクから腰を上げ、歩き回りだした。「その仮説だと、ブレアとケイドは、HSOの指示とは無関係に、カーターに手を出したことになりますね」

「もともとは指示によって始めたんでしょう。おそらくはね。でもどこかの時点で、勝手に色をつけだしたんだと思う」

「ゆすりから逃れるために」

「それだけじゃない。金、冒険、危険。すべてあのふたりの人物像と一致する。でもふたりにはもっと重要な目的があった。生き延びることよ」

「馬鹿な。ブレアは連絡係だったんですよ。彼はHSOの指示で二重スパイになり、〈ドゥームズデイ〉の連絡係をしていた。連中に金と引き替えに取っておきの情報を流し、自分自身を情報源、変節漢、フリーのスパイに仕立てあげた。隠れ蓑のひとつは、HSOが綿密に計画した、ルヴァ・ユーイングとの結婚だった」

「一方では、これは企業に対するスパイ行為――金になるゲームなの。過去二十年にわたり情報およびデータの収集源の私有化が進んだ結果、HSOは歳入を得るために民間企業と競争せざるをえなくなっている」

「たとえば〈セキュアコンプ〉と」

「たとえば〈セキュアコンプ〉、それに、地球内外のその他何十社もの企業とよ。HSOは、ブレアがそれらの企業に諜報装置を送りこめるよう手配した。考えてみて、ピーボディ。どんな作戦においても、緊急避難計画は必ず用意しなきゃならない。〝妥当な否認〟の余地が必要なの。この作戦の立案者は、例の立体作品のどれかが暴かれた場合に備え、どんな計画を用意していたと思う？」

ピーボディはスクリーンの前で足を止め、ふたつの顔をじっと見つめた。「ブレア・ビッセル。人身御供」

「そのとおり。そして、彼との関係によって、ルヴァも道連れとなり、〈セキュアコンプ〉にも傷がつく。ふたりは手を組んでいたんだと言われかねないし、きっと言われるとわたしは思う。結局、彼らは夫婦なんだしね」

「すると、HSOはやっぱり罠を仕掛けていたわけですね」

「緊急避難計画よ。ブレアもあの組織に入ってずいぶんになるから、それに気づいてもおかしくない。彼でなくても、ケイドが気づいた」

「そこで彼は自衛のために行動に出た、と？」ピーボディは首を振った。「ずいぶん大胆にやったもんですね」

「自衛のためだけじゃない。復讐の歓びもあるでしょう。金をゆする弟に仕返しし、HSOに仕返しする——状況が悪くなったら、自分を使い捨てにしようとする連中、政府に。それに、どえらい大金もからんでいる」

「テロリストどもの？　連中と取引したわけですか？　渡してはならない情報、すごくでかいネタで？」

「ブレアはAポイントとBポイントに渡された橋だった。彼は双方のポイントがお互いを知る以上に、両ポイントのことをよく知っていた。なぜなら、データの受け渡しをしているのは彼だから。ブレアはそれを支配していた。ああいう性格の男にとっては、楽しくてたまらないでしょう。どうしてもっと手に入れないの？　もっと支配し、もっと力を握り、もっと金を取って、脱出したら？　出口はひとつしかない。変節すれば、必ず追われる。それも両サイドから」

「でも、死んだと思わせれば、追われる気遣いはない」

「そういうこと。それに、事態の収拾に忙しいHSO、用意された第一容疑者を調べるのに忙しい警察、計画を知る唯一の人物の死、と来れば、彼はリッチな町でぬくぬくと過ごしていられる」

「どこでつまずいたんでしょう？　なぜ彼はどこかの島の楽園で、寄せくる波を前に、ラムパンチをすすりながら、札束を数えていないんでしょうね？」

「たぶんまだ報酬が支払われていないのよ。テロリストのバスケットに全部の卵を入れるのは利口じゃない。なかの卵はちょくちょくスクランブル・エッグになってしまうから。でもブレアはよく訓練されていて、自分も緊急避難計画を用意していた。マッコイに何かをあずけていたのよ。彼はそれを取りにもどらなきゃならなかった。マッコイはそのために死んだの」

「一方、主任捜査官は彼の捧げた第一容疑者を受け取ろうとしない。警官たちは事件を丹念に調べている。他のみんなもしかり」

「そう、スタートから何もかもうまくいかなかったわけ。ロークはイェーツとかいう、昔のアイルランド作家に夢中なんだけど、その人が世界の崩壊について何か言ってるの。中心は保たれないとかなんとか。ブレア・ビッセルにとって、中心は保たれなかったのよ」

「そして、警部補が最初の犯行現場に足を踏み入れて以来、その世界は崩壊に向かっていたわけですね」

「ブレアは必死よ。それに腹を立てている。それに気を回しすぎ。自分の痕跡を隠すのに懸命で、逆にそれを暴露している。彼は死んでいなきゃならないし、金も回収しなきゃならない。その両方をかなえるのはむずかしいわ。パウエルを殺して、自分のものと確認された遺体を始末するなんて、馬鹿もいいところ。それで遺体の身元確認は防げるけれど、結果は自分に返ってくる。ブレアこそ証拠を始末したがる唯一の人物なんだから」

「そこで彼は警部補を殺そうとした」

「さっきも言ったとおり、彼は腹を立てている。それに必死なの。彼がどういうやつかわかる、ピーボディ？　スパイ、アーティスト、女たらし――そんなものは全部こけおどし。彼はドヘマ野郎よ。前の失敗をカバーするために、より大きい、よりひどい失敗を重ねていくタイプ。本人は冷酷な殺人者のつもりだろうけど、本当はただのわがままな甘やかされた坊やにすぎない。なんと言ったっけ、あれ——そう、ジェームズ・ボンドごっこをしている男の子。それがうまくいかなくて、癇癪を起こしているの」

「冷酷じゃないと言っても、四人も人を殺しているし、警部補をさんざんな目に遭わせたし、HSOの副部長を病院送りにしたわけですよね」

「彼が危険じゃないとは言ってない。癇癪を起こしている子供は、かなり危険なものだから。ほんとにぞっとする」

「警部補の仮説によると、わたしたちの相手は、怒りっぽくて未成熟な、HSOに訓練された殺人者だってわけですね」

「まあ、そんなところね」

ピーボディはふうっと息を吐いて、きっちりそろった前髪を吹きあげた。「それはかなりおっかないですね。どうやってつかまえましょうか?」

「それをいま考えているの」イヴはデスクに足を載せようとし、反抗する筋肉の痛みに全身を貫かれた。「いたたっ」

「その痣の手当てをしたほうがいいですよ」

「脳みそに痣はないから。まだ頭は使えるわよ。チームのみんなをここに集めましょう。民間人たちも。そして、あれこれ意見を出しあうの」

「ユーイングも入れるんですか?」

「彼女は二年間、ブレアと結婚していたわけでしょ。向こうは便宜上そうしていたんだろうけど、それでも彼女は夫のことをいろいろ知っているはずよ。習慣、夢、よく行くところ。スパローが助かって意識を取りもどし、ビッセルに関する情報を明かす気になったら、それも役に立つでしょう。でもいまのところ、わたしたちの一番の情報源は、ルヴァ・ユーイングなの」

「彼女に、自分が殺したとされている夫が、警部補の説では、実は生きていて、しかも彼女をはめた張本人だったと話すおつもりですか？」

「それに耐えられないなら、彼女はなんの役にも立たない。でも状況がこれ以上悪くなることもないわ。とりあえずやってみましょう。彼女が母親の気丈さを多少なりとも受け継いでいるかどうか」

フィーニーは、てのひらサイズ《パーム》のPCに向かって数字やコマンド・コードをつぶやきながら、入ってきた。彼の顎には、ショウガ色と灰色の無精髭が点々と散っている。目の下の袋には、三人家族の一週間分の買い物が収まりそうだ。それでもその目は輝きを帯びていた。

「せっかくいいとこだったのにな、おちびさん」彼はイヴに言った。「ここが正念場なんだよ」

「捜査が新たな局面にさしかかってるの。こっちも正念場かもしれない。他のみんなは？」

「ロークとトキモトはテスト・プログラムを実行中だ。いまは席を離れたくないんだよ。苦労してやっとここまで漕ぎつけたわけだから。ケイドのユニットはできるとこまできれいにしたよ。マクナブとユーイングは、ちょうど……」

ようやく顔を上げ、まともにイヴの姿を見ると、彼は足を止めて口をすぼめた。「あちこちぶつけたって聞いたが、本当だったんだな。その目、氷で冷やしたほうがいいぞ」

「痣になるかな。まったくもう」イヴは頬骨の上端をそうっと指で押し、激痛がつま先まで走るのを感じた。「痛み止めをのんだんだけど。それだけじゃだめなの？」

ピーボディがアイス・バンデージを手に、キッチンから出てきた。「これを当てさせてください。しばらくひりひりするし、見た目は馬鹿みたいですけど、痣と腫れは緩和されますよ。本格的な黒痣にはならずにすむでしょう」

「黙ってやって。説明はいらない」

ピーボディがバンデージを固定するあいだ、イヴは歯を食いしばっていた。ずきずきはひりひりにのみこまれたが、大してよくなった気はしなかった。

「うわっ」ぶらぶら入ってきたマクナブが、身をすくめて言った。「車もおしゃかになったそうですね」

「別に惜しくもないけどね。ユーイングは？」

「すぐ来ます。トイレに行ってるだけなんで。燃料補給させてもらっていいですか？　腹ペこなんですよ」

「パイがあるわよ」早くもキッチンに向かった彼に、ピーボディが声をかけた。「アップル・クランベリーの」

「パイだって？」フィーニーが聞き返す。

「やれやれ。さっさと行ってきて」イヴはお手上げのポーズをした。「飲んで食べて、楽しくやってよ。連続殺人事件の捜査には、やっぱりパイがなくちゃ」

「何か冷たい飲み物を持ってきましょう、警部補」ピーボディが言った。「あなたにはたぶん水分が必要なんです」

その言葉とともに、イヴは部屋にひとり取り残された。どうしてまた、こんなにもあっさりとチームに対する統率力を失ってしまったのだろう？

家庭内の不和は、体全体の調子を微妙に狂わせる微熱のようなものなのだ――イヴはそう結論づけた――それは、能力をフルに発揮する妨げとなるのだろう。

いまの彼女は絶好調とは言えない。その点は確かだ。また、どうすればもとの状態にもどれるのかも、まるでわからなかった。

「食べ物がいるなら、取ってきて」ルヴァが入ってくるなり、彼女はがみがみと言った。「飲み物がいるなら、それも取ってきて。でも早くしてよ。ここは24／7じゃないんだから」

ルヴァはちょっと首をかしげただけだった。「わたしは大丈夫。どうもありがとう。でもそちらは、見た目どおりひどい気分のようね。ロークとトキモトはあと数分で来るわ。いま大事なところなのよ」

「それはあのふたりだけじゃないの。彼らを待ってはいられない。他のみんなもよ！」イヴは声を張りあげた。「あなた、すわったほうがいいわよ」

「それは、すごく長い講義になるから？　それとも、比喩的な意味で、わたしにパンチを食らわすつもりだから？」

「あなたがパンチに耐えられるよう祈っている」

ルヴァはうなずいて、いちばん手近な椅子にすわった。「手加減しないで。どんな話であっても、ジャブで様子をうかがうんじゃなく、一気にノックアウトを狙ってほしいわ。もううんざりなの。時間が経てば経つほど、自分がますます馬鹿に思えてくる。二年間、毎日毎日、目の前にあったものが見えていなかったなんてね」

「でもその目の前にあったものというのは、あなたへの愛を装っていた男、信頼する友によって人生に送りこまれた男だったわけだし」

「これで、わたしの人を見る目がどの程度かよくわかるってものよ」

「連中はその道のプロだったの。そして、最初からあなたをだますことに心血を注いでいたのよ。あなたはあの男を見て、『こいつ、秘密工作員じゃない？』って思うべきだったわけ？」

「いいえ」ルヴァの唇が曲線を描いた。「でも、相手が嘘つきや裏切り者なら、ぴんと来てもよさそうなものじゃない？」

「連中はあなたを詳しく調べ、研究したの。あなたがふたりに出会う前から、あなたについて知るべきことは何もかも知っていたのよ。公的なことも私的なこともことごとく。あなたは大統領を護ったために――自分の仕事をしたために、何カ月も動けなかった。たぶん連中は、あなたがそのことを根に持っているかと思ったんでしょう。あるいは、政府に仕えていたんだから、彼らと一緒に働くことにも抵抗はなかろうと思ったか」

「馬鹿らしい」

「そして、はねつけられると、今度は個人的に接近してきた。彼はあなたがどんな食べ物が好きか、どんな花が好きか知っていたのよ。趣味も、財政状態も、誰と寝ているかも、誰を大事に思っているかも。あなたは単なる道具でしかなかった。そして連中はその使いかたを心得ていたの」

「初めて会った夜、彼は展示会の会場で、飲みにいこうと誘ってきたの。すごくハンサムな男性、それに、おもしろくて、優しくて。行くに決まっているじゃない。わたしたち、何時間も話をしたのよ。生まれたときから知っている人みたいに思えたわ。ずっと彼を待っていたような気がした」

ルヴァは自分の手を見おろした。「前にも男性とつきあったことはあるのよ。怪我をする前、かなり真剣に交際していて、その後、だめになったの。でもあんなのは、ブレアに対する思いとは比べものにならない。なのにそれが全部虚構だったなんてね。完璧ではなかったのよ。彼は些細な無礼や批判で、むくれたりいらついたりした。でもわたしは、それも契約の一部だと思っていたの。わかるでしょう？　結婚生活を送り、お互いを理解し、幸福にすることの一部。わたしは彼を幸せにしたかった。あの結婚を成功させたかった」

「完璧な結婚なんてありえないわ」イヴは半ば自分自身に言った。「完璧だと思うたびに、何かが忍び寄ってきてお尻に嚙みつくのよ」

「確かにね。とにかく、もううんざりなの。馬鹿みたいな気分になるのにも、自分を憐れむのにも、もううんざり。だから、どうしてすわっていたほうがいいのか、聞かせてちょうだい。ガツンと一発でね」

「わかった。わたしは、フェリシティ・ケイドの家での殺人は、ブレア・ビッセルが計画し、実行したものと見ている。彼は、自分の死を偽装し、あなたに罪を着せるために、ケイドと自分の弟を殺したのよ」

「そんなの馬鹿げてる」その声には、喉を強打されたかのように、喘鳴《ぜんめい》が混じっていた。

「彼は死んだのよ。ブレアは死んだの。この目で見たわ」

「あなたは見るはずのものを見ただけ。ちょうど二年半前に、彼が接近してきたとき、見るはずのものを見たように。しかも今回、あなたはショック状態だったし、直後に意識を失っている」

「でも……身元は確認されたのよ」

「たぶん事前に自分の記録を弟のものとすり替えたんだと思う。きっと、あなたや警察や、彼がにらみ合わせているふたつの秘密組織に、死んだと思いこませるために、周到にお膳立てしたのよ。死人をさがす人間はいないから」

「そんなことありえない。いい？　ありえないの、ダラス」他の者たちがキッチンから出てくるなかで、ルヴァは立ちあがった。「ブレアは嘘つきの裏切り者だった。わたしを利用していた。その事実を受け入れるために、わたしは必死で努力している。ちゃんとそれを背負って生きていくつもりよ。でも彼は人殺しじゃない。ふたりの人間を……切り刻んで殺すような人じゃないわ」

「彼の死によって得をするのは誰？」

「それは——つまり、金銭的にということ？」

「どんな形でもよ」

「わたしでしょうね。お金があるから。かなりの額よ。知っているでしょう？」

「かなりの額の金」イヴは言った。「あなたには自分の金もかなりある。きっと彼は秘密の口座を持っているわね。それを見つけることができれば——」

「突き止めて、リストにし、きみのコンピューターにファイルしておいたよ」ロークが入ってきながら言った。「ご要望どおりにね、警部補さん」

「いくらあった？」

「五つの口座に分散して、四百万以上」

「それじゃ足りない」

ロークは首をかしげた。「たぶんね。でもそれで全部だ。投資に関して、彼は堅実でも有能でもなくてね、どの口座からも、開設から六年のあいだに、少しずつ着実に金が流れ出ているんだ。彼は浪費するし、投機もする。そしてたいてい元金を失っているんだよ」

「すじが通るわね」イヴは再評価にかかった。「オーケー、すじが通ってる。彼は金を使い果たす。それでさらに金が必要になる。大金がね」

「だからそれを手に入れるために、フェリシティと弟を殺し、わたしをはめたってわけ？それじゃまるで怪物じゃない。わたしは怪物とは結婚していないわ」

「あなたは幻想と結婚していたのよ」

ルヴァの頭が強打されたかのようにぐいとのけぞった。「あなたは空《くう》をつかもうとしている。他に何もないから。そして、わたしに何ひとつ残したくないから。幻想であろうとなかろうと、わたしは彼を愛していた。この意味がわかる？」

「ええ、ようくわかっている」

「あなたは、わたしが人を殺せる人間を愛したんだと言いたいのね。彼には冷酷非情な殺人が犯せると」

イヴはロークに目をやらずにいるために、意志の力を総動員しなくてはならなかった。心と頭とが、自分に向かって同じ質問をしようとしている。

「何を信じるかは、あなたの自由よ。これにどう対処するかは、あなたしだい。この捜査方針に耐えられないなら、あなたは使いようがない」

「冷酷なのはあなたよ。非情なのはあなた。それに、もう使われるのはまっぴら」

彼女が大股で出ていくと、トキモトがそのあとを追って、そっと部屋を抜け出した。

「ああ、彼女はずいぶん冷静に受け止めてくれたわね」ようやくイヴは、ゆっくりと一同の顔を見回した。「このまま会議をつづけたい人は？　それとも、ちょっと休んで、わたしを思いやり教室へ送りこむかどうか話し合う？」

「衝撃的事実だからな、ダラス」フィーニーが言った。「美しく仕立てあげるのは、どうしたって無理さ。彼女も吹っきれたら、もどってくるだろう」

「彼女抜きでやりましょう。ビッセルはあちこちに口座を持っている。だとすると、どこかに隠れ家がある可能性が高い――贅沢なやつ、たぶん一箇所じゃないわ。彼はまだ町にいて、ごたごたのあと始末をしている。だからここにもひとつあるはずよ。それを見つけましょう」

「二箇所はもう見つけたよ」ロークが口をはさんだ。「カナリア諸島にひとつ、シンガポールにひとつ。どっちもうまく隠してあったとは言いがたい。僕に簡単に見つかったなら、他の人間にも簡単に見つかるだろう」

「では、その二箇所はおそらくおとりね。彼だってそこまで馬鹿じゃない。弟の名前で調べてみましょう。あるいは、ケイドか、ユーイングで。ビッセルは、彼らを隠れ蓑に利用し、準備をしていたのかも……いえ、ちがう。ああ、馬鹿ね！　マッコイよ。クロエ・マッコイ。彼女にはときたま突っこむ以外にも、利用価値があったはずよ。調べて。彼が、マッコイの名前で資金や不動産を隠していないかどうか。彼女を殺したのには何か理由があるはずだわ。わたしの見たところ、あの男は金と保身のために殺すタイプよ」

「そっちは俺がやりますよ」マクナブが申し出た。「フルーツパイで舞い上がった勢いで」

「すぐ始めて。わたしはスパローの様子を見にいく。彼がまともにしゃべれるかどうか。何か聞き出せるかどうか。フィーニー、あなたはロークと一緒にマシンのほうにつけておく。ルヴァが逃げ出して、トキモトが彼女をあやすのに忙しいとなると、人手が足りなくなるだろうし」

「あとタンカー一隻分コーヒーがあれば、ちゃんとやれるさ」

「外に飛び出す前に、最新情報をお聞かせしようか、警部補さん。われわれはケイドのユニットからデータを回収しつつある。暗号化されているが、じきに解読できるだろう」

「すごい。やったじゃない。解読できたら、報告して――」

「まだ先があるんだ。ケイドのユニットはどれも破壊されていたが、ネットワーク・ワームによってじゃない。みんな個別にやられていたんだ」

「だから？　ねえ、それはEDDの領分でしょ。わたしに必要なのは、結果だけ。データそのものなの」

「きみはエレクトロニクスに充分な敬意を払っていないな」フィーニーが言いかけた。

「ビッセルもきっとそうだろう」ピーボディがイヴのために持ってきた冷たいジュースがそのままになっていたので、ロークはそれを取りあげ、自分のグラスに注いだ。「噂のワームは理論上、インポートすれば、ネットワーク上の全システムを破壊することができる。そのネットワークが小さかろうと大きかろうと、単純であろうと複雑であろうと、いっぺんに破壊し、シャットダウンし、修復不可能にできるはずなんだ。でもわれわれが扱っているのは、そうしたものじゃない。その影法師、おそらく初期のバージョンだろうが、われわれが信じこまされてきたような強力なワームにはほど遠い。入手したユニットをクリーンにし、修復するのは比較的簡単だったよ」

「比較的ね」フィーニーは痛む目をくるりと回した。「厄介なやつだが、世界の安全に影響するような代物じゃない。まあ、煙みたいなもんだね」

「つまり、ビッセルは本人が持っているつもりのもの——退職後の資金源にする気だったものを持っていないわけね。でも他の誰かが持っているのかも。あるいは……ああ、馬鹿！ あいつはわたしを殺そうとしたんじゃないんだわ」イヴは痣になった目に上の空でそっと触れた。「あいつは目標を仕留めていたのよ。狙いが少しずれたけど、でも仕留めてはいたの」

ロークは首をかしげた。彼の考えが彼女の考えと並んで前進する。「スパローか」

「内部に誰かがいれば、役に立つ。なかでデータを調整したり作ったりできる人間。盾を提供できる人間。スパロー。彼は秩序立てて考える男、計画的な男よ。ビッセルはどう？ 度胸もない、頭もよくない、組織のなかでのしあがることはできなかった。単なる配達屋。そこに大きなチャンスが訪れた。おえらがたのひとりが差し出してくれたの。でかい仕事。ずっと使い走りだったのに。産業スパイ。ひょっとすると、一部はHSO外の仕事になるかも。ちょっとした個人的な共同事業。でもビッセルは、それを利用できなかった。金があるだけのダメ男だから。きっとパートナーのほうは、もっとうまくやったのよ。何百倍もうまく」

「それじゃ、どうして単純にビッセルを殺さないんです？」ピーボディが訊ねた。

「なぜなら、緊急避難計画が必要だから。生け贄が必要だからよ。彼はあの馬鹿をはめたの。相変わらずの配達屋。ビッセルは、ワームのディスクをいい買い手のところへ持っていった。ところがそれは大したものじゃない。あいつはさんざんな目に遭った。いまや死人、必死になっている。HSOのわれらが友も、ビッセルに死んだままでいてほしがっている。それになんとしても、死んだままでいなきゃならない。逃亡中の身で、隠れている。HSOの方針を持ち出した」

「彼はビッセルを本物の死人にするつもりだったんだろうね」ロークが言った。「どこかの時点で、秘かに」

「もっと早くやるべきだったわね。そうすれば、いまごろ病院にいなくてすんだのに。彼はこの方程式にひとつ重要な要素を加えるのを忘れていたのよ。ビッセルみたいな男が殺しを始めたら、回を重ねるごとに簡単にやるようになるの」

イヴはコミュニケーターを抜いた。「スパローを封じこめなきゃ。わたしが会うまでは、誰とも――医療員とも、話はさせられない。そっちはデータの回収にかかって」

「タンカー一隻分のコーヒーをたのむよ」フィーニーはイヴに念を押し、出ていった。

「ちょっといいかな、警部補さん」ロークはピーボディにちらっと目をやった。「プライベートな話だけれど」

「わたしは外で待っています」ピーボディはするりと抜け出し、ドアを閉めた。

「個人的な話をしている暇はないの」イヴは言いだした。

「スパローはきみのデータに――ダラスでのあの件にアクセスできるんだ。すべてきみの推理どおりなら、彼はきみの不利になるようにそれを利用するだろう。きっとあの件を公表するよ。それどころか、情報に手を加え、真実をねじ曲げて伝えるかもしれない」

「そんなこと心配しちゃいられない」

「僕ならあのデータを消滅させられる。きみがあの……あの部分を消去してほしいなら、消去することができる。きみにはプライバシーがあるんだよ、イヴ。自分のつらい体験を利用させない権利が――憶測やゴシップから、そして、きみがそれ以上に嫌いな憐れみから護られる権利が」

「わたしに、政府の記録の改竄を承認しろって言うの？」

「いや。ただ、その記録が存在しないほうがいいのかどうか、言ってくれないか。仮定の話として」

「そうすれば、わたしは責任を免れる。法的にはね。ただ願いごとをして、あら不思議、実現したというだけなら、共犯にならずにすむ。ほんとになんて一日なの。なんておかしな一日なのよ」

こみあげるものを感じ、彼女は顔をそむけた。「出会って以来、わたしたちの距離がこんなにも開いたことはなかった。わたしの手はあなたに届かない。あなたの手を自分に届かせることもできない」

「きみには僕が見えないんだ、イヴ。僕を見るときも、その全部は見えていないんだよ。たぶんそのほうが僕のためだったんだろう」

イヴはルヴァのことを思った。幻想を、結婚の茶番を。あれ以上、自分たちのケースとかけ離れているものはない。ロークは決して嘘をつかないし、偽りの自分を装ったこともないのだから。そして彼女には、初めて出会ったときからずっと彼が見えていた。

「あなたはまちがっている。あなたは馬鹿よ」イヴの声には怒りより疲れが表れており、そのことが彼により強い衝撃を与えた。「どうすればこの状態から抜け出せるのか、わからない。この件について、あなたと話すことはできないわ。結局、堂々めぐりになるだけだから。それに、他の誰にも話せない。何がわたしたちを引き裂いているか話せば、その人たちは共犯者になってしまう。わたしにあなたが見えないと思う?」

イヴは視線をもどし、まっすぐに彼の目を見つめた。「わたしはあなたを見ている。ちゃんと見えているわ。あなたに人が殺せることもわかっている。その行為を正当だと思えることと、正しいと感じられることも。それがわかっていながら、わたしはまだここにいる。どうしていいのかわからないけれど、それでもここにいる」

「そういうことができない人間なら、僕はいまの僕になっていないし、いまいるところにいないだろう。ふたりともここで、この問題と格闘してはいないだろう」

「ええ、たぶん。でもわたしは疲れていて、格闘する元気もない。もう行かないと。本当にもう」イヴは足早に歩いていってドアを開けた。それから彼女は目を閉じた。「あのデータを消滅させて。仮定の話は結構。自分の言ったこと、したことには責任を持つわ。あれを消してちょうだい」

「やっておくよ」

イヴが行ってしまうと、ロークは静寂のなか、彼女のデスクにすわり、痛切に願った。残された問題も同じように簡単に消し去れたら、と。

イヴは外に向かう途中、ルヴァにつかまった。「時間がないの」イヴはそっけなく言って、歩きつづけた。

「ほんの一分ですむわ。あなたにあやまりたいの。わたしは自分から、率直に話してとたのんだ。なのに、いざそうされると対処できなかったのよ。ごめんなさい。あんな反応をした自分に腹が立つわ」

「気にしないで。もう大丈夫そう？」

「ええ、もう大丈夫そうよ。何をすればいい？」

「考えてほしいの。彼がどこに行きそうか、危機に際し、つぎにどんな手を打ちそうか。脱出の道をさがす以外、彼はいま何をしているだろう。ようく考えて、すっかり教えて。わたしが帰るまでに答えを用意しておいて」

「了解。彼は仕事をせずにいられないはずよ」外に出ていくイヴの背に、彼女はさらに声をかけた。「アートは単なる隠れ蓑じゃない。そんなわけはないわ。アートは、彼の生き甲斐、逃避のすべ、そしてエゴなの。どこかに必ず仕事場があるはずよ」

「いいわね。その調子でつづけて。すぐにもどる」

「上出来だったよ」トキモトが居間から廊下に出てきた。

「ならいいけど。他の点では、あまりうまくやれていないもの」

「きみには、気持ちを整理する時間が必要だったんだよ。悲しんだり怒ったりする時間がね。今後、誰かが必要なときは、よかったらわたしに話をしてくれないかな」

「これまでは、いつもあなたをやりこめてきたわね」ルヴァはため息をついた。「ひとつ訊いてもいいかしら、トキモト？」

「もちろん」

「あなた、わたしを口説こうとしているの？」

トキモトは棒のように身を固くした。「この状況下では、それは不適切だろう」

「わたしにまだ夫がいる可能性があるから？　それとも、興味がないから？」

「この場合、きみの結婚はほとんど問題にならないさ。でもいまのきみの精神状態を思えば……個人的な接近は明らかに不適切だ。まだ気持ちも立場も不安定なわけだから」

ルヴァは自分が、ほんの少しだけ、ほほえんでいることに気づいた。そして、心のなかで何かがふたたび、ほんの少しだけ、開きかけていることに。「興味がないとは言わなかったわね。だから、これだけ言っておくわ。わたしは平気だと思う。仮にあなたが口説く気になっても」

試みに、ルヴァはつま先立ちになり、彼の唇にそっと唇を重ねた。「やっぱり」ややあって、彼女は言った。「平気みたい。だから考えてみて」

二階へ向かうときも、彼女はまだ、ほんの少しだけ、ほほえんでいた。

19

クイン・スパローは助かるだろう。もしかすると、数カ月の集中治療ともろもろの処置により、ふたたび歩けるようになるかもしれない——ただし、ルヴァ・ユーイングが怪我から回復する際に発揮したのと同程度の意志の力とガッツを、彼が持ち合わせていればだが。イヴの考えでは、これこそが正義というものだった。

彼は、いくつもの傷を負うとともに、骨折し、脊椎を損傷し、脳震盪を起こしていた。また、顔の再建手術も必要になるはずだった。

でも彼は助かるだろう。

それを聞いて、イヴはうれしかった。

彼は少なくとも四十八時間は、集中治療室で過ごすことになりそうだった。鎮静剤が投与されていたが、イヴがバッジを見せ、ちょっと脅しをかけると、関門は突破できた。

彼女はピーボディをドアの前に立たせておいた。

入っていったとき、スパローは眠っていた。あるいは、薬で朦朧としているのか。イヴは薬で朦朧のほうに賭け、良心の疼きなどみじんも感じずに、鎮痛剤の点滴を止めた。

ほんの数秒で、彼は意識を取りもどし、うめきはじめた。

その姿はかなり悲惨だった。包帯の周辺はひどい痣になっている。また、スキンギプスが右腕を固め、さらに、固定用ケージ——ビッセルの造形作品に似ていなくもない——ともに、右脚をも固めている。

V字形の頸椎カラーは、頭や首のいっさいの動きを封じていた。

「気がついた、スパロー？」

「ダラスか」真っ白な唇をして、彼は目を動かし、彼女に焦点を合わせようとした。「いったいどうなっている？」

イヴは自分の姿がよく見えるようさらに体を近づけ、いかにも戦友らしい態度で、彼の肩に手を置いた。「ここは病院よ。あなたはストラップで動きを制限されているの」

「何も覚えていないんだ。わたしの怪我は……ひどいのか？」

ここでちょっと目をそむけるのも効果的だろう。懸命にしゃべろうとしている感じが出る。「それが……かなりひどいのよ。わたしたち、ひどくやられたの。あなたのほうは特に。車はロケットみたいに空中に飛び出して、爆弾みたいに落下した。あなたの側はマクシバスにたたきつけられたの。あなたは大怪我をしたのよ、スパロー」

彼が動こうとすると、その肩の震えが感じられた。「ああ、くそっ、ひどい痛みだ」

「わかってる。さぞつらいでしょう。でも、やつはつかまえたわ」イヴは今度は彼の手に手を重ね、ぎゅっと力をこめた。「あのろくでなしはつかまえたから」

「なんだって？　誰を？」

「ビッセルのやつ。つかまえて、檻に入れた。わたしたちを撃つのに使ったショルダー・ランチャーをまだ持っていたわ。ブレア・ビッセルよ、スパロー、まだぴんぴんしていたわよ」

「そんな馬鹿な」スパローはうめいた。「医者を呼んでくれ。この痛みを止めてもらわないと」

「ねえ、聴いて。よく考え、注意して聴いてほしいの。あとどれくらい時間があるか、わたしにはわからない」

「時間？」スパローの指が彼女の手の下でぴくりと動いた。「時間？」

「あなたに良心を安らかにする機会をあげたいのよ、スパロー。誤解を正すの。あなたにもそれくらいの資格はある。あいつは何もかもあなたに押しつけようとしているのよ。聴いて。よく聴いて」イヴは手に力をこめた。「どうしてもこうしなきゃならない。心の準備をさせてあげなきゃならないの。あなたは助からないわ」

スパローの顔色が病的な灰色に変わった。「いったいなんの話だ？」

イヴは彼の視界が自分の顔でいっぱいになるよう、すぐそばまで身をかがめた。「医者たちは手を尽くした。何時間もあなたの治療に当たったの。でも損傷が大きすぎた」

「俺が死ぬって言うのか？」すでにかすかに震えていたスパローの声がかすれた。「まさかそんな。医者を呼んでくれ」

「みんなすぐにもどってくる……きっと何か投与してくれるわ。だからあなたは楽に逝ける」

「俺は死ぬ気はないぞ」涙があふれ、こぼれ落ちた。「死にたくないんだ」

イヴは胸が迫ったふりをして、ぎゅっと口を引き結んだ。「きっとわたしから聞きたいだろうと思ったの……仲間の口から。あいつの狙いがもう少し正確だったら、わたしたちはふたりとも助からなかったでしょう。でも車は鼻先をはじかれて、吹っ飛んだだけだった。医者たちはあなたの脚を救ったのよ」彼女はそうつづけ、ちょっと間をとって咳払いした。「それなのに……ああ。あなたは衝撃で内臓をやられたの。とてもひどく。あのくそ野郎は、あなたを殺したのよ、スパロー。それにわたしまで殺そうとした」

「いったいどうなってる。動けないぞ」

「静かにしてなきゃ。じっと動かずに。それで時間が稼げるわ。あなたは気を失っていたのよ、スパロー。あいつはそれを利用して、うまくやりつつある。あいつはわたしたちをふたりまとめて殺そうとした。だからわたしは、きれいに逝く機会をあなたにあげようとしているの。これから権利を読むわよ」彼女はふたたび間をとって、首を振った。「ああ、最悪」

スパローは震えだした。イヴは改訂版のミランダ準則を唱えた。「自分の権利と義務を理解しましたか、スパロー副部長？」

「いったいなんなんだ、これは？」

「誤解を正し、仕返しをしてやるのよ。何があったか話してくれないと、いい弁護士がビッセルを軽いおとがめだけで釈放させてしまうわ。あいつはあなたが死ぬことに賭けている。死んで、罪をかぶることに。カーター・ビッセルとフェリシティ・ケイドを殺したのはあなただと主張しているのよ」

「でたらめだ」

「わかってる。でも、あいつが検事を言いくるめてしまうかも。ああ、スパロー、あなたはもう死ぬのよ！ 真実を話して、わたしにけりをつけさせて。あの男をぶちこませてよ。あいつはあなたを殺したのよ」イヴは身を乗り出し、声を低くした。「報いを受けさせてやりましょ」

「馬鹿なドヘマ野郎。あいつにそんな能があろうとは思いも寄らなかった。なんだってこんなことになってしまったんだ？」

「ちゃんと話して。そうすれば、わたしが必ずあの男を破滅させてやる。約束するわ」

「あいつはカーター・ビッセルとフェリシティ・ケイドを殺したんだ」

「誰が？」

「ブレアだよ！ ブレア・ビッセルがカーター・ビッセルとフェリシティ・ケイドを殺した。ちょっとゼウスを吸って、度胸をつけて、ふたりを切り刻んだのさ」

「なぜ？ 情報をちょうだい。あいつをやっつけてやれるように」

「あいつは金をたんまり持って、消えるつもりでいた。警察が事件を終結させられるように、女房を犯人に仕立てあげた。ざっと見て、納得。それで終わるはずだった」

「ブレアとケイドの写真をルヴァに送ったのは、あなたなの？」

「ああ。手はずが整うと、俺は写真を撮り、彼女にくれてやった。脚の感覚がない。脚の感覚がないぞ」

「がんばって。もう少しの辛抱。記録はちゃんととっているから、スパロー。あなたの言葉は記録に残る。この仕返しに、あいつをムショ送りにしてやれるわよ。なぜあいつはケイドまで殺したの？」

「総仕上げに彼女が必要だったのさ。それに、俺たちふたりのことをケイドは知りすぎていた。生かしてはおけなかったんだ」

「この計画のブレーンはあなただったのよね。まさかあのトンマがひとりで考え出したことじゃないでしょう？」

「すべて俺がお膳立てしたんだよ。うまく逃げられるはずだった。二週間後には、ビーチでマイタイでも飲んでいるはずだったのに、あいつがヘマばかりしやがったんだ」

「ケイドもかかわっていたの？　彼女があの弟を引き入れたわけね」

「ずいぶんいろいろ知っているんだな」スパローは生気のない目でイヴをじっと見つめた。

「わたしは真相を組み立てようとしているの。あなたに対しては率直にならなくては。それが当然の道よ。死の床の告白……」彼女は言葉をつまらせ、スパローの顔が蒼白になり、くしゃっとくずれるのを見た。「その重みは知っているでしょう？　あなたはあいつの檻に錠を下ろすことになる。最後にそうさせてあげたいの。同業者としての厚意。フェリシティはカーター・ビッセルをこのごたごたに引きずりこんだのね」

「やつを引きこんだ」スパローの息がゼイゼイと吸いこまれ、ゼイゼイと吐き出される。イヴはふと思った――こいつは暗示の作用だけで途中で死んでしまうかも。「あの馬鹿野郎は、自分はHSOのために働いていると思いこんだ。これから兄貴のポジションを引き継ぐんだとな。あいつはすっかりだまされていた。顔を変え、何件か引き渡しもこなした。それから自分の訓練係と寝るようになった。あれはカスだよ」

「そのようね。顔と体の処置をした医者は、誰が殺したの？　ケイド？」

「いや。彼女は自分の手を汚そうとはしなかった。ビッセルに――カーターにやらせたんだ。あの女は男を操るのがうまいんだよ」

「でも計画の考案者はあなただったんでしょう？　ケイドじゃないし、ブレア・ビッセルではありえない。あなたはあちこちで人を殺して歩くほど馬鹿じゃない。でも裏で糸を引くやりかたは心得ている。ブレア・ビッセルは、自分がコンピューター・ワームを持っていると思った。それを売ることができる、一生その上がりで暮らしていけると思ったのね。ところが、彼はワームなど持っていなかった」

「存在しないものは持ちようがないだろう。あれは俺の作りごとだ」スパローの微笑がしかめ面に変わった。「この痛み、なんとかしてくれ、ダラス。もう耐えられない」

彼の泣き言にむかむかしつつも、彼女は励ましをこめてふたたびその手を握りしめた。

「もう少しの辛抱よ。ワームは存在しないの？」

「ああ、ワームは存在しない。宣伝ほどのものじゃないんだ。俺が作り出し、誇大広告し、データと情報を捏造《ねつぞう》しただけさ。〈ドゥームズデイ〉は十年も、ワームの製作に挑戦しつづけている。そいつは理論上は機能するはずだが、実際は、シールドにぶつかれば、ただ自分を食っちまうか、突然変異するかなんだ。ポートに挿入すれば、ユニットをひっかきまわし、ぶっ壊すが、ネットワーク化はしないし、遠隔操作で侵入させることもできない。だが仮にそうできれば――」スパローのやつれた青白い顔が、一瞬歓びに輝いた。「――それは何十億ドルにも値する」

「じゃあ、全部ただのペテンだったわけね――HSOやもろもろの国際機関や〈ドゥームズデイ〉に対する。あなたは、ワームが実在する、脅威であるという神話を裏付ける情報を捏造した。それから、コード・レッドをかっさらう会社のプロジェクト・リーダーのもとへ部下を送りこんだ。そして、HSOにデータを供給し、興味を持っている各組織に同じデータを売った。あなたは両サイドで稼ぎまくった。それも、まだ存在しないし、決して出現しそうにないものをネタに。でも〈セキュアコンプ〉はワームを研究している。彼らは、あなたの代わりにワームを作ってくれるかもしれない。なるほど、考えたわね」

「連中はあと一歩のところまで来ていた。ロークは〈セキュアコンプ〉にブレーン集団を迎えていたからな。連中の成果を、こっちの成果――〈ドゥームズデイ〉から引き出したものと合わせれば、俺はワームを完成させ、結構なボーナスをいただけるかもしれない。HSOの副部長の年収がどれくらいか知ってるか？　雀の涙だよ。警官と同じでね」

「そして、警官がほんの少ししかもらっていないことから、あなたはわれわれがビッセルおよびケイド殺しを深く追及しないだろうと踏んだわけね」

「きれいにまとめてやったんだがな。すべてが狂ってしまった」

「でもあなたには、時間稼ぎの策があった。市警に捜査を引き渡すよう圧力をかけるという手が。それに、ビッセルという生け贄もいた。彼はディスクを売ろうとした。でもそれにはなんの価値もなかった」

「ワームが本人の言うほどのものじゃないとわかれば、買い手がやつを始末し、遺体をどこかに埋めるだろうと思ったんだ。そうこうするうち、時間が経ち、やつと俺のあいだには距離ができる。ところがやつはどうにか難を逃れた。口のうまいやつだからな」

「でもあいつは自分の金に近づけない。近づけば、必ずあなたに感づかれるから。仮に破れかぶれになって、やってみたとしても、われわれがすでにあいつの口座を見つけ、凍結しはじめていた。だからあいつはマッコイの自殺を仕組んだのね。彼女の持っていた、あの男に必要なものって、いったい何だったの？」

「さあな。彼女がどうからんでくるのかはわからない。やつは脱落して、自分の損失を数えあげてりゃよかったんだ。ところがあの馬鹿野郎め、パニックを起こし、女を殺し、あのどうでもいい雑役係を殺し、遺体を盗みやがった。警察が放っとくとでも思ったのかね。あれじゃ飛行船に広告を出したも同然じゃないか」

「あなたたちふたりは、副業で産業スパイを始めてどれくらいになるの？」

「それを聞いてどうするんだ？」

今度はむくれているのね、とイヴは思った。ビッグ・プランが目の前で爆発し、自分が死ぬはめになったというんで、弱虫野郎がむくれてる。

「情報が多ければ多いほど、あいつを深く埋めてやれるのよ」

「六、七年だな。おかげで引退後の資金がたっぷりできたし、マウイに土地も買った。それにもう一箇所、トスカーナにも目をつけているところがある。四十になる前には、腰を落ち着け、豪勢に暮らせるはずだった。だから、そろそろ後始末にかかる必要があったんだ」

「パートナーたちを消さないとね」イヴは同意した。「もっといい、もっと利口な手は、連中にお互いを消させることよね。そして、もっと利益の出るひとりきりの組織へと移行する。世界じゅうに――地球外にもあるビッセル作品の聴音機は、いまやすべてあなたのもの。好きに情報を集め、機先を制し、投資することができる。そうよ、あなたはマイタイを飲みながら、なおも稼ぎまくれる。みごとなもんだわ、スパロー」

彼の暗い目が一瞬、歓びに輝いた。「それが俺の専門分野だからな。データを分析し、筋書きを作り、ターゲットを汚したり始末したりする汚い手を考える。それには、人をいつどう利用するか心得てなきゃならない」

「そしてあなたは、ビッセルをどう利用するか心得ていた。兄弟のどちらも。それにケイドも。ユーイングも」

「こんな面倒なことになるはずじゃなかったんだ。ビッセルはケイドを殺し、身を潜める。数週間、身を潜め、その後、ワームを売るはずだった。だがやつはすぐ取引に行った。ほとぼりが冷めるのを待たずに。俺に、うまくいくかどうか、騒ぎが収まるかどうか、見きわめるだけの時間を与えずに」

「騒ぎが収まれば、もうあいつに用はない、消しても大丈夫ってわけね」

「道具は、もうこれ以上使えないと確信できるまで、捨てるもんじゃない。抹殺はゲームの一部だよ。わかっているだろう。死は不可欠だ。俺は人を殺したことはない。やつにも手を下す必要はなかったろう。何か情報を流し、適切な人間に適切な方向を指し示す。するとやつは消される。俺は人殺しじゃないんだ、ダラス。ただ道具を使っただけだ。やったのは、ブレア・ビッセル。全員、やつが殺した。ビッセルが弟とケイドを襲ったとき、俺はフラットアイアン・ビルにいて、データ・ユニットを破壊していたんだ」

「なぜあそこへ行ったの？」

「ビッセルは作戦にかかわるデータをあそこに保管していたかもしれない。それをすべてアップロードする必要があった。それに、やつが使えないようユニットを破壊する必要も。つまり証拠隠滅だ。事件のあったとき、俺はケイドの家の周辺にさえいなかった。マッコイとパウエルの殺しについても、ちゃんとアリバイがある。殺しをやったのは、ブレア・ビッセルだ。俺はもう死ぬんだろう。だが、殺人の濡れ衣を着せようったって、そうはいかないぞ」

「あなたのしたことは、殺人の共同謀議、事前および事後共犯になると思う。複数訴因。たぶん、他にもあれこれ加えられそうよ。たとえば、司法妨害、政府の記録の改竄、スパイ行為、そして、あの大物、反逆罪。マウイにはさよならを言ったほうがよさそうよ、スパロー、トスカーナのあの美しい丘陵にも」

「俺はもう死ぬんだ。いい加減にしてくれ」

「さてと」イヴは彼の手から手を引っこめて、ほほえんだ。「いい報せと悪い報せがあるのよ。いい報せというのは――あくまでもそちらの観点から言えばだけど――あなたは死なないってこと。わたしはあなたの容態をちょっと大げさに言っていたの」

「なんだと？」スパローは身をよじって起きあがろうとしたが、結局、痛みに襲われ、蒼白になっただけだった。「俺はよくなるのか？」

「命は助かる。もう二度と歩けないだろうし、これから数カ月は、物理療法やさまざまな治療でひどい痛みを味わうことになる。でも命は助かるわ。じゃあ、悪い報せは？　医者たちによれば、その他の点ではあなたは頑健そのものなの。だから檻のなかで何十年も生きながらえるでしょうよ」

「でも、きみはもうだめだと言ったろう。俺はもう――」

「そうよ」イヴは両手の親指を前ポケットにひっかけた。「警官って嘘つきなの。あんたたちトンマがなんでわたしたちを信じちゃうのか、ほんとに不思議」

「くそっ。このくそアマ」スパローは必死で起きあがろうとした。固定具に抗って身を突っ張らせ、蒼白になり、ついで、赤くなった。「弁護士を呼んでくれ。医者を呼んでくれ」

「両方とも来てくれるわよ。じゃあね、スパロー。わたしは、そっちとこっちの上司たちとの会議の準備があるので。この記録のおかげで、みんな、とっても楽しい時を過ごせるでしょうよ」

「そいつを持ってここを出てみろ……」スパローは苦痛に、そして恐怖にあえいだ。イヴはその両方を彼の目から読みとった。「その記録を持ってここを出てみろ。一時間以内に、おまえの記録をあらゆるメディアに流してやる。ダラスであったことを何もかもだぞ。あのファイルにあるすべてを。おまえの親殺しに関する憶測も含めてだ。こっちがあの記録をばらまき終えるころには、警官としてのおまえは終わっているだろう」

　イヴは首をかしげ、ほほえんだ。「記録ってなんの？」

笑みを広げながら、彼女はドアを押し開けた。「首根っこを押さえてやった。しっかりとね」ピーボディに言う。

　その場をあとにするとき、彼女の耳には医者を呼ぶスパローの金切り声が聞こえていた。

「記録を渡すから、コピーして、報告書を書いてちょうだい。一刻も早く起訴したいの。ホイットニーに話を通して、油を差して」

「なんの罪にします？」

「全部、記録に入ってる。あいつはどこへも行けない」すし詰めのエレベーターが下に向かいだすと、イヴは付け加えた。「それに、ビッセルももう彼を狙いはしないと思う。でも見張りをひとり、ドアの前に立たせておいて」

「了解。警部補はどちらかへ行くんですか？」

「いくつかの点について、マイラの判断を仰ぎたいの。この新しいデータで、ビッセルがつぎにどう出るか、どこへ行くか、わかるかもしれない。スパローが生きてつかまったことで、あいつは追いつめられている。となると、いっそう、凶暴になりかねないわ。あいつにはもう狙う相手も残っていないのよ」

「警部補がいるでしょう」

「そうね。それは有利な点かも」

「ひねた楽天観をお持ちなんですね」

「そうよ。わたしはポリアンナ。車を使っていいわよ。こっちはマイラを見つけて、公共交通機関を使うから」

「あの最高の民間車を運転させてもらえるんですか？　今回もまた？」ピーボディは軽くタップを踏んだ。「ああ、捜査官の仕事って大好き」

「スパローの警護を手配し、報告書を書き、ホイットニーに逮捕状を取らせ、その後、ここにもどって、逮捕を執行して。そのうえで、どれくらいこの仕事が好きか考えなさい」

イヴはポケットリンクを取り出した。「そうそう、調達部に新しい車を申請しておいて」

「警部補のほうが階級が上でしょう」ピーボディは指摘した。「申請はあなたがしないと」

「ところが調達部の合い言葉は、〝あいつの尻を蹴飛ばせ〟なの。わたしが申請すれば、連中は、どこかから態度の悪いポンコツを掘り出してくるでしょうよ。そういうのをわたし用に取ってあるんだから」

「それは考慮すべき点ですね。いっそ申請なんかやめちゃって、ロークの車のどれかをずっと使うことにしません？　彼はいっぱい車を持ってるわけですし」

「わたしたちは警官なの。だから警官の車を使う」

「つまんない人」イヴが歩み去っていくと、ピーボディはつぶやいた。

イヴはマイラの家までタクシーで行った。体は大きな痛みの塊と化していたし、あの混雑、あのにおいを思うと地下鉄による移動は、不当な罰のように思えたのだ。

マイラはみずから玄関に出てきた。服はすでに、仕事着から錆色のズボンとゆったりした白いシャツに着替えていた。

「時間をとってくださってありがとう」

「ちっともかまわないのよ。まあ、なんて姿なの」マイラは気遣わしげにそう言うと、イヴの顔に手をやった。「ニュースはあの件で持ちきりよ。セントラルに対するテロ攻撃未遂だろうとの憶測も流れているわ」

「あれもビッセルにつながっているんです。テロよりはるかに個人的な攻撃なんですよ。いま説明しますけど」

「とにかくすわって。それから……」マイラは振り返り、にっこりと笑った。夫がお盆を手に現れたのだ。「デニス、覚えていてくれたのね」

「イヴはコーヒーが好きなんだろう」彼は夢見るような例の目でイヴにウインクした。着ているのは、袖に穴が開いたぶかぶかのカーディガンに、くたびれた茶色のズボンだった。この人はいいにおいがする、とイヴは思った。ちょっとチェリーみたいな。

彼は痣を眺め回し、真顔になった。「事故でもあったのかい？」

「事故というより意図的な犯行ですけどね。お久しぶりです、ミスター・マイラ」

「この子の手当てをしてあげないとな、チャーリー」

「ええ、そうするわ。上に行きましょう。診てあげるから」

「ありがとう、でも本当に時間がないんです――」

デニスはすでにお盆を手に階段をのぼりだしていた。「事件のことは、手当てのあいだに話し合えばいいわ」マイラはそう言って、イヴの腕を強くつかんだ。「そうでなければ、わたしが集中できないの」

「見た目ほどひどくはないんですよ」イヴは言いはじめた。

「ええ。みんなそう言うのよ」

あたりは色彩にあふれていた。これも、マイラの家に来るたびに気づくことのひとつだ。その豊かな色彩と、あちこちに置かれた可愛らしい小物。花や写真。

マイラはイヴを、地味なブルーとくすんだグリーンで設《しつら》えられた居心地よい居間に通した。小さな暖炉の上には、家族の肖像写真があった。マイラ夫妻、その子供と伴侶たち、孫たち。きちんとポーズを取っているわけではなく、会話が交わされていそうな、さりげないセッティングだ。

「すてきですね」イヴは言った。

「そうでしょう？　娘が写真をこういうふうにして、昨年のクリスマスにプレゼントしてくれたの。子供たちはもうずいぶん大きくなっているのよ。さてと。ちょっと取ってくるものがあるの。デニス、しばらくイヴをおもてなししていてくれる？」

「うん？」彼はお盆を置いて、上の空であたりを見回した。

「イヴのお相手をお願い」

「夫君は来ないのかい？」デニスはコーヒーを注いだ。「あの好青年は」

「ええ……きょうは仕事のことで来たので。おくつろぎのところお邪魔してすみません」

「きれいな娘さんが邪魔だなんてことはありえないよ」デニスはポケットをたたき、ぼんやりとあたりを見回した。「砂糖をどこかへやってしまったようだな」

この人には――そのもじゃもじゃの髪、だぼだぼのカーディガン、ぼうっとした表情には――イヴの胸を温かくする何かがあった。「砂糖はいりませんから」

「いいことだね。いったいどこへ置いたのやら。でもクッキーはちゃんとあるぞ」デニスはひとつつまみあげ、イヴに渡した。「こいつが役に立ちそうな顔をしてるよ」

「ええ」イヴはクッキーを見つめ、不思議に思った。クッキーと、彼のしぐさと、その部屋と、炉棚の花の香りがひとつになると、なぜ目がうるんでくるのだろう？　「どうもありがとう」

「たいていは心配しているほどひどくはないものだからね」デニスに肩をたたかれ、彼女は喉が熱くなるのを感じた。「ときにはもっとひどい場合もあるが。チャーリーがちゃんと治してくれるさ。さてと、わたしはパティオにコーヒーを持っていこう」マイラがもどってくると、彼は言った。「女性同士おしゃべりできるように」

イヴはクッキーをかじって、ごくりと飲みこんだ。「わたしはご主人にお熱みたいです」

マイラとふたりきりになると、彼女は言った。

「わたしもよ。服を脱いでくれる？」

「どうしてです？」

「あなたが怪我していることは動きを見ればわかるわ。それに、痛みがあることも。それをなんとかしましょう」

「でもわたしは――」

「処置のあいだ、ビッセルについて話していれば、気がまぎれるわ」

反論すれば話が長くなるだけだろう。イヴは観念してシャツを脱ぎ、つづいてズボンも下ろした。傷を目にしたマイラがびくりとすると、イヴは身をかばうように背を丸めた。

「ほとんど安全装置のせいなんです。ハーネスとか、エアバッグとかの」

「それがなかったら、もっとひどいことになったでしょうね。現場で手当てはしてもらったの？」

「ええ」マイラが医療鞄を開くと、内臓が縮むのがわかった。「ねえ、医療員がすっかり処置してくれたんですよ。それに痛み止めものんだし――」

「いつ？」

「何が？」

「いつ痛み止めをのんだの？」

「それは……ちょっと前です。何時間か」マイラの辛抱強いまなざしに出会って、イヴは口ごもった。「薬は嫌いなので」

「わかったわ。薬なしでできるだけやってみましょう。椅子をうしろに倒すわね。肩の力を抜いて。目を閉じて。わたしを信頼してちょうだい」

「みんなそう言うんですよね」

「ビッセルについてわかったことを話して」

これならそう悪くないとイヴは思った。マイラのしていることは、痛くなかったし、ひりひりや疼きを増したりもしなかった。何よりありがたいのは、頭がくらくらしないので馬鹿みたいな気分にならずにすむことだった。

イヴはここまでの経緯をざっと説明し、マイラが顔の手当てにかかったときも、話を中断しなかった。

「すると彼はいまひとりなのね」マイラは言った。「きっと腹を立て、居場所を失い、おそらくは自分に対する憐れみでいっぱいになっているでしょう。ああいう心的傾向の男性の場合、これは危険な組み合わせよ。彼のエゴはひどい打撃を受けているわ。本当ならいまごろ自画自賛しているはずなのに。事態は悪くなる一方――それも本人の考えでは、自分のせいではない。彼は自分自身をすごく高く評価している。だから、他の誰かに責任を押しつけなくてはならないの。それに彼は、自分の妻と弟とふたりの愛人を平然と犠牲にした。真の感情、真の愛情を持てない人間なのよ」

「社会病質者ですか？」

「そう、一種のね。でもそれは、単に彼に良心がないということではないのよ。彼は自分自身を、ふつうの行動パターン、ニーズ、愛着、一般社会のルールを超える存在と見なしているの。一方ではアーティスト、もう一方ではスパイ。自己のその部分がもたらすスリルに、彼は溺れている。自分自身の利口さに大得意になっている。いい気になり、さらに多くを求めているわ。もっと金を、もっと女を、もっとお追従《ついしょう》を。彼は殺しのリスクを楽しんだでしょうね。筋書きを考えたり、両サイドをいいように操ったりすることも」

「筋書きを考えたのは、スパローですが」

「ええ、われらが名参謀ね。でもビッセルはそうは見ていない。彼は現場の工作員であり、機転を利かせて、仕事を成し遂げたの。自分なりに演出を加えてね。ＨＳＯでの彼の役割は、基本的に配達屋だった。今回の仕事は彼にとって、自分がどれほどの者かを彼らに――あらゆる人間に見せつける格好のチャンスだったのよ」

「でもうまくいった場合は、誰にも知ってはもらえないんですよ」

「彼自身が知っているわ。みんなをだまし、そのことを自分でわかっている。きっといつかは、誰かに打ち明けずにはーー自慢せずにはいられなかったでしょうけど。彼には、ケイド、HSOの同僚、スパローがいた。この人たちには、真の顔を見せることができたでしょう。彼らがいなくなったら、はけ口をさがさなくてはならなかったでしょうね。自己満足だけでは長くはもたなかったはずよ」

マイラはイヴの髪を優しくかきあげ、こめかみの裂傷の手当てをした。「スパローの過ちは、ビッセルが脚光を浴びてどれほど喜ぶか、殺しのスリルや計画の重要要素であることをどれほど楽しむか、考慮していなかった点ね」

「でもそれもすべてだめになってしまった？」

「ビッセルにしてみれば、証明すべきことがまたできただけでしょう。身を潜めたかもしれないけれど、いつまでもそこに隠れてはいないわ。過去には、彼のエゴの、認められたい、賞賛されたいという部分をアートが満たしていた。そのスポットライトも奪い去られたのよ。彼には、ショーが、舞台が必要なの」

「もしもわたしが、彼はまだ生きている、彼こそ……スターだ、と公表したら、それは念願の舞台になる。彼は登場せずにはいられないですよね？　喝采に応えるために」

「ええ、そう思うわ。でもあの暴力的傾向、たちまちそこにはまったことから見て、きっと彼は凶暴になっている。殺しのパターンはエスカレートしているの。最初のはいちばん残虐だったとはいえ、特定の個人を狙っていたし、青写真の一部はすでに描かれていた。マッコイ殺しは、もっと冷酷、もっと非情で、すべて彼自身の計画だった。パウエルのは、それを超えている。相手は赤の他人なのよ。そしていちばん最近のは――ターゲットはもちろん、彼の観点から言えば、すべてをぶち壊しにした男だけれど――周辺にいた大勢の人を犠牲にしているわ。彼にとって、その人たちはどうでもいい存在なのよ。自分以外は、みんなそうなの」

マイラは鞄を閉じた。「椅子を起こすわね。もう服を着ていいわよ。もうひとつクッキーをおあがりなさい」

イヴは目を開け、自分の体を見おろした。切り傷や痣は、薄い金色の何かでおおわれていた。それが傷そのものよりましに見えるというわけではない。しかし痛みはかなり引いていた。

「だいぶよくなりました」

「そうでしょう。局所麻酔を使ったの。内用の遮断剤《ブロッカー》は効くけれど、そっちはやめておきましょう」

「助かります」イヴは起きあがって、服を着はじめた。「いま、チームの電子マンたちにどこかに隠れ家がないかさがさせているんです。それに、資金を凍結しつづけて、彼の動きを封じこむという手もありますし。わたしの思いつくかぎり、彼が腹いせに狙いそうな相手は、あとは妻と義母だけですが、このふたりはしっかり護られています。これから、ビッセルの名を容疑者としてマスコミに流してやります。尻に火をつけるのに充分な情報も。彼をいぶりだしてやりますよ」

「今度はあなたのせいということになるわよ。最初はパニックに陥るけれど、そのうち、残りの計画をぶち壊したあなたを罰する手をさがしはじめるわ」

「あいつは馬鹿ですから」イヴはシャツのボタンをかけた。「ここまで来られたのは、ほとんど運のおかげなんです。でもその運も変わろうとしている。もうもどって、担当者にマスコミ向けの発表をさせないと。これはきちんと正式な形でやりたいんです」

「もうしばらくすわっていてくれない？」マイラは、イヴが従うよう自分もすわった。「他に何があなたを悩ませているのか、話してもらえないかしら？」

「痛いところは全部、診てもらいましたけど」

「体の怪我のことを言っているんじゃないの。あなたの顔なら、もうよく知っている。仕事で消耗しているときは、ちゃんとわかるわ。それ以上に何かあるとき――何かに追いつめられているときも。あなたは神経をすり減らしている。胸を痛め、鬱々としている」

「そのことについては、お話しできません。できないんです」マイラに口をきく隙を与えず、イヴは繰り返した。「確かに問題はあります。否定したって無意味ですよね。解決できるかどうかはわかりません」

「どんなことにも、解決の道はあるものよ。ねえ、イヴ、ここだけの話にしましょうよ。内密に。できれば、わたしが力に――」

「いいえ、無理です」絶望が顔をのぞかせ、彼女の声は鋭くなった。「あなたは力にはなれない、これを解決することはできないんです。それに、心を開かせるためであれ、局所麻酔を塗るためであれ、わたしの聞きたがりそうな話をしてくれたって、なんにもなりませんから。もう仕事にもどらなくては」

「待って」マイラはイヴと一緒に立ちあがった。「それはどういう意味？　わたしがあなたの聞きたがりそうな話をするって？」

「なんでもありません」イヴは両手で髪をかきあげた。「なんでもないんです。ただちょっと虫の居所が悪い。それだけです」

「それだけじゃないでしょう。わたしたちのあいだには、とてもよい、貴重で個人的な信頼関係《ラポール》があったはずだわ。何かがそれを阻害しているなら、ちゃんと知っておきたいの」

「いいですか、ドクター・マイラ、内面を深くさぐるのが——そのために必要ならどんな手でも使うのが、あなたの仕事です。お力添えには感謝しています——仕事上の援助にも、個人的なものにもです。それでよしとしておきましょう」

「そうはいかないわ。あなたは自分に対してわたしが正直でなかったと思っているの？」

　イヴには、個人的な事柄を論じ合っている暇はなく、また、その気もなかった。しかしマイラの硬い表情に気づくと、ここは怪我の手当てに甘んじたときと同じやりかたでいくしかないだろうと思った。全部脱ぎ捨て、すませてしまうことだ。

「あなたは……そうですね、セラピストにとっては、患者とのあいだに共通の基盤を見つけたり作りあげたりするのも、ひとつの手段なんでしょう？　ある種の絆を作るのも？」

「場合によっては、そうね。あなたに対しても、わたしは――」

「あなたはわたしに言いました。もうだいぶ前ですが。継父にレイプされていたと言いましたよね」

「ええ。あなたは子供のころ自分がどんな思いをしたか、父親にレイプされたことを思い出すのがどんな気持ちか、わたしには理解できないと思っていたでしょう。だから、そんな個人的なことを話したのよ」

「それでわたしは心を開いた。そうするのがあなたの仕事だった。任務完了というわけですね」

　とまどいの色もあらわに、マイラは両手を広げた。「どういうこと？」

「この夏のことです。あなたはくつろいで、ワインを飲みながら、家のパティオにすわっていました。心地よいひととき。わたしがメイヴィスが妊娠したとお話ししたすぐあとのことです。あなたはわたしに、ご両親のことを話してくれました。お母様とお父様のこと。おふたりがずっと仲よく結婚生活を送っているとか、あなたにはすてきな思い出がいっぱいあるとか」

「ああ」マイラはちょっと笑いを漏らし、ふたたび腰を下ろした。「で、それ以来、ずっとそのことが気になっていたわけね。言ってくれればよかったのに」

「嘘つきだなんて、あなたにはとても言えなくて……それに、言ったところでなんにもならないでしょう？　あなたはただ自分の仕事をしただけなんですから」

「あれは単なる仕事ではないし、わたしは嘘をついたわけではないの。どちらのときもよ。でもあなたがそう思ったのも無理はないし、どんな気がしたかもわかるわ。どうかわたしの話を聴いてちょうだい。お願いよ」

イヴは腕時計《リスト・ユニット》に目をやりたいのを懸命にこらえた。「わかりました」

「わたしが子供のころ、両親の結婚は破綻したの。理由はわからないわ。とにかく、何か根本的な問題があったのよ。ふたりには解決できない、解決する気もない何かが。父と母はお互いを遠ざけ、ふたりの関係という織物を引き裂いた。そして離婚したの」

「でもあなたは——」

「ええ、わかっている。あれはわたしにとってつらい時期だった。わたしは怒りを抱き、傷つき、混乱していた。それに、たいていの子供がそうであるように、自己に埋没していたの。だからもちろん、悪いのはわたしだった。そう思いこんだから、両方の親に対してよけい腹が立ったものよ。母は——いまもそうだけれど——とても活発な、魅力的な女性だった。経済的にも恵まれていたし、立派な仕事もあった。なのに、ひどく不幸せだったの。母の対処法は、周囲に人を集めること、忙しく過ごすことだった。母と娘というものはときとして、諍いの繰り返しに陥るものよ。ことに、似たもの同士の場合はね。わたしたちはそうだったし、そうなってしまった。

その敵意に満ちたむずかしい時期に、母はある男性に出会ったの」マイラの声がわずかに変化し、ほんの少し硬くなった。「チャーミングで、人好きがして、細やかで、ハンサムな人。彼は母の心をかっさらった。花に、贈り物に、楽しい時間。母は父と別れて四カ月足らずで、衝動的に結婚したの」

マイラは立ちあがって、コーヒーポットに歩み寄った。「本当は二杯目を飲んではいけないのよ。夜の半分はそわそわしつづけて、デニスを悩ますことになるわね。でも……」

「これ以上、お話しにならなくてもいいです。もうだいたいわかりましたから。どうもすみませんでした」

「いいえ、最後まで話すわ。でもお互いのために、長い話を短くするわね」マイラはもとおりポットを置くと、そこに描かれた紫のパンジーをしばらく指でなぞっていた。

「彼が初めて手を出したとき、わたしはショックを受けた。怒り狂ったわ。でも彼は警告した。母は絶対信じない、わたしをよそへやるだろうって。わたしはちょっと問題を起こしていたから。鬱積したものを吐き出していたのかもしれないわね」マイラはほほえみ、ふたたび腰を下ろした。「詳しい話はやめておくわ。でも母とわたしは不仲だったの。とても仲が悪かったのよ。彼の言うことには説得力があり、わたしは怯えてしまった。まだ若かったし、無力だと感じていたから。わかるでしょう」

「ええ」

「母はかなり頻繁に家を空けていたの。わたしが思うに――そうね、あとになってわかったことだけど、母も彼との結婚はまちがいだったと気づいていたのよ。でも、すでに一度、結婚に失敗していたから、そう簡単にあきらめたくなかったのね。母は一時期、仕事に没頭していて、彼にはわたしに手を出す機会がいくらでもあったの。彼はドラッグを使ったのよ。わたしを……おとなしくさせておくために。そんなことがずいぶん長くつづいたわ。わたしは誰にも言わなかった。わたしのなかでは、父はもうわたしを捨てていて、母はわたしよりその男を愛していることになっていたの。それにどちらも、わたしが生きようが死のうが気にしないはずだった。わたしは自殺しようとしたのよ」

「つらいですよね」イヴはどうにか言った。「そういう状況下で孤独感を抱くなんて、つらすぎる」

「あなたは現実に孤独だった。でも、そうね、孤独感や無力感や罪悪感を抱くのも、同じくらいつらいわね。幸いわたしは死にきれなかった。両親は——ふたりとも、病室で途方に暮れていたわ。そのとき、わたしのなかから、すべてがあふれ出てきたの。怒り、恐れ、憎しみ。レイプと虐待の二年半のすべてが吐き出されたのよ」

「ご両親はどう対応なさったんです？」マイラが沈黙すると、イヴは訊ねた。

「まったく思いがけない形で。ふたりはわたしを信じてくれたの。彼は逮捕された。わたしがどんなに驚いたことか」マイラはささやいた。「ただ話すだけで、あれを止められたなんて。口に出して言うだけで、よかったなんてね」

「だからあなたは医者になったんですね。他の人たちのために、それを止められるように」

「ええ。そのときは、そんなことは思いもしなかった。まだ怒りを抱いていたし、傷ついていたから。でもそうなの。わたしはセラピーを受けた。一対一で、グループで、家族で。そしてその癒しの期間のどの時点かで、両親はまたお互いを発見したの。ふたりは裂け目を繕ったのよ。わたしたちはあまりそのことは話さないの。わたしもあまりそのことは考えないし。両親のことを考えるときは、仲がおかしくなりだす前のふたりを考えるか、疵を修復したあとのふたりを考えるかなのよ。苦しかったころのことは考えないの」

「ふたりを許したんですね」

「ええ。それに自分自身もね。両親もお互いを許し、わたしを許してくれたわ。わたしたちはそれによっていっそう強くなったのよ」マイラは付け加えた。「わたしがデニスに惹かれたのは、彼の底なしの優しさと、あの品位のせいだと思うわ。わたしはそれと反対のものを見てきたから、そういうものの大切さを知っているの」

「引き返すにはどうすればいいんでしょう？　結婚生活が足もとから崩れだし、お互いが相手に背を向けているとき、引き返すには？」

マイラは両の手を伸ばし、イヴの手に重ねた。「何があなたとロークを悩ませているかは、話せないのね？」

「ええ」

「では、単純で、なおかつ、もっとも複雑な答えは、愛だと言っておきましょう。そこが出発点よ。そして、もし充分に努力し、充分にそう願うなら、そこが終着点になるわ」

20

彼女は家に帰りたくなかった。これは回避の最たるものだとわかってはいたが、人でいっぱいの家には帰りたくなかった。ロークのいる家には。

答えが愛であるはずはない。単純であれ、複雑であれ、どうしてそれが答えになるのかわからない。現に、結婚生活を圧迫しているこの問題を打ち破る道は、いまだ見つかっていないのだ。それに、もしいま以上にロークを愛したら、彼女は燃えつきてしまうだろう。

回避が答えになるとも思えない。ただ、それは一時的な救いにはなった。心地よい宵に、町を歩くこと。おなじみの場所、あわただしく行き交う乗り物のおなじみの騒音。焦げたソイドッグのにおい。通気口からヒューッと噴き上がる、地下を疾走していく列車の風。

群衆はお互いを無視し――彼女を無視して――それぞれの仕事にいそしみ、それぞれの考えにふけっている。

だから彼女は歩きつづけ、やがて、自分がもはやこういうことをしなくなっているのに気づいた。特に行くあてても目的もないとき、ただ町を歩くことはもうなくなった。もともと彼女はそぞろ歩きを楽しむタイプではない。それに、ウィンドウからウィンドウへと商品を眺めて歩くことにも、さっぱり興味がないのだ。

そうしたければ、偽ブランドのリスト・ユニットや、PPCや、まがい物のニシキヘビのバッグ——今シーズン大流行のもの——を道ばたで売るペテン師どもを二、三人、逮捕することもできた。しかし彼女は、それをやるほど意地の悪い気分ではなかった。

牙が留め金代わりのヘビ革のバッグに各自七十ドル支払っているふたりの女性を見て、彼女は思った。この人たちはいったいどうなっているんだろう？

空腹だからというより、そこにそれがあったから、彼女はソイドッグのグライドカートにクレジットをいくつか置いた。カートの煙のにおいがあとから追いかけてくる。ひと口かじっただけで、小さなバンに載った偽物の肉のひどい味、また、その不思議な中毒性が思い出された。

ティーンエイジャーのカップルが、行き交う歩行者たちのあいだを縫って、エアボードで駆け抜けていく。うしろに乗った女の子は、男の子のウエストにがっちり腕を巻きつけ、その耳もとで金切り声をあげている。表情を見るかぎり、男の子のほうはそれでも平気らしい。たぶん、怯えたふりをする女の子にしがみつかれることで、男らしい気分になれるのだろう。

自分が求愛の儀式にまるで不向きなのは、どんな芝居もしようとしないからだと思う。そして、相手がロークのときは、芝居をする必要もなかった。

メッセンジャー・ドロイドが、高速バイクでビューンと通り過ぎていく。回路を粉砕し、路上の狂乱を引き起こす危険をものともせず、彼は二台のラピッド・キャブのわずかな隙間をすり抜け、さらに別の一台のバンパーをかすめていった。タクシーの運転手がこれに応じてクラクションをガアガア鳴らすと、月に向かって遠吠えする犬たちよろしく、あちこちでクラクションが鳴りだした。

「どこに目をつけてやがるんだ！」運転手はサイドの窓から上体を突き出してどなった。「どこに目をつけてやがるんだ、このド阿呆！」

しかしメッセンジャー・ドロイドは、その赤い帽子とブーツを帯状ににじませ、黄信号を突っ切って、そのまま疾走しつづけた。

歩いていくうちに、彼女はさまざまな会話の断片を耳にした。恋愛、買い物、ビジネスの冒険談――どれもみな、同じ熱さで語られている。

公認の物乞いがひとり、毛布の敷物の上にうずくまり、錆びたフルートでもの悲しい調べを奏でている。ニシキヘビのバッグを持ち、それとおそろいのブーツをはいた女性が、つやつやの紙袋が複数載ったカートを押す制服姿のドロイドを従え、近くの店から出てきた。女性は光り輝く黒いリムジンにするりと乗りこんだ。

その耳にフルートの調べが聞こえていたとは思えない。きっと女性にしてみれば、あの物乞いは存在すらしないのだ。みんな、あまり注意を払っていないのだろう。イヴはそう考え、通り過ぎしな、物乞いの箱にクレジットをいくつか放りこんだ。

町は、色と音と活気、小さな悪と無頓着な善とであふれかえっている。彼女は確かに、あまり注意を払っていない。それを愛していながら、めったに目を向けない。

これが潜在意識による彼女自身の結婚生活の喩《たと》えなら、そろそろソイドッグの残りを捨てて、仕事にもどる頃合いだ。

そのとき、彼女はぶつかりすりを目撃した。タクシーを止めようと歩道際に向かう、ブリーフケースを持ったスーツ姿の男。その男にぶつかる十二歳くらいの少年。短い言葉のやりとり。

「気をつけろよ、坊や」

「すみません、おじさん」

そして、すばやく、さりげなく、スーツのポケットから財布をかすめとる手。

ソイドッグを食べつづけながら、イヴは大股でふたりのほうへ向かった。少年はちょうど向きを変え、人混みにまぎれこむところだった。彼女はその襟首をつかんだ。

「ちょっと待って」スーツの男にそう声をかける。

男はイヴにいらだたしげな視線を投げた。少年は彼女の手から逃れようともがいている。

「急いでいるんだ」

「財布がないと、タクシー代を払うとき困るんじゃない?」イヴは言った。

男は本能的にポケットに手をやって、くるりと振り返った。「いったいどういうことだ?

財布を返せ、このちび。警官を呼ぶぞ」

「わたしも警官よ。だから落ち着いて。手を引っこめなさい」男が少年に手を伸ばすと、彼女はぴしりと言った。「財布を返すのよ、坊や」

「なんのことかわかんないよ。放してよ。ママが待ってるんだから」

「誰が待ってるか知らないけど、今回のパスは失敗よ。だから、この人の財布をこっちによこして、きょうの仕事は終わりにしなさい。あなた、腕がいいわね」そばかすがまばらに散るすべすべした少年の顔を、イヴは見つめた。「無邪気そうな見かけだけじゃなく、ほんとにいい腕を持っている。すばやくてスムーズ。たまたまわたしがいなかったら、逃げおおせていたところよ」

「この不良を逮捕してくれ」

「放っておきましょ」イヴは少年のふところの獲物袋に手を伸ばし、札入れを引っ張りだした。なかを開いて、身分証を眺める。「マーカス」彼女は財布を男に放った。「持ち物は無事もどった。被害はなし、違法行為もなし」

「そいつは刑務所送りにすべきだ」

イヴはいまや少年をがっちりつかんでいた。その体が震えているのがわかる。彼女は、ロークのことを思った。ダブリンの街を駆け回り、すりを働き、一日の収穫がいくらだろうが自分を殴る父親のもとへ獲物を持ち帰っていた少年。

「いいわ。では、そろってダウンタウンに行き、書類の作成に何時間かかけるとしましょうか」

「そんな時間は——」

「なら、あのタクシーをつかまえることね」

「この町に犯罪があふれているのも無理はないな。警察が法を守る市民に対し、こういう態度をとるのでは」

「ええ、きっとそれが理由よね」タクシーに乗りこむ男に向かって、イヴはそう答えた。男はバタンとドアを閉めた。「それと、どういたしまして、お兄さん」

彼女は子供をぐいと振り向かせ、その憤然とした幼い顔を見つめた。「名前を言いなさい。嘘をつく必要はない。ただファースト・ネームだけ教えて」

「ビリー」

嘘であることはわかったが、そこは見過ごした。「オーケー、ビリー、さっき言ったように、あなたは腕がいい。でも、トップレベルではないわ。つぎはきっと、わたしみたいに情にもろくて人好きのするタイプじゃない誰かにつかまるわよ」

「へっ」そう言いながらも、少年はちょっと笑みを浮かべた。

「少年院に入ったことは？」

「あるかな」

「だったら、ああいうところが最悪なのは知ってるでしょ。食べ物はまずい。さらに悲惨なことに、来る日も来る日も説教を聞かされる。家庭に何か問題があるなら——なんでもいいけど、困っていて助けが必要なら、この番号に連絡しなさい」

イヴはポケットからカードを取り出した。

「ドーフユス？　なんなの、これ？」

「ドーハス。避難所《シェルター》よ。少年院よりずっとましなんだから」少年が冷笑を浮かべると、彼女は言った。「ダラスに聞いて来たって言えばいいわ」

「ああ、わかったよ」

「カードをポケットに入れて。せめて姿が見えなくなるまでは、放り捨てたりしないでよ。本当ならぶちこむところを見逃してあげたんだから、何も無礼なまねをすることないでしょ」

「あんたにつかまらなきゃ、財布は手に入ったんだよ」

生意気なやつ、と思った。そしてああ、生意気なやつに彼女は弱いのだ。「一本取られたわね。さあ、行って」

少年はパッと駆けだしたが、すぐにくるりと振り返って、ふたたび笑顔を見せた。「ねえ！　あんた、警官にしちゃ悪くないよ」

これは、あのスーツ男よりはましな感謝の表しかただ。少し元気づき、彼女は自分もタクシーを止めた。

ルヴァ・ユーイングの住所を告げると、運転手は振り返って、腹立たしげに彼女をにらんだ。

「クイーンズまで乗せてけって言うのか？」

「そうよ。クイーンズまで乗せてって」

「なあ、ねえさん、こっちは生活がかかってるんだぜ。なんだってバスか地下鉄かエアトラムで行かないんだよ？」

「なぜってタクシーに乗ってるからよ」イヴはバッジを引っ張りだし、運転手を囲う防御シールドにぴたりと押しあてた。「それに、こっちも生活がかかってるの」

「やれやれ、ねえさん、今度はお巡りだから値引きしろって言うんだろ。で、こっちは一〇パーセント引きで、クイーンズまで行かされるわけだよな。そのために俺がどれだけの時間、拘束されるか、あんた、わかってるのかい？」

「通常の料金を支払うわよ。とにかく、さっさとこのポンコツを出して」イヴはバッジを引っこめた。「それと、ねえさんはやめて」

運転手の夜は台なしだった。イヴがそこで待つように命じたうえ、彼が逃げないよう名前と免許証番号を記録したからだ。彼は運転席でがっくりと肩を落とし、イヴは門の封鎖とロックを解くべく車を降りた。

「いつまで待ちゃあいいんだよ？」

「さあねえ。ああ、そうか。わたしがもどるまでよ」

ＥＤＤは立体作品を持ち去っていた。これは地所の改良に当たる。それでもルヴァはここを売るだろう、とイヴは思った。自分を利用し、裏切った男と暮らした場所では、もう暮らしたくないだろう。

彼女は玄関の封鎖とロックを解き、なかに入った。

そこには、無人の住宅、うち捨てられた家の空気があった。家であることをやめた家の。何をさがしているのか自分でもわからないまま、彼女は家のなかをさまよい歩いた。さっき街をさまよったときと同じように。ただ何かひょいと浮かんできはしないかと。

この家屋敷は、採取班とEDDの両方が隈なく調べている。あたりには、薬品の金属的なにおいがかすかに残っていた。

万全を期すため、イヴはビッセルのクロゼットをざっと調べた。大型の衣装箪笥《だんす》、高価な衣類。いまでは彼女も、高級な素材や仕立てを見分けることができる。

ビッセルは贅沢にも、回転ラック、自動式の引き出し、各品目とその収納場所がわかるコンピューター・メニューの備わった、上下二段のスペースを使っていた。

なんとまあ。ロークでさえ、衣装箪笥まではコンピューター化していないのに。もっとも、あの頭脳はコンピューター並みなのだ。彼の場合、たとえば、特定の黒のシャツがほしければそれがどこにあるか、すぐにわかるのだろう。最後にそれを着たのが、いつ、どんな場面だったかも、そのとき合わせたのが、どのズボン、どの上着だったかも。靴も。下着もだ。

イヴはふーっと息を吐き、小さな壁面スクリーンを前に顔をしかめた。

ビッセルは、クロゼットのユニットは破壊していない。これは、わざわざそうするだけのものが入っていないからなのか、それとも、あとで回収したいものが入っているからなのだろうか？

好奇心に駆られ、彼女はユニットを起動した。「最後の衣類のセレクションをリストアップして。それと、持ち出しの日付を」

作業中……最後のセレクションは、九月十六日、二十一時十六分、ビッセル、ブレアによる。品目は……

彼女はじっと耳を傾け、列挙される品目と、あの殺人事件のあと、ビッセルのバッグやケイドのクロゼットから回収された衣類とを頭のなかで照らし合わせた。どうやら一致するようだ。

「オーケー、じゃあつぎはこれ。ビッセル、ブレアによる本機の最後の使用はいつ？　目的は問わない」

最後の使用は、九月二十三日、六時二十分。

「今朝？　あいつ、今朝ここに来たわけ？　使用の目的は？」

目的は封印されています。プライバシー・ブロック作動中。

「へえ、それが何よ」イヴは、署のコードと自分のバッジ番号を入力した。あの手この手でシステムの防御を打ち破ろうとするうちに、いらだたしい数分が過ぎた。コンピューターが四度目に〝プライバシー・ブロック作動中〟と言い放つと、彼女は壁を蹴飛ばした。

広々したスペースのなかで、その音は虚ろに響いた。「おやおや、これはどういうこと？」彼女はしゃがみこんで、壁をたたいたり押したりしはじめた。

つかのま、特大のナイフをさがしてきて、壁板をめちゃめちゃに切り裂いてやろうかと思った。しかし、冷静な判断が勝った。彼女はコミュニケーターを抜いて、フィーニーに連絡した。

「いまクイーンズにいるの。ビッセルのクロゼットに」

「クイーンズのクロゼットなんかで、いったい何をしているんだい？」

「黙って聴いて。彼はここに来たのよ。今朝。クロゼットにコンピューターのメニューがあってね、彼は今朝それを使っているの。でもこのくそマシン、なんのためか教えようとしないのよ。プライバシー・ブロックのせい。それと、この壁の奥に何かあるの。穴蔵か何か。コンピューターに入口を開けさせるには、どうすればいい？」

「まだぶったたいてはいないんだな？」

「ええ」イヴは少し元気づいた。「やっていいの？」

「やるだけ無駄だよ。カバーをはずせるかい?」

「何も道具がないの」

「ちょっと見せてくれないか。きみを遠隔操作できるか試してみよう。あるいは、僕たちの誰かがそっちへ行って、直接やるか。チームのひとりを送りこんだほうが速いかもしれないな」

「馬鹿にしてるのね。ちゃんとわかってるんだから。こんなのただのクロゼットのメニューでしょ、フィーニー、わたしをなかに入れて」

イヴは彼が画面で見られるようユニットをスキャンした。そのあいだ、フィーニーは頬をふくらませ、何かぶつぶつつぶやいていた。「オーケー、このコードを入力して」

彼が読みあげるコードを、イヴは手打ちで入力した。「これはなんなの? プライバシー・ブロックの突破コード?」

「いいからつづけて。指を鳴らして、〝開けゴマ〟と言うんだ」

イヴは言われるままにそうしかけ、途中で気づいて歯を食いしばった。「フィーニー」

「わかったわかった。冗談だよ。コードは、こっちで引っ張りだしたデータにあったものなんだ。やつがそれをそのユニットにも使っていたか、やってみよう」

「コンピューター、ブレア・ビッセルが最後の使用時に持ち出したものは何?」

作業中……緊急用パックとして登録されている品です。

「緊急用パックねえ。その緊急用パックには何が入っていたの？」

それに関するデータは入手できません。

「コンピューター、緊急用パックが収納されていたコンパートメントを開いて」

了解。

パネルがするすると開き、小さな金庫が姿を現した。「ビンゴ！　コンピューター、言ったでしょ、コンパートメントを開けるのよ」

了解。コンパートメントは開いています。

「もっと具体的に言わないと、ダラス」フィーニーが言った。「金庫を開けたいと言うんだ。そいつにはきみの考えは読めないんだから」

「金庫を開けたいなら、金庫を開けろ」

了解。インターフェース接続開始。

壁のユニットと金庫とのやりとりが始まると、小さく唸るような音がし、その両方で赤いライトが点滅した。それが終わったところで、イヴは金庫のドアをぐいと開けた。

「空っぽだわ」彼女は言った。「何があったにしろ、ビッセルはそれを全部持っていったのよ」

イヴは自分に問いかけた。ブレア・ビッセルが緊急時に備え、隠しておくとしたら、それはなんだろう？　資金、偽造ID、隠れ家に入るためのコードかパス・キー。でも、そういうものなら、ケイドと弟を殺す前に持ち去ったはずだ。

他には？　逃走中の男が、危険を冒して自分の家に押し入るほどの必需品とは？

武器と考えるのが、もっとも妥当だろう。

あの小さな金庫にロケット・ブラスターが入っていたはずはない。でも、もっと小型の武器やパス・キーなら可能性がある。

そもそもそれを置いていったのが、馬鹿げているのだ。タクシーが自宅の門をくぐり抜けるとき、彼女は思った。遅かれ早かれ、金庫は発見され、なんであれ彼が置いていったものも見つかったろう。

とはいえ、それもすべて一種の謎となったのではないだろうか？　そのころには遺体はとつくに火葬されていて、彼の死が疑われる恐れはもうなくなっていただろう。人々はただ、金庫とその中身について、首をかしげるしかなかったろう。

彼は、ＨＳＯを——その自分との関係を——におわす何かを置いていったのかもしれない。それによって彼は重く見られ、語りぐさとなる。

実は死んでいない死者のもうひとつの不滅性。

ふむ。ふむ。まさに彼の好みにぴったりだ。

「ここでも待つのかい？　また？」

イヴはハッとわれに返り、あちこちの窓に明かりが輝く大邸宅を見つめた。「いいえ、終点よ。料金を払う」

彼女はデビットカードを取り出し、スキャナーにさっとかざした。

「ここに住んでるってのかい？」

イヴはメーターの料金を確認し、ここは寛容になって、それなりのチップを出すことにした。「それが何か？」

「だったらお巡りのわけないだろ」

「わたしも始終驚いてる」

イヴはまっすぐ家に入り、まっすぐ仕事部屋に上がった。本当は、まっすぐベッドに行きたくてたまらなかったが。なおも回避のゲームをつづけ、彼女はラボを迂回した。

留守中、チームのみんなは忙しくしていたようだ。クイン・スパローに関する正規の報告書が提出され、コピーが作成されていた。添付のピーボディのメモによると、HSOとNYPSDのあいだではすでに、スパローがどちらのものかをめぐる政治的な戦いが勃発しているらしい。

その戦いにどちらが勝つかという点には、さっぱり興味が持てなかった。スパローはもう終わり。それで充分だ。

ルヴァはビッセルの嗜好、習慣、行きつけの店、休暇に好んで行くところのリストを提出していた。そこに挙がっている店や滞在地の大半が、トレンディな、あるいは、エキゾチックな場所だった。

朝になったら、ルヴァの挙げたよその町や外国の各警察に連絡し、協力を要請するとしよう。

でも彼はよその町にはいない。外国にもいない。

いまのところニューヨークにいるはずだ。じきに動きだすだろうが、いまのところはまだ。

イヴはマクナブの報告書に目を通した。彼はクロエ・マッコイ名義では何も発見できず、いまはその名をもとにさまざまな名前や暗号を考え、さらに調べを進めているところだった。

あの娘はなんのために死んだのだろう？　用がすんだら殺すとは、ビッセルは彼女をどう利用していたのだろう？

ロケット、立体作品、安物のデスク・ユニットの破壊されたデータ。

イヴはフィーニー宛てに、チームをマッコイのユニットに専念させるよう、依頼のメモを書いた。

彼女は遅くまで働いた。静けさと、型どおりの作業と、謎とで心をいたわりつつ、頭が朦朧としてくるまで、ひとりで働いた。

夜に向け、店じまいしたあと、彼女はエレベーターに乗った。寝室は空っぽだった。ロークのほうも回避のゲームのやりかたを心得ているらしい。

服を脱いでいると、猫がパタパタと入ってきた。仲間ができたうれしさに、イヴは喉を鳴らす彼を抱きあげ、頬をすり寄せた。色ちがいの目を彼女に向かってぱちくりさせながら、猫はかたわらで丸くなった。

眠れるとは思っていなかった。夜の大半は闇を見つめて過ごす覚悟だった。

そして数分後、彼女は眠りに落ちた。

イヴのタクシーがいつ門を通過したか、ロークは正確に知っていた。チームのほぼ全員が床に就いたあと、彼女が働きつづけたことも。彼女が自分をさがさなかったという事実に、彼の胸は少し痛んだ。ここ数日、胸の痛むことがあまりに多すぎて、痛みのないのがどんな感じか忘れてしまった気がする。

彼はいま、疲れ果て、ベッドにうつぶせに横たわるイヴを見おろしている。彼女は目を覚まさなかった。しかし猫のほうは目を覚まし、暗闇のなかであの不思議な目をきらめかせて、じっと彼を見つめた。なぜかは説明できないが、ロークにはそれが非難のまなざしであることがはっきりとわかった。

「おまえは、原始性というもの、本能というものをよく理解しているだろう。もう少し僕の味方になってくれてもいいんじゃないか」

しかしギャラハッドはただ見つめるばかりだ。ついにロークは小さく悪態をついて、猫に背を向けた。

眠るには心が乱れすぎていた。こんな気持ちでイヴのかたわらに横になるのは、とても無理だ。ふたりのあいだに、一匹の太った猫よりもっと大きな障害物があるのはわかっているのだから。

その考えがひどく腹立たしく、ひどく恐ろしかったので、彼は眠っているイヴを残し、その場から歩み去った。そして、他の者たちの眠る屋敷内を移動していき、非登録マシンの収められている厳重に警備された部屋のエントリーにアクセスした。

彼はイヴとルヴァのために、自分の時間をすべて捧げてきた。そのため仕事のほうは、お留守になっている。朝になったら、そのフォローにかかるとしよう。でもこの夜は彼のものだ。今夜は本当の自分になり、自分のほしいデータを集めよう。ダラスの件にかかわった連中――その全員に関するものを。

イヴの件にかかわったやつらの。

「ローク」彼は言った。その声は氷のように冷たかった。「オペレーション開始」

暗闇のなか、夜明け前の静寂のなかで、彼女は身じろぎした。夢から逃れ出ようとしたとき、その喉から小さなうめきが漏れた。そして、夢へと落下していくとき、その腰のくぼみには汗が溜まっていた。

いつも同じあの部屋。凍えそうに寒くて、汚くて、向かい側の風俗店のちかちかする赤いライトに染まっている。彼女は小さく、ひどく痩せていた。それにお腹もひどくすいていた。チーズひとかじりのために、罰を受ける危険を冒すほど。残忍な猫のいない間に、罠にこそこそ忍び寄る小さなネズミだ。

チーズからナイフでカビを削ぎ落とすときは、恐怖と期待感とで胃がきりきりした。もしかすると今回は、気づかれずにすむかも。彼女はひどく寒かった。お腹がぺこぺこだった。もしかすると今回は、気づかれずにすむかも。

彼が入ってきたときもまだ、彼女はそんな考えにしがみついていた。リッチー・トロイ。意識のない脳のどこかで、何度も何度もその名がこだましている。それで彼が誰かわかった。彼の名がわかった。名前さえわかれば、どんなものも、どんな化け物もそれほど恐ろしくはない。

彼女は一瞬、希望を抱いた。彼は酔っているかもしれない。彼女を放っておいてくれるほど、酔っ払っているかも。彼女が言いつけに逆らい、食べ物に手を出したことを気にしないくらいに。

でも彼はこちらに向かってきた。その目を見るとわかった。今夜は充分に酒が入っていない。これでは、だめだ。

何してやがるんだ、ちび？

その声は、彼女の内臓を凍りつかせた。

最初の一撃で茫然となりながらも、彼女はよろよろと倒れた。這いつくばって服従することを知っている、蹴られ慣れた犬のように。

だが彼には、彼女をこらしめる必要があるのだ。思い知らせる必要があるのだ。恐怖でいっぱいだったけれど、無駄とわかっていたけれど、彼女は哀願せずにはいられなかった。

お願い、やめて。やめてやめて。

もちろんやめるわけはない。彼はやめなかった。上からのしかかってきて、彼女を殴りつけた。哀願し、涙を流し、もがいている彼女を、痛めつけた。

腕の折れる音がした。彼女のショックの叫びと同じくらい小さく。

さっき落としたナイフが、ふたたび手に握られている。彼を止めなくてはならない。どうしても止めなくては。この痛み――腕の、脚のあいだのこのひどい痛み。彼を止めなくては。

血がほとばしり、手を生温かく濡らした。温かく、ぬるぬると。彼女は野生動物のようにそのにおいを嗅いだ。体の上で彼の体がひきつる。彼女は何度も何度もそこにナイフを突き刺した。何度も何度も、這って逃げようとする彼に。何度も何度も、腕や顔や服に血飛沫《しぶき》を浴びながら。そのあいだ、彼女のあげている声は、人間のものではなかった。震えながら、あえぎながら、這ってその場を離れ、隅っこにうずくまったとき、彼は四肢を広げて床に倒れ、みずからの血に浸っていた。

いつものように。

しかし今回、彼女は自分の殺した男とふたりきりではなかった。あの忌まわしい部屋に死人とふたりきりでいるのではなかった。そこには他にも人がいた。何人もの人、ダークスーツ姿の男や女が、何列にも連なった椅子にすわっている。観劇する人々のように。のっぺらぼうの傍観者たちが。

彼らは、彼女が泣くのを見ていた。彼女が血を流し、折れた腕をだらんと垂らしているのを見ていた。

見ているのに、何も言わない。何もしない。ときどきあることだが、リッチー・トロイがまた起きあがったときでさえ。彼が起きあがり、彼女の負わせた傷という傷から血を流しながら、足を引きずってこちらに迫ってきたときでさえ、彼らは何もしなかった。

悲鳴に喉を引き裂かれ、汗びっしょりになって、彼女は目を覚ました。本能的に寝返りを打ち、ロークのほうへ手を伸ばしたが、そこに彼はいなかった。彼女を抱き寄せ、恐ろしい断崖から優しく引きもどしてくれるロークはいない。

だから彼女は丸くなり、涙と闘った。猫がそんな彼女の頭にさかんに頭を押しつけてくる。

「大丈夫。大丈夫、大丈夫よ」濡れた顔を猫の毛に押しつけ、彼女は体を揺らした。「ああ。ああ、最悪。照明オン。二五パーセント」

ほのかな明かりはなぐさめになった。そこでイヴはそのなかに横たわり、焼けつくような胸の痛みが収まるのを待った。そのあと、なおも震えながら、彼女は身を起こした。シャワーへ、お湯の熱さへとみずからを引きずっていくために。

新たな一日へ、みずからを引きずっていくために。

21

まだチームの面々が起き出す時間ではなく、イヴにはそのことがありがたかった。いまはとてもチームで働く気分ではない。仕事部屋に閉じこもって、再度すべてを見直すとしよう。ビッセルの視点で、もう一度、すべてを逐一さらってみるのだ。

ロークがどこにいるか監視システムで確認したいのを、彼女はぐっとこらえた。もっと重要なのは、彼がどこにいなかったかだ。ロークは彼女とともにベッドにはいなかった。仮に眠ったとしても――ときどき、彼には吸血鬼ほどの睡眠も必要ないように思えるのだが――どこか別の場所で眠ったのだ。

その話を持ち出すのはよそう。そのことに触れ、彼を満足させたりはすまい。とにかく捜査を完了し、事件に決着をつけるのだ。そしてビッセルが逮捕されたら……

ああ、自分たちはどうなるのだろう。

イヴは仕事部屋のキッチンでコーヒーをプログラムした。食べ物のことを考えただけで胃がむかつくので、コーヒーだけを。しかし、猫のすがるような哀願には憐れをもよおし、その皿に二杯分、キャットフードを入れてやった。

そして振り返った。するとそこに彼がいた。ドア枠にもたれ、彼女を見つめている。彼は――めずらしいことに――髭を剃っておらず、その美しい顔は、彼女の夢に現れた人々の顔と同じく無表情でよそよそしかった。

この比較は、彼女の血を凍りつかせた。

「もっと眠らないと」ロークがようやく言った。「具合の悪そうな顔をしているよ」

「眠れるだけは眠ったわ」

「きみは遅くまで働いていたし、少なくともあと一時間は誰も起きてこないだろう。たのむから鎮静剤をのんで、横になってくれないか、イヴ」

「自分こそそうしたら？　そっちも溌剌《はつらつ》としてるようには見えないわよ」

ロークは口を開けた。その毒気は目に見えるようだった。しかしどんな毒のあることを言おうとしたにせよ、彼はそれをのみこんだ。イヴもその点は評価せざるをえなかった。

「ラボのほうはいくらか進展があったよ。もちろん、これからチームを集めて話をしたり、報告を受けたりするんだろうが」ロークは、自分のコーヒーをプログラムするために、キッチンに入ってきた。

「ええ」

「痣はだいぶよくなったようだね」ロークはカップを手に取った。「少なくとも顔のやつは。

「よくなっている」

他のところはどう？」

「ひどい顔色だよ。横になるのがいやなら、せめてすわって何か食べないとな」

「お腹はすいてないわ」不機嫌な声だ。イヴはそう気づき、その口調と自分自身とがいやになった。「本当に」彼女はもっと平静な声で言った。「コーヒーだけで充分」

カップを持つ手がほんの少し震えたので、イヴはそこにもう一方の手を添えた。ロークが進み出て、彼女の顎をとらえた。「悪い夢を見たんだね」

イヴが顔をそむけようとすると、彼の手に力が入った。「もう目は覚めてるから」彼女は彼の手首をつかみ、押しのけた。「大丈夫よ」

イヴは仕事部屋にもどっていった。ロークは何も言わず、ただカップのなかの黒いコーヒーを見つめていた。イヴに押しのけられた。これは、少し痛いどころではない。彼の心はずたずただった。

イヴが疲れ果てて傷つくのをロークは何度も見てきた。だから、そういう状態のとき、彼女の悪夢の威力がより大きくなることもわかっていた。なのに彼は、彼女をひとりにしておいたのだ。この事実もまた、彼の心をずたずたにした。

自分はイヴを思いやらなかった。そのせいで、彼女は暗闇のなかでひとり目を覚ましたのだ。

彼はシンクに歩み寄り、中身をそこに空けてから、ごくゆっくりとカップを置いた。

部屋に入っていくと、イヴはすでにデスクに向かっていた。「もう一度見直しをして、あれこれ考えてみたいの。それには、静かなところにひとりでいるほうがいいわ。鎮痛剤はきのうのんだし、マイラにも彼女のうちに寄ったときに手当てをしてもらった。別に自分を痛めつけたり、ないがしろにしたりしているわけじゃない。でもわたしには仕事があるの。それをやらなきゃならないのよ」

「そうだね。そのとおりだよ」ずたずたになった彼の心臓のすぐ下には、虚ろな感じのする部分があった。「僕も仕事の遅れを取りもどすために早起きしたんだ」

イヴはちらりと彼を見あげると、小さくうなずいて目をそむけた。

それを見て、ロークは悟った。彼女には、彼がゆうべどこで寝たのか、何をしていたのか、訊ねる気はないのだ。その目にはっきり表れていること——彼のせいで傷ついているということを、わざわざ言う気も。

「あなたはこの件にずいぶん時間を使っているものね」彼女は言った。「ルヴァもカーロも、あなたに感謝しているわ。もちろんわたしも」

「ふたりとも僕には大事な人だからね。もちろんきみもだよ」そして、思う——これはまた馬鹿に他人行儀じゃないか。ずいぶん如才ないじゃないか。「きみが忙しいのはわかっている。僕もそうだよ。でもちょっと僕の仕事部屋に来てくれないかな」

「できれば、それはあとに——」

「いや、いまがいいと思う。関係者全員のために。たのむよ」

イヴは立ちあがり、コーヒーを持たずにデスクを離れた。これは、動揺している証拠だ。彼は先に立って隣接する部屋に入っていくと、ドアを閉め、ロックダウンを指示した。

「これ、どういうこと？」

「状況に鑑み、完璧なプライバシーがほしいんだ。実は昨夜、きみの様子を見にいったんだよ。確か二時ごろだったな。きみは、かの猫族の騎士に警護されていた」

「ベッドには入らなかったはずよ」

「ああ、入らなかった。どうも……落ち着かなくて。それに腹を立てていたから」彼はイヴの表情をさぐった。「僕たちはとても腹を立てていた。そうだろう、イヴ？」

「だと思う」イヴは答えた。腹を立てていた、というのは少しちがうような気がしたが、ロークもそれには気づいているだろうと思った。「でも、わたしにはどうすればいいのかわからない」

「きみは家に帰ったのを僕に知らせてくれなかったね」

「あなたと話したくなかったのよ」

「なるほど」ロークは、いきなり殴られたとき人がよくやるように、息を吸いこんだ。「なるほど。たまたまだが、僕のほうもきみと話したくはなかった。で、きみが眠っているのを見たあと、僕は非登録マシンのところへ行き、自分にとって必要なことをやったんだ」

イヴの頬にわずかに残っていた色が失せた。「そう」

「うん《アイ》」ロークの目は彼女の目から離れなかった。「そうなんだ。聞きたくなかったろうけどね」彼はパネルの上で指を躍らせ、コンパートメントのひとつを開けると、なかに一枚だけあったディスクを取り出した。

「ここには、現場の諜報員、その上司、ＨＳＯの部長を含め、ダラスのリチャード・トロイに関する任務に携わったあらゆる人間の氏名、住所、財政状況、医療記録、仕事上の評価、その他ありとあらゆるデータがある。彼らについて知る価値のあることはすべて――知らなくていいようなこともかなり――入っているんだ」

そのことの重みが彼女の胸にのしかかり、心臓を圧迫し、激しい鼓動の轟きを耳の奥に響かせた。「どんな情報があっても、起きたことは変えられない。あなたが何をしようと、起きたことは変えられないのよ」

「もちろんそうだ」ロークは手のなかでくるりとディスクを回した。するとその表面が光をとらえ、ふたたび放射した。まるで武器のように。「彼らはみんな、非常にいい職に就いている。何人かはいいなんてもんじゃない。彼らは仕事をしたり、顧問を務めたりしつづける。ゴルフをし、ひとりはよりによって、スカッシュをしている。彼らは食べたり眠ったりする。ある者は浮気をし、ある者は日曜ごとに教会に行っている」

ロークの目が彼女の目を鋭くとらえた。青い稲妻。もうひとつの武器だ。「それで、イヴ、きみはどう思う？　そのなかに、ずっと昔、自分たちが見捨てたあの子供のことを考えるやつがひとりでもいるだろうか？　あの子が苦しんでいるかどうか、暗闇で泣きながら目を覚ますかどうか、連中は考えるだろうか？」

彼女は頭がくらくらしていた。膝の力が抜けそうだった。「連中がわたしのことを考えるかどうかなんて、どうだっていいでしょう。どっちみち何も変わりはしないのよ」

「僕には連中に思い出させることができる」まったく抑揚のないその声は、ヘビの威嚇の声以上に恐ろしかった。「それで何かが変わる。ちがうかい？　僕には連中に直接、思い出させることができる。ただ傍観し、子供をひとりで怪物と闘わせたことがどんな結果を招いたか。あいつがその子を殴り、レイプしているとき、その子が助けを求めて叫んでいるとき、ただ耳をすませ、記録をとり、のうのうとケツを据えていたことを、思い出させてやれるんだよ。連中は報いを受けて当然だ。そのことはきみもわかっている。ようくわかっているはずだ」

「そうよ、報いを受けて当然よ！」その言葉は、目の奥で燃える涙と同じ熱さであふれ出てきた。「彼らには当然のことよ。あなたが聞きたいのはそれ？　そう、彼らは罪の報いを受け、地獄で焼かれるべきなのよ。でも、彼らをそこに送るのは、あなたの役目じゃない。わたしの役目でもない。もしもあなたが手を下したら、それは殺人よ。それは殺人なの、ローク、そしてあなたが彼らの血で手を汚しても、わたしの身に起きたことは少しも変わらないのよ」

ロークは長いこと、とても長いこと黙っていた。「僕はそれを背負って生きていける」イヴの目が暗くなり、生気を失った。「でもきみはちがう。だから……」

彼はディスクをパシッとふたつに割り、その破片をリサイクル用の投入口に押しこんだ。

イヴはただ見つめていた。静けさのなかで聞こえるのは、彼女自身の震える息遣いだけだった。「じゃあ……あきらめるのね」

投入口を見おろし、ロークは悟った。彼の怒りはこれほど簡単に砕かれはしないだろう。彼は生涯、この怒りをかかえ、また、怒りの連れとなる無力感をかかえて、生きていくのだ。「他の道を選ぶなら、それは僕自身のためであって、きみのためではない。そこにはほとんど意味がなくなる。だからそう、僕はあきらめる」

胃袋がざわめいた。それでも彼女はどうにかうなずいた。「よかった。それ。それがいちばんよ」

「そうみたいだね。ロックダウン解除」冷静なその指示でシールドが上がり、窓から光が注ぎこんできた。「午前中に少し時間をとるようにするよ。でもいまはちょっとやることがあるんだ。ドアを閉めていってもらえるかな」

「ええ。わかった」イヴはドアに向かった。それから、そこに手をついて身を支えた。「あなたは、わかってないと思ってる。あなたがどんな犠牲を払ったか、わたしには理解できないと思ってる。でもそれはちがう」声を平静に保つことができず、彼女はその努力を放棄した。「それはちがうわ、ローク。わたしにはわかってる。この世界に、わたしのために人を殺したいと思う人、殺さずにはいられない人は、他にいない。そして、わたしがたのんだから、それがわたしに必要なことだから、踏み留まろうという人も他にはいないわ」

彼女は振り返った。その目から初めて涙がこぼれ落ちた。「あなた以外にはひとりも」

「泣かないで。きみに泣かれるとたまらない」

「これまで、誰かがわたしを愛してくれるなんて、わたしのすべてを愛してくれるなんて、思ったことは一度もなかった。わたしのどこにそんな価値があるの？　もし愛されたらどうすればいいの？　でもあなたは愛してくれた。わたしたちが共有してきたもの、お互いにとってなったもの――これは、そのすべてを越えている。あなたがたったいまわたしに何をくれたか、それを言い表す言葉はきっと一生見つからないわ」

「とまどってしまうな、イヴ。何もしないことで、ヒーロー気分にさせてくれる人なんて他にはいないよ」

「あなたはすべてをしてくれたの。すべてを。あなたはすべてよ」今回もやはりマイラは正しかった。愛、この奇妙で恐ろしいものが、結局、答えだったのだ。「何があっても、わたしの身に過去に何があり、それがわたしにどう影響するにしても、覚えていてちょうだい。あなたのしたことは、わたしに安らぎを与えてくれたの。こんな気持ちになれるなんて、思ってもみなかった。あなたに愛されているとわかっていれば、わたしはなんにでも向き合える」

「イヴ」ロークは投入口から、消え去ったものから離れた。そして、彼女のほうへ、真に大事なもののほうへと向かった。「僕にはきみを愛することしかできないんだよ」

視界が曇った。イヴは彼に駆け寄り、抱きついた。「淋しかった。とっても淋しかったわ」

ロークは彼女の肩に顔を埋め、そのにおいを吸いこんだ。そして、世界がふたたび安定するのを感じた。「ごめんよ」

「いいの、いいのよ」イヴはぴったりと身を寄せ、それから少しだけ身をひいて、両手で彼の顔をはさんだ。「あなたが見える。あなたを知っている。愛している」

ロークの目に熱い思いがどっとあふれた。彼女はその唇に唇を押しつけた。

「まるで世界が少しずれているようだった」彼はささやいた。「きみにちゃんと触れられないと、何ひとつうまくいかなかった」

「じゃあ、わたしに触れて」

ロークはほほえみ、彼女の髪をなでた。「そういう意味じゃないよ」

「わかってる。でもわたしに触れて。またあなたを身近に感じたいの」イヴはもう一度、彼の唇に唇を重ねた。「あなたがほしい。ほしくてたまらない。あなたに見てほしい」

「じゃあ、ベッドへ」ロークは彼女を回れ右させ、エレベーターのほうに向けた。「ふたりのベッドへ」

エレベーターのドアが閉まると、イヴはふたたび彼に密着し、身を硬くした。

「そうっとね」ロークはその両脇をなでおろし、それから彼女をかかえあげた。「きみは打ち身だらけだから」

「もうそんな気はしないわ」

「それでもだよ。きみはとってもはかなげに見える」彼女が顔をしかめると、ロークは笑って、その額にキスした。「別に馬鹿にしているわけじゃない」

「そう聞こえるけど、まあ大目に見てあげるわ」

「顔色も青いよ」寝室へと入っていきながら、ロークはつづけた。「それにちょっと元気がない。睫毛はまだ涙で濡れているし、目の下には隈がある。ぼくがどんなにきみの目が好きか、知っているかい。この金色の切れ長の目だよ、イヴ。ダーリン・イヴ」

「わたしの目は茶色だけど」

「僕を見るときの、その見つめかたが好きなんだ」ロークは彼女をベッドの上に寝かせた。

「まだ涙が残っているね」彼はキスをして、その目を閉ざした。「きみが泣くと、僕はいたたまれなくなる。強い女性の涙は、ナイフよりもすばやく男をずたずたにできるんだよ」

彼は言葉とその辛抱強い手とで、イヴをいたわり、そそっていた。これほど活力と欲望に満ちた男性が、こんなにも辛抱強くなれるとは、驚きだった。荒々しくて冷たく、優しくて温かい。彼のこの矛盾、彼全体が、なぜか彼女全体と調和している。

「ローク」イヴは彼に腕を巻きつけ、弓なりに身を反らした。

「何？」

彼女は目を開け、彼の頬に唇を寄せ、自分のなかの優しさをさぐった。「わたしのローク」

彼女にもいたわることができる。そそることができる。世界が何をぶつけてこようと、過去から何が立ちあがり、未来に何が潜んでいようと、ふたりは常に一緒だと彼に示すことができる。

イヴは彼のシャツのボタンをはずし、肩にキスした。「あなたはわたしの生涯の恋人よ。

感傷的に聞こえたってかまわない。あなたは最初で最後の人。そして最高の人なの」

ロークは彼女の手を取って自分の手で包みこみ、唇に持っていった。愛情がどっと胸に押し寄せてくる。これは浄化だ、と彼は思った。ふたりのあいだにあふれるこの感情がすべてを洗い流してくれる。そして苦しい闘いではあっても、あとには純粋なものが残る。

ロークは彼女のシャツを開き、まだ消えない痣をそっと指でなぞった。

「きみにこんな痕があるのを見ると、胸が痛むよ。それに、これからも痕がつくんだと思うとね。でも同時に、誇らしさも感じるんだ」彼は唇で傷痕に軽く触れ、つづいてそれをバッジのタトゥーにそっと押しあてた。「僕は戦士と結婚したんだから」

「わたしもね」

ロークの視線がふたたびイヴの目をとらえる。ふたりの唇が互いの唇を見つける。手が心地よく、情熱的に、肌をまさぐる。朝の静けさのなかで、ふたりはともに揺れ、言葉はため息へと変わっていった。

イヴが上になり、彼を迎え入れると、ふたりの指はからみあい、しっかりと組み合わされた。歓びとともに、昂ぶりとともに、そこには着実な愛の鼓動があった。

イヴはロークのかたわらで丸くなった。こうしているとよくわかる。ふたりは、安心と解放を求めていたのと同じくらい、こうした親密なひとときを求めていたのだ。

彼女の世界はずっとぐらぐら揺れていた。世界がふたたび安定したいま、彼女には初めて、その揺れがいかに激しかったかがわかった。また、仲直りしたいま、彼にとってもそれは同じだったのだ、と。

仲直りできたのは、ロークが彼女に必要なものを与えてくれたからだ。彼は、彼女のためにみずからのエゴを抑えこみ、否定した。これは並みたいていのことではない。彼のエゴは……いまは感謝の念でいっぱいだから、イヴはそれをただ〝健全〟と呼ぶことにした。

彼は譲歩し、自分自身の欲求を捨てた。結局それは、彼女と同じ倫理基盤に立っていたからではなく、エゴ以上に彼女とふたりの結婚を重く見たからだ。

「嘘をつくことだってできたのに」

「いいや」ロークは、ベッドの上の天窓を見あげ、空が明るくなっていくのを見守った。「僕はきみには嘘をつけない」

「あなたが、ということじゃなく、一般的な意味でよ」イヴは姿勢を変えて、ロークの髪をかきあげ、彼が今朝剃らなかった髭をなでた。「あなたがこういう人でなかったら、わたしに嘘をつき、自分のやりたいことをやり、エゴを満たし、自分を満足させ、先に進むこともできたのよ」

「これはエゴの問題じゃなく――」

「いいえ」イヴは目玉をぐるりと回したが、その際、彼には見られないよう充分に配慮した。「エゴは常にかかわっている。別にそれが悪いと言っているんじゃないのよ。わたしにだってエゴはあるし」

「知ってる」ロークはつぶやいた。

「ちょっとちょっと、ちゃんと聴いてよ」彼女はすっくと身を起こし、彼と向き合う形ですわった。

「しばらく静かに横になっていられないかな。そうすれば僕は、裸の妻を鑑賞できるんだけど」

「この話の大部分は気に入ってもらえるはずよ。あなたに対する賛美やよい評価がふんだんに盛りこまれているから」

「そうか。じゃあ、きみの思考の流れを妨げるのはやめるとしよう」

「わたしは心からあなたを愛している」

「ああ」ロークは笑みを浮かべた。「知っているよ」

「その巨大なエゴゆえに、と思うこともあれば、にもかかわらず、と思うこともある。いずれにせよ、わたしはあなたにべったりよ、相棒。でもいま言いたいのは、そのことじゃない」

ロークは指の背で彼女の腿をなでた。「僕はいまの部分がとっても好きなんだがな」

「まだちょっとウェットな気分かもしれないけど――」イヴは彼の手を払いのけた。「わたしはもう仕事モードなの」

「うん、この瞬間も僕はきみのバッジを感嘆の眼で眺めているしね」

こらえる間もなく、鼻からクッと笑いが漏れた。しかしイヴは自分のシャツをつかんだ。

「わたしが言いたいのは、あなたが重要人物であり、成功者だということ。あなたはその事実をひけらかすこともあれば、ひけらかさないこともある。それは目的しだいね。あなたには何事についても騒ぎ立てる必要はない。なぜならあなたは大物だから。これはひとつの要素なのよ」

「具体的に言うと、なんの?」

「エゴというものの。男には女とは別種のエゴがある。たぶんね。とにかくメイヴィスの説によれば、それはペニスに関係しているのよ。彼女はそういうことに関しては、たいてい正しいの」

「きみがメイヴィスと僕のペニスについて話し合っているとはな。僕はどんな感想を抱けばいいんだろうね」

「わたしはいつも、あなたは雄牛並みの巨根で、夜どおしやれるって話してるけど」

「それなら問題なしだ」とはいえ、話がそういう方向に向かうと、裸でいることが若干気になりだし、彼はズボンに手を伸ばした。

「わたしが言いたいのは、あなたのエゴは……強大だということよ。ここまでになるために、あなたにはそれが必要だった。こんなことを言うなんて、きっとわたしはウェットな気分なんでしょうけど、あなたはそれを勝ちとったのよ。あなたには自信がある。自分自身に、ありのままの自分に自信があるから、わたしにとってそれが重要なことだと思えば、戦いから身を退くこともできた。あなたはわたしとは考えがちがう。前にあなたの言っていたことは本当よ。あなたならその結果を背負って生きていける。きっと、これは正当なことだ、自分は正しいと思うことができたでしょうね」

「連中の不作為には謀議性があった。見て見ぬふりをしたわけだから、連中には罪がある。力を持っているだけに、その罪はよけい重いんだ」

「それについて議論する気はないわ」イヴは服を着ながら、自分の考えをきちんと通じる言葉にしようと試みた。「あなたはわたしのことをよく理解していた。だから、もしも自分がそっちの方向に動いたら、それがわたしに、わたしたちにダメージを与えることもわかっていた。あなたはその点を第一に考え、自分のエゴに打ち克った。これは、肝っ玉が大きくなきゃできないことよ」

「お気持ちはありがたいけど、比喩を使うなら、僕の生殖器に無関係なやつを考えてもらえないかな。なんだかきまりが悪くなってきたよ」

「あなたは、自分が心のどこかで意気地がないと見なしていることさえできる。それくらい勇敢なのよ」ロークがシャツのボタンをかける手を止め、彼女のほうを見た。イヴは彼に歩み寄った。「わたしがそれを知らないとでも思った？　ここで起きている厄介な小さな戦いのことを理解していないとでも？」

イヴは彼の胸をトントンと指でたたいた。「あなたがどんな思いで屈服したか、わたしはちゃんとわかってる。そのことであなたは、わたしにとって誰よりも勇気ある人になったのよ」

「きみを傷つけるのは勇気あることじゃない。僕はきみを傷つけていたんだよ」

「あなたはわたしを第一に考えてくれた。それは勇気あること、強い証拠だわ。あなたは、従うふりをして争いを避け、その後、こっそりしたいようにするという手は使わなかった。わたしたちのあいだに嘘があることを望まなかった」

「ふたりのあいだに何があることも、だよ」

「そうね。なぜならあなたは、愛しかたを知っているから。その務めの果たしかたを、人間のあるべき姿を、知っているからよ。大事な人たちをケアするすべも。大事でない人たちをケアするすべまで。あなたは実に頭がいい。ひどく恐ろしいこともできるし、信じがたいほど親切にもなれる。大局が見えていながら、細かな点も見逃さない。あなたは力を持っている。たいていの人の想像を超える力を。でも、ちっぽけな人間を踏みつけにしたりはしない。とすると、あなたはどういう人ってことになる？」

「さあ、なんと言えばいいのか」

「あなたはまさにブレア・ビッセルの正反対なのよ」

「ああ。つまりここまでの大絶賛は、捜査に話をもどすための方便だったわけか。これで僕のエゴはまちがいなくぶっつぶれるよ」

「油圧式の万力を使っても、あなたのエゴはぶっつぶせないわよ。それもわたしの言いたいことのひとつ。あの男のエゴはもろいの。なぜなら、そのベースが煙にすぎないから。彼は別に利口でも切れ者でもない。実は才能だってないのよ。あんな作品はただのくず。トレンディな値の張るくずよ。彼にはまともな人間関係もない。人を征服しているだけ。この陰謀へは、最初は女に引きずりこまれた。ペニスを、つまりエゴをがっちりつかまれてね。〝俺ってカッコいいよな。なんとスパイだぜ〟ってわけ」

「それで?」

「あんな男、本来なら採用されるはずもなかった。考えてみてよ、あの人物像。不安定で、未成熟で、むこうみず。でもそれも、ケイドとスパローが彼をほしがった理由のひとつね。彼は誰とも真の絆を結んでない。見てくれがよくて、魅力的に振る舞うこともでき、アート界にコネもあり、旅慣れている」

「それに、良心がない。これも、スパイ活動のある面では役に立つんじゃないか」

「そのとおりよ。彼をコントロールできるうちはね。でもスパローは欲をかき、ビッセルがもたらす以上のものを求めた。彼はビッセルを殺しに使った。ルヴァと同じにはめられたと気づいても、あの男なら尻尾を巻いて逃げるだけだと思っていた。もしビッセルが面倒を起こしたら、そう、そのときはHSOのなかで処理する。ワルのレッテルを貼り、抹殺することにしてもいいし、〈ドゥームズデイ〉かどこか他のグループに情報を流し、連中にやらせてもいい」

「きっとそのとおりなんだろう。でも彼らはどちらも、きみのことを考慮に入れていなかったわけだ。彼らには——少なくともスパローには、きみがなんらかの形でかかわることがわかっていたはずだよ。ルヴァを利用するということは、僕を利用するということであり、それはすなわち、きみを意味する。ところが、彼らはどちらも、きみがどこまでやるかわかっていなかったらしい。単に僕のため、ルヴァのためではなく、きみがいまその胸につけている記章のためにね」

「だから事は面倒になった。するとスパローは当然予想される行動に出た。組織での自分の地位にものを言わせ、最初はごり押しを試み、つぎは道理を説き、最後には協力を申し出た。ただし、常にＨＳＯを盾にしながら」

「ビッセルに病院送りにされなかったら、彼はきみを殺そうとしただろうね。あるいは、きみの説によれば、自分でやる度胸はないようだから、誰かに殺させようとしたか。それが彼のつぎのステップだったはずだ」

「それが緊急避難計画の一部だったことは確かよ。ただし最後の手段だけど。スパローなら、いったん血で手を汚したら、そのことがビッセルの歪んだエゴにどう作用するか、考慮に入れていたはずよ。彼は人を殺した。もうつまらない第二級じゃない。二件の抹殺に成功した。それにあの男なら、絶対その快感が気に入ったはずよ」

「ところがその快感は長つづきしない」

「そう。そして彼は切られた。スパイどもはそう言うんでしょう？　〝切られる〟って」

イヴは軽い驚きとともに、ロークがテーブルに置いた大皿に目を向けた。「食事をしようって言うの？」

「そうだよ」

考え深げに、イヴは胃に手を当ててみた。「食べられそう」彼女は卵とカリカリのベーコンの前にすわった。「とにかく、ビッセルは切られた。直接のボスは、ひとりは彼の手にかかって死に、もうひとりは彼を追っている。彼は裏切られ、利用され、こけにされた。警官どもは、綿密にあの殺人を捜査している。まさかそこまではやらないと思っていたのに。遅かれ早かれ、彼はそっちからも追いこまれる。どうすればいいか、どう考えればいいか、教えてくれる人は誰もいない。そして彼は自衛のため、証拠隠滅のために、さらに二件、殺人を犯す。どちらも、いらないことであり、誤りだった。その殺人は、ただ彼がまだ生きているという事実に警察を導いただけだから。あなたならどうしたと思う?」

「彼の立場だったら?」ロークは考え考え、トーストにジャムを塗った。「僕なら、地下に深くもぐっただろうな。隠しておいた資金を持ち出して身を潜め、スパローを殺す策、もしくは、彼の変節を暴く策を練るよ。じっと待って、様子を見る。一年か二年、もっと長くかもしれない。そしてスパローをやっつける。なんとかしてね」

「でもビッセルはそうはしない。そうはできないわ。自分のエゴをそこまで長く抑えてはおけないし、そこまで明晰に考えることもできない。そこまで冷酷にも。彼はあらゆるもの、計画を台なしにしたあらゆる人間に反撃せずにはいられない。でも同時に、ママとパパにおうちに置いていかれた小さな男の子みたいに、怯えてもいるの。彼は安心したがっている。きっとまだニューヨークにいるわよ。安心できるどこかに。そして、行動を起こそうとしている」

彼が見えるようだ。いまにも目に浮かびそうだ。「より大規模に、より荒っぽく、よりむこうみずに。彼の殺しはどれも、ほんの少しずつ的からずれている。それに、どの殺しもその前のより計算が甘くなり、付帯的損害のリスクが高まっている。いまや彼は、誰を巻き添えにしようが気にしていない。とにかく自分の力を証明できればいいのよ」

「彼がルヴァを襲うと思っているんだね？」

「遅かれ早かれね。彼女は協力しなかった。檻のなかで丸くなって夫の死を嘆き、身の潔白を訴えたりはしなかった。でもわたしたちは、彼女を襲う機会など与えてやらない」

イヴはロークの差し出したトーストを受け取って、かぶりついた。「その前に檻に入れてやる。またターゲットに接触しだす前によ。じきに彼はもう一度スパローを襲うでしょう。あのくず野郎を餌にするのに異存はないけど、病院での逮捕劇で民間人を危険にさらすのは気が進まない。なんとかして彼の居場所を突き止めないと。その隠れ家で、民間人のリスクを最小限に抑えて、つかまえるのよ。あなたならどこに隠れる？　仮にまだニューヨークにいるとしたら？」

こうしてイヴとともにすわり、食事を分け合い、彼女を突き動かす仕事を共有することで、ロークの心は癒されていた。それが、愛の営みと同じくらい安らぎと充足をもたらすことに彼は気づいた。そして彼がほほえみかけると、彼女も笑みを返した。

「僕らしく考えればいいのかい？　それとも、彼になりきる？」

「あなたらしくよ」

「誰も他人のことを気にしない、中流の下の地区の小さなアパートメント。町はずれで、公共交通機関まですぐのところなら、なおよし。簡単に行き来ができるからね」

「なぜ一軒家じゃないの？」

「経費がかかりすぎるし、あとに書類が残りすぎる。僕だったら、住むところのために資金を無駄にしたり、弁護士を相手にしたりはしたくないね。姿を隠せる、二間だけの小さな部屋を簡単に短期契約で借りるよ」

「そう。それが利口なやりかた、辛抱強いやりかただわ」

「つまり、彼は町のどまんなかの、もっと自分の好みに合うところにいそうだというわけだね？」

「ええ、そうよ。仕事ができるような広いところ。セキュリティがきっちりしていて、なかにひとりで閉じこもり、あれこれ気をもみ、わめき散らし、計略を練れるようなどこか」

「わざわざ言うまでもないだろうが、この町にはその条件を満たす部屋が無数にあるんだよ」

「あなたは知ってて当然よね。その大半を所有しているんだから。わたしのほうは……」卵を載せたフォークを口に運ぶ途中で、イヴは言葉を止めた。「まさかそんな。あいつ、そこまで馬鹿なわけ？　あるいは、そこまで利口なの？」

彼女は卵をかきこむと、コーヒーを手にして、立ちあがった。「チームに招集をかけましょう。確認したいことがあるの」

「その前にまず、靴をはいたほうがいいんじゃないかな」ロークはすすめた。「きみはいまから誰かのケツを蹴飛ばしにいく気みたいだし、何もその可愛いピンクの爪を傷めることはないからね」

「笑える」しかし自分の足を見おろして、イヴはびくりとした。ピンクに塗った爪のことをすっかり忘れていたのだ。彼女は引き出しを開け、ソックスを取り出すと、ペディキュアの証拠を大急ぎでおおい隠した。

「警部補さん?」

ブーツをはきながら、イヴは低く唸った。

「きみとまたチームを組めて、うれしいよ」

イヴは手を伸ばし、彼の手を取った。「さあ、行きましょう。誰かのケツを蹴飛ばしに」

22

イヴのチームでは、電子オタクがそうでない者より数において優勢だ。そこで彼女は、捜査会議をラボで行うことにした。

ここでの仕事の性質も、作業台やワーク・ステーションに整然と並べられた工具の使い道も、彼女にはわからなかった。また、色分けされた基盤の図柄も、画面上でスクロールされていく専門用語も、絶えずブンブンカチカチいう、機械のネットワークにおける奇妙なやりとりも、読み解くことはできなかった。

しかし彼女にはわかっていた。いま見ているものには、膨大な仕事量と知力とが注ぎこまれているのだ。

「ワームを破壊する気なのね」

「そう、そのつもりだ。すでに、死にかけているんだよ」ロークはコードやコマンドが何列にも並ぶ画面のひとつに目をやった。「利口なバグだよ。実際よりも危険に見える」

「それ自体、かなり危険なことよね」

「たぶん」ロークは同意した。「限界はあっても、たいていのホーム・ユニットに大損害をもたらすという事実は変わらないしね。僕たちはいまこれをスパローに、発生源に結びつけようとしている」

「その仕事は主にトキモトがやっているの」ルヴァが口をはさんだ。

「ひとりでやっているわけではありませんよ。それに――」トキモトは付け加えた。「情報を与えられていなければ、発生源のその可能性については調査も探究もしなかったでしょうし」

「スパローはそれをあてにしていたのよ。まずワームを作り、ビッセルに二重スパイの任務を与える。こちら側は、〈ドゥームズデイ〉がワームを持っていると信じこみ、連中はこちら側がそれを持っていると信じこむ。どちらの側も、彼の流す情報により、そのワームに実際以上の威力があるものと信じこみ、しかたなく大金を払う。ビッセルはその金を、あるいは、その大部分を集め、ケイド経由でスパローにもどす」

「うまい手口だ」ロークが言った。「それに短期間なら、整然と機能したかもしれない。もっと規模を小さくしておくほうが利口だったんだが。HSOやその類を巻きこまずに、二、三の会社を競わせておけばよかったんだよ」

「あの男は野心家なの。それに強欲だし」イヴは付け加えた。「彼は〈セキュアコンプ〉のワーム研究の進捗状況を常時把握していた。それによって、研究開発部がきわどい方向に向かったら、いつでも手を打てるようにしていたのよ。なかなかやるわね」

「でも彼は視野が狭かった」ロークは画面上をつぎつぎ駆け抜けていくコードを眺め、進捗状況を確認した。「自分自身は手を汚さずに、すべてを操れる、用ずみになるまでビッセルを手綱につないでおけると信じていたわけだからね」

「あの腰抜け」イヴは、病院で彼が泣きわめいたことを思い出した。「ビッセルは脅迫されていて、もっと金をほしがっていた。ケイドももっとほしがっていた。そして〈セキュアコンプ〉は、彼のおいしいビジネスを終わらせようとしていた」

「そこで彼はビッセルに、それらの問題をすべて解決する新たな任務を与えた」ピーボディは首を振った。「それは度を超えたものだったけれど、ビッセルは鈍いから、罠に気づかなかった。すみません」彼女はルヴァに言った。

「いいのよ」

「ただ鈍いだけじゃない」イヴは付け加えた。「自分のことしか頭にないの。彼は自分の幻想のままに生きているのよ。彼には殺しのライセンスがあるわけ」

「警部補！」ピーボディの顔が輝いた。「ボンドのことを勉強したんですね」

「宿題はちゃんとやるほうだから。でも、いまや彼はどっぷり泥沼に浸かっている。ＨＳＯにたよるわけにはいかないし、その敵方にたよるわけにもいかない。もっと早く逃げればよかったものを、口座はどれも突き止められ、凍結されている。死んだままでいるために殺しまでしたのに、その隠れ蓑もむしり取られてしまった。スパローを殺そうとしたけれど、これも失敗。スパローは死ぬどころか、保護されている。あの男は取引するため、ビッセルを葬るためなら、どんな情報でも提供するにちがいない。彼はロマンあふれる仕事を失い、アートによって得ていた栄光と輝きもすべて失ってしまったわけよ」

「あのがらくたをアートと呼べるならね」一同がルヴァに目をやると、彼女はにっと笑った。「ねえ、芝居ができるのは、ブレアだけじゃないのよ。わたしはあんな作品、ちっとも好きじゃなかった」彼女は重荷を振り落とすように肩をぐるりと回した。「ああ、すっきりした。結局これでいいんだという気がしてきたわ」

「喜ぶのはまだ早いわよ」イヴは警告した。「こうなったら彼は真相をぶちまけるしかない。でもその前にまず、自分の傷をなめ、もう一度自己を主張し、多少の満足を得る必要があるはずよ。ルヴァ、あなたは、アートに対する彼の情熱は本物だと言っていたわね」

「ええ。あれが演技だとは思えない。何年も取り組み、研究し、追求してきたわけだから。ひとつの作品のために何日も汗を流し、没頭しているときはほとんど食事も睡眠もとらないのよ。わたし自身は彼の生み出すゲテモノが好きじゃないけど、本人は心血を注いでいたわ——あの萎びて腐りかけた黒い心と魂を。わたし、当分、辛辣になるから」ルヴァはつづけた。「そして、できるかぎり頻繁に安っぽく彼を攻撃するつもり」彼女はもう一度、にっと笑った。「いちおうお知らせせまで」

「それは健全なことだと思うよ」トキモトが言った。「それに人間的だ」

「とにかく、彼のアートは、お粗末とはいえ、本人にとっては本物であるわけよ。ロマンあふれる仕事を奪われても、彼がアーティストであることは変わらない」イヴはうなずいた。「彼はいまでも創造に携われる。創造せずにはいられないはず。マクナブ、テナントの検索をして。なんでもいいから、ビッセルに関係するものをさがすのよ。フラットアイアン・ビルに的を絞って」

「当然だな」ロークがつぶやいた。「僕が手を貸そう、イアン」マクナブにそう言いながら、その目はイヴを見つめていた。「確かに彼は作品の近くにいたがるだろう。自分の支配力が及び、すべて自由になると思えるところに。あのビル内にもうひとつ部屋を持っていたとすれば、クロエ・マッコイがそのことを知っていた可能性もあるね」

「ああいう男なら、きっとその部屋に彼女を連れていきたがる。もちろんやるためもあるけど、自分のすごさを見せつけるためにね。ほら、俺にはこういう秘密の部屋があるんだ。このことはきみ以外誰も知らないんだぞってわけ」

「ところが、状況が悪化し、彼にはその部屋が必要になった」ピーボディが締めくくった。「そこにそれがあることを知っていたがために、彼女は死ななければならなかった」

「警部補さん」ロークがマクナブとともに見ていた画面をたたいた。「〈ルビス・コンサルタント〉社。ルビスは、ビッセルのアナグラムだ」

「そう、彼なら自分の名前を使いたがるわね。これもエゴの問題」イヴはロークの肩ごしに画面をのぞきこんだ。「それはどこ?」

ロークがコマンドを与えると、画面にフラットアイアンの図面が現れて回転し、その後、ハイライトのかかった区画が拡大された。「あのギャラリーの一階下だね。彼なら、スタジオに行きたくなれば、最小のリスクでフロア間を行き来するスキルもあるだろう」

「完全防音でしょ？」

「もちろん」

「そして、窓にはプライバシー・シールド。それに、モニター。もう一ランク、セキュリティを強化すれば、人がエレベーターに乗ったりドアを通ったりするとき、事前にそれを知ることもできる。そうなったら、最初の殺人の夜、スパローがやったように、システムを狂わせ、人が入ってくる前に脱出すればいい。

おそらく制作は夜にしているのね」イヴは半ばひとりごとのように言った。「おそらくほとんど夜にしているのよ。ビルが閉鎖され、オフィスが閉まり、誰にも邪魔されなくなってから。警察の捜索はすでにすんでいる。もう調査に値するものは何もない。賃貸料は支払いずみ。だからそこは相続者が決まるまで、ほぼ見つかる恐れもなく利用できる」

「彼はあのスタジオが大好きだったわ」ルヴァが前に進み出て、自分も図面を見た。「ときどき、自宅にスタジオを作ろうかと言ってみたんだけど。でも彼はその気にならなかった。もちろん、家を離れて、浮気相手たちと会う自由がほしかったのかもしれない。でも根っこの部分で、彼は本当にあそこが好きだったのよ。ああ、うっかりしていたわ。あなたのほしがった彼の習慣やよく行く場所のリストにそこを載せなかったなんて」

「それは当然でしょ。ここはもともとわたしのリストに載っていたんだから」

「ええ、でもここそ彼の居場所だったのよ。ちゃんと考えれば、わかったはずなのにね。彼はいつも、刺激が必要だと言っていた。自宅の静けさやプライバシーが必要なのと同じように、町のエネルギー、あの場所のエネルギーが必要だと。一方は活力を得るため、一方はくつろぐために」

「ここに侵入しなくては」イヴは言った。

「ダラス」ルヴァがさらに言う。「制作は夜だけじゃないわ。もし何かの作品に取り組んでいるなら、それはない。彼は作品のそばを離れられないはずよ。わたしが彼を全面的に見誤っているなら別だけど、リスクなんて考慮していないと思う。あるいは、ある意味、考慮していて、創造への衝動をさらに駆り立てているのかもしれない」

「なるほど。いい着眼点だわ。われわれは彼がそこにいるものと見なさなくてはならない。なおかつ、彼は武装していて、危険であるものと見なさなくてはならない。あの建物は民間人でいっぱいよ。彼らを退避させなくては」

会議のあいだもマッコイのデータ・ユニットにずっとかかりきりだったフィーニーが、ここで初めて顔を上げた。「二十二階もあるビルを空にしようってのかい？」

「そうよ。それもビッセルに気づかれないように。つまり、われわれはまず、彼がそこにいることを確認しなくてはならないわけ。ビッセルがサンドウィッチを買いに近所のデリカテッセンに行っているときに、ビルを空にしたんじゃ目も当てられない。だから、その確認の方法を考え、それから、民間人を退避させる方法を考えましょう」

フィーニーはふーっと息を吐き出した。「慎ましい願いだな。ところで余談だけどね――このユニットから少しデータが得られたよ。どうやら日記みたいだ。BBという男とのセックスの模様が、年季の入ったLCが顔を赤らめるほど、たっぷり盛りこまれている」彼はルヴァに目をやり、自分もちょっと顔を赤らめた。「すみません」

「かまいません。ぜんぜんかまわないわ」ルヴァは、吐き捨てるように繰り返した。「彼はわたしに嘘をつき、浮気をして歩いた。あげくに、殺人の濡れ衣まで着せようとしたんですから。どこかの馬鹿なあばずれが、裸ではしゃぎまくっていたからって、別に――」

彼女は途中でやめて、大きく息を吸った。部屋はしんとしており、聞こえるのは機械の音ばかりだった。「オーケー、わたしったら、平気なのを証明しようとして、かえって大騒ぎしていますよね。では、こう表現させて」彼女はトキモトをまっすぐに見つめた。「愛は死ぬこともある。命を絶たれることも。どんなに生き生きしていようと、不死身ではない。わたしの愛はもう死んだ。死んで、葬り去られたの。わたしがほしいものはあとひとつだけ。それは、彼と直接顔を合わせて、あんたなんかどうでもいい、と言ってやる機会よ。その願いさえかなえば、もう充分」

「その機会は必ずあげる」イヴは約束した。「さて、どうやってビッセルをつかまえる？」

「爆弾があると言えば、全員退避は可能ですけど、怪我人が出るかもしれませんね」ピーボディが言う。「群衆はパニックを起こします。パニックを起こすなと言われれば、なおさら。それに、いくら完全防音でも、彼は騒ぎに気づくでしょう」

「各階ごとに回れば大丈夫」イヴは行きつもどりつしながら、この案を検討した。「爆弾はだめ。電気系統の故障というのはどう？　いらだつ住人もいるだろうけど、パニックは起きないでしょう」

「有害廃棄物漏出の恐れ。漠然と、化学物質としておいたらどうだろう」ロークが提案した。「各階ごとに避難させるとなると、かなり時間がかかるし、警官も大勢必要だな」

「この件には必要以上の人員は投入したくないわ。応援に、危機対応班の少数精鋭のユニットをひとつ。迅速に動き、スムーズに事を運べば、全員退避は一時間以内に完了する。彼の包囲。やるべきことはそれよ。彼を包囲するの」イヴは足を止め、ふたたび図面を見つめた。「スタジオからの出口は三箇所？」

「そうだよ。主通路、ロビーに降りるエレベーター、そして、屋上に上がる貨物用エレベーターだ」

「フラットアイアン・ビルにグライドはない。それは有利な点ね」

「そのほうが見た目も美しいしね」ロークが付け加えた。

「エレベーターを封鎖しましょう。屋上には危機対応班を一ユニット送りこむ。そして、彼を包囲したら、われわれが通路から進入する。こちら側、狭い側でつかまえれば、彼に応戦の余地はあまりない。このスペースでの戦術、そして、スタジオでの戦術を考えましょう。それに、一階下の部屋での戦術も。彼はそこにいるかもしれない。いずれにしろ踏みこむときは、彼がどこにいるか知っていないとね。それに、われわれの接近を悟られてはいけない」

「それならやれるよ」

イヴは首をかしげて、ロークを見おろした。「ほんとに？」

「ああ」ロークはイヴの手を取り、そのぎくりとした表情を見守りつつ、引っこめる間も与えずごく自然に、彼女の手を唇に持っていった。「この警部補さんは、作戦計画の立案中に手を出されるのが好きじゃなくてね。だから僕はそうせずにはいられないんだ」

「ここにはセックスが蔓延してるよな」フィーニーが自分の持ち場からぼやいた。

「どうすれば、本人に察知されずに、ビル内の彼の居場所を確認できるの？」イヴは、彼女自身の考えでは感嘆に値する忍耐力をもって訊ねた。

「そういう細かい問題は僕に押しつけて、戦術のほうに専念したら？　ルヴァ、ビルのこの区画のセキュリティをシャットダウンし、モニターを狂わせるには、どれくらい時間がかかる？」

ルヴァは眉を寄せ、両手を拳にして腰に当てた。「まずスペックを見てみませんと」

「いますぐ出すよ。必要なものがいくつか〈セキュアコンプ〉にあるんだが」ロークはトキモトに言った。「取ってきてくれるかい？」

「いいですとも」トキモトは笑みを浮かべた。「何をお考えかわかる気がしますよ」

「では、その件はオタクたちに任せましょう」イヴは外に向かいかけ、振り返った。「民間人のオタクたちのことよ」彼女は、その場を動こうとしないフィーニーとマクナブに言った。

ビルの民間人とチームへのリスクを最小限に抑える方法を考えるのには一時間、さまざまな手続きを経て、ひとつのビルを丸ごと空にする許可を得るのにはさらに長い時間がかかった。

「彼が短距離用ランチャーを持っていることはわかっている。他にどんな玩具があそこにあるかはわかっていない。ブーマー、化学兵器、スタン榴弾。自衛のため、脱出のためなら、彼はためらいなくそれらの武器を使うと思う。兵器を扱う訓練を受けていない分、彼は危険よ。スタン榴弾にどんな威力があるかわかっていない人間は、わかっている人間以上に大きな被害をもたらすの」

「ビルから全員退避させたうえで、通気口からガスを入れて、やつを眠らせるってのはどうです?」マクナブが提案した。

「彼がフィルターやマスクを持っていないとは言いきれない。あの男は、秘密工作員風の小道具が大好きなんだから。彼の居場所が確認できたら、その区画を包囲する。他の逃げ道を封鎖し、ドアを破る。すばやく踏みこみ、彼を確保する。彼に関する書類に、基礎以上の接近戦の訓練やスキルを示唆する記述は何もない。だからと言って、彼が危険でないということにはならないわ」

「やつはきっとパニックを起こすぞ」フィーニーは下唇を引っ張った。「最初の獲物は、殺すときは動けなくなっていた。マッコイには毒を盛ったわけだし、パウエルはヤクで朦朧としているときにやった。スパローは遠くから狙っている。今度のは対面だ。すばやくつかまえないと、やつはパニックを起こす。そうなったらよけい危険だ」

「そのとおり。彼はプロの気でいる素人よ。人生はめちゃめちゃ。怒り、怯え、行き場もなく、失うものももうほとんどない。民間人の安全を最優先に考えて。きっと彼は躊躇なく彼らを殺すだろうし、そこにどんな火器があるかはわからないわけだから。まずは民間人を退避させる。それから彼を包囲して、拘束する。生けどりにするのよ。彼はスパローの罪を立証する鍵だから。失いたくない」

「きっとスパイどもと争奪戦になりますね」マクナブが言った。「連中もやつがほしいでしょうから」

「確かに。この件を殺人の共同謀議で固めるには、ビッセルが必要よ。この戦いはぜひものにしたいわ。フィーニー、あなたはオタクどもと一緒にいて——ユーイングやトキモトと」イヴは言い直した。「ロークは彼らに大きな信頼を寄せている。でも、作戦にどんな機器を導入するにせよ、舵はあなたにとってほしいの。ユーイングはタフだし、精一杯やっている。でも危機的状況になれば、冷静さを失うかもしれないわ」

「彼女は並みの人間よりよくもちこたえているよ。でも、その点については、僕も同じ考えだ」フィーニーはアーモンドの袋を取り出した。「きっと彼女はいくらか動揺するだろう。僕がうまく舵をとるよ」

「危機対応班は応援よ。応援のみ。連中にひっかきまわされたくないの。われわれ四人が踏みこむ。二名ずつの二チームよ。マクナブとピーボディは、お互いを警官以外の何者としても考えないこと。ドアの向こうに私情は持ちこまないで。もしそれが無理なら、いまそう言いなさい」

「マクナブを警官として考えるのは、ちょっとむずかしいですけど。こんな柿色のシャツを着られていてはね」ピーボディは彼に眉を上げてみせた。「でもその点をのぞけば、何も問題ありません」

「ふたりともちゃんとやりますよ」マクナブも請け合った。「それに、このシャツは下着に合っているんです」

「重要な情報をどうも。さて、マクナブの下着については考えないということで全員意見が一致したら、仕事にかかるとしましょうか」

「警部補はわれわれ四人とおっしゃいましたよね」ピーボディが言った。

「ロークにも加わってもらう。マクナブは、ビッセルの手もとのどんな電子機器にも対応できるけど、兵器対応の訓練は受けていない。今回、出てきそうな類のやつに関してはね。ロークは戦争の小道具に詳しいわ。それに、ドアを破るすべも心得ているし。異議はある？」

「僕は異議なし」マクナブは肩をすくめた。「ロークの武器のコレクションを見たことがあるんです。あれはすごいもんな」

「では、チームを合流させ、かたをつけましょう。フィーニー、ちょっと話があるの」

イヴは他のふたりが出ていくのを待った。フィーニーがアーモンドの袋を差し出すと、彼女は首を振った。「例のデータ……ほら、前に話した、わたしがたまたま入手した個人データのことだけど。もう心配ないから、それを知っておいてほしくて。もう何も起こらないから」

「そうか」

「あのデータのことを話して、あなたを困った立場に追いこんでしまったわね。自分の気がかりを打ち明けたりして。あんなことすべきじゃなかった」

フィーニーは袋のてっぺんを折り、ポケットにしまった。「水くさいことを言うなよ。長いつきあいだし、気持ちはわかるから、そのことで怒る気はないけどな」

「ありがとう。わたし、頭が変になっていたのよ」

「もう治った？」

「ええ」

「じゃあ、ミサイルを用意して、あのくず野郎をぶっ飛ばしてやろうぜ」

「もうひとつ、やっておくことがあるの。すぐに追いかけるから」フィーニーが出ていくと、イヴはデスクに歩み寄り、リンクのスイッチを入れた。

「ナディーン・ファーストです」

「ダラスだけど。二時間後に体が空きそうなの。三時間後なら確実。先日、ランチを逃したでしょ。よかったらきょう会わない？　ふたりだけで」

「あら、楽しそう。どこに行けばいい？」

「先にかたづけなきゃならない用事があるの。五番街の二十二丁目と二十三丁目のあいだで会わない？　二時ごろに。こっちのおごり」

「すてき。会うのを楽しみにしているわね」

イヴはリンクを切った。これでよし。いまのは独占インタビューの申し出。ナディーンはそれを了解した。この町のトップ・リポーターに特ダネが与えられることになる。ＨＳＯは保身のために大わらわとなるだろう。

イヴがラボのみなに合流したとき、そこではロークがフィーニーに機器のデモンストレーションを行っていた。

彼女は眉を寄せ、その画面上で動く色を見つめた。「これ、新しいビデオ・ゲームじゃないでしょうね」

「センサーだよ。体熱用に設定してある。きみはいま、階下のキッチンを歩き回っているサマーセットを見ているんだ。入力するのは、スキャンしたい場所の座標と、追跡したい対象物の性質。読みとりは、壁、ドア、ガラスといった固い物質ごしでも可能だ。機能しうる距離は、主要な障害物しだい。同質の他の物体は、もちろん障害になる。でもいったん狙いが定まれば、そこにロックして、ターゲットを追うことができる」

「これはなんなの？」イヴは、画面上の、赤とオレンジの点がくるくる回っているところをたたいた。

「猫だよ」ロークは彼女に笑いかけた。「きっとおねだりしているんだろう。音声は入ったか、トキモト？」

「もう少しです。あとひと息」

「ここはロックオンされている」ロークは説明した。「音声センサーを接続し、フィルターの正しい組み合わせを見つければ、音も拾えるんだよ」

「二階下の音を？　ケーブルも衛星からの反射もなしに？」

「衛星は利用しているよ。ラボのこの装置があれば、ギャラハッドの髭を見、その数を数えることもできる。でも、この携帯リンクだと、体熱画像でよしとするしかないね」ロークはちらっと目を上げた。「きみの目的にはそれで充分だろう」

「ええ。それでいけるはずよ」イヴは唇を引き結んだ。装置からヴァイオリンらしき音色が聞こえてくる。つづいて、まぎれもないギャラハッドの鳴き声、非常に雄弁なニャアニャアという催促が。

「すげえ」物欲しげなため息とともにマクナブが言った。「パワフルなやつ」

「ビッセルのセキュリティとモニターはどうするの？」イヴは訊ねた。

「遠隔操作でシャットダウンすればいい。あの部屋の音声受信の回路は迂回するから、彼に退避命令は聞こえない。この装置は二十分で現場に設置できる。彼のスキャンとロックオンまでは三十分だ」

「まず彼の包囲とロックオンにかかって、それから退避を開始させるわ。基地として使うのに、すぐ下の階をひと部屋空ける必要があるわね。それをすばやく静かに実行して、そのあとそこに装置を設置する。フィーニー？」

「任せとけ」

「ピーボディ、突入班用に防弾服を用意して。それと銃の準備を。ローク、一緒に来てちょうだい」

「いつでも一緒だよ」ロークはそう答え、彼女につづいて部屋を出た。

自分の仕事部屋にもどるまで、イヴは無言だった。彼女はまず、銃をチェックし、それから、ワーク・ステーションの引き出しを開けて、スタナーを一挺取り出した。「きっとこれが必要になる。わたしと一緒に突入してほしいの」

ロークは手のなかでスタナーをひっくり返した。武器なら、もっといいのを持っている。でも大事なのは気持ちだ。「僕からたのむ必要はないわけだね」

「ええ。あなたはそれだけの働きをしてくれた。わたしと一緒にドアを突破してちょうだい。もうひとつお願い。ビッセルが何を持っているか、わたしにはわからない。突入したら、あなたには兵器に集中してもらわなきゃならないの。彼のことはこっちに任せて。彼のことは任せてよ、ローク」

「了解、警部補さん」

「それともうひとつ。ナディーンに合図を送っておいたわ。これがかたづいたあと、ビッセルとスパローがお宅の従業員を食いものにし、〈セキュアコンプ〉からデータを盗み、コード・レッドを妨害しようとした件でメディアに何か言いたかったら、そうしてくれてかまわないから」

「あいつらを犬どもの餌食にしてやろうってわけだね」ロークは唇をぴくりとさせ、イヴの顎のくぼみを指ですっとなでた。「ああ、警部補さん。わくわくするよ」

「きっと犬どもは血と骨の始末にしばらくかかるでしょうよ。HSOじゅうに血と骨がたっぷり散らばることになるし。仕返しにはいろいろな形があるのよ、ローク」

「そうだね」ロークはポケットにスタナーをしまい、両手で彼女の顔をはさむと、その額に唇を押し当てた。「そのとおりだ。きみがそれで満足なら、僕も満足だよ」

「じゃあ、誰かのご立派なケツを蹴飛ばしにいきましょ」


ホイットニー部長とティブル本部長がオブザーバーとして作戦に加わると、事はよけい面倒になった。また、彼らの存在はいささか煙たくもあった。指揮を執るに当たり、イヴはこのふたりを無視すべく精一杯努めた。

「慣例と礼儀という両面から、ブレア・ビッセルの居場所が確認できた場合は、そのことをHSOに伝えなくてはならんな」ティブルが言った。

「いまは慣例や礼儀にはかまっていられません。大事なのは、複数件の殺人の容疑者をさがし出し、確保し、拘束することです。HSOの他の職員が、三人の工作員のかかわったこの陰謀に加担、もしくは、関与していた可能性は大いにあります。現時点でＨＳＯに本作戦について知らせれば、その内部にビッセルの仲間がいた場合、本作戦を危険にさらすことになります」

「きみもＨＳＯ内部に彼の仲間がいるとは、まったく思っていないだろうに。だが、いまのは使えるな」ティブルはうなずいた。「理にかなっている。糞が降ってきたら、その手でいくとしよう。ここでビッセルを逃したり、その首根っこを押さえそこなったりしたら、糞の一部はきみにも降りかかってくるぞ」

「大丈夫、彼はもう終わりです」イヴはモニターに向き直り、時間を確認した。そして、待った。

いま彼らは、〈ルビス・コンサルタント〉の一階下の、あるオフィスにいる。なかの人々はすでに一掃されており、あとはただ、〈ルビス〉と最上階のセキュリティのシャットダウンをロークが確認すれば、つぎの段階に進めるばかりとなっていた。

「連中はビッセルをほしがるだろうよ」ティブルは付け加えた。「彼とスパローの両方を自分たちの管轄に移したがるだろう」

「そうでしょうね」イヴはびくりとした。「あのふたりが殺人と殺人の共同謀議で訴追されさえすれば、誰が檻の鍵をかけようとわたしはかまいません」

「連中はこの件を穏便に収めたがるだろう。組織内のこの種のごたごたは、世間体がよくないからな」

まったくもう、とイヴは思った。なんて面倒な。「つまりこの件を闇に葬れということですか、本部長?」

「そうは言っていないよ、警部補。だが、本件のある部分については、公式発表は控えるほうが政治的に賢明と言えるかもしれない」

「ご指摘、心に留めておきます」ロークが入ってくると、イヴはそちらに目を向けた。

「完了」彼は言った。「ターゲットは目と耳を失った。スタジオへのエレベーターは停止している」

「了解」イヴはコミュニケーターを手に取った。「こちらダラス。階段を封鎖し、見張りを立ててちょうだい。どちらの目標地点にも、絶対に——繰り返す、絶対に踏みこまないこと。退避誘導開始」

イヴは手ぶりでモニターを示した。「彼をさがして」

「スキャンと位置の特定は、わたしにさせて」ルヴァが言った。「この手で操作したいの」

「それはフィーニーが決めることよ」

フィーニーはルヴァの肩を軽くたたき、自分がやりたいという気持ちをどうにか抑えこんだ。「どうぞ」

ルヴァは〈ルビス〉の座標を入力し、体熱画像の設定をし、その後、ゆっくりとスキャンを行った。「何もないわね」声が少し震えたが、彼女は咳払いをして、座標を最上階のものに変えた。

赤とオレンジの光の塊を認めると、ルヴァはただじっとそこを見つめた。「ターゲット確認」イヴが進み出ると、彼女は言った。「彼はひとりよ。スタジオ内にいる」

「これは何？」イヴは、青のラインをくるくると指し示した。

「火よ。炎。高熱。彼、作業をしているんだわ」

「彼は武装している」ロークが口をはさんだ。「ほら、ここ。この部分。この角度と位置。携帯用の武器だろう」

「オーケー、着替えましょ」イヴは自分の防護服をつかんだ。

「音量を上げる。彼、音楽をかけてるわ」しばらく耳をすませたあと、ルヴァはつづけた。「へぼロックね。彼は興奮している、舞い上がっているのよ。あれは高揚してるとき、聴く曲なの。あそこは金属でいっぱいよ。機材や、制作中の作品。映っているものが武器なのかどうか、見きわめるのはむずかしいわね」

「武器はあるものと見なす。ロックオンして」イヴはヘッドセットをつけた。「彼がどこにいるか、何をしているか、常時伝えてちょうだい。ビルから全員退避したら、それもただちに知らせて。さあ、配置につくわよ」

「開始」フィーニーがコミュニケーターに向かって言った。「第六班、こちら基地。味方がそちらに入る。繰り返す、味方がそちらを通る」

「彼らが様子を教えてくれるわ」階段に向かいながら、イヴは言った。「武器は麻痺レベルに。ダラス、ドアに到着」ヘッドセットに向かって言い、階段のドアを開ける。

そこには、危機対応班の二名が待機していた。「異状なし」

「彼は気絶させる。武器は抜かせないように。この作戦では、誰も怪我をしてはならない。彼を制圧し、拘束し、すんなり連れ出すのよ」

「大賛成」マクナブがつぶやいた。

これでは丸裸だ、とイヴは思った。相手が武装しているなら、四人全員が同じドアから踏みこむのは危険すぎる。

「あなたとピーボディは、ギャラリーの入口に回って。わたしの指示で、ロークがリモコンで部屋のあいだのドアを開ける。わたしたちは、スタジオの入口から踏みこむ。挟み撃ちよ。わたしの合図で動いて」

彼女は階段のドアを通り抜け、マクナブとピーボディに通路の反対側へ移動するよう合図した。

ヘッドセットからは、退避の様子が聞こえていた。それはゆっくりとだが、着実に進行している。イヴは肩をぐるりと回した。

「ああ、この手の防弾チョッキにはほんとに参る。もうちょい着心地よく作れないもんかしらね」

「別の時代なら、きみは、輝く甲冑《かっちゅう》をまとった僕の騎士だったろうな。そして、その防具をもっともっと嫌っていたろうよ」

「ちゃんとつかまえられたかもね。こんな退避などなしに、やれたかもしれない。監視をつけて、待っていれば。彼だってときどき眠らなきゃならない。でも……」

「きみの直感が、みんなを避難させ、いまつかまえるべきだと告げた」

イヴはヘッドセットをはずし、手振りで彼を指し示した。「もしその手でビッセルを仕留めたかったら、わたしは引っこんでいるけど」

ロークは彼女の顎の線を指先でなぞった。「僕には甘いんだね」

「とっても」

「こっちもだ。いいよ、引っこんでいなくても。誰がやろうと同じことだ」

「オーケー、それじゃ」イヴはヘッドセットをふたたびつけた。そして、数分後、退避完了の報告が入ると、つま先に体重をかけた。

「ピーボディ、ドアへ。ローク、ふたりをギャラリーに入れて」

ロークはリモコンのキーを打った。「よし」

「進入して、待機せよ」イヴはスタジオのドアの前に立ち、ロークにうなずいた。「突入！」

彼女は身を低くしてドアを通過した。ロークが高い態勢ですぐあとにつづく。一瞬後、ギャラリーとスタジオのあいだのドアが開き、ピーボディとマクナブが飛びこんできた。

ビッセルは自分の造形作品のそばに立っていた。安全帽をかぶり、ゴーグルをつけ、軽量の防弾服を着ている。さらに、小型《ハンド》ブラスターが二挺、交叉型のホルスターに収められている。その手には、細く炎を噴出するブローランプが握られていた。

「警察よ！　両手を上げなさい。さあ、早く！」

「無駄だ。無駄だよ」ビッセルはピーボディとマクナブのほうへブローランプを向け、スターナーで撃たれるとびくりとあとじさった。

「無駄だ」ブローランプが放り出され、反射性の床面から炎が跳ね返った。「こいつに仕込んだんだ。おい、聞いているか！」彼は叫んだ。「爆弾を仕掛けた。俺に近づいたら、そいつを爆発させる。このビルの半分を吹っ飛ばしてやる。なかにいるやつらも全員吹っ飛ぶぞ。武器を下に置いて、俺の話を聴け」

「ちゃんと聴いているわよ、ブレア」イヤピースから爆弾処理班への指令が聞こえてくる。「爆弾はどこにあるの？」

「武器を下に置け」

「それはできない」イヴは、ロークが移動し、しゃがんでブローランプを拾いあげ、そのスイッチを切るのを、目の隅で見ていた。「話を聴けというなら聴く。爆弾はどこなの？　はったりの可能性もあるでしょ。話を聴いてほしいなら、爆弾のありかを言わないと」

「これだよ。こいつが丸ごとそうだ」ビッセルは金属のねじれた柱を平手でぴしゃりとたたいた。その顔は汗びっしょりだった。働いたからだ、とイヴは思った。それと興奮のせい。そして、パニックのせいだ。

「ここにたっぷり詰まってる。この建物が吹っ飛ぶくらい。何百人もの人間が地獄まで吹っ飛んで、またもどってくるくらい」

「あなたも一緒に行くことになるのよ」

「いいから聴け」ビッセルはヘルメットを押しあげた。そこに現れた目を見て、イヴは気づいた。ゼウスだ。彼はクスリの力を借りている。クスリに防弾服となると、何発か撃たなければ倒れないだろう。

「ちゃんと聴いている。話というのはどんなこと？」

「俺は刑務所には行かない。檻に入る気はない。これを仕組んだのは、俺をはめたのは、スパロー、クイン・スパローだ。檻に入る気はないからな。俺はHSOの工作員であり、任務中なんだ。NYPSDの指示は受けない」

「ふたりでその話をしましょうよ」イヴは声を平静に、興味深げに保った。「任務の話をしてちょうだい」自分を吹っ飛ばしたら、それもできないわよ」

「ふたりで話すんじゃない。おまえはただ聴いてりゃいい。乗り物を用意しろ。ジェット・コプターを、それとパイロットを屋上によこすんだ。足のつかない金をな。脱出したら、起爆装置の解除コードを送ってやる。言うとおりにしないと……」

ビッセルは左手を掲げ、てのひらに留めたリモコン式の起爆装置を見せた。「こいつを使う。俺はHSOだぞ！」彼は叫んだ。「やらないとでも思うのか？」

「やらないなんて思ってないわ、ビッセル工作員。でもこちらとしては、爆発物の存在を確認しなければならないの。脅威を確認したうえで伝えないと、上は耳を貸さないわ。確認が必要よ。あなたがこの場を仕切りつづけるためにも」

「爆弾はそこにある。この手がぴくりとでも動けば……」

「慣例や手続きのことは知っているわよね。われわれはプロなのよ。わたしは上の命令に従わなければならないの。確認をさせて。そうすれば、交渉に移って、そちらの要求を聴くことができる」

「なかにあるんだよ、この馬鹿女。俺がなかに仕込んだんだ。おまえがしゃしゃり出てこなけりゃ、HSO本部にぶちこんでやったんだが。やつらは俺をこけにしやがったからな」

「スキャンするわ。怪我人が出たらつまらない。われわれはすでにスパローを拘束している。わたしにはあいつだけで充分。あなたをこの泥沼に放りこんだのも、あいつでしょう。とにかく確認をさせて。そうしたらつぎの段階に移れる」

「なら、スキャンしろ。そうすりゃわかるさ。早くジェット・コプターをよこせ。おまえらは引っこめ。どっかへ消えちまえ。乗り物を用意しろ。俺はそれで好きなところへ行く」

ロークが両手を掲げた。「スキャナーを出させてくれ。爆発物を読みとれるように設定するから。知っているだろう。このビルの一部は僕のものなんだ。損傷を与えたくはない」

ビッセルはイヴの顔からロークの顔へと視線を移した。そして、唇を湿らせた。「ちょっとでも、いいか、ほんのちょっとでもおかしなまねをしてみろ。それで終わりだからな」

ロークはポケットに手を入れ、スキャナーを差し出してビッセルの許可を求めた。

「ゼウスをやっているのね、ビッセル工作員」彼の注意を自分のほうへ引きもどすべく、イヴは言った。「それはよくないわ。思考力を鈍らせるから」

「自分が何をしてるか俺はわかってないってのか？」汗が彼の顔を流れ落ち、喉のくぼみに溜まっていく。「俺にその度胸がないってのか？」

「いいえ。度胸がなければ、そういう仕事はできなかった、そうはなれなかったはずよ。スパローにやられさえしなければ、順風満帆《まんぱん》だったのにね」

「あのくそ野郎め」

「あの男は、あなたを自分の犬と見なしていた。ずっと綱をつけておけると思っていたのよ」イヴはロークを見てはいなかったが、その存在をかたわらに感じていた。「でもあなたは、あの男に自分がどういう人間か教えてやった。任務を終えたあと、あなたは逃げたかっただけなんでしょう？　ただ自分の取るべきものを受け取って、逃げたかった。ところが、状況は悪化する一方だった。本当ならクロエはあなたと一緒に行くはずだったんじゃない？　彼女を殺す必要はなかったんでしょう？」

「あの女はド阿呆だよ！　寝るにはいいが、ベッド以外じゃいつもいらいらさせられた。俺は情報を蓄え、計画を練るのに、あいつのデータ・ユニットを使っていた。計画の立てかたなら心得ているからな。自分用の緊急避難計画さ。ところが、寝室に仕込んだ諜報装置でのぞき見したら、何が起きてたと思う？　あの女、俺のパスコードを破って、なかを見ようとしてやがったんだ。たぶん、俺が別の女とやってるとでも思ったんだろうよ。嫉妬の塊のくそ馬鹿女め」

「彼女にあげたロケットはなんだったの？」

ビッセルはぽかんとした。それから、そのびくついた目に笑いが浮かんだ。「パス・キー、貸金庫。俺が身の護りかたを知らないとでも思ってるのか？　俺はいたるところに貸金庫を持ってるんだ。緊急用の資金、武器、必要なものはなんでもある。全部、一箇所にまとめとくわけにはいかない。あちこちに分散してあるんだよ」

「そして、彼女はこの場所のことを知っていた。それに、自分のユニットに証拠となるデータが埋もれているのも知っていたし、あなたのパス・キーもひとつ持っていた。どうやらわたしがまちがっていたようだわ。彼女はやはり殺すしかなかったのね」

「まさにな。うまくいくはずだったんだ。本当ならうまくいくはずだった。あの女には手紙まで書いてもらった。俺のために書いてくれ、ベイビー。ほんの一行、俺が死んだと思ったときどんな気持ちだったか。あいつはそれをやるほど馬鹿だったのさ」

「いい計画だったわね。パウエルの件も。ただツイてなかっただけよ」

「爆発物を確認」ロークがさらりと言った。「いやはや、ビッセル、きみが自分の卵を全部、危険きわまりない籠に入れてしまったのは確かだな。もしもそいつが爆発したら、破片を掃いて集めることさえできないんじゃないか」

「言ったろう。そう言ったろうが？　さあ、コプターを手配しろ。いますぐに！」

「もしもそいつが爆発したら、だがね」ロークはつづけた。「でも爆発は起こらない。たったいま僕が時限装置を解除した。もう大丈夫だ、警部補さん」

「ありがとう」イヴはビッセルの無防備な脚を狙った。彼はよろめき、わめきたてた。その目が猛々しくなった。爆発を起こそうとして、彼はぎゅっとてのひらを閉じた。

イヴが二度目に撃ったとき、ビッセルは腰の武器に手をやった。するとピーボディが横から飛んできて、彼に体当たりした。いまや傷だらけの床の上を、ふたりは一緒に吹っ飛んでいった。

ゼウスに駆り立てられ、ビッセルが手の甲でピーボディを殴る。しかし彼女は離れなかった。

マクナブが身を躍らせてダイブし、ビッセルにヘッドロックをかけた。彼は武器ではなく自分の拳を使い、その顔に三度、すばやく強烈なパンチを食らわせた。

ピーボディは鼻から血を流していた。それでも彼女は自分の拘束具をつかみ、マクナブと力を合わせてビッセルを押さえつけると、その手首に手錠をかけた。

「足首にもかけて」イヴはそう言って、自分の拘束具を放った。「彼はまだぴんぴんしてるわ。こちらダラス」彼女はヘッドセットに向かって言った。「容疑者確保。爆弾処理班を送りこみ、爆発物を撤去させよ」

ピーボディが息をはずませながら、まだばたついているビッセルの背中の上にドスンとすわった。するとマクナブが水玉模様のハンカチを彼女に差し出した。「ほら、ベイビー。鼻血が出てる。つまりその――捜査官ベイビー」ちらりとイヴに目をやって、彼は付け加えた。

「大丈夫、ピーボディ？」イヴは訊ねた。

「ええ。折れちゃいません」彼女はカラフルなハンカチで鼻を押さえた。「ついにつかまえましたね、警部補」

「ええ、ついにつかまえた。囚人をセントラルに移送させてちょうだい。よくやったわ、捜査官ベイビー。あなたもよ、マクナブ」

「きみはわざと手を出さなかったんだな」ロークが言った。イヴは、爆弾処理班に造形物の処理をさせるため、うしろにさがっていた。「マクナブがピーボディの代わりに、何発かやつを殴ってやれるように」

「ピーボディなら自分でやれたと思うけど、彼にもその資格はあるしね。あんな痩せっぽちにしては、なかなかいい右を持ってるわ」

イヴは腕時計《リスト・ユニット》に目をやった。これならナディーンとの約束にちょうど間に合いそうだ。政治的な賢明さなんか、くそ食らえ。

「これから署に行って、書類を書いて、取調室でビッセルをウォームアップしてやらないと。少し時間がかかると思う。あなたはルヴァとトキモトにどうなったか知らせたら？　ふたりに、ご協力に感謝します、と伝えて。ルヴァには、ビッセルと五分間ふたりきりで過ごせるよう手配するから、と言っておいてね。それと、カーロには、立派に子供を育てたね、とかなんとか」

「それは自分で言ったらどう？」

「そうね。ところで――」イヴは、いくらか静かなギャラリーのほうを親指で指し示し、ロークをそちらへ誘った。「あなたはこの捜査に多くの時間と労力を注ぎこんでくれた。個人的な利害がからんでいようといまいと、そのことにも感謝するわ」

「ありがとう」

「あなたの仕事をまた軌道に乗せるのには、多少時間がかかるんでしょうね——あの宇宙の王と企業の神のあれこれを」

「ほんの数日だよ。一週間かそこらで、また安定するさ。しばらく出張に出ることになるけどね。仕事の一部は、現場でやらなきゃならないから」

「わかった。でも一週間ほどですべて落ち着くと思うのね？」

「だいたいね。どうして？」

「なぜなら、そちらが落ち着きしだい、あなたを長い週末旅行に連れていくつもりだからよ。リラックスしてもらえるように」

ロークの眉がひょいと上がった。「ほんとに？」

「ええ、ほんと。あなたはずっとエンジン全開だったでしょう。休みが必要よ。だから、そうね……金曜から一週間でどう？　どこに行きたい？」

「どこに行きたいかだって？　で、きみは僕に休みが必要だから、こんなことをしてるのかい？」

イヴはドアの向こうをちらりとうかがい、人目がないのを確かめてから、ロークの顔を両手ではさんだ。「そうよ。もっとも、あなたを二、三日、性の奴隷にしてやろうと思っているのも事実だけど。さあ、どこに行きたい？」

「しばらく島に行っていないね」ロークのほうは、人目のあるなしなどわざわざ確認したりはせず、ただ身をかがめてイヴにキスした。「手配するよ」

「いいえ。わたしが手配する。ちゃんとやれるわよ」ロークがあからさまにびくりとすると、彼女は付け加えた。「やれるわ。大きな作戦の計画を立てられるんだから、旅行の計画くらい立てられないわけないでしょう。少しは信用しなさい」

「少しどころか、きみのことは大いに信用しているよ」

「じゃあ、またあとで。犬どもを解き放ってやらなきゃ」

イヴは外に向かって歩きだし、また引き返してきて、強く短く彼にキスした。「あとでね、民間人ベイビー」

ロークの笑い声を聞きながら、イヴは外に出、警官たちを迂回して進んでいった。そして、ひとりになり、ひとりで下に降りていくとき、彼女は指で——結婚指輪のはまっている指で——胸に入ったバッジのタトゥーをそっとたたいた。

訳者あとがき

殺人的な暑さだった長い長い夏もようやく終わりました。そのあいだ、イヴとロークはいったい何件の難事件に挑み、何人の連続殺人犯と戦ってきたことでしょう。季節は秋に入り、簡単な仕事を一件かたづけたばかりのイヴは、ロークとともにくつろぎながら、「こういう牧場のお散歩的な仕事がもう何件かあってもいい」などと言っています。

ところがほっとしたのも束の間、新たな難事件が――。嫉妬に狂った人妻が、深夜、夫の浮気現場に乗りこみ、ベッドにいた夫とその愛人をスタナーで一撃、さらにナイフでめった刺しにして惨殺。そんな犯行現場へとイヴは狩り出されます。そして残酷ではあるけれども、一見、単純そうなこの情痴殺人は、思わぬ展開を見せ、悪名高いテクノテロ組織や政府の情報機関までもがからむ、大規模で複雑な事件へと発展していくのです。

本作は、ノーラ・ロバーツのロマンスの世界とJ・D・ロブのSFサスペンスの世界、現代と近未来のふたつの物語をリンクさせるという魅力的な試みだった前作『あの頃を思い出して』とはまた別の意味で、作者の新たなる挑戦である気がします。これで十九巻めとなるイヴ&ローク・シリーズですが、エスピオナージュ風というのは初めてなのです。誰が犯人なのかだけではなく、誰が誰をだまし、誰が誰を裏切り、誰が誰を操っているのか。操っているつもりの者が操られているのかもしれない。隣で寝ている相手すら信用できない。二重三重の偽装、計算と駆引。コンピューターのデータは破壊され、予想外の人物が殺害され、モルグの死体は消え、謎が謎を呼びつつ話は二転三転します。このように本作では、まさにスパイものの醍醐味が味わえるわけで、J・D・ロブがまたひとつ世界を広げた感がありま す。

裏切りに満ちた非情な世界が描かれているとはいえ、残酷に人生を奪われていく名もない人々に対するイヴの熱い思いはもちろん健在です。いや、むしろ、国家の危機、地球の危機を救うという名目のもと、巨大組織があっさり〝処理〟し、葬り去ろうとする無力な個人の姿を目の当たりにして、イヴはより激しく怒りを燃え立たせます。

また、イヴと仲間たちとの絆にもなんの変わりもありません。捜査を始めてまもなく、事件の背後に、目的のためには手段を選ばぬ、危険きわまる政府の情報機関が存在すると知り、イヴはいったん招集をかけたいつものチーム（フィーニー、ピーボディ、マクナブ）に捜査班からはずれるという選択肢を与えます。国土の安全という大目的を掲げる、強大な組織にしてみれば、ニューヨーク市警の取るに足りない警官たちを監視し、都合次第で抹殺するのは、なんでもないことです。それでも、三人は少しも尻込みしません。ピーボディやマクナブが、「スパイ映画みたいだ」「カッコいい」とはしゃぐ姿は、可愛らしくて笑えますが、その胸の内に一蓮托生の覚悟があるのは明らかです。

弱者の守護神であるイヴの情熱が、強烈な求心力となって周囲を惹きつけ、その絆を武器にイヴが残酷な犯罪に挑んでいく。シリーズを貫くそうした図式は、今回の敵が強大で冷酷非情な分、なおさら際立っているようにも思えるのです。

さて、本シリーズでは、毎回の事件とともに、イヴとロークの過去のベールが徐々にめくられていく過程が読みどころとなっています。今回も、捜査に協力することになったロークが、天才ハッカーの腕を駆使して政府情報機関について調べるうちに、イヴの過去のある事実が明らかになります。そしてこの事実が、ふたりの根源的なちがい、出会ったときから存在していた対立軸を浮き彫りにし、彼らのあいだに深い溝を作ってしまうのです。

いままでも、確かにイヴとロークのあいだには、さまざまな対立がありました。しかし今回は、触れるのが怖いとばかりに、ふたりとも何事もないふりを通そうとします。問題があることに気づかぬふりをするわけですから、解決の道が見出せるわけもなく、イヴは深く思い悩みます。

単なる感情のすれちがいとは別物の、ふたりの本質にかかわる部分での対立だけに、ずいぶんはらはらさせられますが、彼らがこの問題をどう解決するのか、あるいは、解決しきれずに終わるのか、その点も目が離せないところです。

最後にひとつミニ情報を。さきほど述べたイヴの過去が明らかになるシーンで、イヴは以前に調査した人間として、「スキナー」という人物の名を口にします。シリーズの愛読者のなかには、「これまでスキナーなんて人物、出てきたっけ?」と疑問を持つかたもいるかもしれません。実はこれは、今年の二月に刊行された、イヴ&ローク中編集 *Three in Death* に収められている *Interlude in Death* の登場人物なのです。この作品では、二〇五九年初春、イヴとロークが〈オリンパス〉に滞在中に遭遇する事件が描かれており、スキナーはその物語の重要人物です。彼はNYPSDの伝説的ヒーローであり、マックス・リッカーを追いつめることに心血を注いでいたという過去があります。そして、*Interlude in Death* は、そのマックス・リッカーとロークの父親との関係に触れているうえ、イヴが父親を殺す少し前、ロークの父親とイヴの父親がダラスで会っていたことも示唆しているという、注目すべき作品なのです。

というわけで、シリーズを書き進めながら、番外編もつぎつぎ繰り出す(しかもどれもおもしろい)J・D・ロブのパワーとスピードには、本当に目を見張るばかりです。ロークの父親とイヴの父親の関係も、この先もっと明らかになっていくのではないでしょうか。それがイヴとロークの関係にどんな影響を与えるのか。心配でもあり、楽しみでもあります。シリーズの今後にますます期待が高まります。

二〇〇八年十月

イヴ&ローク 19
報いのときは、はかなく

著者　J・D・ロブ

訳者　香野《こうの》 純《じゅん》

2008年11月20日 初版第1刷発行

発行人　鈴木徹也

発行所　株式会社ヴィレッジブックス
〒108-0072 東京都港区白金2-7-16
電話 03-6408-2325(営業) 03-6408-2323(編集)
http://www.villagebooks.co.jp

印刷所　中央精版印刷株式会社

ブックデザイン　鈴木成一デザイン室＋草苅睦子(albireo)

 ISBN978-4-86332-098-7 Printed in Japan